HEYNE <

Das Buch

Als die Gurus, eine hochentwickelte Alien-Spezies, auf der Erde landen, bringen sie eine Technologie mit, die die menschliche Zivilisation entscheidend voranbringt. Die Sache hat nur einen Haken: Die Gurus werden von den feindlich gesinnten Antags verfolgt und erwarten nun als Gegenleistung für ihre Hilfe, dass die Menschen sie gegen die Antags verteidigen, die sich bereits auf dem Mars in Angriffsposition gebracht haben. Also wird Mars-Veteran Sergeant Michael Venn mit seiner Crew auf den Roten Planeten geschickt, um den Antags den Garaus zu machen. Doch kaum haben Venn und seine Leute einen Fuß in den Sand des Mars gesetzt, wird ihnen klar, dass sie ihre Mission völlig falsch eingeschätzt haben. Denn der Mars birgt zahlreiche Geheimnisse. Geheimnisse, die noch viel tödlicher sind als die Antags …

Der Autor

Greg Bear wurde 1951 in San Diego geboren und studierte dort Englische Literatur. Seit 1975 als freier Schriftsteller tätig, gilt er heute als einer der ideenreichsten wissenschaftlich orientierten Autoren der Gegenwart. Etliche seiner Romane wurden zu internationalen Bestsellern. Im Wilhelm Heyne Verlag sind zuletzt erschienen: *Die Stadt am Ende der Zeit*, *Das Schiff* und *Äon*.

Mehr über Greg Bear und seine Romane erfahren Sie auf:

diezukunft.de

GREG BEAR

DIE FLAMMEN DES MARS

DIE WAR-DOGS-TRILOGIE

Erster Roman

WILHELM HEYNE VERLAG
MÜNCHEN

Titel der amerikanischen Originalausgabe
WAR DOGS
Deutsche Übersetzung von Andreas Brandhorst

FSC
www.fsc.org
MIX
Papier aus verantwortungsvollen Quellen
FSC® C014496

Verlagsgruppe Random House FSC® N001967
Das für dieses Buch verwendete
FSC®-zertifizierte Papier *Holmen Book Cream*
liefert Holmen Paper, Hallstavik, Schweden.

Deutsche Erstausgabe 04/2015
Redaktion: Rainer Michael Rahn

Printed in Germany 2015
Umschlaggestaltung: Nele Schütz Design, München,
unter Verwendung von shutterstock/Igor Zh.
Satz: KompetenzCenter, Mönchengladbach
Druck und Bindung: GGP Media GmbH, Pößneck

ISBN 978-3-453-52870-3

www.diezukunft.de

Unten auf der Erde

Ich versuche, nach Hause zu kommen. Wie der Dichter sagte: Wenn man nicht weiß, wo man ist, weiß man nicht, wer man ist. Zu Hause kriegt man all das auf die Reihe.

Ich latsche hier außerhalb der Skybase Lewis-McChord und bin ziemlich sicher, dass ich mich im Staat Washington befinde und dem Verlauf des Pacific Highway folge. Außerdem zweifle ich kaum daran, im einundzwanzigsten Jahrhundert zu sein, es sei denn, dies ist ein verfutschter Film …

Doch dann zerreißt ein heulendes Donnern die Luft, und ein breiter Schatten streicht über die Straße, über Cafés, Leihhäuser und Kreditbuden, Sekunden später gefolgt von einem Dunst aus Raketentreibstoff, der einem Tränen in die Augen treibt. Ich drehe mich auf schmerzenden Füßen und beobachte, wie eine Doppeleikröte vom Himmel herabbrennt und einen bunten Schweif über McChords Landefeld hinterlässt …

Es macht einen nachdenklich.

Ich bin mit einem solchen Ding unterwegs gewesen, nach acht Monaten im Vak, vier hin und drei zurück.

Sieben glückselige Monate im Timeout, in einer dunklen Röhre voller Kosmolin.

Alles für drei Wochen in der Scheiße. Ziemlich harte und verwirrende Wochen.

Mir schwindelt. Ich senke den Blick, blinzele das Brennen weg und gehe weiter. Das Kosmolin verfutscht noch immer meine Sinne.

Hier auf der Erde sagen wir nicht mehr *fuck* und *verfickt* und so, denn das mögen die Gurus nicht. Stattdessen sagen wir »Futsch« und »verfutschen«. Gehört zum Preis der Freiheit. Draußen auf dem Roten sagen wir *fuck*, sooft wir wollen. Die Engel filtern unsere Worte, damit die Gurus nichts Ungebührliches hören.

AVOHI.

Joe kennt da eine verrückte Geschichte über *fuck*. Ich erzähle sie später, aber derzeit bin ich mit Joe nicht besonders glücklich. Wir sind mit verschiedenen Schiffen heimgekehrt, er ist nicht im Mobzentrum aufgekreuzt, und mein Cougar parkt noch immer beim Skyport Virginia. Ich könnte mich von einem Shuttle in die Stadt bringen lassen, aber Joe hat mir geraten, mich bedeckt zu halten. Außerdem brauche ich unbedingt Zeit für mich allein, um die Beine zu strecken, die Füße mal in die Ecke zu stellen. Hier kann ich mich über einen blauen Himmel freuen, wenn ich es schaffe, nach oben zu sehen, ohne umzukippen. Offene Luft ohne Helm – und ohne den Gestank von Raketentreibstoff – ist neu für die Nase und

Balsam für die Lunge. Doch schon nach zwei Kilometern kriege ich Krämpfe in den Waden; nach so langer Zeit zieht die Erde mächtig an einem. Mir ist nach Kotzen zumute. Ich ziehe die Schultern hoch, reiße mich zusammen, schließe den Mund, schüttele den Kopf… und schaffe es gerade so, den Inhalt meines Magens bei mir zu behalten.

Plötzlich habe ich nicht mehr das Bedürfnis, den ganzen Weg nach Seattle zu Fuß zu gehen. Ich hebe den Daumen und setze ein angemessen trotteliges Lächeln auf. Nach einer halben Stunde ohne Erfolg überlege ich, ob ich mein Glück in einem kleinen Starbucks versuchen soll, als sich eine kleine blaue Elektromühle von hinten anschleicht, so leise wie ein schlechter Furz. Leise ist nicht gut.

Ich wirbele herum und versuche, mit dem Zittern aufzuhören, als die Fenster heruntersurren. Die Fahrerin ist gut fünfzig und hat rötliches Haar mit grauen Strähnen. Für einen mulmigen Moment denke ich, dass Madigan sie geschickt haben könnte, dass sie vielleicht von der MGB kommt. Joe hat mich gewarnt: »Um Himmels willen, nach all dem, was geschehen ist, halte dich bloß von Ärzten fern.« MGB ist die Abkürzung von »Militärische Gesundheitsberatung«. Aber die Fahrerin kommt nicht von Madigan. Sie fragt, wohin ich will. In die Innenstadt von Seattle, sage ich. Steigen Sie ein, sagt sie. Wie sich herausstellt, ist sie die Sekretärin eines Colonels in Lewis, eine ganz gewöhnliche Großmutter, doch sie hat seltsame graue

Augen, die mich eine Zeit erahnen lassen, in der ihre Verachtung das Leben von Männern formte.

Ich frage sie, ob sie mich zum Pike Place Market bringen kann. Alles klar, sagt sie, und ich steige ein. Nach einer Weile erzählt sie mir, dass sie einen Sohn wie mich hatte. Auf dem Titan zum Helden geworden, sagt sie. Aber das kann sie eigentlich nicht wissen, denn wir waren doch noch gar nicht auf dem Titan, oder?

»Tut mir leid, dass Sie ihn verloren haben«, sage ich. Ich sage nicht: *Bin froh, dass es jemand anderen erwischt hat.*

»Wie läuft der Krieg da draußen?«, fragt sie.

»Keine Ahnung, Ma'am. Bin gerade zurück und noch ziemlich groggy.«

Wir haben viele Fragen, aber sie werden nicht alle beantwortet, nicht annähernd. Sie lassen uns nur das wissen, was wir unbedingt wissen *müssen*, aus Sorge, dass wir andernfalls zu spekulieren beginnen und dadurch an Konzentration verlieren.

Danach reden wir nicht viel, die Frau und ich. Verfutschter *Titan*. Klingt alt und kalt. Welche Art von Schutzanzügen würden wir dort tragen? Wäre alles in Kälte erstarrt? Der Mars ist schlimm genug. An den Roten haben wir uns fast gewöhnt. Man bleibe wachsam in Staub und Fels. Unsere Scheiße liegt dort. Den Rest überlassen wir den Generälen und Gurus.

Gehört alles zum Deal. Zum großen Deal.

Titan. Jesus.

Die Großmutter im zu leisen Elektrowagen bringt mich nach Norden zur Spring Street, dann nach Westen zur Pike und First, wo sie mich mit einem freundlichen Lächeln und einem warmen, traurigen Händedruck absetzt. Als ich mich umdrehe und den Markt sehe, habe ich sie auch schon vergessen. Nichts hat sich geändert seit der Vak-Ausbildung in der SBLM, als wir die Kneipen vor Ort satthatten und nach Norden fuhren, auf der Suche nach Randale. Und dann verschlug es uns hierher. Der Markt gefiel uns. Das große Leuchtschild. Die große runde Uhr. Touristen, Händler und noch mehr Touristen, und vorn das zeitlose Bronzeschwein.

Ein kleines Mädchen in rosarotem Kleid sitzt grinsend auf dem Schwein und klopft auf seine glänzenden Flanken. Wofür wir kämpfen.

Ich trage Zivil, aber das Kosmolin gibt der Haut eine Färbung, die erst nach Tagen verschwindet, wenn man das Zeug rausgepisst hat, und so kann man mir ansehen, dass ich im Timeout gewesen bin. Zivilisten sollen keine bohrenden Fragen stellen, aber sie lächeln wie wissende Schafe. *He, Raumfahrer, willkommen daheim! Sag mal, wie ist das Vak*?

So läuft das.

Eine hübsche Laotin verkauft zusammen mit ihren Söhnen und Töchtern Obst, Gemüse und Blumen. Ihr Stand ist eine Kaskade aus Paprikaschoten: große und kleine, scharfe und süße, gelbe, grüne und rote. Hinzu kommen Walla-Walla-Süßigkeiten, dicke braune und frische grüne Zwiebeln, rote, goldgelbe, blaue und rostbraune Kartoffeln, Jamswurzeln und Süßkartoffeln, Stangenbohnen – grün, gelb, violett und gefleckt –, Rote Beete und Rüben, in Bündeln zu verkaufen, mit reichlich grünen Blättern dran. Hinter der Ecke des Stands sehe ich alle Arten von Pilzen, allerdings von der komischen Sorte. Das riesige Angebot verwirrt mich. Ich bin an Braun und Rot gewöhnt, an Dunkelblau und sternenbesetztes Schwarz.

Eine Landschaft aus Kohl erstreckt sich vor mir. Ich denke ernsthaft daran hineinzuspringen und zum Tresen zu kraulen, mich durch die dicken Blätter zu kauen, die Farbe in mich aufzunehmen, violett und grün zu reiern. Stattdessen kaufe ich Sellerie und verlasse den Strom der Touristen. Ich lehne mich an eine Wellblechtür, trete vom einen schmerzenden Fuß auf den anderen, bis ich schließlich mit dem kühlen Metall im Rücken in die Hocke gehe und den Sellerie verschlinge, mit Blättern, Schmutz und allem, bis zum knusprigen Kern. Wundervoll. Genau das Richtige gegen die Timeout-Übelkeit.

Nach dem Sellerie geht es mir besser. Wird Zeit, den Weg fortzusetzen. Noch anderthalb Kilometer bis zum Schlafen.

Ich bezweifle, dass ich groß schlafen kann.

Skyrines bleiben meistens in der Nähe der großen Raumhäfen und kommen in irgendwelchen Affenkästen oder sicheren Absteigen unter. Meine Lieblingspenne ist ein niedliches Apartment in Virginia Beach.

Dorthin könnte ich jetzt unterwegs sein, am Steuer meines Cougar auf der Chesapeake Bay Bridge, mit offenem Verdeck, die warme Meeresluft genießend. Aber dank der jüngsten Ereignisse – und dank Joe – ist das nicht der Fall. Diesmal nicht. Vielleicht nie wieder.

Ich richte mich auf und schlängele mich durch die Menge, aber mir zittern noch immer die Knie. Vielleicht schaffe ich es nicht zu Fuß, und deshalb winke ich ein Taxi heran. Der Taxifahrer ist ein Weißer in mittleren Jahren, aus Texas. Die meisten Typen, die hier früher Taxi fuhren – Libanesen, Äthiopier und Sikhs, zumindest die jüngeren von ihnen –, sind in den Krieg gezogen. Sie kommen mit dem Timeout gut zurecht, besser als weiße Texaner. Braune beherrschen das Vak, heißt es. Dort draußen gibt es reichlich Braun, Schwarz und Beige: Inder, eingewanderte Kenianer, Nigerianer und Somalis, Mexikaner, Philippiner, Malaysier, Jamaikaner, Puerto Ricaner, alle Arten von Asiaten. Mit Spaceframes ins All geschickt, die Stangen zu Bündeln zusammengefasst – und dann auseinandergeworfen, puff, eine Wolke, die auf dem Roten niedergeht. Vielleicht weniger gefährlich als huckepack, und wird eindeutig besser bezahlt.

Ich hab nichts Braunes an mir. Werd nicht mal in der Sonne braun. Ich bin ein weißer Junge aus Moscow, Idaho, ein IT-Genie, das die Nase voll davon hatte, in irgendwelchen Nischen zu malochen, in der Gesellschaft von Mistkerlen wie er selbst. Hab mich bei den Skyrines verpflichtet (das wird »Skairiens« ausgesprochen), alle Prüfungen abgelegt, Grund- und Wüstenausbildung absolviert, den ersten Orbital überlebt, ebenso den ersten Sprung auf den Roten, bin lebend und einigermaßen heil heimgekehrt … und verdiene jetzt gutes Geld. Fluggeld, Kampfgeld, »Gefechtsbonus« genannt, und Kosmolin-Extra.

Manche sagen, der ganze Kram mit der Zellensuspension, die wir »Timeout« nennen, verkürzt das Leben, zusammen mit Sonneneruptionen und Gammastrahlung. Die Militärärzte leugnen das, aber viele von ihnen wurden vor meinem letzten Einsatz in einen Skandal verwickelt, der sie ihren guten Ruf kostete. Ein ganzer Haufen von ihnen in Madigan bekam sein Fett weg, wegen Vernachlässigung unserer Raumleute. Ihre Docs neigen dazu, Raumleute – insbesondere Skyrines – für Faulenzer und Nörgler zu halten. Ein weiterer Grund, die MGB zu meiden. Wir verdienen mehr als sie, und trotzdem beklagen wir uns. Sie hassen uns. Sollen sie jeden Tag Sandlatscher bekommen.

»Wie viele Absprünge?«, fragt der texanische Taxifahrer.

»Zu viele«, antworte ich. Seit sechs Jahren bin ich dabei.

Er mustert mich im Spiegel. Das Taxi fährt sich selbst; er sitzt nur der Schau wegen am Steuer. »Haben Sie sich jemals nach dem Warum gefragt? Haben Sie sich jemals gefragt, was Sie *ihretwegen* aufgeben? Es sind nicht einmal Menschen.« Einige meinen, wir sollten gar nicht dort draußen sein; vielleicht gehört er zu ihnen.

»Haben Sie sich das jemals gefragt?« Der Taxifahrer schaut noch immer in den Spiegel.

»Ich frag's mich die ganze Zeit über«, sage ich.

Angefressen richtet er den Blick nach vorn.

Das Taxi bringt mich nach Belltown und lässt mich auf einer halbrunden Zufahrt aussteigen, im Schatten eines Hochhauses namens Sky Tower One. Ich zahle in bar. Der Taxifahrer belohnt mich mit einem verdrießlichen Blick, obwohl ich ihm reichlich Trinkgeld gebe. Auch ihn vergesse ich, kaum bin ich aus dem Taxi raus. Mistkerl.

Der Tower-Aufzug hat eine Glaswand, damit man die Aussicht genießen kann. Alkoven säumen den geschwungenen Flur meiner Etage, alle leer um diese Zeit. Ich gebe den Zahlencode ein, es klickt, die Tür öffnet sich, und das Apartment begrüßt mich mit einigen fröhlichen, aufsteigenden Tönen. Extrem retro, traditionelles Seattle, keine Spur von Guru-Tech. Dies stammt aus der Zeit vor meiner Geburt.

Halte dich bedeckt. Errege keine Aufmerksamkeit.

Himmel. Ich bin nicht daran gewöhnt, ein Schatten zu sein.

Die Wohnung ist genau so, wie ich sie in Erinnerung habe: hübsch und kühl, die Wände grau, Teppich und Einrichtung grau und mattblau, wie der Erdhimmel mit einem Wolkenschleier, ein bisschen Holz und weiße Emaille bei den Installationen. Couch und

Sessel sind mittedesjahrhunderts-modern. Der Weihnachtsbaum des letzten Jahrs steht noch; vom Wasser ist nur Dreck übrig, und die Zweige sind nackt, aber Roomba hat die Nadeln aufgesaugt. Liebe Roomba. Ist ebenfalls prä-Guru. Kommt aus ihrem Platz in der Treppe und beschnüffelt wie ein glücklicher grauer Trilobit meine Zehen.

Ich beende meine Tour – jedes Zimmer zweimal überprüft, so verlangt es die tief in mir verwurzelte Vorsicht; niemand da –, ziehe einen Eames-Sessel vor das deckenhohe Fenster, lehne mich zurück und starre über den Sund. Der große Himmel beduselt mich, also senke ich den Blick auf die grünweißen Fähren, die kommen und gehen, beobachte dann die endlose Schlange aus Tankern und großen Frachtschiffen. Gut zu wissen, dass Hanjin und Maersk noch immer blaue, orangefarbene und braune Stahlcontainer transportieren, zusammen mit Hogmaw, Haugley und wie sie alle heißen. Jeder Container ist ein Siebtel so groß wie ein gewöhnlicher Spaceframe und zweifellos gefüllt mit schlauen Waren, hergestellt mithilfe von Guru-Geheimnissen, die unsere Wirtschaft wie mit einer Prise Meth auf Schwung bringen.

Auch dafür kämpfen wir, für *sie*.

Hintergrund, Teil 1

AWM. Alles Wahrer Mist. So heißt es jedenfalls.

Die Gurus, deren wahrer Name, wenn es wirklich ihr wahrer Name ist, von Menschen kaum ausgesprochen werden kann, gaben sich vor dreizehn Jahren auf der Erde zu erkennen. Sie kamen aus der jemenitischen Wüste, wo ihr erstes Scoutschiff gelandet war. Sie wollten einen Brückenkopf bilden und sicherstellen, dass die Menschen sie nach der Entdeckung nicht einfach überrannten.

Den Erstkontakt stellten sie mit einigen Kameltreibern her, die sie für Dschinns hielten, für Geister. Als die Fremden die Zeit schließlich für reif hielten, präsentierten sie sich dem Rest der Menschheit. Wie es in der Geschichte heißt, hackten sie sich in Telekommunikationsnetze und Satellitenverbindungen, sammelten mit anonymen Handelskonten einen Haufen Geld an und veröffentlichten online einige erstaunliche Rätsel, mit denen sie die Aufmerksamkeit der Neugierigsten und Intelligentesten weckten. Sie rekrutierten einige von ihnen und erzählten von einem angeblichen weltweiten Braintrust, der Büros in wichtigen Hauptstädten eröffnen wollte. Mit dieser Story schickten sie die Angelockten um den ganzen Globus, mit der Aufgabe, Niederlassungen zu gründen.

Bei einer zweiten Online-Aktion veranstalteten die Gurus und ihre neuen Rekruten für eine zweite Gruppe von Auserwählten ein fröhliches Geocache, eine Suche nach etwas, das auf eine große Gefahr für die nationale Sicherheit hindeutete. Eine solche Gefahr existierte natürlich, und zwar in Gestalt der Gurus.

Indem sie auf diese Weise vorgingen, wurde einigen besonders klugen Köpfen nach und nach klar, dass sie es nicht mit einem exzentrischen reichen Eremiten zu tun hatten, der über einen besonders schrulligen Sinn für Humor verfügte. Und es gab echte Belohnungen, üppig gefüllte Ostereier, die darauf warteten, geöffnet zu werden. Die logische Verbindung der interessantesten Rätsel führte zu einigen wichtigen mathematischen und wissenschaftlichen Erkenntnissen. Eine von ihnen, die Quantenverflechtung, hatte das Potenzial, die Bandbreite jedes Shannon-konformen Netzwerks millionenfach zu vergrößern.

Erst dann ließen die Gurus die Maske fallen, wieder mithilfe einer speziell vorbereiteten Gruppe von Mittlern. Sie kamen in Frieden. Natürlich. Sie beabsichtigten, zu gegebener Zeit noch mehr zu helfen. Ihre Enthüllungen legten sie häppchenweise auf den Teller, um die proprietären Pferde nicht scheu zu machen.

Die Regierungsoberhäupter der Erde merkten, wie das große Spiel nach und nach geändert wurde, mit bemerkenswert viel Takt und politischer Weisheit. Den Bürgern wurde es einige Monate später klar, nach einigen sorgfältigen Vorbereitungen. Die Gurus schienen unsere Psychologie und Soziologie ebenso gut zu verstehen wie die Regeln des Universums. Sie wollten einen allmählichen Übergang.

Im Lauf von sechs Monaten zeigten sich die Gurus, nach und nach. Einzeln oder zu zweit verließen sie ihren Brückenkopf in der jemenitischen Wüste, in der Region Hadramaut, besuchten Hauptstädte, Wirtschaftszentren, Universitäten und Thinktanks, verwandelten sich dabei sowohl in Geiseln als auch unentbehrliche Berater.

Die Gurus erklärten, dass nur wenige von ihnen bei uns weilen, weil interstellare Reisen äußerst schwierig und teuer sind, selbst mit ihrer Technik. Das hatten unsere Wissenschaftler bereits vermutet. Wir wissen noch immer nicht, wie viele Gurus ursprünglich zur Erde kamen, aber derzeit dürften es – nach den Schätzungen unserer Regierungen, beziehungsweise nach den Schätzungen, an denen sie die Öffentlichkeit teilhaben lassen – etwa dreißig sein. Es scheint ihnen nichts auszumachen, voneinander und vom Rest ihres Volkes getrennt zu sein, aber sie beschränken ihre menschlichen Kontakte auf einige Dutzend. Manche nennen diese ausgewählten Emissäre »Bedienpersonal«.

Es dauerte eine Weile, bis die Gurus die nächste große Überraschung präsentierten. Im Rückblick wird der Grund dafür klar. Es war eine ziemlich große Überraschung, und nicht unbedingt von der angenehmen Art.

Als wir uns gerade an die neue Weltordnung gewöhnten – als wir dabei waren, uns als würdig zu erweisen –, gestanden die Gurus, dort draußen in all den dunklen Weiten nicht die Einzigen zu sein. Todfeinde hätten sie von Stern zu Stern gejagt, erklärten sie, und dadurch seien sie jetzt sehr geschwächt und fast wehrlos.

Die Gurus waren nicht einfach großzügig mit ihren technischen Geschenken. Sie brauchten unsere Hilfe, und wir mussten antreten und ihnen helfen, denn ihre Feinde befanden sich bereits am eisigen Rand unseres Sonnensystems und schickten sich an, ihren eigenen Brückenkopf einzurichten. Aber nicht auf der Erde.

Auf dem Mars.

Einige Gelehrte begannen damit, den Feind »Antagonisten« zu nennen, kurz »Antags«. Der Name blieb hängen. Wir erfuhren nur wenig über sie, abgesehen davon, dass sie durch und durch böse waren.

Und so legte man uns die erste Rechnung vor, und die Skyrines mussten sie bezahlen, wie üblich.

Eine wässrig gelbe Sonne geht im grauen Dunst von Seattle unter. Die Nacht zieht heran; Schiffslichter schwimmen und tanzen in meinen Tränen. Ich scheide noch immer schleimigen Mist aus. Während der ersten Tage können Raumleute keine Medikamente nehmen, weil unsere Leber voll und ganz damit beschäftigt ist, Reste abzubauen. Das Zeug kommt aus unserer Haut und strömt in unserem Atem, wie billiger Gin und alter Schweiß. Zivile Ladys mögen den Gestank nicht, bis wir sie an das Geld erinnern; dann sind einige von ihnen bereit, ihn hinzunehmen.

Die Wohnung ist still. Still und leer. Raumleute sind nur selten allein, wenn sie kommen oder gehen oder in der Scheiße stecken. Wenn wir nicht im Timeout sind, haben wir immer eine leise Stimme im Ohr, entweder von einem anderen Skyrine oder von unserem Engel. Aber es stört mich nicht, allein zu sein. Nicht wenn es nur einige Stunden sind. Nicht wenn Joe zurückkehrt und mir erklärt, wie alles gelaufen ist. Was es mit dem wahren Geheimnis auf sich hat, mit den Muskis und dem Drifter, der Siliziumseuche und dem Turm der klugen Diamanten.

Mit Teal.

Und den Voors, fiesen, habgierigen Hurensöhnen, die fast alles verloren und es vielleicht verdienten, noch mehr zu verlieren. Aber *uns* haben sie nicht verdient.

Ich rolle mich im Eames-Sessel zusammen und ziehe die Decke hoch. Ich bin so müde, aber mir gehen auch viele Gedanken durch den Kopf. Es dauert nicht lange, bis ich einschlafe, und der Traum bringt mich in die Scheiße zurück.

Es ist alles ganz deutlich.

Ich hasse Physik

Physik ist das, was einen umbringt, doch Biologie ist das, was dich töten will.

Wir sind gerade aus dem Timeout gekommen und hellwach im Drucktank, der sich in der Mitte unseres Spaceframes befindet. Enthusiasmus erfüllt uns, während rotierende Lappen das Kosmolin von uns putzen, wie in einer Autowaschanlage, nur in Schwerelosigkeit.

An diesem Sprung, so hören wir, nehmen sechs Spaceframes teil, die in einen Landeorbit fallen. Die ersten beiden Frames enthalten zwei Bündel, jedes Bündel ein rotierender Zylinder mit drei Stangen wie Projektile. Wir nennen sie Rotisserien. Jede Stange befördert eine Skyrine-Abteilung. Damit sind wir zweihundertvierzig bei diesem Sprung. Die Frames Nummer fünf und sechs transportieren Schlitten mit schweren Waffen, Fahrzeugen und zwei Fontänen. Den Kram kriegen wir erst zu Gesicht, wenn wir auf dem Roten sind.

Nach dem Reinigen ziehen wir hautenge Anzüge an, nehmen eine letzte Integritätskontrolle vor, schnallen

Handfeuerwaffen um, empfangen handtellergroße Kartuschen mit abgebauter Materie, streifen Bauschpakete über und klettern wieder in die Stangen. Alles präzise und schnell, keine Zeit zum Nachdenken. Das Warten in den Stangen ist nicht gut. Die Röhren sind eng und dunkel. Unsere Engel spielen beruhigende Musik, aber das macht es nur noch schlimmer.

Ich beginne zu zucken.

Warum dauert es so lange?

Dann zischt, heult und quietscht alles, und ich meine wirklich *alles*. Ich werde in meiner Röhre zur einen und zur anderen Seite gedrückt, nach oben und nach unten, und alle zusammen singen wir *Halleluja!*, denn wir sind unterwegs.

Die Bündel drehen sich fort vom Frame, die Bremstriebwerke zünden, und die Ablösung der Stangen steht unmittelbar bevor. Ich sehe nichts von all dem, aber ein Diagramm wird hübsch bunt an die Innenseite meines Visiers projiziert. Alles in bester Ordnung.

Unser Sprung hat begonnen.

Die Stangen lösen sich hintereinander von den Rotisserien. Die Atmosphäre packt nicht sofort zu, und das fühlt sich falsch an. Kurz darauf geht es los: das Brüllen des Eintritts. Als der Lärm außerhalb meiner Stange unerträglich wird, schießen dreißig von uns aus ihren Röhren, aus dem Ende der Stangen. Rasch gehen wir in Formation und klammern uns an die Luftschilde.

Die Schilde bocken in der oberen Atmosphäre.

Über dem Mars.

Der Himmel ist rot.

Jeweils zehn von uns reiten auf einem Schild, der uns während des mehrere Minuten dauernden freien Falls ordentlich durchschüttelt. Dann rollen wir ab. Es folgt ein Moment mit weißem Licht und Backofenhitze. Eine Seite meines Hautengen flattert und legt sich mir auf die Haut. Angenehm kuschelig.

Mein Sprungpaket spinnt Millionen von Fäden, so dünn, dass sie fast unsichtbar sind. Wir sprechen von »Bausch«. Die Fäden dehnen sich zu einem fünfzig Meter großen Ball aus, der nach der dünnen, dünnen Atmosphäre des Mars greift und an anderen Bällen festklebt, an anderen Skyrines in Bäuschen.

Um uns herum verbrennen die Spitzen der vielen Fäden. Wir stecken im Innern der Bäusche, wie Larven in brennender Zuckerwatte. Es ist spektakulär: ein greller, künstlicher Sonnenaufgang. Ich schnaufe wie ein Rennpferd am Ende seines Rennens. Mein Visier beschlägt. Ich kann kaum etwas sehen, bin mir aber sicher, dass Ärger im Anmarsch ist. Der große Ball hat sich zu früh geöffnet. Nur drei Skyrines befinden sich in meinem kirschroten Glühen. Andere sind in feurigen Klumpen fortgewirbelt. Wer weiß, wo sie landen werden.

Das Glühen brennt immer näher zu mir herab, wird heller und heller. Mehrmals schlägt eine Faust auf mich ein, immer dann, wenn wir langsamer werden, von vier Kilometern pro Sekunde auf einen, schließlich auf einen pro Minute, und dann, als auch die letzten Bauschreste verbrannt sind, als sich die Pakete von uns lösen und Separationsdüsen sie forttragen, leer und verbraucht …

Wir drei beugen die Knie und landen alles andere als sanft.

Ich komme wieder auf die Beine und bin überrascht, noch am Leben zu sein. Schlechte Sprünge enden meistens fatal. Ein schneller Blick in die Runde. Alles flach und weit.

Willkommen auf dem Mars.

Auf dem Roten.

Keine unmittelbare Gefahr.

Eine gute Gelegenheit, ungehindert *Fuck!* in meinem Helm zu rufen und herauszufinden, was zum Teufel schiefgelaufen ist.

Ich bin mit Tak und Kazak heruntergekommen. Vermutlich waren es DJ, Wee-Def und Michelin, die im letzten Bauschleuchten davongerauscht sind. Vielleicht trennen uns nicht mehr als ein oder zwei Kilometer von ihnen. Die Bündel haben unsere Stangen offenbar schon im Orbit gestartet statt tiefer in der Atmosphäre. Das bedeutet: Wir sind vom Rest unseres Zugs getrennt, und ich habe keinen blassen Schimmer, wie groß die Entfernung sein könnte. Vermutlich kamen die anderen in einem Nord-Süd-Fächer herunter, der sie hundert Kilometer weit verstreute.

Unter solchen Umständen dauert es vielleicht Tage, bis wir wieder alle zusammen sind.

Es gibt keine Transportschlitten in der Nähe, also keine Fahrzeuge: keine Skells, Tonkas oder Deuces.

Allem Anschein nach sind wir auf unsere Füße angewiesen.

Und große Waffen fehlen ebenfalls.

Was von unseren Bauschpaketen übrig ist, liegt noch immer qualmend einige Hundert Meter weiter im Norden. Ich meine den GPS-Norden – der Rote hat kein Magnetfeld. Gut, denke ich. Die Satelliten funktionieren noch. Wir können also die letzten taktischen Infos empfangen und uns geordnet neu gruppieren. Doch dann verliert mein Engel das Signal. Das Gyro funktioniert allerdings noch, und durchs Helmgitter beobachte ich die Sonne.

Die Antags holen immer wieder unsere Installationen aus dem Orbit, sowohl die Navigations- und Spähsatelliten als auch den anderen Kram. Neu eingetroffene Spaceframes spucken das Zeug aus, zusammen mit Skyrines und Transportschlitten, aber wenn wir ankommen, wissen wir oft nicht, wo wir sind und was wir tun sollen. Man rät uns, in Bewegung zu bleiben, weil mobile Ziele schwerer zu treffen sind. Wir nennen es »Weg des Betrunkenen«, doch die meisten von uns Betrunkenen haben vor allem Gebete intus: dass wir in Reichweite des Rests der Kompanie sind, dass wir einen intakten Schlitten und vielleicht sogar eine Fontäne finden, oder dass wir wenigstens über einen Zeltkasten stolpern.

Nach vier Transvak-Monaten sorgt der aus Epi und Histaminen bestehende Cocktail vor dem Sprung dafür, dass ich mich großartig fühle, von einem leichten Flatterich mal abgesehen. Aber ich achte nicht darauf, wie ich mich fühle, und Tak und Kazak ebenso wenig. Wir alle sind Sergeanten und nicht zum ersten Mal hier. Unsere Engel koordinieren mit einigen schnellen, zirpenden Signalen, die höchstens zwei, drei Dutzend Meter weit reichen. Kein Glück. Niemand hat den Plan. Keine aktuellen Aufklärungsdaten. Unteroffiziere unter sich.

Derzeit wissen wir alles, das es zu wissen gibt. Aber wir wissen nicht einmal, wo wir gelandet sind.

Wir halten die Helme aneinander.

»Welche Stärke?«, fragt Tak.

»Eine Abteilung, mehr nicht«, sage ich. »In diesem Sektor.«

»Welcher verfickte Sektor ist das?«, fragt Kazak.

»Nordwestliches Tiefland«, vermute ich. »Der Druck kommt ungefähr hin.« Mit dem Stiefel kratze ich braunen Staub vom flachen Ortstein und deute nach Norden. »DJ und ein paar andere sind dort runtergekommen.«

Mit DJ meine ich Engineering Sergeant Dan Johnson.

»Machen wir uns auf die Suche nach ihnen«, sagt Tak.

»Hier gibt's nichts, wofür es zu bleiben lohnt«, pflichtet ihm Kazak bei. »Mieser Ort für einen Kampf: kein hohes Gelände, keine Deckung. In diesen Scheißfels kann man sich nicht mal eingraben. Wo sind wir, im verfickten Hellas? Warum hat man uns mitten im Nichts abgesetzt?«

Die Frage bleibt unbeantwortet.

Wir gehen los, ausgestattet mit Luft und Wasser für etwas weniger als fünf Stunden und bewaffnet nur mit Blitz-und-Kugel-Pistolen, die aussehen wie .45er mit dicken Läufen. Tak Fujimori hat einen orangefarbenen Streifen an seinem Helm. Er stammt aus Oakland und hat zusammen mit mir die Vak- und Sprung-Ausbildung bei SBLM und Hawthorne hinter sich gebracht. Er hat eine gedrungene, kräftige Statur und ist sehr religiös, allerdings weiß ich nicht, welche Religion es ihm angetan hat, vielleicht alle.

Timur Nabijew – Kazak – trägt einen blauen Streifen. Er kommt aus Kazachstan, von der Eurasischen Verteidigung. Er ist mit Chinesen und Uiguren in der kalten Taklamakan-Wüste ausgebildet worden, mit Spezialisierung auf staubigen Kampf, und dann mit Italienern und Franzosen im Bereich des Vesuv und auf den Kanarischen Inseln. Kazak ist nur religiös, wenn er auf dem Roten ist; dann wird er zum Baptisten oder vielleicht Orthodoxen.

Auf dem Roten sind wir alle religiös, der eine mehr, der andere weniger. Die Sowjets haben einmal gesagt, sie seien im All gewesen, ohne Gott zu finden. Offenbar sind sie nie aus einer hohen Umlaufbahn gefallen, umgeben von Feuer.

Der Rote ist hier eine große, flache orangefarbene Wüste, durchsetzt mit ein bisschen Violett und Grau. Im Nordwesten zeigt sich eine kleine Kammlinie, niedrig und rund. Abgesehen davon bleibt der Horizont ohne besondere Merkmale. Alles ist auf geradezu monströse Weise flach.

Hautenge sind an den Oberschenkeln und am Oberkörper mit Deflektorschichten ausgestattet, die Projektile abwehren, wenn sie nicht größer als 9mm sind. Vor Antag-Blitzen und ähnlichem Mist schützen sie nicht, und genau damit könnten wir es zu tun bekommen. Nicht einmal unsere Transporter sind ausreichend gepanzert; es würde sie zu schwer machen. Unsere stammen natürlich von Jeep, hauptsächlich ausklappbare Skells mit großen Rädern, aber auch Tonkas, Deuces und mobile Waffenlaster, die »Lastesel« genannt werden oder »Chestys« von denen, die sie besonders mögen. Bei wichtigen Einsätzen, wenn noch größere Waffen gebraucht werden, transportiert man sie auf Plattformen, die wir »Schollen« nennen.

Wenn doch nur ein Schlitten mit Fahrzeugen heruntergekommen wäre. Wenn wir doch nur einen finden könnten.

Der Himmel bleibt leer und still.

Keine weiteren Sprünge.

Funk ist uns verboten. Selbst Laser-Uplinks sind

nicht möglich, solange keine neuen Satelliten in die Umlaufbahn gebracht werden. Wenn das geschieht, bekommen wir Datenupdates und Karten per Lasercode aus dem Orbit, es sei denn, es gibt Staubwolken, die das Licht brechen und die Datenübertragung beeinträchtigen. Mikrowellen können fast jede Art von Staub durchdringen, doch dem Führungsstab sind direkte Lasersignale lieber, und Antags könnten Sensoren auf jedem Höhenzug und jedem Hügel haben. Wenn Staub unsere Übertragungssignale streut, verstehen sie sich gut darauf, mit umgekehrtem Fourier unsere Positionen bis auf wenige Meter genau zu bestimmen und uns wie Fliegen auf einem Backblech zu grillen. Also gehen wir still und leise, abgesehen vom Zirpen der Engel und Helmkontakt.

Wenn eine Fontäne es geschafft hat, so schläft sie gut getarnt und wartet auf unsere magische Berührung. Schwer zu finden. Aber wenn wir eine finden, können wir unsere Vorräte auffrischen und vielleicht ein bisschen schlafen, bevor wir in der Scheiße sitzen.

Oder es gibt keine Scheiße.

Schwer zu sagen, was geschehen wird.

Nach all der Zeit wissen wir fast nichts über den Feind, außer dass er ungefähr so groß ist wie wir, Helme mit schnabelartigen Erweiterungen trägt, zwei lange Arme mit weiten Ärmeln sowie drei Beine – oder zwei Beine und einen Schwanz – hat und nicht von hier ist. Nur einmal habe ich ein paar Reste von ihnen aus der Nähe gesehen.

Wenn wir siegen, bleiben nur Fetzen und Flecken von ihnen. Wenn sie siegen …

Alles Physik.

Während wir unterwegs sind, beobachte ich immer wieder den Horizont. Eine nervöse Angewohnheit. Die dortige dünne Linie der Atmosphäre zeigt ein bräunliches Rosarot und ist leer, abgesehen von einer hellbraunen verschwommenen Stelle beim fernen Höhenzug, einem Etwas, das stationär zu sein scheint. Habe ich es das letzte Mal übersehen? Ich weise die anderen darauf hin. Könnte ein Fahrzeug sein oder eine abgesetzte Fontäne. Oder Antags.

Erst suchen wir DJ und die anderen. Wenn wir sie gefunden haben, machen wir uns dorthin auf den Weg. Immer mit der Ruhe.

Mein Engel über dem linken Ohr folgt meinem Blick mit leisem Surren, erstellt Raster und vergleicht das belanglose Terrain mit gespeicherten Profilen. Ich sehe erst Tak und dann Kazak an. Ihre Engel stimmen meinem zu. Wir sind über Marte Vallis im südlichen Elysium abgesprungen, einige Sol-Märsche von einem kleinen Podestkrater entfernt, den die Engel unter der Bezeichnung EM2543a kennen, lokal »Bridger« genannt, vermutlich nach irgendeinem Muski, der dort gestorben ist.

Der Löss reicht in kleinen, schlangenartigen Wellen über den Ortstein. Wir überqueren ein X, ein Y und dann ein W aus langen, breiten Markierungen, die wie

Straßen aussehen. Wir haben sie aus der Umlaufbahn und der Luft gesehen und wissen, dass einige von ihnen Hunderte Kilometer lang sind. Natürlich sind es keine Straßen, sondern Windkringel, geheimnisvolle Nachrichten, von Millionen Staubtromben auf die weite Ebene gekritzelt.

Nach unseren Engeln sind wir auf einem niedrigen Plateau aus uraltem Olivin unterwegs. Eine zweite Schicht aus Flutbasalt überlappt diese einige Dutzend Kilometer weiter südlich. Wenn wir Touristen spielen würden und dorthin gingen, sähen wir, dass sich die Ränder des oberen Plateaus abgelöst haben. Dadurch sind zerklüftete Klippen entstanden, etwa zehn Meter hoch und mit reichlich Schutt zu ihren Füßen, alles recht frisch, weniger als fünfzig Millionen Jahre alt.

Mein Stiefelsensor funktioniert zur Abwechslung und teilt mir mit, dass der lokale Staub pH-neutral ist. Keine Hinweise auf Wasserabfluss. Dennoch, die Basaltschichten liegen auf tiefen, stark gebrochenen und verkanteten Platten aus uraltem Sandstein, vermutlich die Reste eines noachischen Meeresbodens. Was bedeutet, dass es unterirdische beziehungsweise untermarsianische Flüsse geben könnte, Wasser, das in großer Tiefe fließt, ohne in unserer Epoche jemals die Oberfläche zu erreichen. Kein Tropfen für uns, darauf läuft es hinaus. Der Mars ist selten großzügig.

Der Hautenge injiziert mehr Enthusiasmus. Himmel, das liebe ich. Und ich brauche es. Wir erleben unseren ersten Sol! Wie aufregend. Ein Sol ist ein Tag auf dem Roten, nur ein bisschen länger als ein Tag auf der Erde. Während der nächsten sieben oder acht Sols dürfen wir nicht mit Abholung rechnen. Es könnte noch viel länger dauern, wenn sie nicht wissen, wo wir sind, was ich für wahrscheinlich halte. Mit ziemlicher Sicherheit sind wir am Arsch.

Aber für den Moment schert sich niemand von uns darum.

Liebe find't zuletzt ihr Stündlein

Wir marschieren nach Norden und reden kaum miteinander.

Skyrines überleben selten mehr als vier Absprünge. Dies ist mein fünfter. Bisher mache ich mir kaum Gedanken darüber, aber mein Hautenger zieht die Ermutigungen bereits zurück.

Ich hasse Übergänge.

Als die Wirkung des Cocktails nachlässt, denke ich zu viel. Das Gehirn ist nicht mein Freund. Schatten mit ledrigen Schwingen liegen in meinem Hinterkopf auf der Lauer. Vielleicht bin ich übersinnlich begabt, vielleicht auch nicht, aber ich fühle, dass sich noch mehr Ärger anbahnt. Ich fühle es mit einem Stechen wie von einem Messer, dessen Spitze sich mir langsam in die Haut bohrt.

Mit seinen neuen Augen sieht Tak den Körper als Erster. Er hebt einen Arm, und ich gebe das Warnzeichen an Kazak weiter. Wir schwärmen aus und laden unsere Waffen.

Wir gehen langsam, wir springen nicht in der niedrigen Schwerkraft, und nach einigen Minuten sind wir bei dem Körper. Ein weiterer liegt etwa zehn Meter entfernt, und ein dritter zwanzig Meter hinter dem zweiten. Insgesamt drei. Die Uniformen sind russisch, vermutlich mit französischer Ausrüstung. Tak beugt sich über den ersten und dreht ihn auf den Rücken. Der Hautenge ist noch bauschig. Scheußliches klebt am Visier. Ob Mann oder Frau lässt sich nicht feststellen.

Tak deutet auf seinen eigenen Helm und deutet mit den Händen eine Art Explosion an. *Platsch*! Keimnadeln. Der arme Kerl muss innerhalb weniger Sekunden fieberkrank gewesen sein, worauf vier oder fünf Minuten Wahnsinn folgten. Vielleicht hat er oder sie vor der Gärung den Rest der Truppe erschossen. Tak findet die Stelle, wo sich die kleine Nadel durch den Stoff gebohrt hat, und – Tada! – zeigt aufs fedrige Leitwerk. Er versucht nicht, sie herauszuziehen. Mit den Dingern ist nicht zu spaßen. Können selbst dann noch stechen, wenn sie eigentlich nicht mehr stechen sollten. Sie werden von Aerostats abgeworfen, großen Ballons, oder vom Orbit, mit Kapseln, die sich in einer bestimmten Höhe öffnen. In beiden Fällen werden silbergraue Wolken freigesetzt, mehrere Quadratkilometer groß. Die etwa vier Zentimeter langen Nadeln suchen ihre Ziele und finden sie auch. Wenn man von ihnen getroffen wird, verwandelt man sich in einen Ballon voller Knochensplitter und Eiter.

Albtraumhaftes Zeug.

Unsere Engel bezirpen den angeschwollenen Anzug, für den Fall, dass der tote Soldat darin Lust auf ein Schwätzchen hat. Pech gehabt. Er hat gar nichts mehr, mit dem er reden könnte. Da wir nach dem Sprung kein Uplink hatten, wissen wir nichts über diese Typen und warum sie hier waren. Sie müssen viele Sols vor uns eingetroffen sein, vielleicht Wochen. Warum? Vor unserer Ankunft sollten keine größeren Einsätze stattfinden. Vielleicht hat sich das jemand anders überlegt, als wir die Erde bereits verlassen hatten. Möglicherweise sind diese Jungs mit schnellen Frames losgeschickt worden und haben den Roten schon nach ein oder zwei Monaten erreicht, nicht nach vier… Sie trafen vor uns ein, und jetzt sind sie tot, und wir haben keine Ahnung, was sie hierher gebracht hat.

Es fällt immer schwerer, konzentriert zu bleiben.

Wir finden, dass Funkstille keinen Sinn mehr hat. Wir haben nur dann eine Chance, wenn wir andere Skyrines erreichen und feststellen können, ob sie was Nützliches gefunden haben.

Wir teilen uns, gehen in drei verschiedene Richtungen.

Erst dann sehe ich Engineering Sergeant Dan »DJ« Johnson, als er winkt und über einen kurzen Hang mit vielen Steinen herunterkommt. Er rutscht, aber es gelingt ihm, auf den Beinen zu bleiben. Erneut winkt er und gibt uns mit Gesten zu verstehen, dass er einen Zeltkasten gefunden hat. Wir begrüßen ihn mit Schulterklopfen und echter Freude. Sein Engel zirpt mit unseren, und jetzt sind wir nicht mehr drei, sondern vier.

»Hat jemand Funkel gesehen?«, fragt DJ. »Hab beobachtet, wie Funkel runterkam, oben und draußen.«

Wir sind uns alle einig, dass wir kein Funkel gesehen haben. Funkel ist übel – so nennen wir aus der Ferne beobachteten Raumkampf. Spaceframes und Stangen, die vom Himmel geblasen werden.

»Der Bausch war total verfickt«, sagt Kazak. »Wie konntest du da was erkennen?«

»Ich *hab* was gesehen«, beharrt DJ, lässt es aber dabei bewenden. Wir wollen nicht einmal darüber nachdenken. Er hat einen Zeltkasten gefunden und führt uns dorthin. Der Kasten steht auf Bridgers Podest. Krater auf dem Mars sitzen oft auf Anhöhen – die Wucht des Aufpralls hat den Regolith in der Nähe gehärtet und dadurch der Erosion gegenüber widerstandsfähiger gemacht. Wissenschaftler nennen die Anhöhen »Podeste«, und dieses erhebt sich zwei Meter über den Ortstein.

Wir werden müde, als wir den Kasten erreichen und einmal um den Pudding gehen. Der Kasten ist mindestens einen Monat alt, wahrscheinlich russisch oder französisch, und hat noch seine violetten Streifen: Nichts hat ihn angerührt, seit er herunterkam; es gibt keine Fallen oder Keimnadeln, durch die er nutzlos würde. Darauf achten wir besonders. Eine sichere Zuflucht. Wir sind mitten im unwichtigen Nichts, umgeben von unwichtiger Leere, letztendlich dazu verdammt, einen unwichtigen Tod zu sterben, aber wenigstens können wir der Nacht entkommen, die ziemlich schnell heranrollt und natürlich sehr kalt und trocken sein wird.

Dennoch, wir schicken uns an, in einem Zelt zu schlafen, das für eine tote Gruppe bestimmt war. Ich bin nicht davon begeistert, aber bei meinem letzten Sprung ist etwas Ähnliches passiert, und wir haben alle überlebt und um die sechzig Antags erledigt – aus einer Entfernung von hundert Metern haben wir sie in den Sand gebrannt. Zwei Wochen in der Scheiße, und so nahe bin ich der Antwort auf die Frage, wie Antags aussehen, nie zuvor gekommen.

Blitze lassen nach dem Kampf nicht viel für die Autopsie übrig: tassenartige Helmstücke, gefüllt mit grauen Schädelteilen, ohne Zähne; Fetzen von leichter Panzerung und Schutzanzug, weite Ärmel und Leggings gefüllt mit bröckeligen Knochen und vielleicht Teile vom Rückgrat. Unser Gunny achtete nicht auf das Gewebe, sammelte etwas von Stoff und Tech zusammen und packte den Kram für den Transport nach Hause ein. Wir haben nie wieder was davon gehört. Es ist Tradition im Corps, uns Landsern nichts über den Feind zu sagen, gegen den wir kämpfen. Das soll ihn entmenschlichen, obwohl mir das in diesem Fall unnötig erscheint, da die Antags ja gar keine Menschen sind.

DJ und Tak brechen das Siegel des Zeltkastens. Die Streifen ändern ihre Farbe, werden erst orangerot und dann braun – alles in Ordnung. Dann bläst sich das Zelt auf. Es hat genug Luft für die Nacht und vielleicht auch für einige Stunden des nächsten Tages, denn immerhin ist es für fünf Personen bestimmt. In einem Beutel an der Außenseite finden wir einen Behälter mit EPAs, Wasserbeuteln und sechs Ampullen Wodka. Die Einmannpackungen enthalten Hartwurst (aus Finnland, heißt es auf dem Etikett; wahrscheinlich Rentier) und Tuben mit einer Art Borschtsch. Ein Festschmaus für uns. Wir stopfen den Wodka in unsere Hüfttaschen und behalten den schwarzen Himmel im Auge, während das Zelt wächst und die Sonne sinkt.

Wir sprechen, ohne dass sich unsere Helme berühren, können uns in der superdünnen Luft aber kaum hören. Es gibt ohnehin nicht viel zu sagen. Der Fleck am Horizont hat sich nicht verändert, wenn man davon absieht, dass er eine hübsche violette Tönung gewonnen hat. Vielleicht ist es nur eine große Staubtrombe. Wenn das stimmt, sind die Windverhältnisse dort seit Stunden stabil.

Ich blicke höher, neige den Kopf nach hinten und schaue zum Zenit. Die meiste Zeit leuchten Sterne über dem Roten heller und gleichmäßiger als auf der Erde. Ihre Schönheit offenbart sich mir nicht. Sie urteilen. Schlimmer noch, sie schicken Antags. Die Sterne warten darauf, dass ich Mist baue.

Nachdem wir den Wächter eingeschaltet und programmiert haben, ist das Zelt bereit. Wir schöpfen

Sand mit den Handschuhen und streichen ihn auf das gestreifte Plexanyl, damit es die Farben der Umgebung gewinnt. Dann ziehen wir Staubwedel aus den Oberschenkeltaschen und reinigen uns gegenseitig, wobei wir insbesondere auf die Falten in den Achselhöhlen und bei den Instrumentengürteln achten. Niemand möchte die ganze Nacht im Zelt damit verbringen, sich zu kratzen, und nichts juckt mehr als staubfeiner marsianischer Löss. Zuerst bemerken wir es vielleicht gar nicht. Sechs oder sieben Stunden nach einem Sprung blockiert Kosmolin den Juckreiz und viele andere Wahrnehmungen, wodurch alles glatt und wunderbar babypuderweich erscheint. Während dieser Stunden fühle ich mich wie ein wandelnder Geist oder wie ein körperloses Arschloch. Aber wenn das echte Gefühl zurückkehrt – und früher oder später kehrt es immer zurück –, kann Marsstaub eine armselige Nacht auf dem Roten in echtes Elend verwandeln.

Als wir sicher sind, einigermaßen sauber zu sein, quetschen wir uns nacheinander durch den Zugangskanal in unsere kleine Gebärmutter, wie Babys, die in den Mutterleib zurückkriechen. Als wir alle drinnen sind, ich das Siegel überprüft habe und damit zufrieden bin, öffne ich das Visier. Wer das Siegel kontrolliert, nimmt immer den ersten Atemzug. Die Zeltluft ist in Ordnung, sauber und kalt wie die russische Steppe.

Ich schlafe seit kaum einer Stunde und träume von irgendwelchen irren, gemeinen Kids, als das Zelt einen Alarm flüstert. Wir schrecken alle hoch. Etwas kommt durch den Eingang und plumpst zwischen uns heimgekehrte Babys. Licht blitzt auf. Kazak flucht laut in seiner Muttersprache. Dann fällt das Licht seiner Lampe auf einen Helm, und darin auf ein Gesicht, auf ein grinsendes menschliches Gesicht. Wir erkennen die breite Nase hinter dem Visier, die buschigen Brauen, fast zu einer großen zusammengewachsen, die dunkelblauen Augen und den ernsten, geraden Mund.

»Himmel, es ist Wee-Def«, sagt Tak. Wir regen uns ab, und DJ reicht Gunnery Sergeant Leonard Medwedew etwas Wasser und eine EPA.

Wir sind noch immer ein Klub von Unteroffizieren.

»Hat jemand Infos?«, fragt Medwedew beziehungsweise Wee-Def.

Vager Dunst erscheint im Licht von Kazaks Lampe und sagt uns, dass wir Staub im Zelt haben. Wee-Def ist hereingekommen, ohne sich richtig abzuputzen. Echter Mist.

»Ist alles eine Riesenscheiße«, sagt Kazak.

»Niemand hat Infos«, fügt Tak hinzu.

»Hat jemand einen Schlitten runterkommen sehen?«, fragt Wee-Def.

Die Frage ist so dumm, dass niemand antwortet. Wir befinden uns in einem russischen Zelt.

»Wie viele Zelte?«, will er wissen.

»Wie viele siehst du?«, erwidert Tak.

Wieder folgt Stille.

»Die Stangen waren verfickt«, murmelt Wee-Def, nachdem er einen Schluck getrunken hat. Seine Augen sind groß und besorgt. »Ich bin allein runtergekommen. Der verfickte Bausch brannte!«

»Er soll brennen, Mann«, sagt DJ.

»Nein, ich meine, es gab Funkel, und die Stangen haben was davon abgekriegt. Auch einige Spaceframes. Vielleicht sind nur wir übrig.«

Wir schweigen einige Sekunden.

»Von wegen«, sagt Tak.

»Ich hab's auch gesehen«, erinnert uns DJ mit einem vorwurfsvollen Blick.

Wenn man auf dem Roten ist, brauchen schlechte Nachrichten eine Weile, bis sie tief sacken, denn schon eine kleine schlechte Nachricht kann bedeuten, dass man stirbt, und dies ist eine große. Wee-Def fühlt vielleicht die Last des Überbringers schlechter Nachrichten, denn er bietet uns seine Hartwurst an.

Niemand nimmt sie. Wir kratzen uns verächtlich.

Dann beginnt Kazak zu kichern. »Ist das dein Schokoriegel, Mann? Oder bist du einfach nur froh, uns zu sehen?«

Es klingt blöd und ist nicht besonders komisch. Aber derzeit haben wir es warm, wir kratzen uns, wir leben, und Wee-Def macht, was er am besten kann: Er steckt sich die Wurst in die Nase und niest, und die Wurst fliegt mit jeder Menge Rotz und ist nur noch für den Hund der Familie gut, den wir leider nicht mitgenommen haben.

Das Ergebnis ist kein tolles Lachen. Es klingt rau und müde und zornig. Aber es *ist* ein Lachen, und das dürfte bei diesem Einsatz Mangelware sein. Doch das sagt niemand. Selbst Wee-Def ist nicht so dumm, ein Wort darüber zu verlieren.

Wir hocken im vielleicht vor Monaten abgeworfenen Zelt einer toten Gruppe, unsere Stangen sind verstreut, es gibt keine Transportschlitten, unsere Spaceframes haben vielleicht Funkel abbekommen, wir haben praktisch keine Informationen, und die Kommunikation ist offenbar überall ausgefallen – sogar unsere Engel schweigen.

Wir könnten die »letzte Patrouille« sein.

Morgen wird es sich herausstellen.

Der Mars wird ein Paradies sein, eines Tages

Ich kann einfach nicht schlafen. Muss immer wieder daran denken, wie sehr wir am Arsch sind.

Der Rote ist ziemlich extrem. Der Druck beträgt nur ein Millibar, was nicht viel mehr ist als Vakuum, und es ist immer verdammt kalt. Zwar gibt es Wasser auf dem Mars, sogar recht viel, aber man kommt nur schwer heran. Es befindet sich an den Polen, im Gestein unter alten Meeresböden oder verborgen in tiefen Aquiferen. Das gibt Wasser eine große strategische Bedeutung. Die dünne Luft enthält ein wenig Wasserdampf, gerade genug für hohe, eisige Wolken. Wenn im Marssommer die Polkappen schmelzen, was mit monotoner Regelmäßigkeit geschieht, gibt es mehr Wasser in der Luft. Der Rote kann zu einer recht wolkigen Welt werden. Ich habe es auf ihm schneien sehen, auch wenn die Schneeflocken kaum den Boden erreicht haben. So was nennt man Virga auf der Erde, und für den Mars verwendet man dieselbe Bezeichnung.

Im großen Maßstab ist das Wetter auf dem Roten

vollkommen vorhersehbar. Doch wenn man die Dinge aus der Perspektive eines Soldaten betrachtet, sehen sie etwas anders aus. Immer wieder kommt es zu Staubtromben, und große Stürme können das Licht der Sonne für Monate verdunkeln: Sie hüllen den ganzen Planeten in dunkelbraunen Dreck, der so dicht ist, dass man die Hand nicht vor den Augen sieht. Aber die Luft wird wärmer, wenn der Staub das Sonnenlicht absorbiert.

Die Herstellung von Sauerstoff, darauf kommt es an. Die Spaltung von Wasser – Hydrolyse – ist relativ einfach; bei CO_2 und oxidiertem Staub braucht man mehr Energie und mehr Zeit. Deshalb benötigen wir Fontänen, die so groß wie Laster sein können. Normalerweise haben wir bei einem Absprung zwei dabei, aber manchmal werden sie auch einige Wochen vor unserer Ankunft abgesetzt, mit Stealth-Schirmen, die mehrere Hundert Meter durchmessen, und nachts. Sie fallen auf den Roten, und wenn der Staub tief genug ist – wenn es keinen undurchdringlich harten Ortstein gibt –, graben sie sich ein, fahren Sonnenkollektoren und Extraktionsschaufeln aus und drehen die Schaufeln, um Feuchtigkeit aus der Luft zu gewinnen.

Im Lauf von einigen Wochen können Fontänen genug volatile Stoffe ansammeln, um eine Kompanie zwei oder drei Monate lang am Leben zu erhalten. Eine große Fontäne kann eine halbe Kompanie sechs bis acht Monate in Kampfbereitschaft halten und die Hautengen der Soldaten mit Wasser und Luft versorgen.

Der Führungsstab kann auch entscheiden, eine Fontäne in ein Treibstoffdepot zu verwandeln, ihren Wasserstoff und Sauerstoff nicht für Menschen zu verwenden, sondern für Triebwerke. Wir alle haben von Fontänen gehört, die Soldaten auf dem Roten ersticken ließen, für irgendein übergeordnetes strategisches Wohl – damit jemand anderer nach Hause zurückkehren konnte. Was braucht man mehr? Eine Rückfahrkarte oder genug Luft zum Atmen? Ein scheußliches Abwägen. Ich muss wohl nicht extra darauf hinweisen, dass Skyrines Fontänen mit einer Art Hassliebe begegnen.

Was die ganze Angelegenheit noch interessanter macht: Je länger sich eine Fontäne auf der Oberfläche befindet, desto mehr wird sie zu einem primären Angriffsziel für die Antags. Manchmal lassen die Antags eine Fontäne wochenlang in Ruhe arbeiten, und wenn Soldaten eintreffen und sich einrichten … *dann* schlagen sie zu. Echter Sinn für Humor. Gerade wenn wir mit der Party beginnen wollen … Fetzen und Flecken auf dem Roten.

Wenn eine Fontäne einen nahen Aquifer oder verstecktes Eis findet, wird sie zu einer strategischen Reserve und hält sich vielleicht auch vor Skyrines verborgen – sie meldet ihre Entdeckung dem Oberkommando und wartet auf weitere Anweisungen. Dann ist sie zu wertvoll, um an uns Landser vergeudet zu werden.

Draußen ist es vollkommen dunkel, und die Luft ist klar. Es wird nicht so kalt wie auf dem südlichen Hochland, aber es sind doch achtzig Grad minus. Im Innern des Zelts liegen wir wie junge Hunde zusammengerollt und aneinander geschmiegt, um uns gegenseitig zu wärmen – wahre Gebärmutter-Brüder. Freudianisch, aber die meisten Skyrines verstehen einen Dreck von Freud. Also reißen wir meistens miese Pornowitze, wenn wir uns so zusammenrollen. Es sei denn, wir sind zu müde. Auf der Großen Blauen Murmel hat sich ein abgefahrenes Porno-Genre entwickelt, das sich nur dem einen Thema widmet, wie man es mit Gurus oder Antags treibt. Man sagt uns nicht, wie die Gurus aussehen, und wir wissen nicht viel über die Antags, weshalb sie praktisch alles sein können, was wir von ihnen erwarten. Warum nicht hübsche grüne Muschis? Manche Leute auf der Blauen Murmel sind schräger als schräg. Erstaunlicherweise scheint es die Gurus nicht weiter zu kümmern.

Im matten Licht eines einzelnen Strahls in der Mitte des Zelts, auf ein schwaches Orangerot gedimmt, beobachte ich meine Kameraden. Sie scheinen zu schlafen. Ich beneide sie darum.

Tak ist mein Freund, wir kennen uns seit einer halben Ewigkeit, aber ich bin bei ihm nie völlig sicher. Er ist ruhig, so attraktiv wie ein Filmstar, schlank und schlau, stärker und scharfsinniger als ich. Seit Hawthorne, und in allen unseren gemeinsam bestrittenen Kämpfen, habe ich das seltsame Gefühl, dass er mich eines Tages überleben wird. Na ja, bisher leben wir beide noch, was wir vor allem Taks Scharfsinn verdanken. Er ist verdammt gut auf dem Roten und ein echter Kracher im Kampf.

Bei Kazak sieht die Sache ganz anders aus. Er ist unser Scheunentor-Austauschschüler, ein kleiner, untersetzter Bursche mit erstaunlich schrägen Augen und schwarzem Flaum auf der Birne, vorn mit spitzem Ansatz. Er kam vor ein paar Jahren aus Kasachstan und wurde befördert, bevor die Skyrines herausfanden, dass er ein tatarischer Scheißkerl ist, woraufhin sie das Scheunentor schlossen. Perfekte Zähne, die Eckzähne recht lang. Ein echter *Canis lupus* mit wildem Lächeln. Nicht der Hellste, aber vielleicht der Ruhigste und Beständigste bei einem Kampf oder in einer ernsten Situation. Er urteilt schnell über andere Leute, nicht immer richtig, und er hat was Mongolisches, das wir anderen kaum verstehen. Ich kann mir leicht vorstellen, wie er sich rohes Fleisch unter den Sattel seines Ponys legt und darauf kaut, wenn er zwischen parthischen Verbundbogenschüssen eine Pause einlegt. In meiner Familie gibt es polnisches und deutsches Blut. Kazak streitet mit Nachdruck ab, dass seine Vorfahren einst meine überfallen und niedergemetzelt haben. »Mongolen sehr hübsch, Mutterfrauen herumkommen und Kinder kriegen«, sagt er. Na schön. Kazaks Humor kann ziemlich verschroben sein, und seine Streiche grenzen an Schwerverbrechen. Gefreite sollten in seiner Nähe besser gut aufpassen.

Trotz allem mögen wir ihn, denn er ist *unser* Scheißkerl, und wenn's um Scheißkerle geht, ist er eine ganz besondere Nummer. Ich bin zweimal mit Kazak gesprungen, und manchmal hat er diesen Blick, der uns mit großer Zuversicht sagt: He, ich mag ein tatarischer Scheißkerl sein, aber ich bringe euch *alle* nach Hause. Und dann hat er diesen Glanz in den Augen, der in mir den Wunsch weckt, ebenfalls seine Kinder zur Welt zu bringen.

In dieser Nacht liegt er mit verkniffenem Gesicht da, schnarcht leise und sieht aus wie ein ängstliches Baby. Aber er schläft wenigstens, und darum beneide ich ihn.

Sympathisch zu sein ist eine Fähigkeit, die ich nicht unbedingt besitze. Manchmal kann ich sie einschalten, aber ich weiß Bescheid, wenn das geschieht, und dann fühle ich mich schuldig. Die Leute sollten wissen, dass ich der gute Kerl ohne jeden Charme bin. Andererseits, vielleicht bin ich gar nicht so gut. Niemand behandelt mich als etwas Besonderes, und so ist es mir recht. Niemand außer Joe und Tak, und vielleicht auch Kazak. Sie sind meine besten Freunde in diesem ganzen staubverfickten Krieg.

Eine Stunde oder mehr vergeht. Ich schlafe fast, oder vielleicht träume ich, noch wach zu sein, doch dann bin ich eindeutig wach, weil nämlich erneut der Alarm losgeht. Tak wartet auf den Knien an der Membran, bereit dazu, alles zu erwürgen, was zu uns hereinwill. Er verzieht enttäuscht das Gesicht, als ein blau gestreifter Helm erscheint. Nur ein weiterer Skyrine, und diesmal ist es Corporal Lindsay »Mitch« Michelin, sein Gesicht blau von Kälte und Hypoxie.

Tak hebt die Hände und bewegt sie. Endlich jemand, den wir herumkommandieren können. Michelin ist allerdings nicht der gefügigste Corporal. Er zieht den zweiten Stiefel herein, und der Zugang schließt sich mit einem saugenden Geräusch, wobei es in unseren Ohren knackt. Mitch sinkt rücklings auf DJ und Kazak, zerrt an seinem Visier, öffnet es und hustet hingebungsvoll. Es dauert ein oder zwei Minuten, bis er reden kann.

»Kein Funkfeuer!«, krächzt er. »Verdammter Mist. Fast hätte es mich erwischt.«

»Willkommen im Klub«, sagt Kazak.

»Wer ist hier?«, fragt Michelin und starrt uns mit blutunterlaufenen Augen an. Er sieht, dass wir alle Vorgesetzte sind. Beeindruckt ihn nicht weiter. Tak reicht dem Neuankömmling eine Tube Borschtsch, eine Rentier-Wurst und, etwas widerstrebender, einen Beutel Wasser. Jetzt sind wir sechs, zu viel für das Zelt, aber es lässt sich nicht ändern.

Michelin richtet seinen roten Blick auf Tak und grinst. »Halleluja, ich bin im Himmel. Master Sergeant Fujimori ist hier, um mir zu dienen. Wer braucht da noch Jungfrauen?« Seine Lippen sind noch immer violett. Er sieht nicht gut aus, erholt sich aber langsam. Er hält die russische Rationstube hoch. »Was ist dieses Zeug? Schmeckt nach schlecht gewürztem

Kimchi.« Und er lässt einen fahren, laut und mit Genuss.

»Bring deine Blähungen nach draußen«, sagt Tak übertrieben pingelig.

Michelin ist zu schwach, um sich zu entschuldigen. Nachdem er unsere Namen und Ränge gemurmelt hat, nickt er ein, besser gesagt: Er fällt in ein leichtes Koma. Zwanzig Minuten später zuckte er zusammen, setzt sich zitternd und mit großen Augen auf.

Inzwischen sind wir alle wach.

»Himmel, unsere Stangen müssen ihre Ladung zu früh abgeschossen haben«, sagt er und fragt, ob wir Einsatzinfos haben.

»Nein«, antwortet DJ.

Dann räumt unser Corporal mit einem scheuen kleinen Lächeln ein, dass er *vielleicht* etwas hat. Offenbar empfing nur Michelin Daten, bevor Funkel den Himmel leer wischte. Unsere Engel verbinden sich, und wir analysieren seinen Download, zu dem auch unterbrochene Uplinks von früheren Sprüngen gehören.

»Alles andere als komplett«, sagt Tak.

»Von den Fontänen kommen keine Signale«, sagt DJ. »Vielleicht haben sie es nicht nach unten geschafft, oder sie wurden zerstört. Keine von ihnen spricht.«

Wir denken darüber nach.

»Das Zelt kann uns noch etwa acht Stunden am Leben erhalten«, sagt DJ. Wir werfen ihm einen Blick zu – es ist nicht nötig, dass er uns auf Offensichtliches hinweist. Sag uns was Neues oder Schönes. DJ sieht zur Seite, schaut ins Leere und träumt mit offenen Augen. Seine ganz persönliche Zuflucht.

Tak erforscht Michelins Daten, die über das Fontänen-Negativ hinausgehen. »He, hier haben wir eine gute Nachricht«, sagt er. »Die Euro-Kompanie ist vor uns ...« Damit sind die Typen gemeint, deren Rentier-Würste und Borschtsch wir im Magen haben. »Die Jungs haben ein paar Zeltkästen abgeworfen, die sie nicht benutzen konnten. Keine Informationen darüber, was schiefging, aber ... Es könnten sich sechs oder sieben Zeltkästen in einem Umkreis von zehn Kilometern befinden.«

Unsere Engel zirpen, und Michelin zeigt uns, dass die Zelte um den Podestkrater verstreut sind. Wir müssen auf Schusters Rappen los, wenn wir nicht ersticken wollen.

Nur wenige Skyrines bleiben diszipliniert, wenn sie nicht mehr atmen können. Ganz gleich, wie sorgfältig wir ausgewählt und wie gut wir ausgebildet sind: Wir alle neigen dazu, das Visier zu öffnen, wenn der Sauerstoff knapper als knapp wird und die Klaustrophobie zupackt. Ist leider wahr. Skyrines sterben lieber ein paar Minuten früher, als in einem die Lunge zerreißenden Delirium zu krepieren. Macht euch da einen Reim drauf.

»Ruht aus«, sagt Tak.

Danach sind wir eine weitere halbe Stunde still. Ich bin am Rand eines Schlafs, der wie ein Insektenschwarm zu summen scheint, als der Zeltalarm zum dritten Mal losgeht und Neemie zu uns hereinkriecht, Staff Sergeant Nehemiah Benchley von der zweiten Sprunggruppe, ein rotblonder Surfer mit breitem Gesicht und asiatischen Wellen-Tattoos, die sich wie Hautfilme auf den Händen und am Hals bewegen. Er weiß ebenso wenig wie wir und erzählt, dass es im Osten heller wird. Während des Sprungs und anschließend auf dem Weg hierher hat er niemanden gesehen. Er weiß nicht, wie er so lange durchgehalten hat. Wir fragen nicht danach. Vielleicht sind wir bereits tot. Eine ebenso hypnotische wie dämliche Idee, die Soldaten auf dem Roten viel zu oft kommt.

Wir trinken den Rest Wasser des Zelts und genießen den Luxus, in unsere Recycler zu pissen. Für ein oder zwei Minuten riecht es nach Urin und Eierschweiß. Nicht unangenehm, wenn man daran gewöhnt ist. Wie auf der Toilette eines russischen Bordells. Womit ich niemandem zu nahe treten möchte. Tote Russen haben uns für diese Nacht das Leben gerettet.

Das Zelt spricht mit strenger aufgezeichneter Stimme – auf Russisch, Kazak übersetzt – und weist uns darauf hin, dass wir zu viele sind und seine Ressourcen verbraucht haben.

Draußen wird der Himmel hell.

Wird Zeit, den Weg fortzusetzen.

Gott rettet Trinker und Baka-Typen

Der Morgen ist so richtig kalt.

Wir setzen die Helme auf, versiegeln alles und befragen unsere Engel. Durch die Visiere heben wir nacheinander die Brauen oder schürzen die Lippen, was bedeutet, dass die Engel still sind. Es gibt noch immer keine Daten, also noch immer keine Satelliten am Himmel. Unsere Engel haben keine guten Nachrichten; sie haben gar nichts für uns, und deshalb schweigen sie.

Die Vorräte des Zelts sind erschöpft. Wir kriechen hinaus und lassen es zurück. Hat keinen Sinn, Kraft mit dem Graben eines Lochs zu vergeuden, um es darin zu verstecken, und unter diesen Bedingungen können wir es nicht verbrennen, denn wir müssten den Sauerstoff dafür liefern. Und außerdem, das Zelt ist schon seit Monaten hier; offenbar schert sich niemand darum.

Noch mehr Letzte-Patrouille-Kram.

»Hier hat ein Kampf stattgefunden«, sagt Neemie in unsere Trübsal.

»Na so was«, erwidert DJ. »Hast du sonst noch tolle Neuigkeiten für uns, Master Sergeant Venn?«

»Da wir gerade bei tollen Neuigkeiten sind…«, werfe ich ein. »Wir haben keinen Commander. Wir sind auf der Suche nach Luft, Wasser und was zu essen. Was nicht heißen soll, dass ich großen Appetit habe.« Ich richte einen kritischen Blick erst auf Michelin und dann auf Wee-Def, der uns ein dämliches Grinsen schenkt, das wir hinter seinem Visier nicht sehen können, an dessen Existenz aber niemand von uns zweifelt.

Immer wieder beobachten wir den Himmel. Überall auf dem Mars kann man vom Boden aus Spaceframes und andere orbitale Einrichtungen erkennen, insbesondere wenn die Sonne auf- oder untergeht, wenn Winkel und Kontrast am besten sind. An diesem Morgen sehen wir nichts weiter als zahlreiche helle Sterne. Die Luft ist sehr klar, was bedeutet, dass wir nicht mit viel höheren Temperaturen rechnen dürfen.

Ich sehe nach Westen, weil meine linke Hand juckt und sie sich auf meiner westlichen Seite befindet. Der kleine verschwommene Fleck ist noch immer da, nur ein Stück weiter nach Norden gerückt. Scheint zu weit entfernt zu sein, um eine Rolle für uns zu spielen, aber es ist die einzige konstante Attraktion in unserem kleinen Theater. Ich halte meinen Helm an den von Tak. »Zehn Uhr von dir«, sage ich. Er schaut in die entsprechende Richtung. Seine neuen Augen sind besser als meine. »Was *ist* das?«

»Staubtrombe«, sagt er.

»War gestern auch schon da.«

»Für was hältst *du* es?«, fragt DJ.

»Eine kleine Süße in einem Fiat ... mit einem Fass Bier«, meint Kazak.

»Könnten Trümmer sein«, sage ich. »Oder eine Fontäne mit einer Fehlfunktion. Könnte alles Mögliche sein.«

»Ants«, sagt Wee-Def und meint Antags, Antagonisten. Die Worte werden kürzer, je länger der Krieg dauert. Leute wie Wee-Def verkürzen sie.

»Es *könnten* Antags sein«, pflichtet ihm Kazak bei. »Aber sie wären bereits hier, wenn ihnen etwas an uns läge, nicht wahr? Warum Ressourcen vergeuden, nur um uns von unserem Elend zu erlösen?«

»Nachsehen«, sagt Tak schlicht. So ist das bei ihm. Wenn Tak eine Entscheidung trifft, nicken andere und sind einverstanden. Neemie und Michelin gehen als Erste los, wir anderen folgen ihnen. Ich schaue zum Zelt zurück, unserem Lebensretter, jetzt nur noch ein Haufen nutzloser Müll. Überall auf dem Mars gibt es Tausende Tonnen von irgendwelchem Zeug, das unter Staub verschwindet, in einigen Jahrhunderten ausgegraben und bei Versteigerungen verkauft wird. Wir sollen dafür sorgen, dass Sotheby's den Reibach macht und nicht Ant-Bay. Haha.

Das Gerede über Funkel hat unsere Stimmung gedämpft. Wir wollen nur ein anderes Zelt finden. Vielleicht befinden wir uns in einer Abwurflinie, in einem

Verteilungsmuster von Versorgungsgütern, das sich über die Ebene erstreckt, ein mystischer Pilgerpfad, der uns einige zusätzliche Tage Leben ermöglicht. Um mehr bitten wir Gott nicht, denn es ist bereits zu viel.

In der Morgenkälte auf dem Mars zu wandern ist ein Vergnügen, das ich jedem blauäugigen Forscher für eine heiße Dusche überlassen würde.

Vor Jahrzehnten kamen einige von ihnen zum Roten, stellten Kuppeln auf und gruben Tunnel. Sie ließen sich auf dem Mars nieder und bezeichneten ihn als ihr neues Zuhause. Wir nennen sie alle Muskis, nach einem visionären Unternehmer namens Elon Musk. Ich habe gelesen, dass er eine Online-Bank gründete, Autos und Raumschiffe herstellte, einen veganen Lebensstil befürwortete und jahrelang mit Blue Origins Jeff Bezos, Virgins Richard Branson und einem Dutzend anderer Mitbewerber auf der ganzen Welt um Startanlagen und orbitale Dominanz rang. Schließlich legten sie ihre Ressourcen zusammen und verwirklichten den Traum, Menschen auf den Mars zu bringen. Doch der Name Musk setzte sich fest.

Fast zwanzig Jahre lang durchquerten Siedler das Vak und erreichten den Roten, und dann riss der Migrationsstrom plötzlich ab, hauptsächlich deshalb, weil die besten Siedlungen ihr Maximum erreicht hatten und die anderen, wie Jamestown in Virginia, Neuankömmlingen nur Hunger oder Schlimmeres anzubieten hatten. Doch einige Hundert Unerschütterliche überlebten, und eine Zeit lang brachte man Muskis hohen Respekt entgegen und hielt sie für erfolgreiche Pioniere. Bis es die Menschen auf der Erde satthatten, Geld für Kolonien auszugeben, die nie eine Rendite abwarfen.

Also hörten die Investitionen auf.

Als die Gurus kamen und uns sagten, dass es auf dem Mars Ungeziefer gab, das ausgelöscht werden musste, bevor es zu einer echten Gefahr heranwachsen konnte, wurden die Muskis zu einer Belastung. Die hohen Tiere fanden, dass wir sie nicht verteidigen oder retten konnten, wenn sie durch die Kämpfe auf dem Mars in Schwierigkeiten gerieten. Ich habe nie einen Muski gesehen, nicht einmal aus der Ferne. Vielleicht haben ein- oder zweitausend von ihnen überlebt, aber seit Jahren rührt die Erde keinen Finger für sie. Soweit wir wissen, kümmern sich auch die Antags nicht um sie.

Die ursprünglichen Siedler bezahlten zwischen zehn und hundert Millionen Dollar für ihren *Mayflower*-Moment. Unser Strategieprofessor bei der Ausbildung in SBLM verglich sie mit dem Typen, der sich Anfang der 1930er Jahre auf den Weg zu den pazifischen Inseln machte, um endlich Frieden zu finden, der dann auf Guadalcanal landete.

Jeder Skyrine ist für irgendjemanden ein Mistkerl

Wir marschieren. Funkstille ist jetzt keine große Sache mehr, aber wir beschränken das Reden auf ein Minimum. Der Himmel bleibt leer. Was hier sein soll, scheint bereits hier zu sein.

Es ist nicht weiter schwer, auf hartem Tiefland-Ortstein zu gehen, auf dem nur eine dünne Staubschicht liegt und Staubtromben lediglich hier und dort kleine, dünenartige Ansammlungen geschaffen haben. Außerdem haben wir nur etwa ein Viertel unseres Gewichts auf der Erde, wir könnten also wie John Carter oder ein Mondastronaut springen. Aber das wird nicht empfohlen, und nach den ersten Sprüngen macht es auch keinen Spaß, denn man weiß nie, ob man nicht auf irgendwelchen Steinen landet und mit dem Fuß umknickt. An Steinen herrscht hier gewiss kein Mangel.

Es herrscht noch immer ziemlich viel Verwirrung bezüglich der Frage, wie der Mars zu dem wurde, was er heute ist. Teile des Roten sind der reinste Albtraum, von einem geologischen Standpunkt aus betrachtet. Es gibt zahlreiche Hinweise auf ehemalige Flüsse, Seen und sogar Meere, aber vom Wasser ist heute kaum mehr was zu sehen, obwohl es existiert. Hinzu kommen die großen Unterschiede zwischen dem südlichen Hochland und dem nördlichen Tiefland. Und das größte Impaktbecken des ganzen Sonnensystems, Hellas Planitia, umgeben von besonderem Terrain, älter und auch jünger als der Impakt … Gescheite Leute rätseln ein ganzes Leben darüber, wie es entstanden ist.

Gelegentlich mache ich mir ebenfalls Gedanken. Ich habe die eine oder andere Theorie und bin bereit zu glauben, dass all die kleinen Felsen aus den Hosentaschen eines Riesenkindes fielen. Der Junge wanderte Hunderttausende von Jahren in schmutzigen Sneakern umher und stopfte sich immer wieder Steine in die Taschen seiner Jeans. Wenn ihn der Sack juckte und er sich kratzte, fielen ihm ein paar von den Steinen aus den Hosentaschen. Johnny Rocker. Das erklärt all die Fußumknicker.

Wir hätten Grund, um eine Staubwolke zu beten, die sich als feiner Schleier übers Firmament legt, aber der Himmel spielt nicht mit. Marsianischer Staub ist ein wichtiger Wärmefänger. Die Temperatur steigt, unsere Batterien halten länger. Die Sonneneinstrahlung lässt natürlich nach, aber wir schleppen keine Solarkollektoren mit uns herum, und unsere Hautengen verfügen über keine nennenswerte fotovoltaische Kapazität.

DJ meint, er könne das nächste russische Zelt sehen.

Hat echt was auf dem Kasten, wenn es darum geht, Zelte zu finden. Wir wussten ungefähr, wo es sein musste, aber er kletterte auf eine kleine Anhöhe und entdeckte das Ding in einer alten Abzugsrinne. Und dann berichtet er von Warnfarben beim Zelt.

»Keimnadeln«, sagt er.

Der Kasten steckt voll von dem Zeug, das Menschen umbringt.

Dadurch bleiben uns nur noch zwei Stunden Atemluft.

Da ich der Rangälteste bin, führe ich das Kommando über unseren Haufen, aber ich gebe keine Befehle, denn solange wir keine Ahnung haben, wie die allgemeine Lage beschaffen ist, machen Befehle auch gar keinen Sinn. Außerdem, wenn ich mit Kommandostimme spräche – *Auf geht's, Männer! Marsch, marsch!* –, müsste ich damit rechnen, dass sie mich ignorieren und sich an Tak wenden.

Was mir nur recht ist.

Ich würde verdammt gern von Kampfhahn hören, unserem Kompaniechef – Lieutenant Colonel Harry Roost. Ich mag ihn nicht sonderlich, weil er ein Genau-nach-den-Vorschriften-Korinthenkacker sein kann, aber ich respektiere ihn. Er hätte die Dinge beim Namen genannt, ohne ein Blatt vor den Mund zu nehmen, und ohne falschen Trost. Wir brauchen keinen Händchenhalter, sondern einen Lebensretter, der weiß, worauf es ankommt.

Es wird nicht besser. Bevor wir den nächsten Zeltkasten erreichen, sieht Tak einige Hundert Meter entfernt Trümmer, und wir ändern den Kurs. Als wir uns der Stelle nähern, erkenne ich Aufschlagspuren: kleine Krater und lange, nicht sehr tiefe Furchen im harten Boden, flache Gräber.

Wir bleiben am Rand der Aufschlagzone stehen und versuchen zu verstehen, was hier geschehen ist. Ein ganzer Spaceframe muss hier abgestürzt sein, und nicht allein. Er kam mit Stangen und Bündeln herunter. Überall liegen tote Skyrines. Und ein auseinandergebrochener Transportschlitten. Skell-Jeeps ragen wie die Knochen halb geborener Kinder aus den zerschmetterten Kapseln. Nichts mehr zu gebrauchen. Sogar gefährlich. Kazak warnt uns: Wir sollen uns von allem fernhalten, das auch nur entfernte Ähnlichkeit mit einem Reaktor hat.

Vorsichtig sehen wir uns um und halten Ausschau nach Sauerstoffgeneratoren, Tanks, Paketen mit Hautengen und anderem Kram, der uns vielleicht einige Stunden länger am Leben erhält. Niemand redet. Niemand untersucht die Leichen. Sie kamen hart herunter und sind größtenteils nur verstreute Stofffetzen, zerbrochene Helme … und gefriergetrocknete Flecken. Wahrscheinlich waren die Jungs gerade aus dem Kosmolin gekommen und noch groggy und langsam. Ich stelle mir vor, wie sie abgeputzt wurden, wie sie Hautenge anzogen, Bauschpakete überstreiften und sich auf den Absprung vorbereiteten. Genau in dem Moment muss der Spaceframe getroffen worden sein, von Boden-Himmel- oder Himmel-Himmel-Blitzen oder Lasern, schwer zu sagen. Wenn man es aus einer Entfernung von mindestens einigen Dutzend Kilometern beobachtet, sieht's nach Funkel aus. Wie Michelin und Wee-Def gesagt haben. Großes Funkel, das die Frames unserer Kompanie und die Satelliten erledigt hat, vielleicht auch die Fontänen, denn bisher haben wir noch keine gefunden.

Der Rumpf des Frames enthält vielleicht zusätzliche Fracht. Wir sehen schnell nach. Fehlanzeige. Nur Skyrine-Abfälle, sonst nichts. Wir setzen den Weg fort.

Uns bleibt noch etwa eine halbe Stunde. Wir wären längst tot, bevor wir den braunen Fleck erreichen. Also gehen wir in die Richtung, in der wir den nächsten Zeltkasten vermuten. Kazak schlägt vor, dass wir uns aufteilen, um kein kompaktes Ziel zu bieten. Wir bilden drei Gruppen.

»Was ist mit der Staubwolke dort draußen, was meint ihr?«, fragt Tak. Er ist etwa zehn Meter entfernt und geht am Podestrand.

»Etwas Dummes«, erwidert der etwa dreißig Meter entfernte DJ. »Verrät sich.«

»Oder etwas Starkes, dem es scheißegal ist, ob man es entdeckt«, spekuliert Wee-Def.

Das ist möglich, aber ich möchte nichts davon hören. Wenn es stark und überheblich ist, gehört es nicht zu uns. Heute gewinnen die Antags.

»Vielleicht eine geheime Muski-Sekte«, sagt Neemie und kommt näher.

»Halt die Klappe«, sage ich. »Und bleib auf Distanz.«

Wir halten uns wieder voneinander fern. Noch fünfzehn Minuten Sauerstoff, mehr oder weniger. Bald werden uns die Engel darauf hinweisen, dass uns der letzte Atemzug bevorsteht, und dann ist alles klar. Vielleicht nennen wir sie deshalb Engel. Sie könnten das Letzte sein, das wir hören.

He, Skyrine, dies ist ein guter Tag zum Sterben. Das sagen sie natürlich nicht, aber es wären coole Worte.

Vielleicht wird's langsam Zeit, einen Hautengen zu beschreiben. Das ist ein erstaunliches Ausrüstungsteil, selbst wenn es versagt und man weiß, dass man sterben muss. Der Standard-Hautenge für den Mars ist ein flexibler, nahtloser Schutzanzug aus einem kontinuierlichen monomolekularen Kohlefaserstrang, strukturiert zu einem Doppelschichtgel, das die Haut als sehr angenehm empfindet. Feuchtigkeit wird recycelt, oder es wird Sauerstoff daraus gewonnen, wenn es nötig ist. Während des Einsatzes absorbiert der Hautenge Abfallstoffe der Haut und leitet sie durch winzige Röhren in Auffangbehälter am verlängerten Rücken, was Skyrines einen dicken Hintern gibt. Alle paar Tage nimmt man die Behälter aus den Arschtaschen – gefüllt mit einer eher unappetitlichen Mischung aus Fett, Hautschuppen, Salz und anderem Dreck – und wirft sie weg.

Helm und Engel verarbeiten Videosignale und taktische Daten. In den Hautengen integriert sind Schaltkreise für Kampfdiagnostik. Sie teilen den Engeln unseren Gesundheitsstatus für einen Uplink mit, sodass die Lauscher im Orbit unseren Vorgesetzten verklickern können, wie es uns so geht auf dem Roten.

Hautenge übernehmen fast alles außer Gehen und Kämpfen, und sie erledigen es still und ohne Klage. Manche vergleichen sie mit den Destillanzügen des »Wüstenplaneten«, und sie haben durchaus eine gewisse Ähnlichkeit damit. Aber unsere »Destillanzüge« können viel mehr als nur Wasser filtern und wiederaufbereiten.

Jeden Skyrine verbindet eine Hassliebe mit seinem Hautengen. Er kann es gar nicht abwarten, nach Hause zu kommen und das Ding auszuziehen, aber dann vermisst er den Luxus, sich keine Gedanken über Pissen, Kacken und Schwitzen machen zu müssen. Wenn er nackt ist, merkt er plötzlich, dass ihm ein echter Freund fehlt, vielleicht der beste Freund, den er je hatte. Einige alte Hasen müssen lernen, ihre Blase unter Kontrolle zu halten, wenn sie wieder zivil sind. Sobald die Designer einen Weg finden, Sex in Hautengen zu ermöglichen, brauchen Skyrines gar nicht mehr heimzukehren.

So sieht's aus.

Andererseits, ein Hautenger, dessen Batterien fast

leer sind, der kaum noch Sauerstoff anzubieten hat und dessen Wasser schlecht wird … Ein solcher Hautenger fühlt sich weniger wie ein Freund an und mehr wie ein Einmachglas mit Essigbrühe.

Wir sinken immer tiefer in das Glas.

So wie's sein sollte

Unmittelbar nach dem Absprung, auf dem Weg nach unten, soll man aktuelle taktische Informationen und Karten über bekannte Ziele und Antag-Streitkräfte erhalten, soweit sie für den Einsatz der eigenen Gruppe relevant sind.

Im Idealfall landet man in der Nähe einer Fontäne oder einer Ansammlung von Zeltkästen, und anschließend dauert es nicht lange, bis der Transportschlitten an Stealth-Schirmen herunterkommt, nicht weiter als zwei Kilometer von der Absprungzone entfernt. Allerdings bieten sie gute Ziele und schaffen es oft nicht intakt bis auf den Boden.

Skyrines sind dazu ausgebildet, mit dem zurechtzukommen, was sie haben. Aber wenn man nichts hat …

Jeder Skyrine springt mit mindestens einer Waffe, mit seiner Lieblingsspritze. Wie gesagt, unsere Handfeuerwaffen sehen aus wie dicke .45er. Jemand hat sie Yllas genannt, weiß nicht warum. Blitze sind in einer Entfernung bis zu fünfhundert Metern für alles tödlich. Die Zielerfassung folgt dem Blick, und man trifft in neunundneunzig von hundert Fällen. Die Pistolen sind mit einer Kartusche ausgestattet, die abgebaute Materie enthält und etwa dreißig Sekunden vor einem Kampf eingeschaltet werden muss, damit das Plasma aufgeladen werden kann. Eine AM-Kartusche reicht für ungefähr sechzig Blitze. Der Gun Captain – der Waffenwart, wir wechseln uns ab – sammelt die benutzten Kartuschen ein. Verbrauchte abgebaute Materie ist richtiges Höllenzeug, und wir sollen den ökologischen Gesichtspunkt im Auge behalten. Die Wahrheit lautet: Überall auf dem Roten liegen versteckte Beutel mit AM-Abfall. Wenn im Gefecht unser Gun Captain was abkriegt, haben wir keine Zeit, die Kartuschen zu suchen und einzusammeln. Bei diesem Einsatz war Wee-Def als Waffenwart vorgesehen.

Kinetische Projektile funktionieren natürlich im Vak – das Schießpulver bringt den nötigen Sauerstoff selbst mit. Aber Kälte kann die Reichweite reduzieren, und Schießübungen auf der Erde bereiten einen nicht auf den Mars vor, wo es meistens nur sehr wenig Abdrift gibt, die dünne Luft sehr kalt und die Schwerkraft viel niedriger ist. Dichter Staub kann unsere anderen Waffen beeinträchtigen, Laser und sogar Schwachfeld-Disruptoren.

Skyrines sind dazu ausgebildet, unter fast allen Bedingungen zu kämpfen. Die Ausbildung soll einem etwas Zeit geben: Wer gut ausgebildet ist, wird vielleicht nicht sofort getötet und kann Erfahrungen sammeln. Newbies auf dem Mars haben nur Simulationen und einen Monat Combatschießen auf der Erde hinter sich – nicht annähernd genug, meiner Meinung nach. Um gut zu werden, muss man ran an den Speck.

Und hier ist, was wir über die Antags zu wissen glauben, beziehungsweise was man uns über sie erzählt hat: Sie kommen wahrscheinlich nicht aus unserem Sonnensystem oder aus dessen Nähe. Das bedeutet, sie sind mit einem großen Schiff gekommen, mit unbekannter Technik, die es ihnen ermöglicht, interstellare Distanzen zu überwinden. Es ist schwer, sich die Größe des interstellaren Raums vorzustellen. Er ist riesig, und die Entfernungen sind enorm – wiederholt das mindestens eine Milliarde Mal, bis ihr euch *richtig* klein vorkommt. Eine kalte, lichtjahreweite Leere.

Aber wir haben das große Schiff nicht gefunden und keine Ahnung, wo es versteckt sein könnte. Es bleibt Spekulationen überlassen, wie die Antags zum Mars gelangt sind – oder wohin sonst noch. Bisher sind sie nur auf dem Mars, hat man uns erzählt.

Aber dann hat Großmutter gesagt …

Titan! Lieber Himmel.

Schwere Hand

Vielleicht bilde ich mir Dinge ein.

Zwei Lichter schweben am Himmel und wetteifern mit Phobos um meine Aufmerksamkeit. Sie sind hell genug, um Spaceframes zu sein, aber es kämen auch Antags infrage. Ihre Boote der *Heuschrecken*-Klasse sind im Orbit etwa so hell: Ansammlungen gasgefüllter Röhren, mit Transportern, Waffen und Kämpfern.

Tak hebt die Hand. Michelin hebt seine und ruft, dass da oben noch Satelliten sind. Dann sehe ich eine dünne blaue Linie herunterkommen und sich in den Staub bohren, sie verfehlt Wee-Def und versucht es erneut. Diesmal berührt ihn die Linie und wechselt dann zu Tak.

»Datenstrahl!«, ruft Tak so laut, dass ich ihn aus fünf Metern Entfernung höre. Wir sind gefunden.

Die blaue Linie erreicht mich, und mein Engel ist plötzlich glücklich und zeigt mir, wo wir sind und wo es Versorgungsgüter und Waffen geben könnte – das übliche logistische Bild. Nur drei von uns empfangen die Laserlinien, und unsere Engel tauschen sich aus, während wir wie Schulkinder schwatzen, die auf den Bus warten.

»Da kommt was«, sagt Tak nach einer ersten Durchsicht, bei der er wichtige Infos markiert hat. Zu meiner Überraschung beziehen sich die Tags nicht auf Überlebensdaten – sie haben nichts mit Zelten oder Schlitten zu tun.

Es ist eine Warnung.

»Was Großes rauscht heran«, fasst Tak zusammen und konzentriert sich so sehr, dass er zu schielen beginnt.

Michelin reckt den Hals und sieht zum Himmel hoch. Er hebt die in grauen Handschuhen steckenden Hände über den Helm und geht in die Hocke. Instinkt. Wir beobachten ihn amüsiert.

»Was ist es?«, fragt Wee-Def. »Landegruppen? Big Mojo?«

Big Mojo wurde angeblich vor vier Jahren gesehen: ein großes Antag-Orbital, von dem es heißt, dass es bataillongroße Landemodule zum Roten schicken kann. Die Lichter, die wir sehen, sind nicht so hell. Aber sie sind auch nicht das, wovor wir gewarnt werden. Was auch immer dort draußen ist, zu uns unterwegs: Es hat eine enorme Masse und besteht aus neun bis zwölf einzelnen Objekten, vielleicht sind es sogar noch mehr. Unsere letzten Satelliten behalten sie im Auge, nachdem sie uns freundlicherweise mitgeteilt haben, was sie wissen, kurz bevor wir ersticken.

»Der größte Brocken dürfte eine Masse von hundert

Millionen Tonnen haben«, sagt DJ und nennt damit die Zahlen, auf die es ankommt. »Die kleineren ... fünf oder sechs Millionen.«

»Jesus«, sagt Neemie mit rauer Stimme. Seine Luft wird schnell knapp. Meine ebenfalls.

»Warum werden wir jetzt auf diesen Mist hingewiesen?«, fragt Michelin. Er hockt noch immer, hebt aber den Kopf.

»Wir befinden uns innerhalb eines fünfhundert Kilometer großen Umkreises um den Aufschlagpunkt«, sage ich. »Die Objekte nähern sich mit mehr als vierzig Sekundenkilometern, was bedeutet, dass sie ... von außerhalb der marsianischen Umlaufbahn kommen? Von jenseits des solaren Orbits? Vielleicht aus der Oort'schen Wolke?«

Ergibt das einen Sinn? Wollen die Antags – wer oder was auch immer sie sind – nicht langsamer werden? Oder haben sie vor, die Atmosphäre nur zu berühren und noch eine Runde zu drehen?

»Was können wir machen, verdammt?«, ruft Michelin.

»Wann?«, fragt Neemie.

»Das sagen die Daten nicht.«

Einige Lichter zeigen sich im Westen: sehr helle Objekte, und sehr groß, eins von ihnen so groß, dass es eine Sichel bildet. Und sie sind ziemlich schnell. Scheinen direkt auf unsere Nasen zu zielen, so sieht's aus, und so fühlt es sich auch an.

Als wir schon auf die Knie sinken und darauf warten wollen, von den Dingern zerschmettert zu werden, findet Wee-Def in der Datenflut Informationen von praktischem Nutzen. »Drei weitere russische Zelte! Eine ganze Palette! Hundert Meter in die Richtung …« Er streckt den Arm aus.

Wir laufen. Keine Fragen, keine Widerrede. Wir haben noch Luft für etwa zehn Minuten.

Ich werfe einen Blick über die Schulter und mache fast einen Kopfsprung. Aber wenn man auf dem Mars stolpert, hat man meistens Zeit genug, das Gleichgewicht wiederzufinden, solange man mit Füßen und Beinen flink genug ist. Was ich sehe – als es mir gelingt, auf den Beinen zu bleiben und weiterzulaufen –, ist ein *Taumeln* der Objekte. Die Bewegung ist deutlich erkennbar: hell und dunkel, eine taumelnde Sichel. Ich zähle schnell: ein Objekt erschreckend groß, größer als Phobos, aber viel näher, hoffe und fürchte ich; und neun oder zehn kleinere. Sie alle rotieren, drehen sich um die eigene Achse, wie fröhliche Seehunde in Meereswellen.

Tak und Kazak finden die Palette mit den drei Zeltkästen, und wir warten in der Nähe, während Wee-Def, DJ und Michelin die Halteriemen durchschneiden, die Kästen voneinander trennen, ihre Streifen kontrollieren – sicher – und dann die Siegel öffnen. Zwei Zelte springen hervor, werfen Michelin und mich fast von den Beinen. Dann kippen sie und bleiben still liegen, unschuldig und wunderschön. Das dritte löst sich nicht aus dem Kasten; seine Luftreserven sind leer. Es ist trotzdem nicht ganz nutzlos – Wee-Def sammelt die Wasserpackungen ein.

Wir haben vier Minuten, um eins oder beide Zelte aufzublasen und hineinzuklettern, aber selbst wenn wir das schaffen …

Das erste Objekt trifft auf die Atmosphäre und zieht eine superschnelle Flamme über den Himmel, die ein mattes Violett gewinnt. Das Objekt schlägt hinter dem nordwestlichen Horizont auf. Es ist *weg*. Nicht so übel. Dann strahlt ein Blitz im Westen und verblasst zu einem überirdischen malvenfarbenen Ton, während gleichzeitig eine rosarote Kuppel entsteht, mit brodelnden weißen Wolken in ihrer Mitte. Die Kuppel steigt auf, wie eine Pilzkappe ohne Stängel. Zuerst gibt es keine zentrale Rauchsäule, die bildet sich etwas später, scheint aus dem Nichts zu kondensieren, und dort ist er, der Pilzstängel. Violette und weiße Schlangen wachsen aus ihm.

Wir gaffen voller Ehrfurcht. Ich keuche – Cheynes-Stokes-Atmung, nicht gut.

Das erste Zelt hat sich fast ganz aufgeblasen.

Dann erbebt der Boden. Er *hebt* sich, wirft uns wie Kegel durcheinander. Wir landen auf dem Hintern und suchen auf dem Ortstein nach Halt, während um uns herum Staub aufsteigt und kleine und große Steine einen verrückten, klickenden und klackenden Tanz aufführen.

Einige Dutzend Meter entfernt öffnet sich der Ortstein mit einem *Knacken*, verschlingt die Palette und das dritte Zelt mit Haut und Haar. Fast hätte es auch DJ erwischt, aber er krabbelt wie ein Wüstenkäfer auf uns zu. Der Riss endet eine Armeslänge vor meinem Helmvisier. Die Geräusche sind schrecklich: ein dumpfes, rhythmisches Pochen, das in unseren Schädeln widerhallt, unsere Knochen durchschüttelt und den Stoff unserer Hautengen kräuselt, als stünden wir zu nahe bei einem japanischen Drummer, der gerade voll losgelegt hat. Mein Kopf pulsiert mit jeder Welle, und dann … Die Wellen scheinen von etwas abzuprallen und kommen von der anderen Seite zurück, aus dem Osten. Was zum Teufel geht hier vor?

Wir sehen wieder nach Westen.

Eine durchsichtige Wand aus Luft streicht über uns hinweg, gibt uns einen Stoß, und plötzlich sind wir von dumpfer, drückender Stille umgeben.

»Kegel der Stille!«, ruft der flach neben mir liegende Tak.

»Was?«

»Wir sind im Kegel! Die Druckwelle ist an den oberen Luftschichten abgeprallt und beschreibt einen Bogen!«, erklärt er.

Ich habe keine Ahnung, was er meint.

»Da kommt noch mehr!«, ruft Michelin.

Wir sehen alle nach oben. Der Himmel, der Horizont, überall ein lautloses, gespenstisches Glühen, durchsetzt von grauen Streifen, die von der zu perfekt geformten Pilzkappe ausgehen und sie nach und nach bedecken. Das könnte der große Brocken gewesen sein. Wenn nicht, dürfen wir kaum auf ein Überleben hoffen, denn es ist noch nicht vorbei. Sechs oder sieben weitere Objekte *hüpfen* über den Himmel und durch die Wolken, wie Steine, die über die Oberfläche eines Sees springen, und schließlich fallen sie …

Druckwelle und Erschütterung sind enorm. Ich werde etwa fünf Meter hoch geworfen, drehe mich und lande auf dem Rücken, so hart, dass mir die Sinne schwinden. Ich atme schwer, alles tut weh. Rippen gebrochen? Wenn mein Hautenger reißt, bin ich hin und erledigt, aber das spielt vielleicht keine Rolle mehr, denn die Sterne sind geflohen – über mir erstreckt sich eine niedrige graue Decke, offenbar fest und undurchdringlich. Aber weiße Flecken fallen *durch* diese Decke.

Ich bin nur ein großer Ball aus Schmerzen, doch dann erwachen alte Erinnerungen, geben mir die Augen eines Kindes und sagen: He, es ist Weihnachten, sieh nur! Schnee. Es schneit. Hübsche Schneeflocken fallen und prallen von mir ab, auch von dem Ortstein um mich herum. Ich verzichte auf die Mühe, mich aufzusetzen. Vielleicht kann ich es gar nicht, und wenn das der Fall ist, will ich es lieber nicht wissen.

Es dauert nicht lange, bis ich im Schnee halb begraben bin.

Verdammt, wir hätten es fast ins Zelt geschafft.

Dann kommen die Steine.

Noch kein Held, wie?

Ich wache auf und sehe, wie sich Tak über mich beugt und in mein Gesicht schaut. Seine Finger bewegen sich und fragen: Siehst du mich?

Ja. Ja.

Es ist schwer draußen.

Die Luft gibt mir ein Gefühl, das sie mir auf dem Mars noch nie gegeben hat – sie fühlt sich warm und dicht an. Mein Engel hat die ganze Zeit unermüdlich einen Alarm gezirpt. Ich stemme mich mit einem Ellenbogen hoch. Eine Decke aus Schnee und Eis liegt um uns herum, in ihr schwarze Steine so groß wie meine Faust oder mein Kopf – neue Steine, die Hunderte von Kilometern weit zu uns geflogen sind. Von einigen steigt noch Rauch auf.

Impakthitze.

Verstreut zwischen Schnee, Eis und Steinen bemerke ich Lachen aus zischendem, flüssigem Wasser, das blubbert, als würde es aus heißen Quellen kommen. Na prächtig. Etwas hat uns nach Yellowstone versetzt.

Wir sind auf Planet Perrier.

Ich versuche, das über den Funk den anderen mitzuteilen. Ich möchte Tak zeigen, dass ich noch immer clever bin, noch immer fähig, Witze zu reißen, aber ich habe mir auf die Zunge gebissen, mein Mund ist voller Blut, und es spritzt ans Visier, wenn ich zu sprechen versuche.

Tak schüttelt den Kopf. Hebt zwei Finger. Ich soll ihm helfen, die anderen zu finden. DJ steckt in einem Haufen. Wir räumen Steine und Eis beiseite. Er rührt sich nicht, als wir ihn befreien, er erholt sich aber schnell und schließt sich unserer Suche an. Als Nächsten finden wir Kazak. Er ist wach und sieht aus, als hätte er gerade einen erholsamen Schlaf hinter sich. Springt aus dem Schutt und streicht Schnee und Staub von Visier und Schultern.

Auch Michelin lebt noch, aber sein Helm hat einen Stein abgekriegt. Im Visier zeigt sich ein Riss, ohne das Siegel zu verletzen. Noch Druck im Helm. Alle unsere Hautengen sind intakt, ein echtes Wunder. Keine einzige lecke Stelle.

Sofort versuchen wir, die Zelte zu lokalisieren. Vielleicht ist das eine inzwischen ganz aufgeblasen. Wenn nicht, oder wenn beide in einem weiteren Riss verschwunden sind oder von Steinen durchlöchert wurden, ist es aus mit uns. Ich weiß gar nicht, wie wir so lange durchgehalten haben. Nur noch ein paar Minuten Blabla, der ganze Kram, der einem den Kopf füllt, wenn sich der Körper von allein bewegt, wie ein Roboter oder ein gut dressierter Hund, wenn die inneren Automatismen greifen, die dazu bestimmt sind, Fleisch und Seele zusammenzuhalten.

Wir finden das Zelt. Es hat sich aufgeblasen, ja, aber dann bekam es Löcher dort, wo dicke Steine hindurchgeflogen sind. Doch die Kanister enthalten noch Luft, und wir wechseln uns ab, die Hautengen aufzuladen. Noch ein paar Minuten mehr.

Wo sind Wee-Def und Neemie?

Wir finden den zweiten Zeltkasten. Schatten kriechen aus meinen Augenwinkeln, tasten wie mit dunklen Fingern nach vorn. Meine Lunge ist wie ein mit Feuer gefüllter Ballon.

Tak bläst das Zelt auf. Inzwischen sind die Geräusche zurückgekehrt, und zwar mit Schmackes. Der Mars klagt sein Leid, indem er pfeift, zischt und seufzt, und dann stößt er einen schrillen Schrei aus, als etwas zu Großes über uns hinwegjagt. Noch mehr vom Himmel fallender Kram? Keine Ahnung. Die Decke aus grauen Wolken sieht noch immer massiv aus. Die Lachen zischen und blubbern und spucken Schlamm, und die lokale Luft scheint noch immer sehr dicht zu sein, aber alles kühlt schnell ab, und das Wasser verwandelt sich jetzt in dampfendes, krustiges Eis, das in den Staub oder Ortstein sinkt.

Nebel umhüllt uns plötzlich, wie von einem großen Walt-Disney-Pinsel gemalt. Er umgibt uns so dicht, dass wir kaum mehr etwas sehen. Ich wische Staub und Feuchtigkeit von meinem Visier. Das Wasser verschwindet sofort von den Fingerkuppen; nur der Staub bleibt zurück. Ihm ist nicht einmal genug Zeit geblieben, sich in Schlamm zu verwandeln.

Ich wanke umher und trete nach den Schneeresten, die verdunsten, bevor sie schmelzen können. Dieses Zeug ist kein Wasser! Es scheint Trockeneis oder was in der Art zu sein. Seltsam.

Ein Teil von mir erinnert sich daran, wo Michelin war, und ich drehe mich um, gehe zurück und finde ihn. Versucht gerade aufzustehen. Tak prallt gegen mich. Gemeinsam nehmen wir uns Michelin vor. Seine Augen sind groß und besorgt. Er wischt mit der Hand durch den Dunst.

Tak hebt fünf Finger.

Ich grinse so breit, dass mir die Wangen schmerzen.

Kazak kommt zu uns. Der Nebel beginnt sich zu lichten, wogt und bildet gespenstische Wirbel. Der Himmel zeigt Flecken aus körnigem Schwarz. Komisch, dass ich die Geräusche eine Zeit lang überhaupt nicht zur Kenntnis genommen habe. Sie haben sich inzwischen auf ein Brummen und gelegentliches Knacken reduziert, das mir in den Ohren schmerzt.

Und dann wird es still. Was meiner Meinung nach keine große Verbesserung darstellt. Wir alle haben die Hände auf die Schultern der Kumpel gelegt; wir stützen uns gegenseitig, und wir stützen Michelin, der etwas von seiner Kraft zurückgewinnt und wieder stehen kann. Er berührt sein Visier und fragt sich zweifellos, wieso er noch am Leben ist.

Wee-Def und Neemie torkeln aus den letzten Nebelschwaden. Sie sehen uns und schlurfen heran. Tak hebt sieben Finger. Dem Himmel sei Dank. Wir versammeln uns vor dem einen intakten Zelt, putzen uns so gut es geht und kriechen nacheinander durch den engen Zugangskanal. Keine dringenden Termine. Kein besserer Ort weit und breit. Wir sind müde, geschafft, durcheinander und hilflos. Nach den Vorschriften zu viele für ein Zelt, aber darum schert sich niemand. Wir haben Luft und Wasser.

Der Boden vibriert noch, als es mir schließlich gelingt einzuschlafen. Etwa fünf Minuten später weckt uns Michelin, indem er einen Strahl über uns lenkt. Er sitzt, die Haare stehen ihm zu Berge, und sein Gesichtsausdruck deutet auf eine wichtige Erkenntnis hin. »Das Eis … Etwas davon war Trockeneis, Methan und Ammoniak, richtig *kaltes* Zeug!«

»Und?«, fragt Kazak verärgert.

»Die Antags haben einen verdammten Kometen auf den Mars geworfen!« Michelin sieht uns der Reihe nach an, den Mund noch immer offen, von seiner eigenen Intelligenz beeindruckt.

Wir starren zurück. Zum Teufel auch, ja. Er hat recht.

»Eine schwere Hand, Mann«, sagt Wee-Def und schüttelt bewundernd den Kopf. »Und sie hat zugeschlagen.«

Noch nicht tot

Wir erwachen in einem seltsamen ätherischen Glühen, entheddern uns, setzen uns auf und blicken nacheinander aus den Fensterflächen des Zelts. Als Tak nach draußen sieht, scheint sein Gesicht aus heißer Bronze gegossen zu sein.

Der Sonnenaufgang ist spektakulär. Ich habe nie solche Farben auf dem Mars gesehen, wie auf einer Postkarte von einer Südseeinsel. Lange Staubfahnen fangen das Licht des Morgens ein, erstrahlen in roten, orangefarbenen und goldenen Tönen. Mit unseren Ressourcen steht es nicht zum Besten, und außerdem haben wir Hunger. Keiner klagt, aber wir denken daran.

Wir ziehen unsere Hautengen an und verlassen das Zelt. Die Welt draußen scheint sich nach all dem Durcheinander nicht grundsätzlich verändert zu haben. Der braune Fleck ist zurück, ungefähr dort, wo er vorher zu sehen war. Der Himmel scheint etwas heller zu sein – mehr Staub –, aber es liegt kein Schnee mehr, und die zischenden, brutzelnden Lachen sind verschwunden. Vor uns erstreckt sich wieder leerer, trockener Ortstein.

Staub legt sich schnell auf dem Mars, wenn kein Wind weht.

Wir stehen so in der Kälte, wie auch andere Leute in der Kälte stehen würden, schlingen die Arme um uns, klopfen uns auf die Schultern und warten auf Rettung oder darauf, dass sich was ändert. Skyrines sind nicht lange beeindruckt. So ziemlich das Einzige, was mich jetzt beeindrucken könnte, wäre ein Portal, das sich direkt vor mir öffnet und mich geradewegs zu Jacks Frittenbude bringt. Bier, Burger und besagte Fritten. Ich bin so hungrig, dass mich ein solches Portal enorm beeindrucken würde.

Kazak hört was. »Klingt wie eine Mücke.«

»Ein Skell«, sagt Wee-Def. Er hat die besten Ohren unserer kleinen Truppe. Tak hat die besten Augen; neue Augen, strahlend blau. Trotzdem entdecke ich den Skell-Jeep als Erster, ein kleines Insekt, das über den Horizont summt. Er ist mit einer großen Flagge markiert, in Farben, die auf dem Mars sofort auffallen; Grün und Gelb gibt es hier sonst nicht.

Der Skell weicht Löchern und Rinnen aus, und dann ist er bei uns. Halleluja, wir haben den stellvertretenden Kommandeur unserer Division! Lieutenant Colonel Hal Roost, »Kampfhahn« für seine Soldaten, steuert den Skell, mit jemandem als Beifahrer, den ich als *Sojang* aus dem Vereinten Korea erkenne, einen Major General mit zwei kleinen Sternen am Streifen auf seiner Brust. Der General hält einen Facilitator in den Armen, einen Raketenwerfer. Außerdem stecken zwei Tchikoi-Flechettepistolen an seinem Gürtel, in transparenten Schutzhüllen mit Fingeröffnungen, damit sie vor dem Staub geschützt sind.

Die beiden sind ernst und schroff, keine Grüße, kein Smalltalk. Kampfhahn gibt uns zu verstehen, dass noch immer Funkstille herrscht. Pech für uns. Allerdings ist es uns unter den gegebenen Umständen gestattet, per Engel-Zirpen oder mit Lasersignalen zu kommunizieren, oder indem wir in unseren Helmen rufen. Kampfhahn teilt uns mit, dass unsere Streitkräfte in vorübergehender Auflösung begriffen sind.

»Wir haben uns bei der Ankunft ordentlich Funkel eingefangen. Der Absprung war ganz und gar verfutscht. Irgendein Idiot im Orbit muss es beim ersten BO mit der Angst zu tun bekommen haben.« BO, Boden-Orbit. Das könnte erklären, warum unsere Stangen so früh und so hoch abgefeuert wurden.

»Na ja, jetzt sind sie alle hin«, sagt Kampfhahn. »Freut mich, dass ihr es geschafft habt.« Er deutet über die Schulter hinweg. »Wir sollten unsere Freizeitaktivitäten überdenken. Seht ihr das dort drüben? Dadurch ändern sich die Spielregeln. Wahrscheinlich ist es eine Antag-Fabrik. Wir wissen nicht, ob sie mit dem schmutzigen Eis herunterkam oder dort auf Versorgung wartete.«

»Master Sergeant Venn hat es vor dem großen Knall gesehen«, sagte Tak.

Kampfhahn nickt, gute Info. »Wie auch immer, jetzt

hat das Ding alles, was es braucht, um tolle Sachen für den Gegner herzustellen.«

Und wir sind dorthin unterwegs gewesen. Wie vom Licht angelocktes Rotwild.

Wir schauen den koreanischen General an und fragen uns, ob er was zu sagen hat. Das Gesicht hinter dem schmutzigen Visier ist eingefallen. Sein Hautenger ist vollkommen verdreckt. Scheint eine ganze Weile draußen gewesen zu sein.

»Verzeihung«, sagt Kampfhahn. »Das ist General Woo Jin Kwak. Er sprang eine Woche vor unserer Ankunft mit einer Gruppe aus dem Osten ab. Verlor die meisten seiner Männer. Die Überlebenden befinden sich südlich von hier. Zum Glück haben sie eine alte chinesische Fontäne gefunden und vielleicht auch den passenden Aktivierungscode. Dort werden wir uns sammeln. Anschließend versuchen wir, eine Verbindung mit den noch funktionierenden Satelliten herzustellen und die Lage zu sondieren. Wir müssen herausfinden, was vor sich geht und was man von uns erwartet. Zunächst ist die chinesische Fontäne unser Ziel, dort drüben.« Er zeigt nach Süden. »Wir lassen die Antags Antags sein, bis wir neue Befehle erhalten und uns der Führungsstab auffordert, beim Gegner nach dem Rechten zu sehen. Dazu müssen wir am Leben bleiben und Ressourcen sammeln.«

»Jetzt losfahren«, sagt Kwak und bewegt den Arm. Die Hierarchie bei uns in der kämpfenden Truppe wird nicht supereng gesehen, obwohl man natürlich von uns erwartet, dass wir alle Kumpel sind und gut zusammenarbeiten. Ob koreanischer General oder nicht, wir rühren uns nicht von der Stelle, bis Lieutenant Colonel Roost die Anweisung gibt.

»Steigt ein, Reisende«, sagt Kampfhahn.

Der Skell-Jeep ist groß genug für uns alle, wenn sich drei an der Hüftstange festhalten. Die Festhalter sind Tak, Wee-Def und ich. Kampfhahn fährt uns nach Süden. Nach den Beulen und einem krummen Rad zu urteilen hat der Skell einige ziemlich heftige Stöße und vielleicht auch den einen oder anderen Überschlag hinter sich. Das Ding wackelt und schaukelt wie ein Strandbuggy.

Schon bald stoßen wir auf neue Krater. Der Komet ist beim Aufprall auf die Atmosphäre auseinandergebrochen. Ziemlich viel Eis hat sich dort oben verteilt, was die Impaktzone zehn- bis zwanzigtausend Quadratkilometer groß macht. Schätzungsweise. Trotzdem verdammt gut gezielt, wenn man bedenkt, wo Kometen normalerweise zu Hause sind.

Hier draußen sind wir alle Amateurastronomen, und ich frage mich, wie die Antags verdammte Kometen ins innere Sonnensystem holen können, ohne dass wir etwas davon wissen. Der transmarsianische Raum wird alle paar Stunden von der Erde und dem Mond gescannt. Vielleicht haben ihn die Antags in Ruß gehüllt, bevor sie ihn sonnenwärts brachten. Wie auch immer, dieses technische Niveau liegt weit über meiner Gehaltsklasse, aber ich deponiere den Gedanken in einem mentalen Regal, mit der Absicht, ihn irgendwann später hervorzuholen und mich eingehender damit zu befassen, vielleicht vor der Rückkehr in den Timeout.

Ich denke gern über etwas nach, wenn mich das Kosmolin aufnimmt, je größer und seltsamer die Sache, desto besser. Eine meiner Lieblingsüberlegungen betrifft die Galouye-Frage: Ist das von uns wahrgenommene Universum vielleicht eine riesige Computersimulation? Es gibt da einen Philosophen namens Thaddeus Cronkle in London, der behauptet, einen Beweis dafür gefunden zu haben. Angeblich gibt es da etwas, das irgendwelche Eierköpfe »Taylor-Algorithmus« nennen und mit dem wir feststellen können, unter welchem Betriebssystem die Simulation läuft. Wir sind alle Neos. Cooler Scheiß, echt, so richtig beruhigend. Besser als über den Himmel zu grübeln, denn alle Skyrines kommen in den Himmel, das ist ganz und gar kein exklusiver Klub. Und wenn der Himmel *uns* hereinlässt, so muss stark bezweifelt werden, dass er wirklich so beschaffen ist, wie man ihn immer wieder dargestellt hat. Das Paradies ist nie das, was es eigentlich sein sollte. Der Mars ist das beste Beispiel dafür.

Der Skell bringt uns durch eine noch rauere Szenerie. Südlich von uns fanden Kämpfe statt, vor unserem Sprung. Biwakreste liegen um uns verstreut, wie von massivem HB-Feuer – Himmel-Boden – getroffen, Laser, Blitze oder Torpedos. Wir beobachten alles in respektvollem Schweigen. Es mangelt nicht an Leichen.

Ziemlich viele Tote liegen zwischen den Trümmern, Leute, die ihre Befehle vielleicht von einem gewissen koreanischen General bekommen haben.

Er sieht weder nach rechts noch nach links.

Auf der Erde bedeutet »Biwak« ein provisorisches Lager – wenn die Soldaten keine Zeit haben, Zelte oder dauerhafte Gebäude zu errichten. Auf dem Mars hat ein Biwak ohne Zelte oder irgendwelchen Schutz natürlich keinen Sinn. Wir stehlen Worte aus der Vergangenheit und missbrauchen sie.

Kampfhahn verzichtet darauf, uns taktische Hinweise zu geben. Vielleicht hat er ebenso wenig Ahnung wie wir. Und der General macht und sagt noch immer nichts, sitzt einfach nur da, die Hände so fest um die Sitzstangen geschlossen, dass es aussieht, als könnten die Handschuhe aufreißen. Er hat Riesenscheiße gesehen. Und so wie er es vermeidet, einen Blick auf Trümmer und Tote zu werfen ... Vielleicht war er dabei, als es hier rundging.

Tak, der sich neben mir festhält, beobachtet das Schlachtfeld mit konzentrierter Aufmerksamkeit. Er hat die Lippen zusammengepresst und zeigt eine Grimasse, als litte er an Verstopfung. Neemie ist reisekrank, behält seinen Magen aber unter Kontrolle. Nur Wee-Def schaut aus zusammengekniffenen Augen in die Ferne, als gäbe es dort Interessanteres zu sehen. Macht auf heldenhaft und stoisch. Sieht ihm gar nicht ähnlich.

Der überladene Skell erklettert eine Barchan, eine etwa fünfzehn Meter hohe Sicheldüne, schlingert eine Zeit lang über den Kamm, wendet sich dann zur Seite und rutscht schräg den Hang hinab, wobei er sich zu überschlagen droht. Aber Kampfhahn korrigiert rechtzeitig und bringt den Wagen in einem Stück und mit uns allen an Bord auf den Ortstein zurück.

Wir haben die Düne gerade hinter uns gelassen, als der Lieutenant Colonel über uralten, zerfurchten Schlamm fährt. Das Wackeln wird so heftig, dass ich fast den Halt verliere, und dann gibt es noch einen Ruck, einen besonders starken, und es geht hinab in eine tiefe Furche. Dort tritt Kampfhahn auf die Bremse, und der Skell kommt wenige Meter vor einer Art Schuppen zum Stehen. Das Ding besteht aus Kapselteilen und Röhren, und in seinem Innern befindet sich ein großes Zelt, ein Kommandozelt.

Hinter dem Schuppen teilt sich die Furche und schneidet ein Y in die Ebene. Kampfhahn springt aus dem Skell. Wir sind schnell Mittelpunkt der Aufmerksamkeit, als hohe Tiere aus dem Schuppen kommen. Diese Y-Furche ist unser Aufklärungspunkt und steckt voller asiatischer und russischer Lamettaträger – zwei chinesische Generäle und drei russische Colonels. Mann, sind die froh, uns zu sehen! Jetzt gibt es Sergeants und einen Corporal, den sie zusammen mit Kampfhahn herumkommandieren können.

Kwak steigt langsam aus, übergibt seine Waffen einem russischen Colonel und wendet sich uns zu. Mit blasser, resignierter Miene sammelt er Kraft, um uns ins Zelt zu beordern. Wo sind seine Adjus? Jeder dieser Offiziere sollte jede Menge Sicherheitsleute und Adjutanten haben, von einem eigenen Zelt ganz zu schweigen. Die Armen, offenbar machen sie schwere Zeiten durch.

Ich sehe Kampfhahn an und Tak, dessen Verstopfung wortlosem Staunen gewichen ist. Gemeinsam fürchten wir, dass es hier zu viele Cowboys und nicht annähernd genug Indianer gibt.

Tak legt seinen Helm an meinen. »Warum so viele Generäle?«, fragt er.

»Jemand hat eine wichtige Sache gründlich vermasselt«, vermute ich.

Die nackte Wahrheit – oder auch nicht

Der Schuppen ist ein Provisorium, das mehr tarnen als schützen soll. Das Kommandozentrum darin ähnelt einem alten Heißluftballon, aufgebläht unter Aluminium und Kunststoff. Eine Luftschleuse, die jeweils einer Person Platz bietet, ersetzt den Geburtskanaleingang, funktioniert aber auf die gleiche Weise: Man tritt ein und wickelt sich in eine Membran, die Luft wird hineingepumpt, man öffnet die Innenwand, wickelt sich aus und ist im Innern des Zelts. Wir achten darauf, dass sich DJ und Wee-Def richtig abputzen und keine Schande über unsere Truppe bringen.

Tak und ich schätzen stumm die Situation ab, kaum dass wir drinnen sind. Dies ist kein Ort, der Sicherheit bietet, keine Zuflucht. Wahrscheinlich haben die Offiziere das Zelt nur genutzt, um miteinander zu reden. Zunächst einmal: Der Luftdruck ist nicht viel höher als unweit des Everest-Gipfels, und so dünn die Luft auch sein mag, sie hat den süßlichen, widerwärtigen Geruch des Todes. Keines der hohen Tiere wirkt besonders fit. Bei den meisten erkenne ich Quetschungen oder Kampfverletzungen. Bei niedrigem Luftdruck werden Wunden schnell scheußlich. Für Reinigung und Heilung braucht das Fleisch Sauerstoff mit ausreichend Druck; andernfalls breiten sich Anaerobier darin aus. Ich würde meinen Hautengen gern schließen und von hier verschwinden. Den anderen ergeht es ebenso.

Kampfhahn stellt uns dem abgerissenen Kreis vor. Zwar ist mir speiübel, aber ich bin trotzdem beeindruckt. Hier sind wir, einfache Landser einer zersprengten Abteilung, und atmen die gleiche Luft – mag sie auch noch so stinken – wie hochrangige Offiziere aus drei Partnerregionen und fünf Nationen. Diese Typen treiben sich mit Weltenlenkern herum. Zweifellos eine Gruppe, die es wert ist, gerettet zu werden, und das könnte uns mit einschließen …

Major General Kwak spricht Englisch und ist in etwas besserer Verfassung als die anderen. Mit schmerzerfüllter Stimme teilt er uns mit, dass sie wenig Wasser haben, Luft noch für einen Tag und in der nördlichen Verzweigung der Furche etwas, das intakt noch besser als wundervoll wäre: eine chinesische Fontäne, von Sand und Staub bedeckt, nicht absichtlich, sondern vom lokalen Wetter. Das Ding stammt von einem früheren Sprung und ist mindestens zwei Jahre alt.

»Können Sie reparieren?«, fragt Kwak und hebt hoffnungsvoll eine Braue.

Kampfhahn und DJ beraten sich flüsternd. Ich verstehe nicht, was sie sagen, weiß aber, dass DJ mit Fontänen gearbeitet hat, allerdings ohne eine offizielle Ausbildung.

Ein Russe namens Efremow glättet eine durchhängende Stelle des Zelts, und Kwak geht mit langsamen Schritten zu einem Klapptisch, auf dem ein kleiner Projektor steht. »Sie sich bestimmt fragen: Warum so viele Generäle? Weil Kommandeure müssen studieren den Boden, bevor Truppen in den Kampf schicken.« Er schüttelt kurz den Kopf. »Wir gekommen sind mit vielen Spaceframes, einer orbitalen Kommandostation und vielen Satelliten. Ein ganzes Bataillon, volle Kompanie. Fünfundsiebzig Transportschlitten, Hunderte von Fahrzeugen. Jetzt ist alles zerstört oder verstreut. Wir Notsprung gemacht haben, und nun wir sind hier.«

Eine beeindruckend große militärische Operation, die uns nicht mit einschließt. Diese Leute müssen Wochen vor unserer Gruppe hierhergekommen sein.

»Wir es nicht geschafft haben, Kommunikationskontakt mit unseren Streitkräften herzustellen. Wir nicht wissen, wo sind sie und wie viele haben überlebt. Wir Pech hatten …« Major General Kwak legt eine Pause ein. Seine Brust hebt und senkt sich, als er sich bemüht, die Cheyes-Stokes-Atmung zu unterdrücken. Mit so vielen Personen im Zelt sind lange Reden nicht unbedingt angeraten, aber daran haben sich Generäle noch nie gestört.

»Unsere Schiffe trafen im Orbit auf Antagonisten-

Verteidigung mit mindestens vierzig von ihren … Schlangenzügen«, fährt Kwak fort, und sein Englisch wird sogar etwas besser. Beim letzten Wort ist er nicht sicher und sieht einen russischen Colonel an, der für uns übersetzt. »Schlangenzüge … Damit meint der General Versorgungskarawanen der Antagonisten. Mit Waffen, Soldaten und großen Mengen an volatilen Stoffen.«

»Kometen?«, fragt Kampfhahn.

»Das glauben wir, ja«, sagt Efremow und sinkt auf die Knie. Ein paar Worte, und schon ist er fix und fertig.

»Zweifellos was Großes«, betont Kwak. Der General sammelt Kraft, dazu entschlossen, das Briefing zu Ende zu bringen. »Nur einer unserer Satelliten noch im Orbit ist, aber vielleicht auch er inzwischen neutralisiert wurde. Mindestens eine Woche lang werden keine neuen Spaceframes eintreffen. Bis wir wissen, wie unsere Streitkräfte sind verteilt, und wie groß, können wir nur beobachten. Sind wir uns bei dieser Einschätzung der Lage einig, meine Herren?«

Alle stimmen ihm zu. Glücklich mit der Situation ist niemand.

Ein Colonel Orlow steht auf und ringt sich ebenfalls ein paar Worte ab. »Chinesische Fontäne … nicht einsatzbereit. Wir haben Techniker beim Sprung verloren. Aber die Fontäne könnte bearbeitet werden. Ich meine … repariert.«

»Wir haben einen Techniker«, sagt Kampfhahn. DJ

wirkt alles andere als begeistert. »Haben Sie alle notwendigen Werkzeuge?«

»Vielleicht«, sagt Kwak. »Aber nicht viele Ersatzteile.«

Die Offiziere beratschlagen auf Chinesisch und Russisch. Dann kommt noch ein hohes Tier herein, ein Inder mit verquollenem Gesicht, rissigen Lippen und eingefallenen Wangen. Der rechte Arm ist übel gebrochen und steckt in einer improvisierten Kabelschlinge. Dinge zerbrechen hier leicht. Ein Kommandoschlitten könnte hart gelandet sein und alle an Bord verletzt haben.

»Wir denken an Reparatur und Instandsetzung«, teilt ihm Kwak mit.

»Ausgezeichnet.« Der Neuankömmling streckt Roost die linke Hand entgegen, überlegt es sich dann anders – nicht gut für Muslime, und wer weiß? –, zieht sie zurück und sieht sich mit tief in den Höhlen liegenden Augen um. »Ich bin Brigadegeneral Jawahar Lal Bhagati. Wer hier ist fähig, uns aus dem Notbehelf herauszuholen und zu retten?«

Die alte Fontäne scheint unsere letzte Hoffnung zu sein.

Kampfhahn legt DJ die Hand auf die Schulter. »Sir, dieser Mann ist der Beste, den wir haben.«

Gott steh uns bei.

»Ausgezeichnet!«, sagt Bhagati. »Wir haben einige eingesammelte Werkzeuge und vielleicht die richtigen Aktivierungscodes. Lassen Sie uns beginnen.«

Kurze Hoffnung

Während der nächsten Stunden bin ich eine Art Quartiermeister und eile mit Werkzeugen und einigen der wenigen noch verbliebenen Wasserrationen hin und her. Es fehlen noch immer Nahrungsmittel, aber das dürfte erst in einigen Tagen zu einem echten Problem werden.

DJ scheint bei der Fontäne Fortschritte zu machen, aber es wird dunkel und sehr kalt, minus hundert Grad, und wir können nicht mehr lange draußen bleiben. Es kostet Batteriestrom, uns warm zu halten. Wenn's kalt wird, sollen sich Skyrines in einem Zelt zusammendrängen oder dicht an dicht in einem Graben liegen und sich mit Sand bedecken. Der letzte Mann deckt die anderen zu und gräbt sich so gut es geht ein. Auf dem Rainier haben wir das Zusammenrollen und Bedecken immer wieder geübt. Wie junge Hunde. Welpen scheinen genau zu wissen, worauf es dabei ankommt.

Tak hat bei SBLM eine Sanitäterausbildung bekommen, und trotz seiner Prellungen und zwei gebrochener Rippen kümmert er sich im halb aufgeblasenen

Zelt um die verletzten, erschöpften Offiziere. Der Blick seiner blauen Augen beruhigt sie, so wie er auch Pferde beruhigt hat.

Übrigens: Unsere Abteilung trägt den Codenamen Trick und besteht, in voller Stärke, aus zwei Einsatzgruppen. Tak und ich gehören zur ersten Gruppe, unter normalen Umständen ausgestattet mit Schwachfeld-Disruptoren, Schnellfeuer-Blitzgewehren und multiplen Raketenwerfern. Ich weiß nicht, warum wir noch Codenamen verwenden. Wir wissen nicht einmal, ob die Antags menschliche Sprachen verstehen. Dafür wissen wir genau, dass wir ihre Sprachen *nicht* verstehen. Nach unserer Kenntnis ist es noch niemandem gelungen, Kommunikationssignale zwischen Antag-Einheiten oder ihren Schiffen und Ausrüstungen aufzufangen. Nichts, das uns zu einem Stein von Rosette verhelfen könnte. Vielleicht reden sie einfach nicht miteinander.

Was ein Grund ist, warum es mir nicht gefällt, unsere Feinde *Ants* zu nennen. So heißen im Englischen die Ameisen, und Ameisen kommunizieren miteinander. Ameisenkolonien sind wie ein einziger Organismus, ein einheitliches Bewusstsein, und die individuellen Insekten, die »Ants«, verhalten sich wie Muskeln und Neuronen. Jede Ameise ist Späher, Arbeiter und ein kleiner Teil des großen Ameisengehirns. Die Kolonie als Ganzes sammelt Informationen über ihren Aktionsbereich und löst Probleme auf die Art eines verteilten Netzwerks. Sie kommunizieren, indem sie sich mit den Fühlern berühren und chemische Markierungen wahrnehmen, die Hinweise geben und wie ein GPS-System funktionieren. Mir graut davor, gegen Ameisen kämpfen zu müssen, insbesondere gegen große. Kampfhahn und Wee-Def – und auch Joe – bestehen darauf, unsere Feinde Ants zu nennen. Irgendwann erzähle ich euch mal von meinem Albtraum, in dem ich überall von Ameisen gebissen werde.

Himmel, es wird wirklich kalt. Ich bin so müde, dass mir die Augen zufallen. Um wach zu bleiben, gehe ich auf und ab, und zwar im Graben vor dem halb aufgeblasenen Kommandozelt, in dem die Generäle und Colonels abhängen – mit Ausnahme von Kampfhahn. Ich gehe durch den nördlichen Teil des Y und nähere mich der chinesischen Fontäne. Die Muskeln in meinen Beinen schmerzen, und deshalb *gehe* ich nicht in dem Sinne; es ist mehr ein Taumeln. Schlimmer noch: In meinem Helm stinkt es. Hoffentlich ist es nicht mein eigener Wundbrand. Unsere Hautengen sind zweifellos längst über Essigbrühe hinaus. Ihre Schmutzfilter sind schon seit einer ganzen Weile voll, und der Kram, der sich in ihnen angesammelt hat, verfault, was Sauerstoff verbraucht. Alles muss erneuert und aufgeladen werden, und das gilt auch für mich selbst.

Schließlich erreiche ich die Fontäne und bleibe dort, weil ich zu müde bin, den Weg fortzusetzen. Schlafen ist ein verlockender Gedanke. Ein leichter Tod. Durch einen dunkler werdenden Tunnel beobachte ich DJs

Füße. Direkt vor der Fontäne hat er Sand beiseitegeschaufelt und eine Luke geöffnet, in der nun sein Oberkörper steckt. Seine Füße zucken gelegentlich, und ab und zu beugt er die Knie. Dadurch weiß ich, dass er noch lebt, dass er noch arbeitet.

Fontänen sind beeindruckende Apparate. Früher landeten sie in einem Ballontanz, aber seitdem sind sie größer, teurer und empfindlicher geworden, weshalb sie mit Stealth-Schirmen oder sogar chemisch betriebenen Bremsraketen herunterkommen. Das chinesische Modell ist kleiner als die meisten anderen und hat vielleicht eine harte Landung hinter sich. Möglicherweise war es nicht richtig zusammengepackt. Jedenfalls hat Colonel Orlow bei einem seiner langsamen, schmerzvollen Streifzüge durch den Graben erklärt, dass einige Kollektortanks zerdrückt worden sind und die Selbstdiagnoseeinheit ihre Aktivierung verweigert hat, in der Annahme, dass sie sinnlos wäre. Fontänen können neurotisch sein.

DJs Stiefel zucken, er beugt die Knie, und ansonsten bleibt er voller Rätsel.

Die Fontäne beschließt plötzlich, ihr oberes Segment zu öffnen und eine Kollektorschaufel auszufahren. Orlow und ich wagen es, leise zu jubeln. Kazak, Michelin und Efremow gesellen sich uns hoffnungsvoll hinzu. Doch die Schaufel entfaltet und dreht sich nicht, und es ist nicht gut, wenn sich Kollektorschaufeln nicht drehen.

Schließlich schiebt sich DJ aus der Luke und schüttelt den Kopf im Helm. »Drinnen ist alles hinüber«, verkündet er. Wir können ihn kaum hören. Kazak und Michelin legen ihre Helme an seinen und sehen aus wie Footballspieler, die die Köpfe zusammenstecken. »Die noch funktionierenden Teile sind in einem desolaten Zustand, und wenn ich die Verbindungen neu programmiere, beanspruchen die nicht funktionierenden Teile fast die gesamte Energie für sich, ohne dass sie irgendetwas produzieren. Ich weiß nicht, was ich sonst noch tun kann. Wenn jemand Ersatzteile findet, soll er mir bitte Bescheid geben.«

Wir wanken zum Kommandozelt, halb durchgeknallt vom Gestank in unseren Schutzanzügen. Niemand von uns möchte eine ganze Nacht mit hochrangigen Offizieren kuscheln, aber uns bleibt keine Wahl. Entweder draußen sterben oder den hohen Tieren Luft und Wärme klauen.

Die Blondine im Buggy

Wir sind in ernsten Schwierigkeiten, kein Zweifel. Es gelingt uns gerade so, die Nacht zu überstehen. Ich liege in unserem Haufen und bewege mich nur, wenn Kazak im Schlaf um sich tritt. Er tritt wie ein Maultier.

General Bhagati geht es schlecht. Blutvergiftung, denke ich. Seine eigenen, ihm einst freundlich gesinnten Mikroben haben beschlossen, dass er sterben soll. Passiert mit vielen Soldaten im Kampf. Mikroben scheinen uns für wandelnde Leichen zu halten.

Beim ersten Licht des neuen Tages setzen wir die Helme auf und verlassen das Zelt. Der Sonnenaufgang ist ziemlich abrupt und alles andere als spektakulär. Was uns überhaupt nicht kümmert. Irgendwann – meistens ziemlich schnell – verliert man auf dem Roten den Blick für das Schöne. Mir ist schwindelig. In meinem Helm riecht's wie in einem Kühlschrank nach mehreren Tagen Stromausfall. Überall juckt es, und ich schätze, dass die anderen, und auch ich selbst, bald daran denken werden, das Visier zu öffnen und es schnell hinter sich zu bringen. Ein elendes Ende für die Trick-Einsatzgruppe.

Wann und wo ist alles aus dem Ruder gelaufen? Das spare ich mir für später auf, wenn's richtig kalt wird. Dann fühlt man sich warm und behaglich, und letzte Gedanken fallen einem leichter. Wenigstens hört dann das Jucken auf. Vielleicht.

Ich sitze auf dem Rand unseres Grabens und höre gelegentlich Stimmen aus der Nähe des Zelts, was mir aber kaum etwas nützt, da die Typen Koreanisch oder Mandarin reden. An der Highschool und später auf dem College habe ich ein bisschen Mandarin gelernt, aber es ist kaum was hängen geblieben. Aus dem geplanten Praktikum in Shanghai wurde nichts, und zwar wegen einer ultrakleinen Vorstrafe, einer Nichtigkeit: Mit dreizehn habe ich mir einmal den Wagen meines Onkels ausgeliehen. Skyrines haben nichts gegen Kriminelle. Der jugendliche Unfug wird aus einem herausgeprügelt, und dann macht man aus dem kleinen Ganoven einen eiskalten Killer. Skyrines beginnen als Marines, doch dann bringt man sie für eine lange zusätzliche Ausbildung in die Wüste und ins Gebirge. Außerdem gibt es den ganzen Wie-man's-richtig-macht-Spießrutenlauf und eine irre LSD-Psychoanalyse. Daran erinnere ich mich sehr gut, besser als an die hundsmiserable Folter namens KVAV, »Körperliche Vorbereitung und Ausbildung im Vakuum«. Hawthorne Depot, Rainier, Baker, Adams – Mauna Kea. Die Militärmedizin ist bis an die ethischen Grenzen gegangen, und ein ganzes Stück darüber hinaus. Blutdoping und ähnliche Tricks sind bis kurz vor dem

Finale verboten, aber dann legen sich die Ärzte richtig ins Zeug. Ich habe siebeneinhalb Kilo reine Muskelmasse zugelegt und musste anschließend fünfzehn Pfund abnehmen. Mein Körperfettanteil …

Scheiß drauf. Ich sitze hier am Rand des Grabens und denke vage an Frauen … ohne einen Gedanken an meine gute alte Mutter zu erübrigen. Nach heiliger Schlachtfeldtradition darf man von einem tödlich verwundeten Landser erwarten, dass er mit dem letzten Atemzug nach seiner Mama fragt, doch im Vak bleibt dieses letzte Wimmern ungehört.

Michelin setzt sich neben mich. Wir halten die Helme aneinander, und er sagt mit sehr rauer Stimme: »Sie sind alle da unten und schreien DJ auf Mandarin an. Ich hasse Offiziere. Er versteht kein Mandarin. Ich verstehe es und weiß, dass sie dummes Zeug reden. Sie werfen ihm vor, uns alle umzubringen.«

»Wie nimmt er es auf?«

»DJ mag Maschinen, aber er kann auch verdammt stur sein. Er achtet einfach nicht auf sie.«

Mir ist noch schwindeliger als vorher. Meine Augen machen Schnappschüsse am Ende einer langen dunklen Röhre.

Aber ich bin noch nicht blind.

»Siehst du das?«, frage ich und deute nach Norden.

»Was?«

»Das.« So könnte es eine Weile weitergehen, aber schließlich erkennt Michelin, was ich meine. Er ergreift meinen Arm.

»*Das* … ist ein Fahrzeug!«, sagt er.

»Kein Skell«, wende ich ein.

»Eindeutig keine von unseren Karren.«

»Scheint ziemlich groß zu sein. Antag?«

»Weiß nicht. Kein Milli.« Millis sind Antag-Transporter, mit Dutzenden von Segmenten auf großen Rädern.

»Wir sollten den anderen Bescheid geben«, sagt Michelin.

Wir bleiben reglos sitzen, fasziniert von dem Fahrzeug, das immer näher kommt. Es ist ungefähr zehn Meter lang, ein zylindrischer Waggon mit großen Klingen-Rädern. Zweifellos keins von unseren Fahrzeugen, aber auch kein Antag-Wagen.

Es dämmert uns langsam, dass wir so etwas in alten Videos gesehen haben.

»Sieht nach einem … Muski-Bus aus, nicht wahr?«, fragt Michelin mit jungenhaftem Staunen.

Die besonderen Antennen einer Einsatzgruppe sind imstande, Neuigkeiten schnell und wortlos zu empfangen. Der Rest unserer Skyrines, mit Ausnahme von DJ und Kampfhahn, erscheint im Graben, klettert zum Rand hoch und hockt sich neben uns.

»Was ist so komisch?«, fragt Kazak. Niemand lacht, aber vielleicht hört er Gelächter.

»Es ist der Transporter einer Muski-Kolonie«, sagt Michelin. »Ein Bus.«

Schließlich kommt auch Kampfhahn zu uns. Wir machen ihm in unserer Mitte Platz. »Alles verfutscht«, sagt er. »DJ hatte kein Glück mit der Fontäne. Ich überlege schon, ob ich den Reiter bitten soll, mich mitzunehmen.« Damit meint er den Tod. Doch dann beugt er sich vor, kneift die Augen zusammen, setzt sich auf und zieht die Schultern gerade. »Habt ihr *das* gesehen?«, fragt er.

»Wir sehen es alle«, erwidere ich.

»Dann existiert es vielleicht tatsächlich. Habt ihr es identifiziert?«

»Es ist ein Muski-Bus«, sagt Michelin.

»Sind alle sicher, dass es keine Ants sind, die sich als Muskis tarnen?«, fragt Kampfhahn. Er klingt mehr als nur müde. Wir alle sind nahezu am Ende. Mein Engel erzählt mir alle fünf Minuten, dass die Filter meines Hautengen hinüber sind. Ich denke daran, den Engel auszuschalten, um in aller Ruhe aus dem Leben zu scheiden.

Aber dort ist der Bus. Wenn Kampfhahn ihn ebenfalls sieht und Michelin sagt, dass es ein Bus ist, sollte es besser ein Bus sein. Wir glotzen verblüfft und beobachten etwas, das eine kollektive Halluzination sein könnte oder vielleicht die Realität, und niemand von uns scheint bereit zu sein oder die Kraft zu haben, etwas zu unternehmen, nicht einmal Kampfhahn. Kazak und Tak spielen Schere, Stein, Papier. Es geht immer wieder unentschieden aus, was vielleicht auch daran liegt, dass es zu anstrengend ist, in den Handschuhen die Finger zu spreizen.

»Das Schicksal fordert uns heraus«, sagt Kazak.

»Sir, Tak und ich würden gern losgehen und um einen Würfel Zucker bitten.«

Kampfhahn nickt, aber das bedeutet nicht unbedingt Zustimmung. Bei ihm ist das Kohlendioxidniveau stark gestiegen; er ist kurz davor einzuschlafen und dann zu sterben.

Tak gibt seinem Arm einen Stoß. »Sir!«

Der Lieutenant Colonel erwacht wieder. Er sieht sich um, blickt in den Graben, über die defekte Fontäne und das Kommandozelt hinweg. »Bin ich hier verantwortlich?«, fragt er verträumt.

»Ja, Sir«, bestätigt Michelin. »Wir haben nur Sie. Die Russen sind tot. Der Inder liegt im Sterben. Die Chinesen und Koreaner hocken in dem Zelt, dem die Luft ausgeht.«

Während wir über unseren Mangel an Möglichkeiten nachdenken, rollt der Zylinder dort draußen weiter durch die Wüste. Er scheint sich uns zu nähern. Vielleicht hat uns jemand beobachtet und entschieden, nach dem Rechten zu sehen. Es sei ihnen gedankt. Den Muskis sei gedankt. Überlebenskünstler. Autark, dezent … mobil.

Kampfhahn findet ein letztes Körnchen Entschlossenheit und klopft an Kazaks Helm. »Haltet euch zurück, ihr beide«, sagt er. »Sollen sie zu uns kommen. DJ, wecken Sie die Generäle, und sagen Sie ihnen, dass wir Besuch erhalten und dass nicht geschossen werden soll.«

DJ eilt den Hang hinunter – es ist ein besseres Kriechen –, verharrt kurz im Graben und orientiert sich, obwohl es eigentlich nur eine Richtung für ihn gibt, torkelt dann weiter.

Ich blicke wieder in die Wüste. Ich glaube nicht an glückliche Zufälle in letzter Sekunde. Was zum Teufel treiben Muskis hier draußen? Die nächste Siedlung liegt mindestens sechshundert Kilometer entfernt im Nordwesten. In der Nähe des Impaktzentrums.

Jetzt trennen uns nur noch fünfzig Meter von dem Bus.

Kampfhahn hebt den Arm und winkt. Das Fahrzeug wird langsamer und hält an. Ich kann fast nichts mehr sehen. Durch die noch dunkler und schmaler gewordene Röhre bemerke ich einige weitere Details. Der Rumpf des Fahrzeugs ist an zahlreichen Stellen geflickt. Die gebogenen Klingen an allen sechs Rädern sind zerkratzt und eingedellt. Außerdem scheinen sie nicht aus demselben Satz zu stammen, denn es gibt farbliche Unterschiede, von Grau und Orange, ein bisschen wie Titan, bis hin zum Rostrot von altem Stahl. Offenbar ist dieser Bus ziemlich weit herumgekommen. Ein Prospektor? Ich habe nichts von irgendwelchen Prospektoren hier draußen in der Einöde gehört, aber vermutlich gibt es selbst bei den Muskis Hardcore-Puristen, die *niemanden* in der Nähe haben wollen. Vielleicht transportiert der Bus nur einen knorrigen alten Miner mit struppigem Bart und dem Körperbau von Pharao Tutanchamun.

DJ kehrt zurück, in null Komma nichts, wie mir

scheint, was vielleicht bedeutet, dass ich eingenickt bin, ohne es zu merken. Tak schüttelt mich am Arm, und Kazak versucht, Michelin zu wecken, der nicht reagiert.

»Was ist mit den Generälen?«, wendet sich Kampfhahn an DJ.

»Schlafen oder sind tot«, lautet die Antwort. »Die Fontäne war unsere letzte Hoffnung. Tut mir leid, Jungs.«

»Ist nicht deine Schuld«, bringe ich hervor. Ich kann die anderen hören, bin mir aber nicht sicher, ob sie mich hören. Hypoxie, diagnostiziere ich und merke nicht einmal, dass sich uns jemand zu Fuß nähert. Ich merke es erst, als uns eine schlanke Gestalt erreicht, in einen lindgrünen Hautengen gehüllt. Sehr groß. An die zwei Meter, schätze ich.

Hat Sauerstoffflaschen und einen Druckschlauch dabei.

Der Helm des Neuankömmlings lasert unsere, und die Stimme einer Frau erklingt: »Auffüllen? Oder wollta mitkommen z'meinem Buggy?«

Wir alle versuchen zu gehen, aber es haut nicht hin. Wir stolpern über den Kamm der Anhöhe hinweg und rutschen an ihr vorbei, wenn es wirklich eine Sie ist, was ich hoffe. Mutter oder Engelin, ein *richtiger* Engel. Mir ist beides recht. Michelin bringt sie zu Kampfhahn. Sie verbindet den Druckschlauch und pumpt einige Sekunden Sauerstoff. Als seine Lider zittern, löst sie den Schlauch und macht ihre Runde bei uns anderen, gibt jedem von uns einige zusätzliche Minuten Luft. Meine Konzentration kehrt zurück, leider begleitet von heftigen Kopfschmerzen. Die Röhre wird zu einem breiteren Tunnel, doch ich sehe doppelt und blinzele dauernd.

Nach der ersten Runde macht die Frau eine zweite, widmet jedem von uns mehr Zeit und gibt jedem Gelegenheit, eine weitere Stunde zu atmen. Als sie mit der zweiten Ration fertig ist, klettert sie in den Graben. Wir alle sitzen auf der anderen Seite des Kamms, erfreuen uns an der Luft und warten auf die Rückkehr unserer Sinne. Es ist ein langes Warten.

Erneut erscheint unsere Retterin, mit dem koreanischen General im Schlepptau. Tak folgt ihnen. Unsere Blicke begegnen sich. Er schüttelt den Kopf, als er über den Hang stapft.

»Tschuldigung«, sagt die Frau. Sie klingt jung. »Bin leider z'spät gekomm. Wir sollt'n jetzt inen Buggy steigen und von hier v'schwinden. Andere werd'n bald komm'n.«

Ihre Stimme ist hoch und ein bisschen hart bei den Konsonanten, insbesondere beim *s*. Ich hatte über Dünnsprech gelesen … eine Aussprache geeignet für die dünne Luft in großen Höhen. Jetzt höre ich sie. Gesprochen mit einem ausgeprägten Muski-Akzent. Scheint echt zu sein, die Dame. Durch ihr Visier sehe ich eine weißblonde Haarsträhne und große, blaugrüne Augen. Habe ich schon darauf hingewiesen, dass sie sehr groß ist?

»Sind wir die Letzten?«, fragt Kampfhahn. »Von unserer Kompanie, meine ich …«

»Hab sonst nieman' gesehen. Etwas hat vor ein' Stunde Transponder ausgelöst. Ich habe den Kurs geänd'rt und Sie gefun'n.«

Offenbar hat DJ die Signalbake der Fontäne aktiviert und uns damit, ohne es zu ahnen, das Leben gerettet. Allerdings hat er *alle* Leute im Umkreis von hundert Kilometern auf unsere Präsenz hingewiesen, unter ihnen möglicherweise auch solche, denen nicht viel an unserem Überleben liegt.

Wir marschieren zur Luftschleuse des Buggys und helfen uns gegenseitig. DJ und Michelin kümmern sich um Major General Kwak.

»Zweite Generation?«, fragte DJ die Frau, als sie zurückkehrt, um zu helfen. Wir sind jetzt alle auf Funk.

»Sei nicht unhöflich«, sagt Tak.

»Auf dem Mars geboren«, bestätigt sie. »Alles Jungs? Keine Weiblichen?«

»Keine Frauen«, sagt Kampfhahn.

»Verdammt. Artig jetzt.« Sie hilft uns nacheinander in die Luftschleuse. »Platz für uns alle. Der Buggy hat genu' Saft, uns z'm östlichen Drifter z'bringen.«

Großartig. Was auch immer ein Drifter sein mag.

Ihr Blick richtet sich auf mich, als sie mir in die Schleuse hilft, direkt hinter dem General. Sie ist schlank, aber trotzdem stark. »Willkomm' an Bord, *Master Sergeant Venn.*« Sie spricht meinen Namen präzise aus. Er steht auf dem Bruststreifen.

Ich lächele. »Danke.«

»An Bord mit Ihnen, z'm Teufel.«

Ich bin der Letzte. Sie steigt ein und schließt die Luke. Es ist recht eng geworden in der Schleuse, und sie verteilt Bürsten, wie wir sie noch nie gesehen haben – »Dyson« steht auf ihnen. Funktionieren wie Magie, in nur wenigen Momenten sind wir sauber, und es schwebt kaum Staub umher. Sie übergibt die Bürsten einem kleinen Fach. »Gecko-Tech«, verkündet sie mit einem strahlenden Lächeln. Kurz darauf enthält die Schleusenkammer genug Luft, und sie öffnet das Innenschott.

Wir wanken in eine relativ großzügig bemessene Kabine – sie ist etwa zwei Meter breit und vier lang. Vorn, durch die keilförmige Frontscheibe, sehe ich die Anhöhe, die reglose Schaufel der nutzlosen chinesischen Fontäne …

Und den fernen Horizont.

Die junge Frau – sie kann nicht älter sein als dreiundzwanzig oder vierundzwanzig irdische Jahre, halb so viele marsianische – nimmt im Pilotensessel Platz und streckt die Hände nach dem Steuer mit den beiden Griffen aus. Der Bus reagiert sofort, erst mit einem leisen Jaulen und dann mit einer Art Stöhnen. Es folgt das Summen von Elektromotoren, und wir weichen von der Anhöhe zurück, rollen ein Stück nach Norden und wenden uns anschließend nach Südosten.

Wir setzen uns auf Kissen oder Schlingen an den Wänden des Busses. Anonyme Behälter, ohne irgendwelche Kennzeichnungen, füllen den größten Teil der Kabine und lassen uns nicht allzu viel Platz. Wir beklagen uns nicht.

»Bald wird's rau«, sagt die Pilotin. »Schnallen Sie sich an, w'nn Sie können. Oder halten Sie sich g't fest.«

Wee-Def ahmt eine raue Frauenstimme nach. Das Raue fällt ihm leicht. »Bitte schnallen Sie sich an, Gentleman. Es könnte gleich ein wenig ungemütlich werden.« Er zitiert jemanden, ich weiß nicht wen, vielleicht einen Filmstar. Kein Problem; alles ist in bester Ordnung.

Tak, Michelin und ich versuchen, die Wunden des Generals zu behandeln, die violette Ränder haben, was kein gutes Zeichen ist. Wir wissen nicht, ob er länger als einige Stunden durchhält. Er murmelt Unverständliches auf Koreanisch und verliert immer wieder das Bewusstsein.

Die junge Frau konzentriert sich aufs Fahren. Der Bus scheint nur über die elementarsten Steuerungssysteme zu verfügen. Ich erkenne eine Art Zielfernrohr am Dach, direkt hinter dem Fahrersitz, wahrscheinlich für Positionsbestimmungen mithilfe der Sterne vorgesehen. Gitterlinien durchziehen die untere Hälfte des Frontfensters. Seitenfenster gibt es nicht; niemand von uns hat die Möglichkeit, die vorbeistreichende marsianische Landschaft zu bewundern.

Eine Flasche mit Wasser ohne jeden Beigeschmack wird herumgereicht. Selbst der General nimmt einen großen Schluck.

Ich komme mir fast wieder wie ein Mensch vor.

»Zieht eu'e Hautengen aus«, sagt die Fahrerin.

»Ja, Ma'am«, erwidert Tak und grinst vom einen Ohr bis zum anderen.

»Reinigt sie grün'lich, währen' sie aufgeladen wer'n«, fügt die Frau hinzu. Während der Ausbildung hat man uns gesagt, dass es bei den Muskis auf dem Mars mehrere Akzente und Dialekte gibt. Angeblich entstehen sogar einige neue Sprachen. Niemand hat es für nötig gehalten, uns entsprechende Kenntnisse zu vermitteln.

»Nehmt die Filt'r und Pakete und w'rft sie inne Recyclingrutsche. Ich glaube, w'r haben passen'e Filter, ganz hin'en, oberste Schublade. Zieht die Hautengen wied'r an, wenn sie sauber und aufgelad'n sin'. W'r gehen nach draußen, wenn w'r das Ziel erreichen.«

Jene von uns, die dazu imstande sind, kommen der Aufforderung nach. Es macht uns nichts aus, die Anweisungen einer großen blonden Farmersfrau zu befolgen. So nannte unser DI bei Hawthorne die Muski-Frauen, wenn er über sie sprach. *»Glaubt bloß nicht, dass ihr all die Farmersfrauen retten könnt … Sie sind tabu. Kommt ihnen nicht zu nahe. Für euch sind sie ebenso interessant wie Frieda Filzlaus.«* Blödsinn dieser Art. Ich bin dankbar, auf eine überglückliche Art und Weise. So wie ich in diesem Moment muss sich ein eingefangener Köter fühlen, der gerettet wird, kurz bevor sich die Klappe der Todeskammer schließt.

Wir sind alle Hunde des Krieges, adoptiert von einer großen, starken Farmersfrau.

Wir sind bis auf die Unterrüstung ausgezogen, als der erste heftige Stoß kommt. Die Frau hat nicht übertrieben. Wir verlassen das Plateau, den Ortstein, und jetzt geht's über ein echtes Waschbrett zum östlichen Drifter. Was immer das auch sein mag.

»Wie Raisuli sagte: *Es ist gut zu wissen, wohin man unterwegs ist*«, zitiere ich. Skyrines auf dem Roten zitieren gern aus Kriegsfilmen, die in Wüsten spielen, selbst aus alten 2D-Streifen. Erstaunlicherweise kann Wee-Def das Zitat niemandem zuordnen, was ihn mürrisch macht.

Tak und Kazak erledigen ihre Arbeit vor allen anderen, obwohl der Bus heftig schaukelt. Nachdem sie ihre Hautengen gereinigt haben, ersetzen sie die Filter, ziehen sich wieder an und gehen nach vorn. Michelin folgt ihnen kurze Zeit später. Ich bin langsamer und genieße es einfach, am Leben zu sein.

Als ich in Richtung der Farmersfrau blicke, regt sich Interesse in meinen Lenden. Ich bin wieder lebendig genug, um mich zu fragen, wie das Leben für sie sein mag, hier auf dem Roten, und wie ich ihr helfen könnte, diese Art von hormonellem Quatsch. Fühlt sich gut an. Aber natürlich schmeißt sich Michelin als Erster ran. Hält sich für unseren Tango Foxtrott Romeo, unser Michelin. Nicht mal Taks offensichtliche Konkurrenz erschüttert seine Selbstsicherheit.

Er versucht, mit der Dame ins Gespräch zu kommen.

Die Farmersfrau schüttelt einmal, zweimal den Kopf.

Michelin schnallt nicht, dass sie sich aufs Fahren konzentrieren muss. Er kapiert es erst, als sie den langen Arm ausstreckt und ihm eine spinnenartige Hand auf den Mund legt. »Seien Sie bi*T*te still«, sagt sie. »Oder woll'n Sie, dass sich dieses Ding übers'lägt?«

So wie sie Arm und Hand bewegt ... Wir sind alle sehr beeindruckt und glotzen.

»Nein, Ma'am«, erwidert Michelin. Er grinst wie ein Trottel, lehnt den Rücken hinter dem Pilotensessel an die Wand und ist sofort eingeschlafen.

Major General Kwak hat starke Schmerzen. Er klagt nicht, aber wegen des geschienten Arms können wir ihm den Hautengen nicht ausziehen. Ich suche in den Fächern der Rückwand, und unter dem mit den Filtern finde ich einen Medo-Kasten, mit einem roten Kreuz markiert. Mit Taks Hilfe gebe ich dem General Morphin. Was Moderneres gegen die Schmerzen steht uns leider nicht zur Verfügung, aber Morphin genügt vorerst. Kwak sieht uns aus zusammengekniffenen Augen an, nickt dankbar und verliert wieder das Bewusstsein. Ich halte nach einem Transferbeutel oder Klebeband Ausschau, mit dem sich der Schutzanzug reparieren lässt. Entweder flicken wir den halb zerrissenen Arm des Hautengen, oder wir stecken den General in einen Beutel. Eine dritte Möglichkeit besteht darin, dass er im Bus bleibt. Was hält die Farmersfrau davon, wenn wir ihre Sicherheitsausrüstung benutzen und ihre Reserven an Luft und Wasser verbrauchen?

Das führt mich zu der Frage, was sie hier draußen macht, so ganz allein, und wie wir dabei ins Bild passen. Sie hätte uns einfach unserem Schicksal überlassen können. Für die Muskis haben wir nie einen großen Nutzen gehabt. Vielleicht hat ihre Neutralität einen praktischeren Aspekt gewonnen, was bedeutet, dass sie auf Seiten der Antags stehen. Es geht immer ums Überleben. Ich würde mich vielleicht ebenso verhalten. Wie kommt es, dass üble Gedanken so schnell zurückkehren, wenn man weiß, dass man nicht stirbt, zumindest nicht sofort?

Wieder schüttelt sich das Fahrzeug, scheint manchmal zu springen und zu bocken. Die Federung quietscht und ächzt, und die Räder mit den Klingen dröhnen wie stählerne Trommeln. Ab und zu verbiegen sie sich, wenn sie auf Steine und Felsen treffen, und dann, auf ebenem Gelände, kehren sie auf einmal zu ihrer runden Form zurück, was den ganzen Wagen erbeben lässt.

Ich kann nicht schlafen.

Aber dann wache ich auf und stelle fest, dass die junge Frau angehalten hat. Sie verlässt ihren Platz am Steuer und tritt vorsichtig durch unsere verstreute Gruppe. Als sie sieht, dass meine Augen offen sind, wendet sie sich mir zu und sagt: »Ich muss Bericht erstatt'n und melden, w's ich benutzt habe.«

»Ja«, erwidere ich. »Kann ich helfen?«

»Ich glaube nich*T*.« Sie gibt dem General einen sanften Stoß. Er wacht nicht auf. »Chinese?«

»Koreaner«, sage ich, stehe auf und schüttele das Prickeln aus den Gliedern, nachdem ich eine ganze Weile zwischen den anderen eingezwängt gewesen bin. Ich stoße mit dem Kopf an die Kabinendecke. Wie es die Farmersfrau schafft, sich die ganze Zeit über auf so elegante Art herunterzubeugen, bleibt mir ein Rätsel. Sie ist schön. Meine Güte, sie ist das schönste Geschöpf im ganzen bekannten Universum.

Sie legt den Kopf auf die Seite und sieht mich an. »Ich bin eine Staubwitwe«, sagt sie. »Wiss'n Sie, w's das bedeutet?«

Ich schüttele den Kopf.

»Ich hatte drei Ehemänner, sei*T* ich neun w'r. Ihr In*T*eresse bedeute*T* mir so viel wie das ein'r Lakenmilbe. Verstanden, Solda*T*?«

»Marine, Ma'am. Skyrine.«

Neun, auf der Erde etwa achtzehn. Und seitdem können nicht mehr als ein paar Jahre vergangen sein, vorsichtig geschätzt.

»Sie kennen meinen Namen«, sage ich. »Wie lautet Ihrer?«

Ein weiterer scharfer Blick. »Teal Mackenzie Green«, sagt sie ernst. »Teal ist die Kurzform v'n Tealullah.«

»Hübscher Name«, sage ich.

Kazak ist wach und hört zu. Wee-Def und Tak flüstern in der fernsten Ecke miteinander, unter den Schubladen. Unser Kommandeur, Kampfhahn, hat sich wie eine Kugelassel zusammengerollt. Kazak und ich rütteln ihn mehr oder weniger sanft. Er hat Krämpfe – so was passiert, wenn Hautenge sauer werden. Milchsäure kann brennen wie der Teufel. Er streckt sich, so gut es geht, und schneidet dabei eine Grimasse.

»Erzählen Sie uns von dem Drifter«, fordert er Teal auf, die Farmersfrau, die Staubwitwe, deren Schönheit ungeschmälert bleibt. Vielleicht ist sie sogar noch schöner, als sie mir einen finsteren Blick zuwirft.

»Erst wenn w'r eine Zuflucht erreichen.« Sie schließt das Siegel ihres hellgrünen Schutzanzugs, eines klotzigen älteren Modells, das vermutlich modifiziert worden ist, damit es ihr passt. An Gliedmaßen und Oberkörper bemerke ich ausgebesserte Stellen in unterschiedlichen Farben. Der erste Besitzer scheint kleiner gewesen zu sein. »Ein Rad klemmt, und w'r sin' etwa fünfzig Meter v'n der Stelle entfernt, wo w'r sein müssten. Fühlt sich jeman' kräftig genug, auszusteigen und z'schieben?«

Wir melden uns alle freiwillig. Kampfhahn wählt die Kräftigsten aus, unter ihnen mich und ihn selbst. Wieder stehen wir zusammengedrängt in der Luftschleuse, und kurz darauf sind wir draußen. Niemand von uns ist sicher, ob die Hautengen dicht halten, nach allem, was sie hinter sich haben.

Krankes Paradies

Amerikanische Kinder erfahren in der Schule, dass Superreiche und ein paar ihrer Freunde die ersten Siedler auf dem Mars waren. Sie machten Fehler. Viele von ihnen starben. Die Überlebenden rekrutierten andere und bezahlten ihren Flug, aber es wurde schwer, neue Siedler zu finden, als nach und nach durchsickerte, wie schlecht es den marsianischen Kolonien erging. Der Mars ist ziemlich weit von der Erde entfernt, wenn es Schwierigkeiten gibt. Jamestown und Croatoan wiederholten sich.

Aber die Zähen wurden noch zäher. Sie lernten und hielten durch, vergrößerten die Siedlungen nach und nach. Echte Erfolge stellten sich ein. Die Überlebenden wurden zu Helden.

Dann kam die dritte Welle, und dazu gehörten Leute, die die Erde zu zivilisiert fanden, zu restriktiv – zu dumm. Individualisten mit Kanten und Ecken, politische Fanatiker, IQ-Theoretiker, die den menschlichen Genpool isolieren und verbessern wollten. Hartnäckige Eiferer und Rassisten, die den Mars gern in einen Spaghetti-Western verwandelt hätten. Mein recht liberaler Highschool-Lehrer Mr. Wagner vermittelte seinen Schülern den Eindruck, der Mars sei ziemlich sicher eine verlorene Sache. Dennoch, es klang aufregend und romantisch. Etwas für Pioniere, für Leute mit Schwung. Ein Junge konnte davon träumen.

Unser Strategie-Prof bei der Grundausbildung in SBLM fügte einige Details hinzu: »Vor der Ankunft der Gurus lehnten die von privaten Investoren gegründeten Mars-Kolonien die Steuerhoheit der Erde ab und versuchten, ihre terrestrischen und orbitalen Einrichtungen vor Einmischungen der Regierung zu schützen. Als der Krieg begann und die Regierung alle Startzentren übernahm, protestierten die Kolonien und weigerten sich, ihre Komm-Rechnungen zu bezahlen. Sie erkannten die Währung der Erde nicht mehr an. Daraufhin blockierte man ihren Zugang zum Breitbandnetz. Es folgten Blackout und Stille.

Wir wissen größtenteils, wo sich die Siedlungen befinden, aber wir sind nicht autorisiert, Kontakt mit ihnen aufzunehmen, zu ihrer Verteidigung einzugreifen oder ihre Anlagen außer in absoluten Notfällen zu beschlagnahmen, und selbst dann nur mit vorheriger Genehmigung des ISC.«

Damals war das International Space Command für unsere Kriegsanstrengungen zuständig, bis sich Deutschland, Kanada und ganz Südamerika zurückzogen und die USA politisch in Kriegs- und Friedensstaaten auseinanderfielen: jene, die die von den Gurus erzählte Geschichte glaubten, und die anderen, die sie für Unsinn hielten. Vierzig Bundesstaaten unterstützten den Krieg in der Hoffnung, von Technik und Wissenschaft der Gurus zu profitieren. Zehn lehnten ab, vor allem im Süden und Mittelwesten. Kuba enthielt sich der Stimme und erklärte sich für neutral, obwohl die Insel erst seit ein paar Jahren offiziell zu den Vereinigten Staaten gehörte.

Das International Space Command bekam eine neue Organisationsstruktur und einen neuen Namen: International Sky Defense – Internationale Himmelsverteidigung –, oder einfach nur Sky Defense. Ein Teil unserer Ausrüstung trägt noch das alte Logo. Die meisten Länder der nördlichen Hemisphäre schlossen sich uns an und leisteten teils erhebliche Beiträge, vor allem Indien und China, deren Industrie dafür Hilfe von den Gurus erhielt. Zwei Drittel unserer Streitkräfte kommen inzwischen aus Asien. Man lernt schnell, wie klein das Stück vom Kuchen der Erde ist, das auf die westliche Zivilisation entfällt.

Der Himmelskrieg ging in sein dreizehntes Jahr, und im Alter von sechsundzwanzig Jahren wurde ich Sergeant. Timeout wird nicht auf die Dienstzeit angerechnet, nur der aktive Dienst auf dem Roten. Es gibt reichlich Ungerechtigkeiten im Corps, aber es bringt nichts, darüber zu meckern, denn letztendlich behalten die hohen Tiere immer recht.

Der Rest meiner Abteilung, soweit bekannt, ist von einer Farmersfrau gerettet worden, die sich anschickt, uns zu einem geheimnisvollen Ort namens »östlicher Drifter« zu bringen. Wie gesagt, ich kenne mich ein bisschen mit der Geologie des Mars aus, aber ich habe keinen blassen Schimmer, was ein Drifter sein oder wie er aussehen könnte. Doch offenbar sind wir jetzt da.

Mit einem letzten Schütteln hält der Bus auf einem zerklüfteten Hang aus staubiger Lava. Teal hat ihn so weit wie möglich hinaufgebracht, zweihundert Meter den Hang hoch, und jenseits davon erhebt sich ein seltsamer, buckliger Hügel, mit einem etwa fünfzig Meter hohen Gipfel, von uns aus gesehen zweihundert Meter breit. Teal blockiert das Lenkrad und gesellt sich dann uns am Heck des Fahrzeugs hinzu.

Unsere Hautengen enthalten nun genug Luft und Wasser für einige Stunden. Die Landschaft, die sich uns darbietet, als wir die Luftschleuse verlassen, ist faszinierend, aber schwer zu enträtseln. Dreißig Meter links von uns, Richtung Norden, liegt ein Haufen aus dunkelbraunem und schwarzem Gestein, keine Lava und so verwittert, dass die Oberflächen recht glatt sind. Für mich hat der Haufen Ähnlichkeit mit einem halb versunkenen Kopf. Ich erkenne einen vorstehenden Überhang als buschige Brauen. Rechts vom Kopf, im Süden und Westen, erstreckt sich ein abgewinkelter Kamm wie ein muskulöser Arm, seine »Hand« zur Faust geballt und einen Art Felsendamm schützend. Ein Riese scheint an diesem Ort Kopf, Hals und eine Schulter aus dem Innern des Planeten nach oben gestreckt zu haben, um dann einen Arm auf das Lavafeld zu legen und zu versuchen, sich ganz nach oben zu drücken. Doch bevor ihm das gelang, bevor er aufstehen und fortgehen konnte, ist er erstarrt.

Versunkener Riese. Scheiße. Zum ersten Mal seit Stunden werde ich richtig neugierig. Wir müssen wissen, was unsere Farmersfrau mitten im Nichts macht, am Rand unseres taktischen Theaters, nicht sehr weit von der OSZ entfernt, der Orbitalen Sprungzone. Ganz allein, abgesehen von uns.

Teal dreht eine Runde, legt ihren Helm an den von Kampfhahn und gibt ihm zu verstehen, worauf es ankommt. Sie will ans Steuer zurück und lenken, während wir den Bus die letzten Meter zum gewölbten Arm des Riesen schieben. Ich hoffe, dort erwartet uns mehr als nur eine metaphorische Achsel.

Ich gehe beim rechten Hinterrad in Position und achte darauf, den Klingen nicht zu nahe zu kommen. Kein Wunder, dass die Fahrt so holprig war: Die Räder sind abgenutzt und fast rasiermesserdünn. Alles bei den Muskis scheint abgewetzt, verbraucht und verzweifelt zu sein. Und doch … Die Staubwitwe hat *uns* gerettet.

Kampfhahn erscheint neben mir, zusammen mit Tak, und wir entscheiden, wie wir den Bus am besten dorthin bringen, wo die Dame ihn haben möchte. Wir legen uns mächtig ins Zeug, kommen aber nur langsam voran. Immerhin, in fünfzehn Minuten gelingt es uns, das Ziel zu erreichen. Schließlich fixiert Teal die Bremse, kommt durch die Luftschleuse nach draußen, hebt die Hand und marschiert los, mit einem wundervollen langbeinigen Schritt, einer Mischung aus Springen und Joggen – eine wahre Prinzessin des Mars. Sie verschwindet im Schatten des großen gewölbten Felsenarms.

Die Sonne steht dicht über dem oberen Unterarm und scheint uns in die Augen, weshalb wir Teal in den Schatten nicht sehen können. Nach ein oder zwei Minuten kommt sie zurück, erscheint wie ein grüner Geist aus der Dunkelheit und fordert uns auf, noch ein bisschen mehr zu schieben.

Wir stemmen uns gegen den Bus.

In der Armbeuge bilden festgedrückter Staub und Sand einen anständigen Boden. Als wir den Sonnenschein verlassen, gewöhnen sich meine Augen an die Düsternis, und im oberen Teil der Brust des Riesen – ich kann fast die Rippen zählen – sehe ich ein Metalltor, etwa zehn Meter breit und neun Meter hoch. Daneben gibt es ein zweites, kleineres Tor, mehr eine Tür. Das große Tor steht offen – ich nehme an, dass Teal es geöffnet hat – und gewährt Zugang zu einer finsteren Höhle. Die Außenseite des großen Tors trägt eine Patina aus Rost, die dem natürlichen Braunrot des Mars sehr nahe kommt. Kaum zu erkennen, wenn man nicht gerade direkt davorsteht. Die steinerne Wand, in die Tor und Tür eingelassen sind, ist von einer dicken Lavaschicht bedeckt, an einigen Stellen rau und an anderen glasig. Es sieht aus, als wäre flüssiges Gestein über den Arm des Riesen geströmt und dann erstarrt. Bei Armbeuge und Achsel erkenne ich massive kolumnare Ansammlungen von Basalt.

Wee-Def beugt sich zu mir. »Muskis sind Veganer, nicht wahr?«

Vielleicht hat er einen Film über Kannibalen auf dem Mars gesehen.

»Sicher wollen sie nicht *deinen* zähen Arsch verspeisen«, versichert ihm Kazak.

Ich höre nur halb zu. Der Riese war lange, lange Zeit Wind, Wasser und Lava ausgesetzt. Warum hat er nicht aufgegeben und ist in den Planeten zurückgesunken? »Er versucht noch immer zu schwimmen«, sage ich mir.

Michelin kommt und hilft uns, als wir den Bus in die dunkle Luftschleuse schieben, die gerade breit genug ist für die Klingen-Räder und die dürren Typen, die sich an ihnen vorbeischlängeln. Er sagt, dass es dem General ziemlich schlecht geht und er vielleicht nur noch ein paar Stunden durchhält, wenn er keine volle medizinische Versorgung erhält. »Er will Kampfhahn etwas sagen. Sein Englisch ist besser als mein Koreanisch, aber er verliert immer wieder das Bewusstsein.«

Unsere Farmersfrau kommt durch die schmale Lücke auf der linken Seite und leuchtet mit einer Lampe. In ihrem Licht bemerke ich ein Glitzern, und mir wird klar, wie niedrig die Decke ist. Wie der Bus im Schleusenraum Platz genug finden konnte, bleibt mir ein Rätsel, bis ich erkenne, dass er sich abgesenkt hat – sein Rumpf befindet sich nur noch wenige Zentimeter über dem Lavaboden. Im Lampenschein fällt mir noch etwas auf: Unnatürlich wirkende Rillen durchziehen Wände und Decke. Ich bin kein Experte, aber die Höhle, die Luftschleuse, scheint aus einer großen, metallhaltigen Felsmasse gehauen, geschmolzen oder gesprengt worden zu sein. Säulen aus Basalt sind als Stützelemente übrig geblieben.

Teal öffnet eine Luke in der Innenwand und klettert hindurch. Wir stehen eine Zeit lang herum, bis sich das Tor hinter uns schließt, woraufhin die marsianische Prinzessin zurückkehrt und das äußere Siegel inspiziert.

»Luftdicht«, sagt sie. »Wenn ich d's Inn'schott geöffnt hab, schieb'n wir d'n Bus auf die an'ere Seite.«

»Sind Sie schon einmal hier gewesen?«, fragt Tak.

»Nein«, antwortet Teal. »Aber ich weiß hierv'n.«

»Ist dies der östliche Drifter?«, frage ich.

Sie sieht an mir vorbei. »Holt alle raus, w'nn w'r durch sind.«

»Der koreanische General braucht Hilfe«, sage ich.

»Bahre im Gepäckr'm.« Sie klopft auf das Heck des Busses und zeigt uns ein Gepäckfach. Teal fasst mit an, als ich eine Bahre hervorhole, auseinanderklappe und für den Einsatz vorbereite. »Von hier geht es nach un'en«, sagt sie. »Macht das Schieben leicht'r.«

Damit kehrt die große junge Frau zum mittleren Teil des Busses zurück, klettert hoch und hinein.

Das Innenschott gleitet beiseite, in die Felswand. Gute Technik, denke ich. Geschickt gemacht. Lautes Hupen weist uns darauf hin, dass wir wieder schieben sollen. Einige Minuten später sind wir im Innern eines Raums, der etwa drei Meter tiefer liegt als die Luftschleuse. DJ und ich schließen das zweite Tor hinter dem Bus. Es weist ein dickes Polymersiegel auf, das vielversprechend ist, aber der Luftdruck bleibt sehr gering.

Der Raum, in dem wir uns jetzt befinden, ist hoch, dunkel und vielleicht natürlichen Ursprungs: ein relativ glattes halbes Ovoid mit einem Durchmesser von zwanzig Metern. Was könnte ein großes eiförmiges Loch im dichten, metallhaltigen Gestein hinterlassen haben? Heißes Gas? Dampf? Der Boden besteht aus Staub und Sand, aus Material, das vor der Fertigstellung der Luftschleuse hereingeweht sein könnte. In der Düsternis sehen wir neun andere Fahrzeuge, die in einem Halbkreis vor der Nordwand stehen. Sie wirken alt und abgenutzt.

Teal klettert vom Bus herunter, scheint dabei nur aus Armen und Beinen zu bestehen und zeigt eine fremdartige Art von Eleganz. Sie schaut zu uns zurück, zu mir, und bedeutet uns mit einem Wink, ihr zu folgen – sie ist wieder ein Mensch, und ganz klar ein weiblicher.

Der Führungsstab hielte sicher nichts von Fraternisierung mit Muskis, wenn so etwas seiner Meinung nach überhaupt möglich wäre. Aber Tatsache ist: Wir haben in dieser Hinsicht keine Anweisungen bekommen.

Wir wissen, wie wir unsere Schwestern im Corps behandeln sollen. Im Dienst sind sie Skyrines wie wir selbst, nicht mehr und nicht weniger. Die Vorschriften sind streng, und beide Seiten werden zur Verantwortung gezogen. Tak und Kazak haben in diesem Zusammenhang einmal für Gerechtigkeit gesorgt, bei jemandem, der gegen den Schwester-Kodex verstoßen hatte, einen Corporal namens Grover Sudbury. Sudbury hatte in seinem schäbigen Apartment außerhalb des Depots von Hawthorne einen weiblichen Gefreiten vergewaltigt und geschlagen. Tak ließ mich aus dem Spiel, weil es mit meiner Eignungsbeurteilung nicht zum Besten stand und ich eine unehrenhafte Entlassung riskiert hätte. Aber ich habe den Mistkerl gesehen, als sie mit ihm fertig waren; ich habe gesehen, wie er blutüberströmt und wimmernd über einen Laufsteg im zweiten Stock kroch. Corporal Sudbury schien nicht mehr stehen zu können, von Diensttauglichkeit ganz zu schweigen. Einige Monate später warf ihn das Corps hinaus.

Und dann verschwand er. Niemand hat je wieder von ihm gehört. Prägt euch seinen Namen ein: Grover Sudbury. In den letzten paar Jahren hat's viele wie ihn gegeben, bei den Zivilisten mehr als bei uns Skyrines.

Ich weiß also, wann man aufhören sollte, an Sex zu denken. Aber ich bin müde, und wir sitzen noch immer ziemlich tief in der Tinte, und die Staubwitwe ist exotisch, nicht wie die Frauen auf der Erde, erst recht nicht wie die Frauen im Corps. Macht Spaß, sie zu beobachten.

Wir holen den General mit der Bahre aus dem Buggy. Er ist neben der Spur: wach, aber in einer Art Delirium. Wee-Def hindert ihn daran, an seinem Visier herumzufummeln. Ich blicke auf die Verbindungsstellen an meinen Handgelenken, wo sich zunehmender Druck am ehesten zeigt. Noch immer normaler Mars-Druck.

Michelin bleibt in der Nähe der Farmersfrau. »Wo genau sind wir?« Er streicht mit dem Handschuh über die dunkle Steinwand.

»Im Drifter, d's habe ich doch s'on gesagt«, erwidert sie leise und widerstrebend. Bedauert sie, uns hierher gebracht zu haben? »D'r östliche Drifter.«

»Aber was *ist* dieser Drifter?«, fragt Michelin und sieht sich nach Hilfe um. Wir wissen ebenso wenig wie er.

»Es w'rd Luft in die Garage ström'n, wenn es auf der anderen Seite g'nug Druck gibt. Dies 's die Innenschleuse. Wenn g'nug Luft kommt, z't ihr euch aus und geht nackt, bis auf den General. Putzt euch jetzt ab. Will keinen verdamm*T*en Kampfsand nach inn' bringen.«

Erneut höre ich das scharfe *T* von Dünnsprech und frage mich, was Teal mit *Kampfsand* meint. Vielleicht Reste von abgebauter Materie? Was wissen die Muskis darüber? Mehr will Teal uns nicht sagen. Sie öffnet eine weitere, kleinere Luke, weniger rostig und ziemlich dick. Meint es offenbar ziemlich ernst damit, von drinnen nichts nach draußen gelangen zu lassen. Vielleicht liegen heilige Hallen dahinter.

Kampfhahn ist die ganze Zeit über ziemlich schweigsam gewesen. Jetzt hält er seinen Helm an den von Tak und scheint von ihm Zustimmung zu bekommen. Ich hoffe, dass es nicht darum geht, diese Anlage zu konfiszieren oder sonst irgendwie die Kontrolle zu übernehmen.

Als wir durch die dicke Luke schlüpfen und uns um die Bahre zusammendrängen, überkommt mich ein gespenstisches Gefühl der Ehrfurcht. Diese Felsformation unterscheidet sich von allen anderen, die mir bisher auf dem Mars begegnet sind. Das Gestein ist erstaunlich dunkel und scheint sehr dicht und hart zu sein. Alle paar Meter sind Decke und Wände durchsetzt von großen Metallkristallen, die breiter sind als meine Hand. Nickel-Eisen, nehme ich an. Abgesehen davon erkenne ich weitere Rillen und Furchen. Muss verdammt viel Arbeit gewesen sein, diese Hohlräume zu schaffen. Wenn die Muskis das vor Jahren geschafft haben, bringen sie mehr zustande, als man in SBLM für möglich hält.

Wee-Def kommt zu mir und grinst über das, was er mir mitzuteilen gedenkt. Er hält seinen Helm an meinen. »Enorm!«, intoniert er. »Fremen-Krieger! Enorm!« Als ich eine Grimasse schneide, fügt er hinzu: »Duncan Idaho, richtig?«

Neemie und Michelin achten nicht auf ihn. Ich bezweifle, dass Wee-Def viel liest; wahrscheinlich zitiert er aus einer der zahlreichen Filmversionen. Auf dem Mars fällt nie ein Tropfen Regen. Schnee, ja, aber kein Regen.

Das Material an meinen Handgelenken kräuselt sich. Offenbar steigt der Luftdruck. Dann fühlen es auch unsere Ohren. Teal öffnet die gegenüberliegende Luke. Ein kleines, mattes Licht flackert irgendwo vor uns, offenbar ziemlich weit entfernt.

»Batterien funktionieren. Vielleicht ein gutes Z'chen. W'nn ich nicht umkippe, könnt 'r meinem Beispiel folgen.« Teal öffnet ihr Visier. Sie kippt nicht um.

Die Dellen an meinem Handgelenk werden tiefer – ich schätze den Druck auf zwei Drittel Bar. Teal öffnet die Luke, durch die wir gerade geklettert sind, und lässt Luft in die Garage strömen.

»Also l's«, sagt die Farmersfrau, als der Wind nachlässt, und schält sich aus ihrem Schutzanzug. Nach ein oder zwei Minuten sind wir alle nackt. Die Erleichterung ist erstaunlich. Ich möchte nie wieder einen Hautengen tragen. Unsere Anzüge liegen zerknittert auf dem Boden und stinken, aber die Luft scheint gut zu sein, sogar frisch – ganz und gar nicht abgestanden und schal.

Nicht dass ich sehr auf die Luft achte. Teal trägt nur einen Slip. Ich kann mir nicht helfen. Mein Gott, sie ist hinreißend. Ich hätte nie gedacht, dass eine Frau so groß sein kann, so dünn und spinnenartig, und doch so schön. Sogar der General gafft mit einem schmerzerfüllten Lächeln und bittet uns, ihm den Helm abzunehmen.

Teal scheint es nicht zu bemerken; vielleicht kümmert es sie nicht. Wir gehören nicht zu ihrer Truppe. Wir sind keine Muskis.

Warum hat sie uns hierher gebracht? Welchen Nutzen könnten wir für sie haben?

Und zum Teufel auch, was *ist* dies für ein Ort?«

Was die Einheimischen empfehlen

Wir haben Zugang zur Garage, und als ein kleiner Stern an der hohen Decke funkelt, beginnen wir mit einer Bestandsaufnahme in Hinsicht auf das Ausrüstungsmaterial an Bord des Busses – Teals Buggy – und der älteren Fahrzeuge, die allerdings bereits ausgeräumt sind.

Nach einer Weile macht sich Teal auf und davon und lässt uns im Halbdunkel zurück. Wenige Minuten später kehrt sie in einen dunkelgrünen Overall gekleidet zurück. Das Ding sitzt schlecht, ist für eine kleinere Person bestimmt und an Knien und Ellenbogen durchgescheuert, aber immer noch besser als nackte Haut. In den Armen hält sie weitere Kleidungsstücke dieser Art und lässt sie einfach auf den Boden fallen. Ich nehme einen Overall von dem Haufen und schüttele ihn, wische mit den Fingern grünen Staub ab. Ich bücke mich, lege die Hand flach auf den Boden und hebe sie wieder. Staub klebt an ihr, zusammen mit einigen Körnchen Dreck.

»Algen?«, frage ich ganz allgemein. DJ und WeeDef kratzen sich und rücken ihre Overalls zurecht.

Teal kniet neben dem General und gibt ihm mehr Wasser. »Können Sie sprechen?«, fragt sie ihn sanft.

Er ist wach und erinnert sich an sein Englisch. »Es ihnen bald sagen«, murmelt er. »Hiernach gesucht. Genau hiernach.« Der General sinkt zurück und schließt die Augen. Teal runzelt besorgt die Stirn. Sie schaut in meine Richtung und bemerkt ihren Fehler – von einem Augenblick zum anderen wird ihr Gesicht ausdruckslos.

Tak und Kazak hocken hinter dem General und beobachten die Situation. Kampfhahn wartet vermutlich auf den richtigen Moment, von unserer Gastgeberin eine gründliche Aufklärung zu verlangen. Ihm gefallen die Schatten nicht. Niemand von uns kann etwas mit Schatten anfangen.

Die Farmersfrau scheint zu überlegen, wer von uns der Anführer sein könnte. Sie konzentriert sich auf Tak – natürlich. Daran bin ich gewöhnt. Wir haben zusammen Landurlaub gehabt, von Tacoma bis nach Teneriffa. Frauen sehen immer zuerst ihn an.

Mit einem würdevollen Nicken lenkt Tak die Aufmerksamkeit der Dame auf Kampfhahn.

»Mein Name ist Teal«, sagt sie zum Colonel. »Kurz f'r Tealullah Mackenzie Green.«

Kampfhahn stellt sich als Lieutenant Colonel Harold Roost vor. Nach ihm nennen wir alle unsere vollen Namen und Ränge – bis auf den General, der wieder hinüber ist. Tak verabreicht ihm eine weitere Dosis Morphin. Teal warnt ihn: Das ist genug; mehr nicht.

Ich frage mich, ob es ihr lieber wäre, wenn der General abkratzt …

»Es gi't hier viel Ärger«, sagt Teal, als wir uns wie Kinder an einem Lagerfeuer zusammensetzen. Sie wird zum Mittelpunkt unserer Aufmerksamkeit, aber selbst wenn wir Hunde des Krieges sind: Sie verrät so wenig Gefühl, dass man meinen könnte, sie spräche aus reiner Langeweile mit uns. »W'r halt'n uns von Ärger fern, aber jetzt haben w'r ihn direkt v'r der Haustür, direkt bei d'r Dritt'n Stadt, meinem Green Camp.«

»Befindet sich mehr als eine Stadt in der Nähe?«, fragt Kampfhahn.

Teal geht nicht darauf ein, spricht aber weiter. Ihre Blicke wandern über das Gestein und erforschen die Dunkelheit. »Ich komme hierh'r, bis die schlimme Zeit vorbei ist.«

»Schlimme Zeit«, sagt der General. Absurderweise scheint ihn das Morphin wach zu machen; vielleicht nickt er immer wieder ein, um dem Schmerz zu entkommen.

»Droh*T* ein Kampf?«, fragt Teal.

»Wir sind Überlebende eines üblen Sprungs«, sagt Kampfhahn. »Hoffen auf Gelegenheit, uns neu zu formieren.«

»Es gab also m'r …« Teal nickt langsam. »Viele?«

Kampfhahn schürzt die Lippen und schweigt.

»Dachte ich m'r«, sagt Teal. »Hab's v'm Buggy aus gesehen, als w'r nach Südosten fuhren: z'brochene

Schiffe, Buggys, Behausungen – Zelte –, Leichen a'f der Ebene. Hunderte.«

»Menschen?«, fragt Kampfhahn.

»Schwer zu sagen.« Teal hebt die Hände und lässt sie wieder sinken. »Konnte nicht anha'en. Musste schnell hierh'r.«

Der General versucht sich aufzusetzen. Seine Augen glänzen fiebrig. »Weiß hiervon. Gesucht! Vor langer Zeit«, sagt er. »Großer Schlag. Groß wie ein Mond. Eis und Kern aus Stein und Metall. Impakthitze unglaublich. Eis tief hinabgeschoben, superheißer Dampf, nach oben … Größtes Bassin! Brocken nicht vermischt.«

Teal beobachtet ihn mit distanzierter Wachsamkeit, scheint ihn für eine Schlange zu halten, die gleich zubeißen könnte. Vorsichtig drückt sie ihn auf die Bahre zurück und wechselt dann das Thema. »Erzählen Sie«, fordert sie Kampfhahn auf. »W's ist pass'rt?«

»Große Sache«, erwidert Kampfhahn. »Soldaten und Ausrüstung. Einsatzgruppen.«

»Roboter?«, fragt sie.

Er schüttelt den Kopf.

»W'r'm keine Roboter? W'r'm Menschen? Die Weitander'n sollten ei'ntlich intelligent sein, kommen v'n einem ander'n Planeten.«

Wir haben uns dieselbe Frage gestellt. Ich nehme an, aus dem gleichen Grund hat sich Robo-Football nie durchgesetzt. Die Leute wollen echte Knochen brechen sehen.

»Roboter können keine Skyrines ersetzen«, sagt Kampfhahn.

Teal schnieft verächtlich. »Fin'et heraus, wie man sie er'etzt. Rettet e'r Leben.«

»Dann bleibt der ganze Spaß auf der Strecke«, behauptet Michelin. »Das Leben findet hier statt.«

»Der Tod mach*T* nie Fei'rabend«, entgegnet Teal. *Der Tod macht nie Feierabend*. Stimmt. Sie geht beim General in die Hocke und kontrolliert seinen Puls am Hals. Ich kann ihre Knie durch die Löcher im Overall sehen. Faszinierende Knie. »W'r hal*T*en uns abseits. Wü'rn gern wissen, wie lange es dauert.«

Die Lider des Generals zucken. »Schwerer Kampf steht bevor.«

Kampfhahns Gesicht ist steinern, aber ich denke mir, vielleicht überlegt er noch, was er im Beisein dieses Nichtkombattanten sagen kann. Möglicherweise fragt er sich auch, ob wir Teals Ausrüstungen, ihr Fahrzeug und alles andere in diesen Höhlen beschlagnahmen müssen.

Es ist Tak, der als Nächster spricht, und vielleicht hätte er besser die Klappe halten sollen, aber zum Teufel auch, wir verdanken Teal unser Leben. »Wir sind ohne taktische Infos gesprungen«, sagt er. Kampfhahn dreht sich um und richtet einen finsteren Blick auf ihn. »Ohne Daten über die aktuelle Situation. Wir haben ziemlich wenig Ahnung, was hier abgeht.«

»*Ich* weiß«, sagt der General mit schwacher Stimme. »Ich mehr erzähle, aber *sie* darf nicht hören«, fügt er hinzu und meint Teal.

Ohne ein Wort richtet sich die Marsianerin auf und geht in Richtung der Dunkelheit, aus der sie die Overalls geholt hat. »Gebt m'r Bescheid, w'n ihr fertig seid.«

Für einen Moment sitzen wir stumm da, fix und fertig und ohne Uniform. Die Luft in der Höhle ist kühl und seltsam süß … ein funktionierendes ambientales System. Kleiner wird das Rätsel dadurch nicht.

Kampfhahn blickt aufs Gesicht des Generals hinab und sieht dann uns an. »Hört gut zu«, fordert er uns auf. Dann spricht er sehr deutlich und nahe am Ohr des Koreaners. »Es ist alles sicher, Sir. Bitte sagen Sie uns, was Sie wissen.«

Der General dreht den Kopf von einer Seite zur anderen, beobachtet uns, die Seite des Busses, sieht zur steinernen Decke hoch. »Dies ist Zuflucht, Reservoir«, murmelt er. »Ort, um zu verstecken.« Heimgesucht von Schmerz verzieht er das Gesicht.

»Könnte sein«, erwidert Kampfhahn.

»Viel mehr«, sagt der General; in seinen Augen spiegelt sich erneut Schmerz. Kampfhahn bedeutet Tak, ihm mehr Morphin zu geben, eine halbe Dosis. Tak kommt der Aufforderung nach.

»Wie ist der Plan, Sir?«

»Alter Plan, sehr alt«, sagt der General, die Augen feucht. »Landen und verstärken, Stützpunkte einrichten, Tunnel graben, Tiefebenen unter Kontrolle bringen, Netzwerk aus Ressourcen bilden, Fontänen, Depots. Große Sprünge, Landekapseln mit Triebwerken. *Große* Sache von der Erde, von Russland und China finanziert. Viele von *meinen* Soldaten. Wenige Informationen. Feindliches Orbital. Alles verkehrt. Wir treffen ein, Russen zuerst da. Alles verkehrt. Viel feindliches Orbital, seit kurzer Zeit da, schießt uns ab. Antags haben *große* Bodenpräsenz, holen uns herunter. Wir kämpfen. Große Verluste. Wir wissen so wenig!« Beschämt wendet er den Blick ab. Obwohl es eigentlich keinen Grund für Scham gibt.

»Wir waren unterwegs, als es seine Truppen erwischte«, sagt Kampfhahn zu uns. »Wir sollten die Absicherung sein, oder eine Verstärkung für den großen Vorstoß.«

»Man hätte uns wenigstens darauf hinweisen können«, klagt Kazak.

»Antag-BO holte uns vom Himmel. Bis auf einen waren alle unsere Satelliten erledigt.« Kampfhahn zögert. »So muss es gewesen sein.«

»Keine Ressourcen, keine Waffen, können hier unten nicht viel ausrichten«, sagt der General. Darauf läuft es offenbar hinaus. Wir sind auf uns allein gestellt und verlassen uns auf die Gastfreundschaft einer Farmersfrau und ihrer sonderbaren Höhle, um am Leben zu bleiben.

Michelin, Tak und ich gehen zu den anderen. Kampfhahn bleibt beim General, für den Fall, dass er noch mehr zu erzählen hat.

»Muskis!«, sagt DJ. »Dem Himmel sei Dank für sie. Reden komisch.«

»Eigentlich gar nicht so komisch, nach all der Zeit«, erwidere ich, denke an Teal und frage mich, wie es wäre, die Truppe zu verlassen und mich den Muskis anzuschließen. Im Augenblick bleibt uns in dieser Hinsicht kaum eine Wahl. Und eigentlich gibt es gar keine Truppe mehr, die man verlassen könnte.

»Was zum Teufel ist dies für ein Ort?«, fragt Kazak.

»Bin überrascht, dass es hier noch Luft, Wasser und Energie gibt.« Tak schüttelt den Kopf. »Wer weiß, wie lange diese Höhlen schon verlassen sind.«

»Vielleicht sind sie gar nicht verlassen«, sagt Wee-Def und sieht sich um. »Wie die Minen von Moria. Überall Orks, Mann.« Er hebt die Hände und macht krabbelnde Bewegungen mit ihnen.

»Scheiß drauf«, sagt DJ.

Tak reckt den Hals, und es folgen einige Yogaübungen. »Sie verrät uns nicht viel«, sagt er und nimmt die Haltung herabschauender Hund ein.

»Warum sollte sie?«, fragt DJ. »Was ich gern wissen würde: Was macht sie ganz allein hier draußen?« Er kneift die Augen zusammen, was bei ihm Argwohn oder Skepsis bedeuten kann.

Kampfhahn und Michelin kommen zu uns. »Der General hat das Bewusstsein verloren. Wir haben ihm den Hautengen abgezogen. Wundbrand. Er muss dringend behandelt werden.«

»Viel Glück damit«, sagt Kazak.

»Er sagte etwas Seltsames, bevor er bewusstlos wurde. Murmelte auf Koreanisch und Englisch, über gebrochene Monde und ungleichmäßiges Absetzen …« Er zuckt die Schultern. »Ich bin nicht sicher, ob dieser Ort für den Führungsstab eine echte Überraschung wäre.«

»Er hat danach gesucht?«, frage ich und fühle ein sonderbares Prickeln.

»Wir wissen nicht, welche Anweisungen die erste Welle hatte. Die Worte des Generals ergeben nicht viel Sinn.«

»Teal wirkte nicht sehr glücklich, als sie ihm zuhörte«, sage ich.

Kampfhahns Blick wechselt zwischen mir und Tak und bleibt bei mir hängen. »Sie haben sie beobachtet.«

»Tschuldigung«, sage ich.

»Schon gut. Sie gefallen ihr.«

»Unsinn, Sir«, erwidere ich. »Die Dame hat ein Auge auf Tak geworfen.«

»Ich kenne mich damit aus«, sagt Kampfhahn. »Gehen Sie zu ihr. Finden Sie heraus, was dieser Ort anzubieten hat und wie lange wir bleiben können, wie lange wir bleiben *sollten*. Ob wir allein sind. Wenn dies ein großes Erzvorkommen ist, können wir sicher sein, dass die Antags davon wissen.«

»Und wir nicht?«, fragt Tak.

»Hat keinen Sinn, unsere Engel zu fragen«, sagt Kampfhahn. »Sie verfügen über keine strategischen

Daten, die wir nicht unbedingt brauchen, und dazu gehört auch planetenweite Gravimetrie. Andererseits, entsprechende Informationen müssten recht alt sein … Wäre es möglich, dass die Antags nichts davon wissen?« Er tut die letzten Worte mit einem kurzen Wink ab. »Gehen Sie«, fordert er mich auf.

Die anderen lächeln, als ich aufstehe. Ich stecke die Hände in die Overalltaschen, fühle etwas Kaltes und hole überrascht eine Metallscheibe hervor, etwa so groß wie ein Vierteldollar. Ich halte die Scheibe ins Licht und erkenne, dass sie auf der einen Seite keine besonderen Merkmale aufweist und aus etwas besteht, das Silber sein könnte. Sehr weißes Silber. Die andere Seite zeigt eine Spirale aus winzigen Buchstaben und Zahlen.

»Meine Güte!« Neemie hebt die Hand, und ich reiche ihm die Scheibe. Neemies Vater hat in Detroit einen Laden für seltene Münzen. Er sieht sich das Ding aus der Nähe an, dreht es, reibt es zwischen den Fingern und beschnüffelt es. »Platin«, sagt er und reicht die Scheibe weiter, damit auch die anderen sie bewundern können. Kazak gibt sie mir schließlich zurück.

»Eine Probe des lokalen Erzes?«, spekuliert Kampfhahn.

Keine Ahnung. Ich lasse das Platin wieder in der Tasche verschwinden, in der ich es gefunden habe, und mache mich auf den Weg zu Teal.

Die Dunkelheit, in der Teal verschwunden ist, weist

hier und dort kleine Sterne auf, Lampen, die kaum Strom verbrauchen, in der Größe eines Weizenkorns. Vielleicht leuchten sie hier schon seit Jahren.

Ich sehe Teals Fußabdrücke im feuchten grünen Staub, der eine dünne Schicht auf dem Boden und fast allem anderen bildet. Nach einigen Minuten erreiche ich eine Stelle, an der sich mehrere Tunnel treffen: Sie führen nach rechts, links, geradeaus, oben … und nach unten.

Weit nach unten. Ich weiche zurück und lehne mich mit wild klopfendem Herzen an die Wand.

Fast wäre ich in einen Schacht gefallen.

Vielleicht will sie uns *alle* tot sehen. Angesichts der Situation würde das einen gewissen Sinn ergeben. Vielleicht glaubt sie – oder man hat es ihr gesagt –, dass Soldaten mit dem Auftrag unterwegs sind, ihre Familiengeheimnisse zu lüften. Sie könnte uns nacheinander einsammeln, sich besorgt geben und uns zu dem Ort bringen, den wir suchen, aber in Wirklichkeit ist es eine Mine, in der sie uns in ein tiefes, tiefes Loch werfen kann …

Bei Hawthorne wäre ich fast in einer Mine gestorben. Joe zog mich im letzten Augenblick zurück. Ich höre noch das Geräusch der Steine, die sich unter meinen Stiefeln lösten und in die Grube fielen, einige Dutzend Meter weiter unten in stehendes Wasser platschten.

Das Loch ist etwa vier Meter breit. Mit großer Vorsicht mache ich einen Bogen darum und versuche,

Teals Fußabdrücke auf der anderen Seite wiederzufinden, doch dort ist der Boden plötzlich jungfräulich – kein Staub, keine Abdrücke. Allerdings höre ich ein Pochen in der Ferne … und Atemgeräusche, die hoffentlich von Teal stammen.

Auch hier durchziehen in regelmäßigen Abständen Rillen die Wände und bilden ein Muster, das mich an Maschinen denken lässt, die hier gegraben und die Furchen hinterlassen haben, damit andere Maschinen Halt oder den richtigen Weg finden. Vielleicht sind die Maschinen noch immer hier, irgendwo in der Finsternis. Ich stelle mir einen mobilen Printer/Depositor vor, der von einem automatischen Transporter eimerweise Brei für verschiedene Konstruktionen erhält, während er von Ort zu Ort wandert und Dinge für die Bergleute baut.

Nach weiteren dreißig Metern höre ich eine Stimme auf der einen Seite – sie kommt aus einem kleinen Raum. Teal erscheint, richtet sich zu ihrer vollen Größe auf und blickt im schwachen Licht auf mich herab.

»Kommen d' anderen nicht?«, fragt sie.

»Nein«, sage ich.

»Nur Sie?«

»Nur ich.« Ich hole die Münze hervor und zeige sie ihr. »Dies habe ich in einer Tasche gefunden. Haben Sie eine Ahnung, was es damit auf sich hat?«

Sie wirft einen Blick darauf, sieht die Spirale aus Buchstaben und Zahlen und schaudert. »Verwalter«, sagt sie. »Muss sein Over'll sein.«

»Es sind Verwalter zurückgeblieben?«

»Vielleicht.« Teal geht weiter. Ich folge ihr. Sie ist etwas langsamer als sonst, als könnte sie nicht finden, wonach sie sucht.

»Wenn Sie mir gestatten, eine Frage zu wiederholen: Sind Sie schon einmal hier gewesen?«

»Nein«, antwortet Teal.

»Woher wussten Sie von dieser Anlage und davon, wie man sich Zugang verschaffen kann?«

»Mein Vat'r hat mir d'von erzählt«, sagt sie.

»War *er* jemals hier?«

»Keine weite'n Fragen.«

»Wir sind Ihnen natürlich dankbar.«

»W'rum haben die and'en *Sie* geschickt?«, fragt Teal, als wir nebeneinander gehen. Sie deutet nach hinten und meint den Rest meiner Gruppe.

»Sie sind besorgt.«

»Sie glaub'n, dass ich Sie mag?«

Zehn oder zwölf Schritte bleiben wir still. Dann holt Teal kurz Luft und sagt: »Eure Solda'n haben nichts z'stört oder erzwungen. Sie lassen uns in Ruhe. Ich gerat'n habe. Flammarion lügt bei v'len Dingen.«

Auf dem Mars gibt es einen Krater namens Flammarion, auch auf dem Mond. Früher benannte man Krater nach toten Wissenschaftlern. Flammarion war ein Astronom, oder eine Astronomin, aber was sein oder ihr Namensvetter hier macht oder mit Teal angestellt oder ihr gesagt hat … Da kann ich nicht mal raten.

Erneut gehen wir schweigend ein Dutzend Schritte.

»Es w'r höchste Zeit f'r mich, Green Camp zu verlassen«, sagt Teal. »Es l'f schlecht f'r mich. Ally Pecqua stahl meinen Witwenanteil, und Idol Gargarel … Er wählte mich aus f'r d'itte Gen mit den Voors.«

»Dritte Generation? Er wollte Sie zwingen, Kinder zu bekommen?« Ich weiß nichts von den Voors. Eine andere Siedlung, nehme ich an. Frauenhandel. Klingt nicht sehr einladend.

Teal wirft einen Blick zur Seite, das Gesicht kalt im leicht bläulichen Licht der Sternenlampen – verloren, kalt und traurig. Ich möchte Ally Soundso und Idiot Gargarel den Hals umdrehen, weil sie Teal traurig gemacht haben.

»Ich habe d'n Buggy gestohlen und b'n einfach losgefahren. Transportmittel-Diebstahl w'rd im Bassin m't dem Tod bestraft. Nicht n'r Sie sind in Schwierigkeiten.

Ich b'n nicht hier, um Sie z' retten. Sie müssen *mich* retten.«

Nicht des Vaters Zukunft

Ich sitze im Eames-Sessel, blicke ins Grau des frühen Morgens und klopfe mit den Fingern auf die Knie. Greife in die Tasche. Spiele mit der Platinmünze herum. Stehe auf, um zu pinkeln. Gehe in die Küche. Öffne den Kühlschrank. Nichts Anständiges drin. Das meiste ist verdorben. Kein frisches Gemüse. Hätte ein bisschen was auf dem Markt kaufen sollen. Hab nicht nachgedacht. Nicht vorausgeplant.

Bin ein wandelnder Geist, der Büchse entkommen.

Ich trinke ein Glas Leitungswasser. *W'rd bald Zeit z'm Aufbruch*, würde Teal sagen.

Ich gehe wieder umher und bringe meinen irdischen Kompass auf Vordermann. Nutze meine Freiheit, ob mit oder ohne Begleitung. Aber ich will nicht. Ich weiß nicht, was ich mit dem anfangen soll, was ich weiß. Es könnte gefährlich sein, jemandem davon zu erzählen. Joe hat mir geraten, mich von der MGB fernzuhalten. Vielleicht sollte ich nicht einmal *hier* sein.

Ich kann mich in meinem Apartment nur für eine gewisse Zeit in Verwirrung und Selbstmitleid ergehen, bevor sich Dunkelheit so schwarz wie Affenscheiße um mich schließt und schlimmere Erinnerungen herangeschlichen kommen.

Über all dem Verblüffenden, Guten und Schrecklichen, das nach der Münze kam, schwebt Teals Geschichte in meinem Kopf, eine Geschichte, die von Ungerechtigkeit und der Flucht einer jungen Frau erzählt und davon, wie niemand von uns sie vor der Bedeutung des primordialen, metallreichen *Drifters* bewahren konnte, ebenso wenig vor dem Verrat einer harten Ethik, die weit über das hinausging, was von den ursprünglichen Muskis geplant war.

Menschen können echte Arschlöcher sein.

Ein Skyrine sollte sich nicht in Angelegenheiten einmischen, die nichts mit unserer Mission zu tun haben. Er sollte nicht in ein Resultat investieren, das weder mit ihm noch mit dem Krieg in Verbindung steht. Halte dich zurück. Aber nach dem unruhigen Schlaf der letzten Nacht, der zweiten seit meiner Rückkehr – sie folgte einem Tag in Absonderung und Einsamkeit, zusammengerollt in einem Ledersessel, von feuchten Handtüchern bedeckt, unter denen ich die letzten Reste von Kosmolin ausgeschwitzt habe –, nach all dem Starren aus dem Fenster und dem Beobachten der Schiffe, Fähren und Vergnügungsboote, Teil einer ganzen verdammten Welt, der die Gurus neuen Reichtum gebracht haben …

Ich habe Teals Stimme gehört, ihren Akzent, ihre Ausdrucksweise. Ich habe gehört, was sie sagte, bevor sie das Vertrauen ihres Volkes verletzte und einen Haufen Skyrines zu den marsianischen Kronjuwelen brachte.

Sie müssen mich *retten.*

Trotz allem, trotz der Schlacht um den Mars und der durchaus realen Möglichkeit, dass wir den ganzen Krieg verlieren, höre ich noch immer ihre Stimme und glaube – ich *will* es glauben –, dass Teal lebt, dass sie gefunden werden kann. Obwohl ich derzeit ebenso wenig zum Mars fliegen kann wie die Möwen, die dort draußen am Himmel kreisen.

Es sei denn, ich entscheide mich für eine weitere Tour. Was ich geschworen habe, *nicht* zu tun. Joe würde zweifellos versuchen, mich daran zu hindern.

Aber ich habe noch etwas anderes geschworen. Ich habe Teal versprochen, die kleine Platinscheibe zu überbringen.

Ich weiß nur nicht, wem ich sie bringen soll.

Hobos und Drifter

Die Antwort auf die Frage, woher all die Luft kommt, befindet sich mehrere Hundert Meter vor uns. Wir erreichen sie durch einen Tunnel mit vielen Abzweigungen, die meisten von ihnen dunkel, ohne Sternenlampen.

Teal beginnt zu laufen. Es fällt mir schwer, mit ihr Schritt zu halten. Sie weiß, wie man sich in der geringen Schwerkraft von Boden und Decke abstoßen muss, und selbst als Marsianerin scheint sie nicht ihre ganze irdische Kraft verloren zu haben. Ich weiß nicht, wie Muskis ihre Töchter großziehen, vielleicht gibt es so etwas wie eine universelle spartanische Disziplin. Die Bonzen des Green Camp bestehen möglicherweise darauf, dass ihre Kinder ausgezeichnete Sportler werden. So bewegt sich Teal, wie eine hervorragende Turnerin.

Geht es in ihrer gerade begonnenen Geschichte um patriarchalische Tragödie und rigorose Disziplin – oder um Heuchelei und Scheinheiligkeit, eine Art wiederaufgewärmte Version von *Der scharlachrote Buchstabe*? Ich habe Mitgefühl und bin fasziniert, doch dann finde ich mich plötzlich am Rand eines weiteren Schachtes wieder, eigentlich einer großen Grube. Fast wäre ich gegen Teal geprallt. Mit dem ausgestreckten Arm versperrt sie mir den Weg und starrt mich erneut an. Bin ich tatsächlich so tollpatschig?

Heißer Dunst steigt aus der Düsternis der Grube, feucht und irgendwie elektrisch. Weiter unten, verborgen im Dampf, höre ich es blubbern. Dies hat nicht die geringste Ähnlichkeit mit allem, was ich bisher vom Mars kenne. Zum ersten Mal habe ich den Eindruck, einen lebendigen Planeten zu riechen, nicht nur die staubige Schale eines fossilen Eis.

Teal zieht mich zwei Schritte zurück. »Fr'er hieß dies Teufelsloch«, sagt sie. »Ich wusste nicht, dass es so nah war.«

»Heiße Quellen«, erwidere ich. »Kein Schwefel. Sauber. Süßwasser.«

»Sie *w'ren* schweflig. Mein Vat'r meinte, dass man hier ohne eine Gasmaske nicht atm'n konnte. Und es gibt immer noch Salpet'r.« Sie beugt sich vor und deutet auf eine Patina aus weißen Kristallen auf schwarzem Gestein. »Die erste Gruppe e'stickte hier. Schlechte Luft geriet in ihre Anzüge. Die zweite Gruppe nahm bess're Anzüge und reicherte die tiefen Tümpel mit Sauerstoff an. Brachten Borax und Kaliumkarbonat v'n den Farmen hierh'r, streuten oxidierten Staub und Abfallerz in die Tümpel. Oxiphoren verwandelten alles in Leben, Nahrung und … Luft.«

Oxiphoren – der grüne Staub?

»Die dritte Gruppe gr'b mehr Garagen, brachte Depositoren und Printer, baute Apparate, spr'ngte und erweiterte, größer und tief'r. Zu tief, wie sich heraussTellte. Durchbrachen eine steinerne Barriere vor Hobo. Fließt schnell, leb'ndig. Tiefes Fließen. Wissen Sie, w's es mit einem Hobo auf sich hat, Master Sergeant Venn?«

»Ich fürchte, Ihre Art von Hobo kenne ich nicht.«

»Westliche Geschichte. Lernt i'r Geologie in d'r Schule?«

Darauf musste ich nicht extra hinweisen. »Wer kämpfen will, muss das Gelände kennen.«

»*Hobo* sollte m't doppeltem H buchstab'rt w'rden, *H2-obo*. Bedeutet alTer unTerirdischer See oder Fluss, fließ'n bei vulkanischen Schloten und har'n fel'igen Wurzeln, suchen ein altes Bett oder strömen frei oder waschen neues Bett aus. Ob'n gefrieren sie, trocknen aus, v'rschwinden. Aber tief unten fließen und fließen sie. Wie sehr sie auch versuchten, ihn einzudämmen, d'r Hobo brach immer wied'r durch und überflutete alles. W'r brauchten nicht so viel Wasser, hatten bereits genug v'm weichen Land. Die Miner versuchten zu pumpen und sich wieder an die Arbeit zu machen. Es gel'ng ihnen nicht.

Mein Vat'r w'r am Ende der fünft'n Gruppe. Als sie ausstiegen, musste er Sensoren installieren, um die Städte wissen z' lassen, wann d'r Hobo launisch wird und in eine and're Richtung fließt. Sie wollten zurückkehren und den Abbau fortsetzen. Große Adern v'n

Eisen, Nickel, Platin, Iridium, Aluminium. Natürlich zu viel Wasser, selbst f'r Marsianer. Aber es könnte uns erlauben, mehr Städte zu bauen, viel mehr. Wenn w'r mehr Kinder zeugen oder mehr Siedler holen würden. Ab'r w'r tun wed'r das eine noch das andere.«

»Wegen der Kämpfe.«

»Schon vorh'r. Die Probleme begannen v'r meiner Geburt.«

»Probleme?«

»Kommen Sie.«

Teal führt mich durch einen schmaleren Tunnel. Hier leuchten die kleinen Sternenlampen etwas heller, und die Wände reflektieren ihr schwaches Glühen. Unter dem grünen Staub fühlen meine Finger die neutrale Wärme von reinem Metall in großen Ansammlungen, in unregelmäßig geformten, kristallenen Strukturen.

Dann begreife ich plötzlich. Während des Tageslichts sind die ersten Zentimeter des marsianischen Bodens wärmer als die Luft, aber es wird umso kälter, je tiefer man gräbt. Hier unten gibt es etwas, das die Kälte aus den dicken Wänden fernhält. Vielleicht sitzt der Drifter auf einer alten Magmakammer, einem der letzten Überbleibsel aus der Jugend des Mars.

Dieser Ort ist *fantastisch*. Ich glaube, es wäre gar nicht möglich, seine strategische Bedeutung zu überschätzen. Wieso weiß die Erde nichts davon? Oder die Antags?

Aber vielleicht ist er gar kein Geheimnis, wenn Kampfhahn den General richtig verstanden hat, zumindest nicht für den Führungsstab. Jemand könnte etwas ausgeplaudert haben, und vielleicht hat man auf der Erde entschieden, die vor Jahrzehnten von Satelliten gesammelten gravimetrischen Daten genauer auszuwerten.

Dabei müssten sich Hinweise auf eine Anomalie finden lassen.

Vielleicht ist man beim Führungsstab zu dem Schluss gelangt, dass es sich lohnt, hierfür zu kämpfen. Genug Wasser und Material für ganze Divisionen, für Tausende von Sprüngen und Aufstiegen, auf Jahre und Jahrzehnte hinaus. Fontänen wären gar nicht mehr nötig.

Doch die Antags lassen noch immer Kometen auf den Mars fallen.

Und niemand hat *uns* etwas gesagt.

Mir schwindelt, als ich versuche, alles zu verstehen.

Teal erreicht eine Leiter: metallene Stufen, in die Wand eines quadratischen vertikalen Schachtes eingelassen, der etwa drei Meter breit ist und in die Dunkelheit emporführt. Zehn oder fünfzehn Meter über uns erkenne ich die Umrisse einer Plattform.

»Klettern Sie mit m'r?«, fragt Teal. »Ich möch*T*e nicht allein hina'f.«

»Was ist dort oben?«

»Mein Vat'r sprach von einem Wachturm in d'r Felsspitze, nach Westen gerichtet.«

»Gibt es Luft?«

Teal wirft mir einen säuerlichen Blick zu und macht

sich daran, nach oben zu klettern. Ich habe mich nicht getäuscht: Es gibt tatsächlich eine Plattform, etwa in halber Höhe des Schachtes. Unterirdische Orientierung liegt mir nicht besonders, aber ich vermute, dass wir in dem Hügel sind, der hinter dem »Kopf« des Drifters aufragt. Metall geht in dunkelrotes, von Schwarz durchzogenem Gestein über. Die Plattform ist rostig und von grünem Staub bedeckt; sie knarrt unter unserem Gewicht. Rostbraunes Wasser rinnt über den Stein.

Wie lange liegt die Flut zurück? Tage? Wochen? Und wer würde die Nachricht erhalten, dass im Drifter wieder abgebaut und produziert werden kann? Wie lange mag es dauern, bis die Leute, die hier gearbeitet haben, zurückkehren und uns finden?

Salpeter. Schwefel. Depositoren und Printer. Hier könnten leicht Waffen und Sprengstoff hergestellt werden.

Wir bringen eine weitere Leiter hinter uns und klettern durch eine Luke in einen kleinen Raum mit Felswänden auf drei Seiten und metallenen Rollläden auf der vierten. Es ist kalt hier, verdammt kalt. Elektrische Heizgeräte sind tief an den steinernen Wänden montiert, aber nicht eingeschaltet. Die Kälte saugt uns die Wärme aus dem Leib. Hier können wir nicht lange bleiben, so viel steht fest.

»Es ist so, wie ich dav'n gehört habe«, sagt Teal. Sie zittert und steht gebeugt – die Decke ist zu niedrig für sie. »Dies w'rde gebaut, um über andere Camps zu wachen.«

Wo Menschen sind, gibt es Wettstreit und Konflikt. Darin sind Menschen am besten.

»Vielleicht hätten w'r besser Hautenge tr'gen sollen«, sagt Teal und dreht eine Kurbel. »Ich weiß nicht, ob …«

Quietschend kommen die Rollläden nach oben und weichen zur Seite. Hinter ihnen erscheint dickes, staubiges Plex, ein bisschen getrübt vom Sand, den der Wind jahrzehntelang über die Außenseite geweht hat – obwohl es auch dort Rollläden gibt. Sie heben sich ebenfalls, als Teal weiterhin die Kurbel dreht, woraufhin das breite Fenster Blick auf die nördliche Garage und die felsige Ebene dahinter gewährt. Im Nordwesten zeigt sich noch immer der verdammte braune Fleck. Seltsam. Der Komet hätte irgendwelchen Wetterphänomenen ein schnelles Ende bereiten sollen.

Ich mache Teal darauf aufmerksam. »Es ist seit unserer Ankunft da. Haben Sie eine Ahnung, was es sein könnte?«

Sie schüttelt den Kopf.

Da sich das Plexfenster unter einem etwa einen Meter langen Felsüberhang befindet, sehen wir vom Himmel nur ein kleines Stück über dem Horizont. Und die Sicht nach Osten und Süden bleibt uns verwehrt.

Teal langt nach oben und schraubt eine Abdeckung von der Decke. Meine Finger sind taub, und ich fühle kaum mehr das Gesicht.

»D'ei-sechzig«, sagt Teal, legt die Abdeckung beiseite und zieht ein glänzendes stählernes Periskop herunter. Sie berührt die Haltestangen nur ganz kurz, damit ihre Finger nicht daran festfrieren. »Wie erzählt.«

»Wer hat Ihnen davon erzählt?«, frage ich.

»Mein Vat'r«, antwortet Teal. »Werfen Sie einen k'rzen Blick hindurch. W'r können nicht lange bleiben, außer w'r suchen den Kontrollraum und schalten die Heiz'r ein.«

Ich halte die Augen zwei Zentimeter vom steinhart gefrorenen Gummi der Okularmuscheln entfernt und erhasche einen Blick auf das Land vor dem Felssporn. Wie ein U-Boot im Sand!

Nichts ... nichts ...

Noch eine Drehung, und dann, im Südosten, bemerke ich eine Staubfahne, verursacht von drei Fahrzeugen, die offenbar zum Drifter unterwegs sind, weder Antag noch Skyrine.

Weitere Buggys.

»Muskis sind unterwegs«, sage ich.

Teal mag den Namen nicht, verzichtet aber auf einen Kommentar und schaut durchs Periskop. Sie dreht es mehrmals und sieht immer wieder in die Richtung, aus der die Fahrzeuge kommen.

»Vom Voor-Camp«, sagt sie.

»Voor? Wer ist das?«

»Voors, Voortrekker«, sagt Teal. »Sie wissen nichts v'n uns!« Sie schiebt das Periskop nach oben, schraubt die Abdeckung fest, geht zur Treppe und murmelt: »Brauchen Hauptenergie.«

Meinetwegen. Sie verlässt den Ausguck, und ich folge ihr, die Finger so gefühllos, dass ich mich kaum an den Sprossen festhalten kann. Wenn wir einen Kontrollraum und dort eine Möglichkeit finden, die Energieversorgung einzuschalten … Vielleicht entdecken wir dann auch einen Zugang zu den Reserven der Miner: medizinische Vorräte, Reparaturkits für Hautenge, Proviant. Das würde uns Zeit geben, auf Verstärkung zu warten. Die unterwegs sein *muss*. Immerhin sollte dies eine große Sache sein, nicht wahr?

Vielleicht haben wir gefunden, wonach der Führungsstab lange gesucht hat.

Alles Patrioten und Pioniere

Teal ist schon im Tunnel und läuft nach Osten. Ich erreiche den Boden des Schachtes gerade noch rechtzeitig, um zu sehen, wie sie in der Dunkelheit verschwindet. Das Pflichtbewusstsein des Soldaten verlangt von mir, zu den anderen zurückzukehren – Voortrekker klingt verdächtig nach der alten Schule –, aber ich bin innerlich hin und her gerissen. Ich weiß nicht, mit welchen Problemen wir es zu tun bekommen könnten und was ich Kampfhahn, Tak oder dem General sagen soll, falls er noch lebt. Befinden sich an Bord der Buggys Miner, die hier weitergraben und -schürfen wollen, die sich vielleicht freuen würden, uns zu sehen, sich von uns helfen zu lassen? Aus irgendeinem Grund zweifle ich daran. Aber darf ich darauf vertrauen, dass Teal mir die volle Wahrheit sagt?

Unsere Engel können diese Fragen nicht beantworten. Sie sind nicht sehr redselig bei Angelegenheiten, die in keinem direkten Zusammenhang mit unserem Einsatz stehen, und die Siedler des Mars haben bisher nie eine Rolle gespielt.

Warum eigentlich?

Wie dämlich ist das?

Die kleinen Sternenlampen leuchten hier noch immer, allerdings schwächer – ihr Batteriestrom scheint zur Neige zu gehen. Ihr Licht reicht nicht aus, alle Schatten zu vertreiben. Vorsichtig taste ich mir einen Weg durch die Dunkelheit und komme wesentlich langsamer voran als Teal. Der Tunnel führt fünfzig oder sechzig Meter weit durch rohes Metall, dann durch Basalt und Ansammlungen von Pyrit – Katzengold, Kristalle aus Eisensulfid. Im östlichen Drifter ist eine Menge los.

Der Tunnel mündet schließlich in einen Raum, der nach einer weiteren Buggy-Garage aussieht, aber leer ist. Der grüne Staub formt hier eine dickere Schicht, und Feuchtigkeit bildet Flecken auf dem Boden aus festgetretenem Sand. Teal steht auf der anderen Seite, neben einer Schleusenluke, und tastet mit ihren langen Fingern über die Siegel. Dann bringt sie das Gesicht in ihre Nähe, auf der Suche nach entweichender Luft.

Auch hier ist es ziemlich kalt, aber nicht ganz so kalt wie im Ausguck.

»Das Westt'r ist noch dicht«, sagt Teal und wirft mir einen kurzen Blick zu. »Und zugeschweißt. Mein Vat'r hat m'r gesagt, dass es jetzt n'r noch zwei Tore gibt, n'r zwei Wege herein und hinaus, im Süden und im Norden. Als die Voors den Drifter übernahmen, wollten sie ihn ganz f'r sich, leich*T* z' ver*T*eidigen mit kleiner Streitmacht.«

»Wissen die Voors, dass wir hier sind?«

»Sie wissen, dass *ich* h'r bin«, sagt Teal.

»Woher?«

Sie schüttelt den Kopf und geht nach rechts, zu einer gläsernen Zelle ein ganzes Stück über dem Boden, vielleicht der Platz eines Dispatchers oder Kontrolleurs. Teal klettert die Leiter hoch, zu einer Tür in der Seite der Zelle.

Ich bleibe unten stehen und sehe nach oben. »Was geschieht, wenn die Voors hier hereinkommen?«, frage ich.

»Wenn sie mich finden, bringen sie mich zurück. Wenn sie *euch* finden, bringen sie euch alle um.«

»Das sollen sie mal versuchen«, sage ich.

»Sie haben Waffen.« Teal versucht, die Tür zu öffnen. Es klappt nicht – sie scheint ebenfalls zugeschweißt zu sein. Teal kommt die Leiter herunter; ihr Blick huscht hin und her.

»Wir müssen die Wahrheit erfahren«, sage ich. »Warum sind Sie hierhergekommen? Was ist, wenn die Buggys dort draußen nur Miner zurückbringen?«

»Sie würden nicht gerade jetzt z'rückkehren«, erwidert Teal.

»Warum nicht? Der Hobo ist kein Problem mehr …«

»Weil sie *Angst* haben!«, ruft Teal. »Sie halten dies n'r f'r eine Mine? Sie wissen nichts!«

»Vor was haben sie Angst? Vor uns?«

»Nee!«

»Was zum Henker geht hier vor?«, frage ich, vielleicht ein wenig zu scharf. Ich versuche, vor Teal zu bleiben und ihren Blick einzufangen, aber als sie den Boden erreicht und ich mich ihr nähere, verzieht sie das Gesicht, streckt einen langen, agilen Arm … und schlägt mich. Ich kenne nicht einen Skyrine, der es einfach hinnimmt, von etwas, das größer ist als ein Kind, geschlagen zu werden. Meine Hand ist oben und will sich revanchieren, als plötzlich Leid und Qual in Teals Gesicht erscheinen und sie einen durchdringenden Schrei von sich gibt.

»W'r *müssen* es finden!«, ruft sie. Ihre Stimme hallt von den Wänden wider, gebrochen, verloren und hohl. Dann sinkt sie auf die Knie, als wollte sie beten, und lässt den Kopf hängen. »Es w'r nicht n'r der Hobo, der die fünfte Gruppe v'rtrieb. Mein Vat'r wollte m'r nicht alles sagen, aber er riet m'r, diesen Ort aufzusuchen, wenn ich Schutz brauche. D'r Drifter sei sicherer als das Green Camp, wenn ich fliehen müsste, meinte er. Aber er sagte auch, dass ich mich allein auf d'n Weg machen sollte.«

Die letzten Worte hauen mich fast um. »Trotzdem haben Sie uns gerettet«, sage ich und suche nach einem gemeinsamen Nenner, nach etwas, das uns verbindet. »Vielleicht dachten Sie, wir könnten Ihnen helfen, wie Sie gesagt haben. Sie glauben nicht, dass Ihnen sonst jemand helfen kann?«

Teal schüttelt den Kopf. »Ich weiß nicht, w'rum ich Sie mitgenommen habe. Sie gehören nicht zu uns. Sie sind nicht einm'l Freunde.«

»Wir sind *Menschen*, verdammt!«, sage ich. »Wir kämpfen für alle.«

»Nicht für *uns*«, erwidert sie sanft. »W'r wollen euch hier nicht. *Sie* wollen euch wahrscheinlich auch nicht.«

»Die Voors?«

Teal vertreibt den Kummer aus ihren Zügen, steht auf und wischt sich die Wangen mit dem Handrücken ab. Dann senkt sie den Blick, blinzelt und ringt sich zu einer Entscheidung durch. »Entschuldigung. Das w'r ein bisschen viel a'f einmal.«

»Ja«, sage ich.

»Wenn 's Energie g'be, könn*T*en wir 'nschal*T*en, bev'r die Voors das südliche T'r erreichen. Dann könn*T*en w'r sie aussperren.«

Ihr Akzent ist jetzt so schwer, dass ich kaum noch etwas verstehe. Ihre Silben erscheinen mir wie Mosaiksteine, die ich zusammensetzen muss, damit sie einen Sinn ergeben. »Das Osttor haben wir noch nicht überprüft.«

»Keine Z't mehr. Sie sind nahe.«

»Wir sind Kämpfer«, sage ich. »Wir sollten nachsehen und falls nötig Wächter bei allen Toren postieren …«

»Voor-Buggys transportieren jeweils z'nzig. Das wären z'sammen sechzig. Ihr?« Teal hebt eine Hand und drei Finger. Dabei richtet sie einen ernsten Blick auf mich.

»Na schön. Aber sie sind nur Siedler. Welche Waffen könnten sie haben?«

Ihr vernichtender Blick teilt mir mit, dass ich genau die falsche Frage gestellt habe. »Sie finden verlo'ene Waffen im Sand. Vielleicht eure?«

»Aber sie wissen nicht, wie man damit umgeht; sie sind nicht ausgebildet. Sie haben keine Codes und können die Waffen nicht aufladen. Sie sind keine Skyrines.«

Teal sieht mich nicht an, und ihr Gesicht ... Sie scheint mir mehr sagen zu wollen, aber es ist sehr schwer für sie. Lange Jahre der Indoktrination und der Feindseligkeit. Keine Liebe zur Erde, die sie von allem abschnitt und sich in einen interplanetaren Krieg verwickeln ließ. Dann fällt die Steifheit langsam von ihr ab. Sie ist bis hierhergekommen. Jetzt gibt es kein Zurück mehr. Teal konzentriert sich, verzieht das Gesicht. Sie muss auf eine Weise mit mir reden, die ich verstehe, und deshalb besinnt sie sich auf die Anfänge und spricht langsam. »Es sind *Voors*. Holländer, Deutsche, Afrikaner, einige Amerikaner. Ausschließlich Weiße. Unabhängig, alte Geschichte. Klug und grausam. Vat'r-Herrschaft. Zuerst schlossen sie sich d'm Green Camp an, machten dann Schwierigkeiten, brachen m't allen und m't allem, begannen m't dem Trek, *ihrem* Trek – fünfzehnhundert Kilometer. Beanspruchten und besiegten ein französisches Camp: Algerier, Marokkaner, einige Europäer. Schickten sie f'rt, ließen die meisten im Staub sterben. Bauten wieder auf. Neue Regeln. Benutzten französische Printer f'r die Herstellung v'n Waffen, angeblich um Soldaten abzuwehren, die von der Erde kamen, um sie z'ernichten. Niemand in Green Camp, Robinson, Amazonien oder McClain sprach dagegen. W'r waren bereits von der Erde abgeschnitten. Keine Vorräte mehr, keine Uplinks. W'r waren auf uns allein gestellt und konnten uns keinen größeren Kampf leisten.«

Teal atmet tief durch und schüttelt den Kopf.

»Wer fand den Drifter?«

»D's französische Camp. Sie schürften ein wen'g und gingen dann wieder. Anschließend arbeiteten die Voors fünf harte Jahre lang, bis sie d'n Lavadamm durchbrachen und d'r Hobo alles überflutete. Sie sind die vierte und fünfte Gruppe. Sie … zogen sich zurück, beanspruchen d'n Drifter aber noch immer.«

»Was hinterließen sie?«

»Buggys b'm Nordtor, Kleidung … einige Ausrüstungen. Mehr weiß ich nicht.«

»Ihr Vater war ein Voor?«

»Franzose. Die Voors ließen ihn leben, weil er weiß w'r. Aber sie schickten seine erste Frau in den Staub. Sie w'r Afrikanerin, Muslimin. Mein Vat'r verließ das algerische Camp, kurz nachdem die Voors den Drifter schlossen. Ging zum Green Camp …« Teals Blick geht in die Ferne. Zu viel Geschichte, zu viele scheußliche Geschichten noch vor ihrer Geburt. »Heiratete mei'e Mutter, und dann kam ich.«

Der Drifter war wegen des Hobos mehr als zwanzig Jahre geschlossen? Neun oder zehn marsianische Jahre? Und wir treffen gerade rechtzeitig für die Wiedereröffnung ein! Das ergibt nicht einmal andeutungsweise Sinn.

»Arbeiten die Voors mit den Antags zusammen?«, frage ich.

Teal schneidet eine Grimasse – typisch, dass *ich* so etwas denken würde – und schüttelt dann heftig den Kopf. »W'r nennen sie die Weitander'n. Wie w'r hörten, hat Amazonien Leute in den Staub geschickt, um sie zu treffen. Man hat nie wied'r etwas von ihnen gehört.«

»Wenn die Voors hier nützliche Dinge zurückließen ... Was könnten wir dann finden? Bergbaugerät? Proviant?«

»Mein Vat'r sprach von einem Printer-Depositor, Tonnen m't Brei, vielleicht ein paar Nahrungsmittel, bestimmt Ersatzteile, genug f'r eine schnelle Neuausrüstung ... alles in oberen Räumen, dam't nichts überspült w'rd. Verschlossen, eingepackt, versiegelt. Sollte geöffnet und benutzt w'rden, sobald sich der Hobo zurückzieht. Ab'r ...« Teal greift in die Tasche und holt eine andere Platinmünze hervor. Zeigt mir in beide Seiten eingravierte Zahlen und Buchstaben. Ähnelt der kleinen Scheibe, die ich in der Tasche meines Overalls gefunden habe. Aber die Zahlen sind anders. »Zugangscodes.«

»Damit haben Sie sich Zugang verschafft?«

Sie nickt.

»Und die Energie?«

»Hydro, tief, tief unten. Wo d'r Hobo noch fließt.«

Nachdem sie dies alles gesagt hat, erscheinen Zweifel und Ungewissheit in Teals Gesicht. Sie fragt sich vermutlich, was wir mit all diesen Informationen anfangen werden.

»Wo könnte sich das Vorratslager befinden?«, frage ich.

Teal macht einige Schritte. »Vat'r hat m'r eine Karte gezeigt, aber sie w'r alt.«

Wir gehen durch den Raum, suchen in den Schatten nach Ausgängen oder Seitentunneln und finden ein dunkles Loch in einer Felsnase aus Basalt. Sternenlampen gibt es dort nicht, aber die Öffnung ist breit genug für einen Buggy. Der große Tunnel führt durch Metall und schwarzes Gestein. Furchen und Rillen gibt es hier nicht. Warum?

»Dies w'rde zum Schluss gegraben, glaube ich«, sagt Teal. »Bev'r sie d'n Drifter verließen.«

Wenn die Voors wirklich eingefleischte Fanatiker, Renegaten und Killer waren, Patrioten, die ihre eigene Nation schaffen wollten, weil sie überall fremd waren … Konnten solche Leute auch rationale Pioniere sein? Würden sie die besten Techniker anlocken und behalten, Spezialisten, die imstande waren, ein langfristiges Entwässerungsprojekt zu planen und auszuführen? Oder sprengten sie einfach Löcher und Tunnel nach unten, bis sie es mit dem Hobo zu tun bekamen? Was ihnen einen Strich durch die Eroberungspläne machte und sie zwang, den Drifter aufzugeben …

Ich stelle mir vor, wie sie warteten, dabei immer ungeduldiger und wütender wurden …

»Ihr Vater war der leitende Bergbauingenieur der Voors, nicht wahr?«

»Geologe«, sagt Teal.

»Ist er zum Green Camp gegangen, um den Voors seine Sachkenntnis anzubieten? Nachdem die Voors …«

»Er sagte genug, damit sie an ihm interessiert blieben, damit sie ihm erlaubten z' bleiben. Ab'r er sagte nie alles. Er betonte imm'r wieder, dass sich der Hobo bald zurückziehen wür'e, denn ohne den Drifter und sein Versprechen haben w'r keinen Wert. Ally Pecqua und Idol Gargarel hatten es schließlich satt und verhaf'eten ihn. Dann stahlen sie meinen Witwenanteil, und da wusste Vat'r, dass es f'r uns beide vorbei w'r. Als er nicht mehr sagen wollte, schickten sie ihn in den Staub. Ich wäre als Nächste dran gewesen, und deshalb machte ich mich auf d'n Weg.«

»War es immer so schlimm?«, frage ich.

»Die Rationalen wollen all's regeln und korrigieren. Von d'r Erde getrennt w'rden sie noch schlimmer.«

Mir richten sich die Nackenhaare auf. Andererseits … Zwar verdanken wir Teal unser Leben, aber ich kann nicht sicher sein, dass sie mir die Wahrheit gesagt hat. Ich kann nicht wissen, wie eine Begegnung mit den Voors ausgehen würde. Vielleicht sind sie einfach nur ein bisschen schwierig. Vielleicht verstehen sie zu kämpfen. Vielleicht wären wir mit bigotten Kämpfern besser dran als mit korrupten Muskis. Ich habe viele bigotte gute alte Skyrines gekannt. Miese Burschen in der Stadt, hervorragend im Kampf.

AVOHI.

Am Ende dieses breiten Tunnels erwartet uns ein breiterer quadratischer Raum, darin eine große, knotige Silhouette, umgeben von dunkleren Kisten und Tonnen. Regale ziehen sich an den Wänden entlang, manche von ihnen aus dem Fels gehauen. Rechts und links erkenne ich kleinere Zimmer. Teal sieht sie sich nacheinander an.

Schließlich kommt sie aus dem letzten.

»Ist das ein Printer?«, frage ich.

Sie nickt. »Hab noch nie einen so al'en und so großen gesehen.«

»Und die Tonnen … Brei?«

»Kunststoff, Metall, Alumiton. Und d'rt …« Sie streckt den Arm aus. »Sinterkammer. Kann fast alle Maschinenteile machen. Vielleicht können w'r damit den Buggy reparieren, od'r die anderen Buggys. Wenn es uns gelingt, die Energieversorgung einzuschal'en.«

»Wo befinden sich die Kontrollen?« Mir ist sehr bewusst, dass die Zeit knapp wird. Als wir die Voor-Buggys durch das Periskop beobachtet haben, waren sie weniger als zehn Kilometer entfernt.

»W'r folgen d'n Sternenlampen«, sagt Teal. »Sie w'rden heller, wenn w'r uns dem Ziel nähern. D'r Generator und die Thermoquelle sollten in d'r Nähe der Notvorräte sein.«

»Hat Ihr Vater das gesagt?«

Wieder ein Nicken.

Wir kehren durch den Tunnel zurück, finden einen Seitengang, den wir zuvor übersehen haben, und folgen ihm ein Dutzend Meter weit.

»D'rt draußen findet ein großer Kampf statt«, sagt Teal. »Sie, die Weitander'n.«

»Ja, Ma'am.« Ich gehe zwei Schritte hinter ihr. Wenn sie sich durch die Dunkelheit tastet, schwingt sie die Arme manchmal nach hinten. Sie ist kräftig, und ich möchte keine Zähne verlieren.

»Haben Sie eine Ahnung, w'rum die Erde es ge'an hat, w'rum sie uns v'n allem abgeschnitten und nicht mehr geholfen hat? Haben Sie eine Vorstellung dav'n, wie viele vor Einsamkeit und Erdkummer g'storben sind?«

»Ich fürchte, ich verstehe nicht ganz.«

»W'r waren mehr als n'r halb verrückt. Hat mich meinen ersten Ehemann gekostet. Er hatte auch Familienangehörige auf der Erde.«

»Ach?«

Teals Akzent wird wieder stärker. Sie kehrt weiter in ihren Erinnerungen zurück. »Er wollte kei'e Enge mehr. Hasste es, eingezwängt z'ein. Kam mit Sternen in d'n Augen, m't Sehnsucht nach Freiheit. Verzaub'rte meine Familie und e'oberte mich jung, aber w'r oft m't d'n Gedanken weit, weit w'g, daheim auf d'r Erde. Als w'r abgeschnitten w'ren, wurde er immer trauriger, sah uns nicht mehr, sah mich nicht mehr. Er v'rging hier oben.« So wie Teal es sagt, klingt es nach einem kleinen Tod. Oder vielleicht nach einem großen, tief drinnen. »Er v'rlor sich«, fügt sie leise hinzu. »Sah mich nicht mehr, nicht mehr richtig. Sah n'r seine Frau auf d'r Erde. Wurde gewalttätig, zerstörte D'nge, bis d's Camp urteilte und ihn in den Staub schickte. Er wollte n'r nach Hause.«

Offenbar sind nicht nur die Voors hart.

Einige Minuten lang gehen wir still, bis wir eine einzelne Sternenlampe an einer fast unsichtbaren Schnur sehen – viel heller als die anderen. Es folgen fünfzig weitere Meter in Dunkelheit und völliger Stille, abgesehen von unserem Atem und dem dumpfen Pochen unserer Stiefel. Hier sind die Sternenlampen am hellsten: fünf, die ein Bündel bilden, als wollten sie einen Ort markieren. Ich hätte Tak mitnehmen sollen; seine neuen Augen hätten uns helfen können.

Meine Augen entdecken eine schwarze Luke, die Teal übersehen hat.

»Hier«, sage ich. Sie ist weitergegangen, vielleicht in Erinnerungen versunken.

Sie kehrt zurück, bleibt neben mir stehen, holt die Platinmünze hervor und tastet an der Seite der Luke. Nach einer Weile entdeckt sie eine kleine Klappe und öffnet sie – zum Vorschein kommt ein Display mitsamt Tastatur. Teal legt die Münze auf die Klappe und gibt die Zahlen ein. Die Luke klickt, und wir ziehen sie gemeinsam auf. Dahinter leuchten zahlreiche helle Sternenlampen. Zu Hunderten hängen sie von der Decke und schmücken die Wände eines weiteren großen Raums, der ebenfalls quadratisch ist und eine Seitenlänge von zwanzig Metern hat. Das helle Licht blendet mich für einige Sekunden, und dann bemerke ich eine mittelgroße Kontrolltafel und daneben die Stahlkappe einer Thermoquelle. Heißes Wasser tief im Boden? Etwas Nukleares? Abgebaute Materie wahrscheinlich nicht. Die hat die Erde nie mit den Muskis geteilt.

Teal scheint Anweisungen zu folgen, die sie sich genau eingeprägt hat. Sie geht von Konsole zu Konsole, schaltet alles ein. Elektrisches Leben kommt in die Wandler, Transformatoren, Akkumulatoren und Brennstoffzellen. Die Sternenlampen strahlen noch heller, und die Schatten fliehen aus dem Raum. Die Wände bleiben dunkel, bis auf die Stelle, wo ein großes kristallenes Muster aus Nickel-Eisen das Lampenlicht reflektiert.

»Hydro noch immer stark in d'r Tiefe«, sagt Teal.

»Können wir das südliche Tor verriegeln?«, frage ich.

»Vielleicht.«

»Wissen Sie, wie?«, frage ich.

»Kontrollraum«, sagt sie.

»Dies ist er nicht?«

»Subs*T*ation f'r die nördlichen oberen Systeme. Es sollte eine Subs*T*ation f'r Süden und Osten geben, auch f'r Tiefe und z'trale Grabungen – Hauptkontrollen für die ganze Installa*T*ion.«

Im hellen Licht erkenne ich, dass Teals Gesicht

noch feucht von Tränen ist. Dies war die Domäne ihres Vaters. Er hat hier gearbeitet, für die Voors, und ihr gesagt, was er wusste.

Aber hat er ihr alles gesagt, was er wusste?

»Wissen Sie, wo die Hauptkontrollen sind?«

Der Blick ihrer graugrünen Augen huscht umher, auf der Suche nach etwas. »Vielleicht«, sagt sie und kehrt in den breiten Tunnel zurück. Bei der Abzweigung deutet sie nach links. »D'rt entlang.«

Sie eilt voraus. Das Überleben meiner Gruppe hängt wahrscheinlich von dem ab, was wir finden. Ich habe es bereits versäumt, den anderen von den Voors zu erzählen. Uns bleiben noch schätzungsweise zehn Minuten, um Vorbereitungen für das Eintreffen der Buggys zu treffen. Wenn diese Sache gelingt und sich uns niemand in den Weg stellt, können wir vielleicht wieder in die Schlacht ziehen, in den Krieg. Zu leben bedeutet für uns zu kämpfen.

Aber ich denke an diese Frau, kein Zweifel. Wenn sich Gelegenheit dazu bietet, werde ich versuchen, so viel wie möglich über die Muskis und Teals Gruppe in Green Camp herauszufinden – wenn sie die dortigen Leute, wie auch immer sie sich nennen, noch für ihre Gruppe hält. Kleine Grüne Männer und Frauen. Vielleicht sind sie jetzt alle Marsianer. Sehr romantisch. Noch mehr Geschichte. Noch mehr Kultur und Sprache.

Mehr von all den Dingen, die Teal zu dem machen, was sie ist.

Das hellere Licht enthüllt, was wir zuvor übersehen haben: eine tief ins Gestein eingelassene Tür, ein heruntergefallenes Schild, in den Fels gemeißelte Stufen, die etwa fünfzehn Meter weiter durch einen schmalen Korridor nach oben führen und in einem Raum enden, dessen Wände mit Kunststoff verschalt sind. Teal macht sich daran, die Verschalung zu entfernten. Keine leichte Aufgabe – ich helfe ihr. Nach einigen Minuten haben wir ein breites, nach Südosten zeigendes Fenster freigelegt, und darunter eine Kontrolltafel mit einem holografischen Display und mehreren Projektoren, an einem Streifen über der Tafel montiert …

Der ganze Kram. Ein südlicher Wachturm als Ergänzung zum nördlichen. Und auch eine Art Kommandozentrum.

Ich stehe hinter Teal, als sie auf einem harten Plastikstuhl Platz nimmt. Die meisten hier installierten Geräte stammen vermutlich von dem alten, großen Printer-Depositor. Auf diese Weise wurde der Mars ausgestattet und ausgerüstet, mit Printern, die Fabriken und althergebrachte Produktionsverfahren ersetzten. Allerdings erfordern die Printer Basismasse, »Brei«: Lösungsmittel, Polymere, Metallpulver, Keramik und so weiter. Materialien, die der Printer Schicht um Schicht auftrug, aus denen er beliebige Gegenstände herstellte, auch Waffen.

Die Basismasse musste von der Erde gebracht oder auf dem Mars abgebaut und gereinigt werden.

Sieben Minuten. Ich stelle mir die Buggys der Voors

vor, die Männer darin, oder die Männer und Frauen. Wie lange dauert die Rückkehr zu Tak und den anderen? Wenn ich dieses Kommandozentrum verlasse, noch bevor es ganz funktionsfähig ist … Welche Informationen könnte ich den Resten meiner Abteilung bringen, und welchen konkreten Nutzen könnten wir aus ihnen ziehen?

Teal sieht mich an, macht einen tiefen Atemzug und hebt die Abdeckung eines Ziffernblocks. Vorsichtig legt sie die Münze auf die Abdeckung und gibt die Zahlen ein.

Wir zucken beide zusammen, als die Kontrollen vor uns erwachen. Anzeigen leuchten auf; Projektoren summen nach jahrzehntelangem Schlaf. Die Sensoren der Instrumententafel scannen unsere Gesichter, finden die Augen, richten die Projektoren aus und generieren erste, noch unscharfe Bilder. Sie entstehen über der Kontrolltafel, sind dreidimensional und zeigen das Draußen.

Teal bewegt die Hand über einem flachen Quadrat in der Mitte der Tafel, holt ein Bild nach vorn und lässt es in die Breite wachsen. Es scheint ein Live-Bild zu sein und zeigt den südöstlichen Hang des Drifters, den hinteren Teil der Schulter und den Rücken des schwimmenden Riesen. Teal aktiviert weitere externe Kameras, und dann lässt eine Geste die ersten internen Bilder erscheinen: Thumbnails von Dutzenden von Räumen und Kammern im Innern des Drifters. Auf ihren Befehl hin werden die Thumbnails größer und bekommen mehr Details, als sie zwischen uns und den dunklen Wänden wachsen. Eins präsentiert ein Gefälle aus Kristallen, umgeben von einer Dunkelheit, in der Sterne leuchten. Das Bild wird schwarz – Kameraversagen, Sicherheit … Oder hat Teal die Darstellungen mit einem Fingerschnippen verschwinden lassen?

Sie veranlasst die Kontrollen, uns eine Reihe von Tunneln, Schächten und Grabungen zu zeigen, eine Karte, die sich langsam vor uns dreht und wächst, als weitere Teile der Anlage von den Systemen erkannt werden. Der Drifter war eine ziemlich große Operation, und die Überflutung scheint größtenteils keine bleibenden Schäden hinterlassen zu haben.

Nach einer Weile ist die große Karte vor uns komplett. Ich erkenne die oberen Bereiche, die Tore und Tunnel, durch die wir gekommen sind, auch den Raum, in dem wir uns jetzt befinden. Es gibt noch viel mehr Tunnel und Räumlichkeiten, die wir nicht erforscht haben, alle grün. Hinzu kommen umfangreiche Grabungen, manche sehr tief, wenn man sie mit den oberen Strukturen vergleicht. Viele von ihnen sind blau und rot markiert.

Teal streicht mit dem Finger durch die blauen und roten Markierungen. »Mein Gott«, haucht sie. »Da ist niem'nd, und trotzdem veränd'rt es sich!« Sie wirft mir einen Blick zu und sieht, dass ich nicht verstehe, löscht dann die Karte und holt ein Bild von der südlichen Garage und deren »Hafen« heran, einer Umfassung aus Lava.

Die drei Voor-Buggys halten vor einer breiteren und höheren Version des Tors, durch das Teal uns gebracht hat. Sie verändert mehrmals die Perspektive des Bildes vom felsigen Hafen. »Ein Drittel d'r Augen ist ausgefallen«, murmelt sie. »Vielleicht funktionieren sie wied'r, wenn sie wärmer gew'rden sind. Sehen Sie jetzt?«

Die stehenden Buggys bilden ein defensives Dreieck, die Hecks beieinander, die Nasen nach vorn gerichtet. Es steigt niemand sofort aus. Wir wissen nicht, mit wie vielen Voors wir es zu tun haben, über welche Waffen sie verfügen …

Im mittleren Buggy öffnet sich eine Luke, und eine untersetzte Gestalt in einem mehrfach geflickten Hautengen tritt nach draußen. Sie zögert auf der Leitersprosse, klettert langsam nach unten.

»Voor?«, frage ich Teal.

»Sieht so aus.«

»Erkennen Sie ihn?«

Die Projektoren beklagen sich mit lauterem Summen, als Teal den Kopf dreht und die Stirn runzelt. »Ich kenne keine Voors.«

»Ist er ein Anführer, ein Scout?«

Sie schüttelt den Kopf.

Eine zweite, in einen ähnlich beschaffenen Hautengen gekleidete Gestalt verlässt den Buggy, etwa dreißig Zentimeter größer als die erste, breit an den Schultern und muskulös. Ganz und gar nicht wie Teal, aber vermutlich trotzdem ein Einheimischer, denn es hat seit Jahren keinen Kolonistentransporter mehr gegeben …

Eine dritte Gestalt klettert aus dem Fahrzeug, dürr, geradezu mickrig, und dann eine vierte, mittelgroß. Es scheinen alles Männer zu sein. Sie stehen auf Fels und Sand vor dem südlichen Tor und bewegen sich nicht mehr, nachdem sie im Halbkreis neben dem mittleren Buggy Aufstellung bezogen haben. Ich nehme an, dass es Voors sind. Ihre Gruppierung bringt eine Steifheit zum Ausdruck, eine gewisse Anspannung. Niemand verlässt die anderen Buggys.

»Irgendwelche Komm-Signale?«

Teal schüttelt erneut den Kopf. »D's glaube ich kaum«, sagt sie. »Weiß nichts von Funk.«

»Vielleicht haben sie gar keine Ahnung, dass wir hier sind.«

»Sie wiss'n, dass *jemand* hier ist«, sagt Teal.

»Woher?«

Stille.

»Würde Ihnen Green Camp Voors auf den Hals hetzen?«, frage ich.

»Vielleicht.«

»Es ist so schlimm?«

Ein Nicken.

»Um Sie zu verhaften, Sie gefangen zu nehmen?«

»Gemeinsames Interesse«, sagt Teal niedergeschlagen. »V'r zwei Jahren einigten sich Green Camp und die Voors auf ein Projekt f'r die Zeit nach d'm Hobo. Mein Vat'r half bei d'r Vereinbarung, um unentbehrlich z' bleiben und uns am Leben z'rhalen. Green Camp glaubt, d'ss die Voors sofort einschreiten, wenn andere gegen d's Übereinkommen verstoßen. Sie glauben vielleicht, d'ss ich dagegen v'rstoße. Wenn sie *Sie* sehen …«

Himmel, ich habe allmählich das Gefühl, in einen Jack-London-Roman gestolpert zu sein. Und zum Teufel mit euch, wenn ihr glaubt, dass Skyrines keine alten Bücher lesen.

Die Voors stehen noch immer völlig reglos. Allein ihre Haltung vermittelt Sorge. Dann drehen sie sich um, als die Luke des ersten Buggys aufschwingt. Drei weitere Voors steigen aus, eine ebenso gemischte Gruppe wie die erste und offenbar alles Männer.

Drei kommen auch aus dem letzten Buggy, es sind also insgesamt zehn. Womit die Transportkapazität der Fahrzeuge noch längst nicht ausgeschöpft ist.

Dann klettern drei Gestalten in anders beschaffenen Hautengen aus der Luftschleuse des mittleren Buggys. Alles Skyrines, Frauen, und bewaffnet.

Nachzügler? Versprengte? Die Transvak-Bedürfnisse von Männern und Frauen unterscheiden sich so sehr, dass wir oft in unterschiedlichen Stangen unterwegs sind und erst nach dem Sprung auf den Roten gemeinsame Kampfgruppen bilden.

Teal richtet das Zoom aus, ohne dass ich sie darum bitte, und ich erkenne ihre Abzeichen: 7. US-Marines bei einer Frau, 2. Interplanetare ISD bei den anderen beiden. Ich bemerke drei Flaggen: die amerikanische natürlich, und die malaysische und philippinische, die zu unseren Lieblingsverbündeten zählen.

Aus den anderen Buggys kommen sechs weitere Skyrines, ebenfalls Frauen und schwer bewaffnet. Ich zähle vier Flechettepistolen, zwei panzerbrechende Laser und einen Mikrowellendisruptor, der sich beim Einsatz gegen Antag-Gerät als recht wirkungsvoll erwiesen hat, was sich nach den jüngsten Meldungen aber geändert haben könnte. Die letzte Gestalt, die die Leiter des ersten Buggys herunterkommt, ist ein philippinischer Gunnery Sergeant, eine Frau wie die anderen. Sie trägt einen Starkfeld-Suppressor, ein ziemlich großes und beeindruckendes Ding.

Teal richtet den Zoom auf die Captain-Streifen, und ich lese einen vertrauten Namen: Daniella Coyle. Captain Daniella Coyle. Fast hätte ich laut gejuchzt.

»Lieber Himmel«, sage ich. »Die Schwesternschaft hat's in sich.«

Meine Freude verwirrt Teal. »Sie geh'ren z' Ihnen?«

»Ich gehöre zu *ihnen*«, erwidere ich. »Die Mädels haben hier die Stellung gehalten. Wird Zeit, sie zu begrüßen.«

Hintergrund, Teil 2

Dies ist nicht der richtige Zeitpunkt, alle Unterabteilungen und Nebentruppen und den ganzen Kram zu nennen, aber während wir beobachten, wie die Sache internationaler wird und mehr Frauen die Bühne betreten, ist vielleicht die eine oder andere Erklärung angebracht.

Die International Sky Defense, kurz ISD, ist die große Organisation, der wir angehören. Ihr Symbol ist ein Flammenschild, der eine blaue, weißgefleckte Kugel schützt, die Erde. Es ähnelt dem der Supreme Headquarters Allied Expeditionary Force, kurz SHAEF, allerdings mit mehr Weltraum. Ganz oben, im Gemeinsamen Kommando der ISD, sitzen Politiker und pensionierte militärische Kommandeure aus allen Unterzeichnerstaaten. Das Gemeinsame Kommando ist dem »Bedienpersonal« unterstellt, den Repräsentanten der Gurus. Das nehmen alle an, aber niemand, den ich kenne, weiß Genaues.

Unter dem Gemeinsamen Kommando überstellt jeder Unterzeichnerstaat der ISD Soldaten und Ressourcen und hilft, für die Kosten der orbitalen Anlagen, Transporter, Spaceframes, Schlitten und so weiter aufzukommen, ebenso für Waffen sowie Forschung und Entwicklung.

Die Vereinigten Staaten »leihen« der ISD Navy, Marine, Air Force und Soldaten der Army. Andere Länder teilen zu, wir verleihen; es läuft aufs Gleiche hinaus. Skyrines tun sich manchmal nicht nur mit internationalen Gruppen zusammen, sondern auch mit anderen US-Abteilungen, meistens Army oder Air Force. Und da wir bereits NAVSEC unterstehen, dem Marineminister, der nichts lieber tut, als die Anweisungen des Gemeinsamen Kommandos weiterzugeben, können wir auf Soldaten aus praktisch allen Truppenteilen stoßen und aus allen Unterzeichnerstaaten. Wir erkennen sie als Partner an, mehr oder weniger, und geben uns Mühe, ihre Kommandohierarchie zu respektieren und effizient mit ihnen zusammenzuarbeiten, hauptsächlich ohne Korpsgeist, der Marines streitlustig machen kann.

Historisch sehen wir uns so: Skyrines sind nichts anderes als Marines, die auf Raketen reiten. Manche behaupten, wir sind ein bisschen zivilisierter als Landser und Sandlatscher, aber ehrlich gesagt: Ich kann mich dieser Meinung nicht anschließen. Wenn alle Schlachten geschlagen und gewonnen sind, wenn wir die Antags verjagt haben, wenn sie über das schwarze Meer der Sterne fliehen … Dann verwandeln wir uns gern in die gut ausgebildeten, streng disziplinierten und unverschämt voreingenommenen Mistkerle zurück, die wir immer gewesen sind.

Wenn wir nicht gerade kämpfen, wenn wir uns zum Beispiel einer Zusatzausbildung unterziehen oder schlicht und einfach Heimaturlaub haben … Selbst dann schaffen wir es, uns Ärger einzuhandeln, in Form von Knatsch, Stunk, Krach, Wickel, Zoff, Zwist, Fetzereien, Geplänkel, Krawall, Tumult, Fäusteschwingen, Gekabbel, Gerangel, Hickhack und so weiter – gemeint sind alle Arten von Kampf.

Eskimos haben zwanzig Worte für Schnee. Skyrines kennen mehr als zwanzig Ausdrücke dafür, auf den Busch zu klopfen, und zwar auf die eher freundliche Art und Weise, die bedeutet, dass niemand sterben muss.

Wenn man nicht weiß, wo Kämpfe beginnen, wen man dabei auf der eigenen Seite hat und wen nicht … Dann kann man schnell in Schwierigkeiten geraten. Was die ISD-Unterzeichnerstaaten betrifft, kommen US-Marines gut mit Philippinern, Koreanern, Japanern, den wenigen Guamern, auf die wir treffen, Fidschianern (ganz allgemein Pazifikinsulanern), Neuseeländern (insbesondere Maoris) und Australiern zurecht. Wir kommen auch mit den Briten und Franzosen klar. Die Italiener haben Wein, leckere EPAs und die schönsten Frauen, die ich je im All gesehen habe, abgesehen von allen anderen. Wir lieben die Inder, Pakistaner, Sri-Lanker und Tibetaner, und natürlich gibt es da noch Kazak und die Kasachen, alles gute Leute.

Mit Chinesen können wir Skyrines ebenfalls gut zusammenarbeiten, aber bei Russen ergeben sich immer wieder Probleme. Obwohl, sie sind prima zu Beginn einer Sauferei und richtig wild auf dem Roten.

Kanada, Deutschland, Österreich, Spanien, der größte Teil von Osteuropa, ganz Südamerika und Afrika, abgesehen von Somalia, Äthiopien und dem Jemen, gehören nicht zu den Unterzeichnern.

Während der Ausbildung bei Hawthorne nutzten wir unseren einen Tag Heimaturlaub, um Lindy's 1881 zu besuchen, eine Spelunke in der kleinen Wüstenstadt. Reiner Zufall wollte es, dass wir uns dort mit elf russischen Austauschoffizieren trafen. Sie waren nach Hawthorne eingeladen worden, damit sie dort Vorträge halten und Verbesserungsvorschläge für die amerikanischen Ausbildungsmethoden machen sollten. Welcher Schwachkopf von Depotverwalter sie alle zusammen in die Stadt ließ, ist nie bekannt geworden.

Die Begegnung begann fröhlich und heiter. Bei Bier und Wodka versuchten die Russen zu erklären, dass die Ausbildung in Sokotra – vor der Spitze des Jemen – und in Sibirien viel härter und realistischer war als alles in Hawthorne. Kazak widersprach und warf ihnen einen bösen Blick zu. Zwischen seinem Volk und den Russen gab es allerlei Unliebsames. Es war klar, dass den Worten bald Taten folgen würden. Nach einigen Minuten des verbalen Schlagabtauschs begann eine Beratung: Tak, Kazak, Michelin, meine Wenigkeit und vier weibliche Skyrines überlegten, wie wir am besten eine Erste Marinedivision bildeten.

Eine der Schwestern war damals First Lieutenant Coyle, die wie eine Glucke auf ihre Brut aufpasste und Distanz zu uns Landsern wahrte, während sie im Takt der Musik nickte und ganz allgemein Gefallen an der Atmosphäre fand. Bis sie erkannte, dass sie ihre Küken nicht schnell genug wegbringen konnte, um sie vor der drohenden Schlägerei zu bewahren.

Die Schwestern gingen zu ihren Brüdern und bildeten eine lockere Reihe zwischen ihnen und den Russen. Was die Russen veranlasste zu grinsen, zu feixen und unseren maskulinen Mut infrage zu stellen. Sie warfen sich gegenseitig aufmunternde Blicke zu, und eine weitere Runde kalter Wodka folgte.

Die Einheimischen – eine mürrische, dickbäuchige Truppe in mittleren Jahren – machten Stühle und Tische frei, wichen zum Rand der Bühne und warteten dort mit erwartungsvollem Grinsen.

Michelin ging am Hinterausgang in Position.

Drei kräftig gebaute Russen, richtige Schlägertypen, machten den Anfang. Auf ein kaum merkliches Nicken von Coyle hin wichen die Schwestern zurück und traten auseinander, gesellten sich uns Brüdern hinzu. Gemeinsam bildeten wir Flanken zu beiden Seiten der Bar, schufen damit genug Bewegungsspielraum für unseren rückwärtigen Stab.

Für die Russen war es nicht der erste Kneipenkampf. Sie beobachteten unsere Taktik durch ihren Wodkadunst und erkannten den Ernst der Lage. Aus ihrem Grinsen wurde ein Stirnrunzeln.

Kazak zwinkerte Tak und mir zu und sagte etwas *sehr* Unverschämtes.

Daraufhin ging es los.

Unsere russischen Verbündeten holten einen stählernen Wald von scheußlichen Iglas-Messern hervor. Und damit noch nicht genug. Die Taschen der weiten Hosenbeine gaben ihren Inhalt frei: Kletterseile mit Knoten und Zugketten. Die Stirn gerunzelt, die Knöchel weiß, das Gewicht wie im Tanz vom einen Bein aufs andere verlagernd, wandten sie sich in perfekter Choreografie erst zur einen Seite und dann zur anderen, wie Fahnen im Wind – bewundernswert für Männer, die so viel russischen Alkohol intus hatten.

Dann wählten sie ihre Gegner und sprangen.

Kazak stürmte mit tatarischer Vergnügtheit durchs Gewühl, langte nach verknoteten Seilen, verspottete die Russen, wich mit wackelnden Fingern zustoßenden Messern aus und stiftete massenhaft Verwirrung. Tak und ich wurden in der Nähe von Kazaks Quanten-Unbestimmtheit aktiv, nutzten seine Finten, entwaffneten vier der größten Russen und kugelten ihnen mit präzisen Schlägen und Griffen die Schultern aus.

First Lieutenant Coyle und unsere Schwestern erledigten unterdessen die jüngeren, unerfahreneren und damit auch weniger gemeinen Kettenschwinger. Nachdem die ersten Handgelenke gebrochen und die Männer entwaffnet waren, schickte Coyle mehrere russische Offiziere mit schwungvollen Bewegungen durch den Raum – sie torkelten Michelin entgegen, der sie an der Hintertür in Empfang nahm und sie mit einem ordentlichen Tritt in den Hintern nach draußen beförderte, wo sie sich auf dem Parkplatz zu einem Haufen ansammelten.

Kurz bevor unsere tapferen Verbündeten den Schmutz von ihrer Kleidung klopfen und für eine zweite Runde zurückkehren konnten, was Respekt verdiente und uns gezwungen hätte, uns zwischen Leben und Skyrine-Ehre zu entscheiden, polterte Brigadier General Romulus Potocki von den US-Marines durch die Eingangstür, brüllte wie ein Stier und warf, bevor jemand etwas sagen konnte, eine Betäubungsgranate zwischen die Tische.

Als sich der Rauch verzog – wer noch stand, hielt sich nur mit Mühe auf den Beinen, und wir bluteten alle aus den Ohren –, ließ Potocki uns antreten. Wer noch hören konnte, nahm Haltung an, und die anderen folgten ihrem Beispiel. Selbst die Russen, die durch die Hintertür gekrochen kamen, vorbei an Michelin, gaben sich alle Mühe, gerade zu stehen.

Bis ein bartloses Bürschchen, das sich bisher hinter einem umgekippten Tisch versteckt hatte, plötzlich mit lautem Geheul vorsprang, mit einer Kette ausholte und sie Tak um den Kopf wickelte.

Was Coyle zum Anlass nahm, den Jungen in eine dunkle, staubige Ecke zu treten. Potocki sah dabei zu.

Einige Minuten später kreuzte die Militärpolizei auf.

Kazak und die Damen überstanden alles taub, aber ansonsten unversehrt. Ich bekam zwei Iglas-Stiche und einen Schnitt in den Bizeps ab, der unter Guru-Creme in drei Tagen heilte. Im Medozentrum gab man allen das Gehör zurück.

Tak verlor beide Augen, aber schon nach kurzer Zeit – am nächsten Tag – gab ihm das Corps zwei neue, hübsch blau. Nach wenigen Stunden war er besser dran als vorher. Der Striemen, den die Kette an seinem Kopf hinterlassen hatte, blieb eine ganze Weile sichtbar und verblasste erst, als wir Hawthorne verließen. Wir wurden zu lokalen Helden. Skyrines verbeugten sich vor uns im Speisesaal. So läuft das bei uns.

Es war der größte Spaß seit Wochen. Und wir alle hatten verbotene Träume von First Lieutenant Coyle.

Fünf Monate später auf dem Roten schlossen sich einige von uns ohne ein bitteres Wort mit denselben Russen zusammen und griffen sieben Stunden nach unserem Sprung eine große Antag-Redoute in der Mitte von Chryse an, unweit von Shirley Patera. Wir haben dort alles in Schutt und Asche gelegt. Einige der Russen erhielten Auszeichnungen.

Das Bürschchen, das Tak mit der Kette angriff, war nicht dabei. Auf Wunsch der Gurus in Moskau war er degradiert und an einen Schreibtisch in Nowosibirsk versetzt worden.

Es freut mich sehr, unsere Schwestern zu sehen, insbesondere Coyle, und ich hoffe, dass sie sich an mich erinnert. Wir arbeiten gut zusammen.

Hoffnung ist das, was schwimmt

Teal und ich verlassen den Wachturm und eilen so schnell wie möglich durch die Tunnel. Knapp zehn Minuten später ist Teal in die Kontrollnische für die südliche Garage geklettert und hat das äußere Tor geöffnet. Die drei Voor-Buggys – zusammen mit den neun Voors und neun Skyrines – sind kurze Zeit später in einer großen Höhle, einem aus dem Basalt geschlagenen Hangar, in dem Säulen aus Metall die Decke stützen.

Die Buggys parken, und drei weitere Skyrines begleiten die jeweiligen Fahrer. Es sind nur zwölf, nicht annähernd die sechzig Voors, die Teal befürchtet hat. Ich bin neugierig, warum sie mit drei Buggys gefahren sind.

Die Voors – alles blasse Männer in den Zwanzigern oder Dreißigern – beziehen neben ihren Fahrzeugen Aufstellung. Einer fällt mir auf, ein dürrer alter Bursche, vermutlich jemand aus der ersten Generation. Ihre Hautengen sind so zusammengeflickt wie der, den Teal trägt, aber rötlich braun. Hinzu kommen schwarze Helme und Leggings und Stiefel mit weißen Spitzen.

Ich schalte auf Vergrößerung und sehe mir die letzten Neuankömmlinge genauer an. Die Skyrines sind vom Ersten Bataillon, das oft mit früher Aufklärung und Bodenvorbereitung beauftragt wird. Mit anderen Worten: Die Typen schleichen im Dunklen vor einem Kampf über den Roten, spähen Antag-Positionen aus, verbessern und korrigieren Karten und wählen Absprungzonen.

Wie diese Leute in meine vornehme Präsenz geraten sind, erfüllt mich nicht unbedingt mit Vertrauen. Aber sie haben einen Starkfeld-Suppressor. Und sie kommen offenbar gut mit den Einheimischen klar.

Bevor Teal und ich hinabklettern, pfeife ich in vier Tönen, und Captain Coyle begrüßt uns am Fuß der Leiter, mit wachsamem Blick und gezogener, geladener Pistole. Sie ist Ende dreißig und gertenschlank unter ihrem Hautengen, mit rotem Haar, vollen Wangen und dunklen Augen, die man gut durchs Visier erkennen kann. Ich trage keine Uniform, habe mir aber mein Erkennungszeichen an den Arm geheftet und schiebe den Ärmel hoch, damit sie den Buckel mit Chip und ID-Markierung sieht. Captain Coyle streicht mit dem Handschuh über das Dattoo, das Datentattoo, und fragt ihren Engel nach Namen, Rang und gegenwärtigem Einsatzort. Die anderen Skyrines hören neugierig zu, und einige von ihnen grinsen. Sie erwarten, dass sich ihre Situation verbessert. Vielleicht haben sie recht damit, vielleicht auch nicht.

Coyle bleibt skeptisch. Nach einem kurzen Blick zur Seite, zu Teal, die einige Meter hinter mir steht, sieht sie mich an. »Master Sergeant Michael Venn«, sagt sie und liest vom Display im Innern ihres Helms. »Sechs Marines, letzter Einsatz vom Skyport Virginia. Kennen wir uns, Venn?«

»Jawohl, Captain.«

»Ich erinnere mich nicht mehr an unsere Begegnung. Den Chip kann ich nicht lesen, aber das Dattoo erzählt einiges. Sind mehr von uns hier?«

Ich berichte von den Resten unserer Abteilung, vom koreanischen General, wie wir in russischen Zelten überlebt und nicht imstande waren, einige hochrangige Offiziere zu retten. Captain Coyle hört mit ernster Miene zu. »Wir sind etwa zwei Tage nach euch heruntergekommen«, sagt sie. »Ungefähr dreihundert Kilometer weiter südlich. Offenbar in einer ähnlichen Situation. Dann stießen wir auf diese Jungs. AVOHI.«

Alles vollkommen hinrissig. Die neue Version von *Die Lage ist wie immer, alles Scheiße*, wovon unsere außerirdischen Sponsoren nicht viel hielten.

Captain Coyle nimmt den Suppressor von Gunnery Sergeant Maria Christina de Guzman entgegen – Mitte zwanzig, ovales Gesicht, klein und geschmeidig und offenbar sehr fit, mit seltsamen, kalten Augen – und weist sie an, die Voors vorzubereiten, weshalb Gunny de Guzman den Voors befiehlt, sich bis auf ihre holländische Unterwäsche auszuziehen. Ich weiß nicht, was »holländische Unterwäsche« bedeutet, aber Sergeant Anita Magsaysay kichert, und die anderen lächeln.

Was die Voors betrifft … Sie sind angespannt und bleich, als sie ihre Hautengen abstreifen.

Coyle ist zwar höflich, aber ich weiß, dass ich für sie noch immer unter Verdacht stehe. Kein Engel, den man laserbefragen kann, keine Daten vom Chip, nur das Dattoo und ein Pfiff, den ich vielleicht irgendwo gehört habe, und ein Erkennungszeichen, das vielleicht zu jemand anderem gehört. Ich könnte *sonst wer* sein und versuche, entspannt und freundlich zu bleiben.

Teal wirkt einfach nur verängstigt und glaubt offenbar, dass die Voors ausgeschickt worden sind, sie zu töten. Aber mir scheint, die Sache sieht ein wenig anders aus. Die Voors kommen den Aufforderungen von Gunny Guzman widerwillig und verbittert nach. Acht von ihnen sind jung und hager und voller Furcht, drei in den Dreißigern und nicht viel dicker, einer älter und ausgemergelt, mit brennenden Augen.

Sergeant Mazura b. Mustafa – mittelgroß, schmales Gesicht, große dunkle Augen und volle Lippen – fesselt den Voors mit Plastikriemen die Hände. Einige der fast nackten Männer sehen Teal so an, als versuchten sie, sich an das skizzenhafte Porträt eines Fahndungsbilds zu erinnern. Sie könnten glauben, dass wir sie wieder freilassen und ihnen Gelegenheit geben, ihr Leben als Siedler fortzusetzen. Immerhin besteht die Politik der Erde aus leben und leben lassen, nicht wahr?

Erst jetzt stoßen Kampfhahn, Tak und DJ zu uns – mit großem Erstaunen nehmen sie zur Kenntnis, in welche überraschende Richtung sich die Dinge entwickelt haben. Kampfhahn nähert sich Captain Coyle, die ihr Visier öffnet und eine behandschuhte Hand ausstreckt. Zumindest diejenigen von uns, die das Sagen haben, entspannen sich ein bisschen. DJ und Tak tauschen freundliche Grüße mit einigen unserer Schwestern aus. Sie sind höflich, aber nervös, zermürbt von dem, was sie durchmachen mussten, bevor sie den Voors begegneten, und vom Umgang mit diesen Herren, die sie offenbar nicht unbedingt für Freunde halten.

Und diese kalten Augen. Bei einigen der anwesenden Soldaten scheint etwas anders zu sein …

Ich schiebe alle Zweifel beiseite.

»Spricht jemand Afrikaans?«, fragt Captain Coyle. Sie nimmt den Helm ab und schüttelt das nicht sehr lange schweißfeuchte dunkle Haar.

»Ich, ein bisschen«, sagt Teal. Vier unserer Schwestern nehmen das zum Anlass, sich ihr zu nähern und sie von Kopf bis Fuß zu betrachten. Vielleicht sind sie beeindruckt von ihrem Sinn für Mode. Teal nimmt ihre Neugier hin, aber nach einer Weile schreitet Coyle ein.

»Ach, Captain, es ist die erste Farmersfrau, die wir zu Gesicht bekommen!«, beschwert sich Magsaysay.

»Sie ist groß«, sagt Lance Corporal Katy Suleiman.

»Größer als du, Zwerg«, sagt Mustafa.

»Alle sind größer als Suleiman«, wirft Magsaysay ein.

»Aber sie ist hübsch«, sagt Corporal Juana Maria Ceniza. Versuchsweise zwickt sie den Stoff an Teals Arm, die Augen so wachsam wie die eines Fuchses.

»Hör auf mit dem Unsinn, Ash!«, sagt Coyle.

Ceniza hebt eine Braue, lässt die Hand aber sinken und weicht zurück.

»Ich höre«, wendet sich Captain Coyle an Teal.

»V'r allem Funk«, sagt Teal und zittert unter den interessierten Blicken unserer Damen. »*Taal* nennen sie's.«

»Ihr Englisch ist armselig«, sagt Coyle.

»Sie sprechen Englisch gut g'nug, w'nn sie wollen«, erwidert Teal. Die Voors starren sie finster an. Einer macht eine ziemlich unhöfliche Geste, was Corporal Firuzah Dawood zum Anlass nimmt, ihm einen Schlag zu verpassen. Sie ist klein und untersetzt, hat sich den Kopf kahlgeschoren. Ihre Bewegungen in der Nähe der Gefangenen ähneln denen eines Tanzes. Nichts entgeht ihr, und sie kann ziemlich unangenehm werden.

»Sie sind per Anhalter gefahren?«, wendet sich Kampfhahn an Captain Coyle.

»Nicht unbedingt, Sir«, erwidert Coyle. »Wir sahen,

dass sie in unsere Richtung unterwegs waren, warteten hinter einigen Felsen und boten einen Köder an. Zum Glück bissen sie an und hielten.«

»Für mich armes Ding«, sagt Ceniza. Sie lächelt, streckt ein Bein und zieht einen nicht existierenden Rock hoch. Ich bin ganz objektiv der Meinung, dass sie von allen Schwestern die beste Figur hat.

»Als die Burschen Ash sahen – Corporal Ceniza –, traten sie auf die Bremse und stiegen wild wie Hornissen aus, mit gezückten Waffen«, sagt Coyle. »Eine Gruppe galanter Männer umgab sie, aber der Boss hatte sie auf dem Kieker. Warf ihr vor, die Muski-Neutralität zu verletzen.«

»Fühlten sich auf den Schlips getreten«, sagt Ceniza. »Die Mistkerle wollten mich auf dem Roten ausziehen.« Die anderen Schwestern scheinen bereit zu sein, wieder sauer zu werden. Sie nähern sich den Voors und langen nach ihren Waffen, aber Captain Coyle hebt die Hand. Die Voors schwitzen und stieren.

»Wir kommen hinter den Felsen hervor – Überraschung«, sagt Coyle. »Die Burschen entscheiden klugerweise, sich nicht mit Sergeant de Guzman anzulegen.« Coyle deutet auf den Starkfeld-Suppressor, auch »Rasenmäher« genannt. De Guzman hätte, einen entsprechenden Befehl vorausgesetzt, die Voor-Buggys mit einigen knappen Bewegungen in Wurstscheiben schneiden können.

Der älteste Voor, den Coyle Boss nennt, hebt die gebundenen Hände. Er ist klein und dürr, hat eine hohe blasse Stirn und wirres graues Haar, eine kleine, spitze Nase, einen dünnlippigen Mund und weiße Stoppeln im Gesicht.

»Sprechen, wir sprechen, Colonel«, sagt er zu Kampfhahn und hofft vielleicht auf so etwas wie männliche Solidarität. Er versucht, wenn nicht direkt freundlich, so doch wenigstens versöhnlich zu wirken. Seine dunklen Augen glänzen. »Wir müssen darüber *sprechen*, was geschieht.«

»Ich höre Ihnen gleich zu«, sagt Kampfhahn. »Zunächst einmal …« Er sieht mich an. »… möchte ich erfahren, was während der letzten Stunde geschehen ist.« Sein Blick verlässt mich und wandert zu Captain Coyle. »Und in den letzten Tagen.«

»Ja, Sir«, sagt Coyle. »Die Voors können dem Bericht vielleicht etwas hinzufügen.«

»Das können wir, ja, und sehr wichtige Dinge!«, sagt der alte Voor.

Teal scheint nicht besonders glücklich zu sein, aber sie kann nichts machen. Derzeit ist sie praktisch auf den gleichen Status reduziert wie die Voors – bis wir Zeit finden, uns zu setzen, uns auf den neuesten Stand zu bringen und alles zu klären.

Bis wir verstehen, was zum Teufel es mit diesem Drifter auf sich hat, was um ihn herum geschieht und welche Bedeutung sich daraus für die Siedler und unseren kleinen Krieg ergibt.

Wie im Himmel, so auf Erden

In den ersten Jahren der Marskolonien lockten Idealismus und Pioniergeist »Investoren« mit dem Versprechen auf ein neues, besseres Leben auf dem Roten Planeten, der der Erde nie näher als etwa fünfundfünfzig Millionen Kilometer kommt und meistens noch ein ganzes Stück weiter entfernt ist. Das übte einen großen Reiz auf eine gewisse Untergruppe der Menschheit aus, auf Leute, die sich zwar ein neues Leben wünschten, aber sehr unterschiedliche Vorstellungen davon hatten, wie dieses neue Leben aussehen sollte.

Die ersten Pioniere auf dem Mars machten sich mit kleinen Raumschiffen auf den Weg, die über chemische Triebwerke verfügten und nicht mehr als maximal zwanzig Personen befördern konnten. Ohne Kosmolin mussten sie monatelang Hightech-Unbequemlichkeit hinnehmen.

Wenn sie das Ziel erreichten – falls sie es überhaupt erreichten, denn bei den ersten Reisen starb etwa die Hälfte –, fanden sie an den Landeplätzen Versorgungs- und Konstruktionsschiffe vor, bereit dazu, in weiße

Hamsterlabyrinthe verwandelt zu werden. Primitive Versionen unserer heutigen Fontänen suchten in Boden und Luft des Mars nach den Substanzen, die für das Leben wichtig sind.

Abenteuer noch und noch.

Tapferkeit, Kreativität und Leidenschaft waren unabdingbare Voraussetzungen für den Erfolg der ersten Siedlungen. Erstaunlicherweise überlebten neun von zehn Kolonisten die ersten Jahre, was sie der Genialität und dem Weitblick einer kleinen Gruppe terrestrischer Unternehmer verdankten, von denen es die meisten nie zum Mars schafften.

Sie waren zu alt. Das Alter war der wichtigste Faktor bei der Verlustrate während der Reise. Männer und Frauen über vierzig erkrankten und starben zehnmal häufiger. Manche sprachen von einer physischen Schwäche. Wenn ich durch die Linse meiner eigenen Erfahrungen zu jenen ersten Reisen zurückblicke, neige ich eher zu der Ansicht, dass es eine fatale Sehnsucht nach dem elementaren Luxus der Erde war – große offene Bereiche, blauer Himmel mit Wolken und Regen, feuchte Erde, saubere, frische Luft, der mineralische Geschmack von gutem Wasser –, der die alten Reisenden nach und nach umbrachte.

Viele Pioniere waren davon überzeugt worden, dass eine Zuflucht aus simulierter Realität einen Ausgleich für das schaffen konnte, was auf dem Mars fehlte. Das stellte sich als Irrtum heraus. Sie hätten sich mit den Beispielen von Pionierfamilien in den Great Plains befassen sollen, die in der Düsternis von Grassodenhütten hockten: Die Frauen, fern von Heimat, Freunden und der Gesellschaft, löffelten Laudanum, während die Männer jagten oder harten, steinigen Boden pflügten, immer grimmiger wurden und ein ledriges Gesicht bekamen, während ihnen Wetter und Ureinwohner zusetzen, ihre Kinder so wild wurden wie Tiere und die letzten Reste von gesundem Verstand schwanden.

Manche Träumer glaubten, der Mars könnte mit Terraforming in eine zweite Erde verwandelt werden. In Ermangelung dieser langfristigen Möglichkeit stellten sie sich Städte unter großen Kuppeln vor, mit Outlaws, Sheriffs und Saloons, beziehungsweise ihren Hightech-Äquivalenten. Eine solche Kuppel wurde errichtet, aufblasbar und mit einem Durchmesser von tausend Metern. Sie hielt sechs Monate durch, bevor sie einer doppelten Katastrophe zum Opfer fiel: einem Meteoriteneinschlag und starkem Wind. Man errichtete keine weiteren Kuppeln, aber das Konzept kehrt vermutlich zurück, wenn der Mars jemals Frieden findet.

Eigentlich geht es mir um eine Erklärung dafür, was zum Teufel Voortrekker und ihresgleichen auf dem Mars anstellten.

Leute, die ein Utopia bauen, brauchen einen Ort für ihr Nirgendwo. Die Gruppen, die den ersten Siedlerwellen zum Mars folgten, waren voller Groll. Nicht wenige fühlten sich eingeschränkt von den Trends auf der Erde, die Fanatismus, Bigotterie und patriarchalische Dominanz zu verhindern suchten und jenen Macht vorenthielten, die biblische oder ökonomische Reinheit befürworteten. Menschen, die ein persönliches Reich anstrebten, versteckten sich hinter diesen Idealisten und stiegen durch ihre Versäumnisse auf … indem sie Ordnung und Disziplin durchsetzten, an denen es Utopien typischerweise mangelt und die sie dringend brauchen, erst recht dann, wenn die Bedingungen hart werden und Tod droht.

Als die Pragmatiker die volle Macht errungen hatten, suchten überall auf der Erde eingefleischte Unzufriedene willige Auswanderer für spezialisierte Siedlungen und verschifften Dutzende oder Hunderte von Auserwählten – abgepackte und kompatible Gesellschaftskeime – zum Mars.

Und so haben wir es nun mit Voortrekkern zu tun, nicht mit den historischen weißen Siedlern in Südafrika und Rhodesien, sondern mit Leuten, die ganz bewusst in ihre Fußstapfen treten und viele ihrer extremen Ansichten teilen.

Keine Schwarzen, keine Kanaken, ein hartes Leben mit strengen Regeln.

Rücksichtslose moderne Patriarchen, die keine anderen Meinungen zulassen und sich einen Dreck um die Geschichte scheren.

Kazak und Michelin kommen zu uns in die südliche Garage. DJ kümmert sich um den General.

Die zahlenmäßige Unterlegenheit scheint den alten Voor nicht weiter zu stören – er drückt bereits ordentlich auf die rhetorische Tube. Er heißt Paul de Groot und ist seit zweiunddreißig Jahren auf dem Mars.

»Hört mir zu!«, ruft er, und wir alle schweigen, als seine schrille Stimme durch den Hangar hallt.

»Hat was von einem Widerling«, sagt Coyle leise zu Kampfhahn.

»Wir sind Treckburen! Sie haben unsere Wagen übernommen; Sie sollen unsere Namen kennen und erfahren, wo wir stehen!« De Groot schreitet demonstrativ um seine Männer, klopft jedem von ihnen auf den Kopf – bei manchen muss er sich auf die Zehenspitzen stellen, weil er der Kleinste von allen ist – und nennt ihre Namen. »Dies ist Jan, dies ist Hendrik, dies ist Johannes, dies ist Shaun …« Und so weiter. Der breitschultrige Bursche, der mir zuvor aufgefallen ist, heißt Rafe. Er zeigt eine stille Schläue, die mich besorgt. Ich frage mich, ob der Widerling und er Vater und Sohn sind. *Alle* könnten seine Söhne sein.

Die Voors gehen in Rührt-euch-Stellung. Teal scheint sich noch schlechter zu fühlen.

»Verstanden, Sir«, sagt Kampfhahn und schaltet sich ein, als Captain Coyle genug hat – sie ist von den Voors nicht sonderlich beeindruckt. »Wir sind bereit, uns mit Ihnen zu einigen, vorausgesetzt, die Übereinkunft ist zu beiderseitigem Nutzen. Wir brauchen Informationen …«

»Sie sind hier, um mehr über diesen Dyke herauszufinden!« De Groot schreit fast, obwohl alle anderen still sind. Er lässt seine Zähne klacken, strafft die Schultern und schiebt das Kinn vor. »Treckburen beschützen, was ihnen gehört.« Sein Dialekt unterscheidet sich von Teals Artikulation, aber er versucht, Englisch zu sprechen. Für mein Ohr ist er leichter zu verstehen.

Kampfhahn tritt auf ihn zu. »Sie waren bereit, uns zu töten«, sagt er. »Das könnte unseren allgemeinen Mangel an Freundlichkeit erklären, meinen Sie nicht?«

»Nicht unbedingt!«, erwidert de Groot nicht mehr ganz so laut. »Wir haben wenig zu teilen und können uns keine Freundlichkeit aus Prinzip leisten.«

»Schon gut«, sagt Kampfhahn. »Captain Coyle gibt mir zu verstehen, dass Sie Informationen haben, mit denen sich unsere Differenzen überwinden ließen. Wenn es uns gelingt, gegenseitiges Vertrauen zu schaffen.«

De Groot schnieft. »Dies ist *unser* Dyke«, sagt er. »Unsere Station. Wir sie halten unter Kontrolle, wir reparieren und pumpen, wir warten und hoffen auf Rückkehr und weiteren Abbau. Und wir leben hier! Aber Sie verstehen: Wir nicht wollen, dass die Beschaffenheit dieses Ortes gerufen wird für alle, die hören. Es seltsame Ohren gibt, draußen im Staub!«

»Da stimmen wir Ihnen zu«, sagt Kampfhahn.

Der alte Voor wendet sich an Teal. Sein Gesicht verhärtet sich, und er bewegt die Lippen so, als wollte er spucken. »Du bist die *Hoer*«, sagt er. »Kennt ihr diese

Frau?«, ruft er uns allen zu. Er kommt näher, bis er sieht, dass unsere Schwestern und Kampfhahn nach den Waffen greifen. Daraufhin nickt er und weicht einen Schritt zurück. »Sie hat ihr Camp verraten, und jetzt verrät sie *uns*, uns alle. Niemand sollte hier sein! *Dies* unsere Rettung ist, unsere Hoffnung. Wir folgen *ihr*, um zu beenden ihren Verrat.« Bei diesen Worten schwingt er die Arme hin und her. Doch dann lässt sein Gepolter nach, als ginge ihm die Kraft aus, und er nickt Rafe zu, dem großen Burschen, der daraufhin vortritt.

»Wir kommen von schlechten Nachrichten«, sagt der breitschultrige junge Voor ruhig. »Piet Retief Kraal und der Swellendam Dyke sind zerstört. Die Weitkommenden haben uns bisher in Ruhe gelassen, aber unsere Legerplaatsen sind still. Und das Camp dieser Frau, es schweigt ebenfalls. Alles könnte getötet worden sein, von Eis und Gestein.«

»Der Komet hat eine *Siedlung* zerstört?«, fragt Kampfhahn.

»Alles, was wir hatten, weg«, bestätigt Rafe und hofft auf mehr Verständnis. Shaun und Andres, beide jung und hellhaarig, stützen sich gegenseitig. Andres zittert.

»Wir *glauben*«, sagt de Groot und beobachtet die beiden jungen Männer mit scharfem Blick. »Gleicher Kompass. Danach kein Funk. Die Druckwelle fast unsere Wagen erledigt hätte. Unsere Brüder wollten nachsehen, aber ich ein harter Mann bin, *wir* machen weiter. Wenn der *Leger* dort ist, so ist er dort. Wenn er zerstört ist … Aber die anderen, sie anderer Meinung waren. Nahmen einen Wagen und brachen auf.«

»Die Farmersfrau hat euch gerettet«, sagt Coyle mit einem staunenden Unterton.

»Die *Hoer* hatte Glück, entkam rechtzeitig«, entgegnet de Groot. Er hebt die Stimme, um seinen Worten Nachdruck zu verleihen, und stößt die gefesselten Hände nach vorn. »Sie *wusste*. Steckt mit den Weitkommenden zusammen.«

Unsere große Retterin ist erstarrt, das Gesicht verzerrt und blutleer. »Das ist eine *Lüge*«, sagt sie ganz leise.

»Wie *Vader* sagt: Was getan ist, ist vorbei«, sagt Rafe. »Bald wir müssen ganz neu entscheiden, Freund oder Feind, oder wir sind am Ende, erledigt, *dood*.«

Womit er vermutlich meint: Sonst sind wir alle tot.

De Groot ergreift erneut das Wort. »Hört gut zu …« Er legt sich einmal mehr ins Zeug, kann seine Rhetorik offenbar nach Belieben ein- und ausschalten. Er hält die gefesselten Hände vor den Schritt, senkt den Kopf und sieht uns unter den Brauen hinweg an. »Dieser Dyke ist Hoffnung, aber nur, wenn wir reparieren und restaurieren. Und hier die *Hoer* helfen könnte, wenn sie sagt, was sie weiß, und zwar schnell.«

Kampfhahn hat bisher kommentarlos zugehört, aber mit einem Wink sorgt er dafür, dass wir die Voors blockieren, als sie vortreten, offenbar mit der Absicht, sich trotz der gefesselten Hände an die Arbeit zu machen.

»Sie haben hier nicht das Kommando, Sir«, erinnert er de Groot in einem vertraulichen Ton.

»Es ist *unser* Dyke, verdammt!«, ruft der Voor namens Shaun, und die anderen stellen sich auf die Hinterbeine. Doch de Groot beruhigt sie, bewegt die Hände dabei wie der Dirigent eines Orchesters. Ich könnte schwören, dass Rafe nur auf die Gelegenheit wartet, irgendwelche Dummheiten zu machen. Tak und ich positionieren uns instinktiv rechts und links von ihm, um bereit zu sein. Er ist groß. Sie würden alle sterben, aber vielleicht lässt sich das unter den gegebenen Umständen mit ihrem Stolz vereinbaren, wer weiß? Menschen sind letztendlich wilde Tiere. Das lernen wir schon früh. Vermutlich gilt das auch für marsianische Menschen.

»Kennt ihr unsere Geschichte, von diesem Ort?«, fragt de Groot. »Wo wir sind, wo wir stehen, wo wir litten und heute leiden?«

»Wir haben Sie in Ruhe gelassen«, sagt Kampfhahn. »Das wollten Sie doch, oder?«

»Wir stehen in Furcht vor Soldaten, die alles nehmen, und jetzt die *Hoer* bringt euch!« De Groot versucht, einen knotigen Finger auf Teal zu richten, die die Augen zusammenkneift. Die Voors sind gefesselt, sie nicht. Was recht aufschlussreich sein dürfte, schätze ich.

»Wo zum Teufel sind wir, Venn?«, fragt mich Kampfhahn. »Was ist dies für ein Ort?«

»Wir könnten es erklären«, sagt de Groot.

Kampfhahns Blick wandert zwischen uns hin und her und bleibt bei mir hängen. »Was haben Sie herausgefunden?«

»Nicht annähernd so viel, wie ich gern wüsste, Sir. Der Vater dieser Frau hat ihr erzählt, dass diese Mine, Drifter, Dyke oder was auch immer, ein Ort ist, zu dem sie sich zurückziehen kann, wenn es im Camp schlecht für sie läuft. Offenbar haben sie hier schon einmal Zuflucht gesucht.«

Kampfhahn sieht Teal an. »Wie? Warum?«

»L'nge Geschichte«, sagt sie und schluckt, den Blick noch immer auf die Voors gerichtet.

Kampfhahn wendet sich wieder an mich. »Was hat dies alles zu bedeuten, Venn?«

»Die Siedlungen, Städte, Laager oder wie auch immer sie heißen – sie haben schwere Zeiten hinter sich, Colonel. Es ist ihnen gelungen zu erforschen und Camps zu errichten, aber ich glaube nicht, dass ihre Zahl deutlich zugenommen hat.«

»Schwere Zeiten!«, wiederholt de Groot. »Am schwersten für Voors!«

»Ihr kämpft f'r das, w's nicht euch geh'rt!«, platzt es aus Teal heraus. »Ihr überfallt und tötet und *sTehlt*!«

Kampfhahn verliert die Kontrolle über das Gespräch, aber wenigstens ergeben sich ein paar Informationen. Er wirft mir einen Blick zu, der sagt: Ich greife ein, wenn sich die Gemüter zu sehr erhitzen oder das Gerede nichts bringt.

Ich trete zur Seite.

»Ihre Station hat uns mitgeteilt, dass die *Hoer* ist losgefahren, dass sie wütend ist und zu unserem Dyke will«, sagt de Groot.

Teal sieht zu Boden. »Nein nich'.«

»Ihr *Vader*, er war Ingenieur«, sagt Rafe. »Er verließ die Treckburen vor langer Zeit. Ging zum Green Camp.«

»Verließ den Treckburenweg«, fügt de Groot scharf hinzu.

»Ihr habt seine Frau getötet!«, klagt Teal an und hebt den Blick.

»Bei Green er seine Frau erneut verlor!«, sagt de Groot. »Mann ist gut beim Verlieren von Frauen.«

»Wie viele Camps wissen von diesem Ort?«, wirft Kampfhahn ein.

»N'r die Voors und Green Camp«, sagt Teal trotzig. »Die Voors br'chten die meisten Algerier um.«

»Nein nicht«, sagt de Groot. Er will noch etwas hinzufügen, doch als er all die braunen Gesichter sieht, hüpft sein Adamsapfel auf und ab, und er presst die Lippen aufeinander.

»Mein Vat'r hat nur m'r erzählt, und dann nahm Ally Pecqua den m'r Bestimmten und machte ihn zu ihrem eigenen.« Eine alte Geschichte. Teal will mehr sagen, Dampf ablassen. »Unt'r den Rationalen, ohne Mann, bin ich eine Last.«

De Groot schnaubt. »Bei den Voors sind Frauen *wertvoll*.«

»Weiße Frauen«, sagt Teal.

Unsere Schwestern mustern die Voors aufmerksam, die Augen zu Schlitzen zusammengekniffen. Rafe merkt das und gibt seinem Vater einen Stoß, der sich umsieht, nicht mehr ganz so selbstgefällig, aber nicht weniger trotzig.

»Sie waren Narren, aber wir tun uns zusammen«, sagt de Groot und schnieft erneut mit seiner langen Nase.

Kampfhahn hört zu, gibt sich ernst und verständnisvoll. An Teal gerichtet sagt er: »Ihr Vater hat Ihnen erklärt, wie Sie zu diesem Ort gelangen und wo Sie hier Proviant und Ressourcen finden.«

Teal nickt. Ihre Augen sind ohne Tränen; mit dem Weinen ist sie durch.

»Sie hatten nicht vor, andere hierher mitzunehmen, was auch für uns gilt.«

»Sie wären d'rt draußen gestorben«, sagt sie, ihre Augen wie Scheinwerfer in der Düsternis.

Kampfhahn sieht erst Captain Coyle an, deren Gesichtsausdruck neutral ist, mit einem Hauch Grimm, und dann de Groot, beobachtet seine Reaktion. Mein Blick gilt Rafe, der bereits das Gesicht verzieht – er weiß, dass de Groot nicht die Klappe halten kann.

»Wir *leben*!«, schreit de Groot. »Wir ernähren unser Volk! Wir wandern und siedeln und bauen, wir den Kampf meiden, *Soldaten*, aber trotzdem wir verlieren Familien und Land! Und jetzt, wegen *eures* Krieges, ist das *Laager* fort!« Er sieht uns der Reihe nach an, durchbohrt uns mit seinen Blicken. »Wir haben gewartet Jahre. Wenn das Wasser ist unten und der Dyke nicht mehr überflutet, dann schürfen wir und bauen und produzieren Nahrungsmittel. Hier gibt es viel Metall, aber unten … Schlote, *Vluchtige*, Ansammlungen von Methan, Ammoniak, *Stikstof*, Nitrogenium.«

»Und Sulfid«, flüstere ich dem Colonel zu. »Sie säen Oxiphoren in den Gruben.«

Kampfhahn runzelt die Stirn. Biologie ist nicht seine Stärke. Ich überspringe die Einzelheiten und beschränke mich auf das Wichtigste. »Es fließt noch genug Wasser, um die Generatoren anzutreiben. Und sie haben einen Printer, außerdem Fässer mit Brei: Metall, Keramik, Basismasse für Medizin und Nahrungsmittel.«

»Wie viel?«, fragt Kampfhahn.

»Schwer zu sagen, Sir. Reichlich. Sie beendeten den größten Teil der Installationen, bevor der Hobo … bevor das Wasser stieg und sie gingen.«

»Drifter. Dyke. Hobo«, sagt Kampfhahn und versucht, die Worte zu verstehen.

»Warum das Wasser nicht einfach herauspumpen und verkaufen?«, fragt Tak.

»Wasser ist *überall*«, sagt Rafe. »Wir haben immer Wasser.«

»Es gibt uns *Suurstof*, Sauerstoff, und Wasserstoff«, sagt de Groot. »Aber sehr wenig *Stikstof*, nicht so viel *Metaal*, nicht wie hier, wo wir es einfach nehmen und schmelzen können. Dieser Dyke bedeutet *Huise*, *Kos*,

Nahrung – Leben! Und was ist es jetzt? *Nutteloos*! Nutzlos!«

Sein Schmerz ist nicht gespielt. Die Augen füllen sich mit Tränen. Alle sind still. Die anderen Voors scheinen verlegen zu sein. Rafe streckt die Arme und zieht an seinen Ärmeln. Schwere Zeiten, ja.

»*D's* habe ich nie gewollt«, sagt Teal.

»Du hast sie direkt hierher geführt!«, erwidert Rafe. Er schreit nicht, aber seine Worte haben Nachdruck.

»Das gilt auch für Sie«, wirft Captain Coyle ein.

»Uns blieb keine Wahl«, verteidigt sich Rafe.

Die Anspannung steigt. Kampfhahn fühlt es. Wir fühlen es alle, Teal vielleicht noch deutlicher als wir. Nur wir stehen zwischen ihr und de Groots Rache. Diese Typen würden ihr Spielchen liebend gern ohne unsere Einmischung fortsetzen.

»Schuldzuweisungen haben keinen Sinn«, sagt Kampfhahn. »Sparen Sie sich das für später auf. Wie viele Voors verließen Ihre Busse, Ihre Wagen?«

»Treckburen. Viele«, antwortet Rafe.

»Sie gehen, wo sie zu Hause waren«, stößt de Groot hervor.

Zu viele, um in einen Wagen zu passen. »Können sie so weit gehen?«, fragt Coyle.

»Sie sterben«, sagt de Groot. »Wenn Hoffnung fort ist, machen wir uns auf den Weg, wie unsere Vorfahren. Holländer nahmen viel auf sich, gingen von Kapstadt zur Großen Karoo und zur Kleinen Karoo. Unser Weg.«

»Der Schatz des Königs Salomon«, sage ich.

»Ja«, sagt Rafe traurig. »Ophir. Wir sind da. Und wir sind keine Gefahr. Lasst uns frei!«

Kampfhahn senkt die Brauen ein wenig. Coyle schüttelt den Kopf.

Wee-Def und Kazak sind auf Kampfhahns leise Anweisung hin zur nördlichen Garage gegangen und kehren jetzt zurück. Sie sprechen leise mit Coyle und Kampfhahn, abseits neugieriger Voor-Ohren. Nach einer Minute winkt Kampfhahn Tak und mich zu sich. Tak wiederholt seinen Bericht. »Wir haben gute Sicht nach Nordwesten. Jede Menge Aktivität; es gibt eine große Wolke dort draußen. Venn hat sie schon früher gesehen, unmittelbar nach unserem Sprung. Na ja, jetzt ist sie größer und näher. Hier wimmelt es von Tunneln und Schlupflöchern. Wir brauchen eine Karte oder jemanden, der sich auskennt.«

Ich erzähle vom südlichen Wachturm und den Kontrollen. Kampfhahn schickt DJ los, damit er sich die Sache genauer ansieht.

»Ich glaube fast, dass die Voors seit Jahren nicht hier gewesen sind«, sagt Kampfhahn.

»Teal weiß vielleicht mehr, aber sie ist verängstigt«, erwidere ich.

»Sie nennen dies immer wieder ›Dyke‹«, sagt Kazak und kommt näher. »Was zum Geier bedeutet das?«

»Dykes sind vulkanische Gesteinsgänge«, sage ich. »Zum Beispiel Schlote, in denen Diamanten abgebaut werden. Auch Höhlen oder Räume mit glänzenden Kristallen.«

»Diamanten, hier?«, fragt Kampfhahn ungläubig.

»Keine Ahnung, Sir. Und selbst wenn es hier welche gäbe – ich wüsste nicht, wo ich mit der Suche nach ihnen beginnen sollte.«

»Der große Bursche sprach vorhin vom Schatz des Königs Salomon.« Coyle deutet auf mich. »Master Sergeant Venn scheint eine gute Beziehung zu der Farmersfrau zu haben. Sie hat ihn herumgeführt, nicht wahr?«

»Sie hat einfach nur Angst«, sage ich.

»Man kann nie wissen«, sagt Coyle.

Kampfhahn beobachtet mich. Sein Blick gefällt mir ganz und gar nicht.

»Ich glaube nicht, dass sie jemandem von uns traut«, sage ich.

»Sie muss ziemlich einsam sein«, sagt Kampfhahn. »Kam mit niemandem hierher, auf der Flucht … Und dann nimmt sie uns auf. Leute, die ganz anders sind als die in den Siedlungen …« Etwas scheint ihm zu denken zu geben, ihn nicht zu überzeugen. Ich muss ihm zustimmen – es gibt große Lücken in jeder dieser Geschichten.

Tak und ich sehen uns mit eulenartiger Resignation an. Die Aktivitätswolke dort draußen bedeutet mit ziemlicher Sicherheit, dass Antags unterwegs sind, in unsere Richtung, entweder rein zufällig, weil dieser Ort auf ihrem Weg liegt, oder mit Absicht, weil sie es auf uns abgesehen haben. Wenn man die Besonderheit dieses Ortes berücksichtigt und außerdem annimmt, dass die Antags vom Orbit aus beobachtet haben, dass all die Buggys hierher gefahren sind, wie von einem Haufen Scheiße angelockte Dungkäfer … Dann dürften sie recht neugierig sein.

Der Drifter zeichnet sich bestimmt durch deutliche Gravimetrie aus, aber vermutlich haben die Antags – wie auch wir – bisher nicht darauf geachtet, weil so viele andere Dinge ihre Aufmerksamkeit verlangten. Aber wenn sie vollkommen die Kontrolle übernommen haben und sie langfristig festigen wollen … Dann finden sie vielleicht Zeit, Muße und Gelegenheit, eine Aufklärungsgruppe hierher zu schicken.

»Ich möchte so schnell wie möglich so viel wie möglich über diesen Ort wissen«, sagt Kampfhahn. »Es könnte weitaus mehr auf dem Spiel stehen als nur wir und sie. Lassen Sie Teal glauben, dass wir auf ihrer Seite stehen. Vielleicht *stehen* wir auf ihrer Seite. Captain Coyle, Sie gehen mit ihnen, als Anstandswauwau. Nehmen Sie den Großen mit, Rafe, damit die Voors nicht das Gefühl haben, außen vor zu bleiben.«

»Was ist mit dem alten Burschen?«, fragt Coyle. »Er ist der Boss. Und er hat's in sich.« Damit meint sie, dass er von Natur aus ein Killer ist, erbarmungslos und kalt. »Er könnte mehr wissen als die anderen. Und die anderen tun, was er sagt.«

»Wir sollten ihn isolieren«, schlägt Tak vor. »Ihn entschärfen.«

»Wenn wir ihn wegbringen, werden die anderen nervös«, sagt Kampfhahn. »Ich wette, er hat seinem Sohn den größten Teil von dem erzählt, was er weiß. Rafe ist derjenige, der isoliert werden sollte.« Er drückt die Hände zusammen und nimmt sie wieder auseinander. »Ich bin ziemlich sicher, dass wir bald ziemlich in der Scheiße sitzen. Wenn wir die Voors bei der Stange halten und sie dazu bringen können, *mit* uns zu kämpfen … Vielleicht können wir dann an einem anderen Tag sterben. Doch zunächst einmal müssen wir alles versuchen, einen Uplink herzustellen und Anweisungen einzuholen«, fügt der Colonel mit einem verdrießlichen Blick hinzu.

DJ kehrt zurück. »Ich habe mir die Räume des Wachturms angesehen«, sagt er. »Die Fenster haben eine dicke Stirn.« Er hebt die Hand zum Höhlenmenschen-Brauenhöcker über seinen Augen. »Keine Sicht zum Zenit. Vielleicht bis zum Horizont, aber viel mehr nicht.«

»Also sähe es selbst dann schlecht aus, wenn wir funktionierende Laser hätten«, sagt Tak.

»Wir haben Helmlaser«, erwidert DJ. »In einer klaren Nacht *könnten* wir ein horizontales Uplink bekommen, zumindest für einige Sekunden.«

»Wie? Es wäre kaum möglich, den Strahl ruhig genug zu halten.«

»Die Satelliten könnten funkelnden Staub erkennen, eine Fourier-Analyse vornehmen und dann einen Downlink schaffen.«

»Warum sollten sie?«, fragt Kampfhahn skeptisch. »Antags können ebenfalls funkeln.«

»Und vielleicht haben wir dort oben gar keine Sats mehr«, füge ich hinzu.

»Vielleicht doch«, sagt Tak. »Sir, wir können es gar nicht vermeiden, Risiken einzugehen. Wir müssen unsere taktischen Daten in Echtzeit vergleichen, die Updates zwischen Captain Coyles Sprung und unserem. Es hat keinen Sinn, immer wieder alte Nachrichten durchzukauen. Unsere Engel verstehen sich gut darauf, Einsatzbefehle zu entschlüsseln, besonders dann, wenn die Scheiße losgeht. Das wissen wir. Und wir wissen auch, dass wir uns dann an ihre Order halten müssen.«

Wir sind angewiesen, den Befehlen der Engel zu folgen, selbst ohne Updates. Der Gedanke beunruhigt uns alle, bis auf Coyle – sie bleibt cool und unbeeindruckt.

Das nehme ich mit einem kleinen Jucken im Hinterkopf zur Kenntnis.

»Wir entscheiden«, sage ich.

Kampfhahn überlegt. »Captain Coyle … Sie, ich und Tak, wir malen im Staub. Michelin, Sie und jemand, den der Captain auswählt, machen mit Rafe einen Streifzug durch die Anlage. Venn, kehren Sie mit Teal zum Wachturm zurück und sehen Sie sich um. Halten Sie sie von den Voors fern. Und zieht wieder eure Hautengen an, ihr alle. DJ … gehen Sie durch die südliche Garage nach draußen. Probieren Sie es mit dem Helmlaser. Versuchen Sie, einen der Satelliten zu erreichen.«

DJ wirkt alles andere als glücklich.

»Zwanzig verfutschte Minuten«, teilt ihm Kampfhahn mit. »Kommen Sie dann wieder herein.«

»Sagen Sie ruhig ›verfickt‹, Sir«, brummt DJ. »Die verfickten Gurus können uns hier nicht hören.«

»Man kann nie wissen«, sagt Kampfhahn. »Also los.«

Hintergrund, Teil 3

Ich sitze im Apartment, umgeben vom Licht des Morgens, und drehe die Platinscheibe mit den eingravierten Zeichen hin und her, während ich den Sonnenschein des Frühlings genieße – mit einer Tasse Kaffee. Die Schachtel der Frühstückszerealien ist längst zu einem Treffpunkt für Rüsselkäfer geworden. Sie wären eine bewegliche Mahlzeit, wenn ich Nahrung in ihnen sähe, und nicht Gesellschaft.

Spielt keine Rolle. Ich bin nicht hungrig. Die zweifelhaften Freuden des Alleinseins haben mich verlassen. Ich warte darauf, dass Joe kommt und mir das Ende seines Teils unserer langen Geschichte erzählt.

An diesem Morgen fühle ich mich seltsam biblisch. Schlagend und geschlagen.

Und siehe, himmlische Besucher kamen zur Erde, und zuerst war es gut, obwohl viele Menschen staunten, und manche fürchteten sich und standen auf und protestierten.

Mehr hab ich nicht drauf. Konnte mich mit diesem Mist nie richtig anfreunden.

Aber etwa zwei Drittel von uns fanden es ganz in

Ordnung, und warum auch nicht? Im zweiten Jahr, nachdem die Gurus sich zu erkennen gaben, tendierte die Arbeitslosigkeit in den wichtigsten Industrienationen gegen null. Wer arbeiten konnte und wollte, fand Arbeit – es gab so viel zu tun, um die kleinen Geheimnisse zu nutzen, die die Gurus bereits preisgegeben hatten.

Aber für alles gibt es einen Zusammenhang. Vor dem großen Clou, dem Knall der Knalle – der Nachricht, dass sich die Antags in unserem Hinterhof breitmachen –, tasteten sich die Gurus schon mal vor, um unseren Willen auf die Probe zu stellen, unsere Bereitschaft zur Unterwerfung.

Vielleicht.

Die Gurus schienen vernünftig zu sein, größtenteils. Sie sahen die Dinge in einem größeren Rahmen. Kein Wunder, wenn man ihren himmlischen Ursprung bedenkt. Es störte sie nicht, dass ihre Gaben auch an die Nationen weitergereicht wurden, die sich weigerten, an sie zu glauben. Sie hatten auch nichts gegen Satire oder unverblümte Blasphemien, die sich gegen ihre Personen oder Aktivitäten richteten. Manchmal schienen sie so etwas sogar zu ermutigen. Verringert die Anspannung. Kein Problem. Immerhin sind sie nicht *wirklich* Gott oder Götter, sondern Sterbliche wie wir.

Und doch … Wie Abrahams Gott, der sicheren Abstand wahrte, zeigen sich die Gurus nicht der größeren Welt. In den ersten Jahren kursierten wilde Gerüchte, doch die Eingeweihten schwiegen über das, was sie in der Präsenz der Besucher sahen und erfuhren.

Diesen Leuten, dem Bedienpersonal, wurde – kurz vor dem großen Knall – der erste Guru-Erlass verkündet. Oder nennen wir es eine mit Nachdruck vorgetragene Bitte.

Die Gurus machten klar, dass sie trotz all ihrer Großzügigkeit erheblichen Anstoß an sexuellen Obszönitäten nahmen. An Worten, die es an Respekt den heiligen biologischen Vermehrungsfunktionen gegenüber mangeln ließen. Man lästere nach Belieben gegen Gott, Allah, Krishna, Buddha oder Brahma, aber das F-Wort und seine respektlosen Äquivalente stießen den Gurus sauer auf.

Es gab keine körperlichen Strafen, die dafür sorgen sollten, dass jenes Wort seinen angestammten Platz in Literatur, Unterhaltung und Umgangssprache verliert – das war nicht der Stil der Gurus –, aber sie zeigten sich sehr verstimmt, und ausreichend große Verstimmung bedeutete, dass sie vielleicht weniger Geheimnisse preisgaben und sogar ihre Sachen packten und sich auf und davon machten.

Manche fanden das amüsant. Die angedrohte Repression führte dazu, dass sich die Schleusentore öffneten. Einige Monate lang waren die menschlichen Kommunikationskanäle voll von sexuellen Profanitäten, die ein erstaunliches Maß an Kreativität und Elan zum Ausdruck brachten.

Und dann machten die Gurus wie versprochen dicht – sie sagten keinen Piep mehr. Drei Monate lang hüllten sie sich in Schweigen. Womit der weltweite Niedergang des F-Worts begann. Immerhin: Diese Gänse, die goldene Eier legten, hatten zwar empfindliche Ohren, hielten aber die menschliche Wirtschaft in Schwung. Warum undankbar sein? Zum ersten Mal in ihrer Geschichte gelang es den Menschen, ihre Sprache einigermaßen zu säubern.

Im zwanzigsten Jahrhundert hatten kreative Typen dutzendweise Alternativen für das F-Wort entwickelt, ähnlich wie bei Ersatzkaffee oder falschen Zigaretten – oder bei geschmuggeltem Gin –, um menschlichen Zensoren ein Schnippchen zu schlagen. Dieses Talent wurde jetzt wiederbelebt. Ein junger Blogger in Peking, dessen Berichte, abgefasst in passablem Englisch, auf der ganzen Welt beliebt waren, machte *Futsch* und *verfutscht* zu neuen Kraftausdrücken. Für empfindsame Augen und Ohren wies er in aller Deutlichkeit darauf hin, dass es nicht die geringsten sexuellen Konnotationen gab.

Und so sprachen die Menschen von *Futsch!*, wenn ihnen was nicht passte, oder *verfutscht* hiermit und damit.

Kampfhahn ließ immer besondere Vorsicht walten.

Und das ist noch nicht alles. Ich weiß nicht, ob es eine Verbindung gibt, aber was die Vermehrung betrifft …

Vielleicht habt ihr von den Listen gehört, den Menschen, die überall auf der Welt verschwunden sind. Es hat etwa drei Jahre nach dem Erscheinen der Gurus begonnen. Eine ausgewählte Gruppe von Männern und auch mehrere Frauen verschwanden. Einige von ihnen sind mit sexuellen Verbrechen in Verbindung gebracht worden. Mit gewaltsamem Kram. Wie Corporal Grover Sudbury. Erinnert ihr euch an ihn?

Bis heute verschwinden Leute. Auf der Liste der Geheimnisse steht das nicht unbedingt an erster Stelle, aber es ist interessant.

Wache Gedanken
für schlaflose Landser

An diesem Morgen denke ich mehr an den Roten. Wie ich mich, gekleidet in einen Hautengen und in einer leblosen Landschaft aus alter Lava und Staub und Sand stehend, manchmal frei gefühlt habe, befreit und nützlich. Hier im Apartment kriechen die Wände auf mich zu, lassen mir weniger Platz als ein Helmvisier, und die dichtere Luft scheint mich mehr einzuengen als der üble Geruch von verbrauchten Filtern.

Auf dem Tisch steht eine Schale mit Zerealien, die ich nicht angerührt habe. Das Zeug bewegt sich; die Rüsselkäfer sind noch immer aktiv. Ich weiß nicht, ob ich sie rauswerfen oder mich zu ihnen setzen und mit ihnen reden soll. Ich hab's so richtig schlimm. Hab den großen Zitterich, und nicht nur wegen des reinen Koffeins von frisch gemahlenem, schwarzem Kaffee, auf dem Mars ein Luxus, den man sich nur selten leisten kann. Ich zittere, weil mir meine besonderen Detektoren die Nähe eines Moments ankündigen, der sowohl erklärt als auch traumatisiert. Ich will nicht Bescheid wissen. Ich habe mein Telefon ausgeschaltet, ebenso Sprechanlage und Buzzer. Niemand rein, niemand raus, bis auf Leute mit Schlüssel. Keine Nachrichten. Keine Updates. Nur das Gefühl, dass sich alles um mich schließt, zusammen mit wachsender Unruhe und dem verdammten Zittern. Schluss damit, bitte. Ich bin jemand ohne innere Mitte. Hab nicht die geringste Ahnung, wo ich bin. Ich warte auf Joe. Ich warte auf jemanden, der mir sagen kann, was zum Teufel los ist und wie lange ich mich versteckt halten muss.

Lieber Himmel, ich bin wirklich und wahrhaftig am Arsch.

Ich schaue zur Tür, über und hinter der kleinen Treppe, unter dem Loft – sie empfängt das Licht eines einige Hundert Meter entfernten Wolkenkratzers aus Glas. Seine blaugrünen Fenster fangen das Licht der Sonne im Osten ein und reflektieren es hierher.

Jemand kommt. Nicht Joe, teilen mir meine Detektoren mit. Jemand anderer. Ich schalte auf Autopilot, zittere noch heftiger und mache mich auf den Weg zur Tür.

Als meine Zehen die erste Stufe berühren, erklingt die Big-Ben-Türglocke. Sehr retro. Es dauert eine Weile, bis ich darauf reagieren kann, aber wer auch immer draußen steht, er hat Geduld. Schließlich entriegele ich die Tür und öffne sie, rechne dabei halb damit, dass ich aggressiv werde oder mich wenigstens dazu hinreißen lasse vorzuspringen und »Buh!« zu rufen.

Aber das tue ich nicht.

Eine kleine, kurvenreiche Frau mit dunklen Augen, Stupsnase und kurzem rotem Haar sieht mich mit ausdrucksloser Miene an. Sie wirkt entspannt, gefasst, trägt einen hellgrauen Mantel und einen roten und violetten Schal. Rosenduft umgibt sie, ein von älteren Damen benutztes Parfüm, aber sie kann nicht viel älter sein als ich.

»Ja?«, frage ich.

»Joseph schickt mich«, verkündet sie mit einem wissenden Lächeln. »Er hat mir gesagt, dass Sie hier sein würden«, fügt sie hinzu und schaut an mir vorbei ins Apartment. »Er bedauert, dass er es nicht geschafft hat. Aber er meinte, Sie würden verstehen.«

Ich starre glotzäugig.

Die Frau, die nach Rosen riecht, nutzt mein Schweigen für eine Erklärung. »Er gab mir den Code unten für den Eingang. Und für den Aufzug.«

Ich gaffe noch immer.

»Darf ich hereinkommen?«, fragt sie. Geradeheraus. In aller Ruhe. Sie hat bereits mit verfutschten Skyrines zu tun gehabt.

»Ist mit Joe alles in Ordnung?«, frage ich.

»Ich habe seit ein paar Tagen nichts mehr von ihm gehört.«

»Wo ist er?«

»Keine Ahnung.«

»Steckt er in Schwierigkeiten?«

»Er steckt *immer* in Schwierigkeiten.«

»Sind Sie seine Freundin?«

»Sehe ich so dumm aus?« Aber sie lächelt erneut. Es ist ein schönes, sanftes Lächeln. »Er hat mich *gebeten*, mit Ihnen zu reden. Haben Sie die Münze?«

»Ich habe einige Münzen«, sage ich.

»Eine wichtige? Silbrig?«

»Was glauben Sie?«

»Platin«, sagt die Frau.

»Ja.«

»Was befindet sich auf der Münze?«

»Zahlen«, sage ich.

»Gut für Sie.«

Ich scheine eine Art Test bestanden zu haben. Die Frau sagt: »Falls es Sie interessiert: Teal lebt, nach dem, was ich hörte. Aber die letzte Nachricht liegt schon eine ganze Weile zurück.«

»Woher wissen Sie von Teal?«

Sie schüttelt den Kopf und streckt eine Hand aus – darf sie hereinkommen? Ich weiche beiseite, lasse sie eintreten und schließe die Tür. Mein Zittern hat aufgehört. Es ist besser, nicht allein zu sein. Was ich weiß, was ich zu wissen glaube: Ich möchte nicht allein bleiben. Dies könnte eine Verbesserung darstellen.

»Ich rieche Kaffee«, sagt sie.

»Ich kann keinen Kaffee riechen. Liegt an dem verfutschten Kosmolin. Ich vermisse es.«

»Können Sie Rosen riechen?«, fragt sie.

»Ja.«

»Gut. Bald riechen Sie auch Kaffee.«

»In Ordnung. Danke.«

»Gern geschehen.«

Ich gehe in die Küche, nehme einen Becher und schenke ihr den Rest Kaffee aus der Kanne ein. Sie folgt mir nicht, bleibt in der Nähe der Tür, reckt dort den Hals und sieht sich im Apartment um.

»Ihr Jungs wohnt gut.«

»Danke. Es ist nicht meine Wohnung«, sage ich und gebe ihr den Becher.

»Sie könnten sich etwas anziehen«, sagt sie, den Blick auf mein Kinn gerichtet.

Ich schaue an mir herab. Ich bin nackt.

»Ja«, erwidere ich. »Entschuldigung.«

»Hat Joe Ihnen gesagt, dass ich Krankenschwester bin?«

»Joe hat mir überhaupt nichts von Ihnen erzählt«, gebe ich über die Schulter hinweg zurück und nehme einen Morgenmantel.

»Das überrascht mich. Vak und Mini-G-Medizin, Kampfmetabolismus, Oxidep … Verletzungen durch Anoxie und Hypoxie.«

»MGB?«, frage ich vom Schlafzimmer.

»Nein. Was nicht heißen soll, dass die Militärische Gesundheitsberatung nicht in Ordnung wäre. Gut für Soldaten mit Problemen. Aber mein Einsatzgebiet ist orbital.«

»Aktiver Dienst?«

»Unbefristeter Heimaturlaub«, sagt sie. »Ich habe es mit Militärgerichten zu tun.«

»Das ist gut«, sage ich.

»Hmm.«

»Wie lautet Ihr Name?«

»Puddin' Tame«, sagt sie.

»Großartig. Sind Sie nur eine Freundin von Joe oder eine Freundin von Teal?«

»Ich bin ein Freund des Mars«, sagt sie. »Hoffe ich.«

Ich habe den Morgenmantel angezogen, verknote den Gürtel und kehre zurück.

»Kann ich die Münze sehen?«, fragt sie.

Ich halte sie fest umklammert, wie Gollum seinen Schatz, wie einst auf dem Mars, im Drifter. Vorsichtig öffne ich die Hand und zeige ihr die kleine Scheibe.

Sie langt danach.

Sofort ziehe ich die Münze zurück und schließe wieder die Finger darum.

»Name, Rang und Seriennummer«, sage ich.

»First Lieutenant Alice Harper, US-Marine, Sanitätsdienst, erwarte unehrenhafte Entlassung.«

»Invalidität?«

»Multipler Krebs, geheilt, aber mit ausgeprägter Kosmolin-Krankheit als Folge«, antwortet die Frau. »Ertrage das Vak nicht mehr.« Sie bemerkt meinen skeptischen Blick und fügt hinzu: »Das ist mein echter Name und Rang, Arschloch.«

Die Worte einer wahren Skyrine.

Wieder zeige ich die Münze. Die Frau nimmt sie mit kleinen, hübschen Fingern, die Fingernägel kurz, sauber und mit klarem Lack bestrichen. Sie hält die kleine Scheibe dicht vor ihre Augen.

»Sieht gut aus«, sagt sie.

»Was bedeutet sie? Eine zweite Münze ...«

»Erzählen Sie mir, was geschehen ist«, sagt sie und macht einen weiteren Schritt ins Apartment. »Darf ich mich setzen?«

»Natürlich.«

Sie setzt sich auf die Couch.

Als sie Platz nimmt, fühle ich wieder das alte Widerstreben. *Ich möchte nicht davon erzählen.* Wenn ich davon spreche ... Es ist so, als müssten all die Toten noch einmal sterben. Ich stehe im Wohnzimmer, schweige und starre wie ein Volltrottel schielend aus dem Fenster.

»Ich kann gut zuhören«, sagt sie. »Erzählen Sie mir, was geschehen ist. Vielleicht kann ich Ihnen dann erklären, was die Münze bedeutet.«

Ich nehme meinen ganzen Mut zusammen. Weil ich gern mehr wissen würde. Etwas weiß ich bereits. Nicht viel, aber genug. Die Algerier und die Voor waren nicht die Ersten, die im Drifter schürften. Nicht in dreieinhalb Milliarden Jahren.

Es ist eine große Geschichte, die immer größer wird. Schlüpfen wir langsam hinein, wie in ein heißes Bad.

Es wird heiß

Teal und ich kehren zum nördlichen Tor zurück und ziehen unsere Hautengen an. Gesäubert und aufgeladen ist mein Anzug fast bequem. Der Rucksack enthält für sechs Stunden Sauerstoff und neue Filter – keine unverdorbene Frische, aber auch keine Essigbrühe.

»Die Voors w'rden euch töten, w'nn sie können«, sagt Teal leise. »Sie hassen braune Leute. Und eure Frauen sin' herrisch.«

»Braune Leute kommen im Vak besser zurecht«, sage ich.

»Das dachte auch mein Vat'r«, erwidert Teal. Wir gehen zusammen zur Leiter, die zum kalten hohen Raum führt. Ich hoffe, dass es dort wärmer ist, weil inzwischen wieder Energie fließt. Am Fuß der Leiter bleibt sie stehen. »Die Voors hatten *all dies*«, sagt sie, Schultern und Rücken krumm. Ihre Haltung bringt zum Ausdruck, wie dumm die Voors gewesen sein müssen. »Reichtum, Nahrung, Metall, Wass'r und Macht, solange der Hobo floss. Und er fließt noch imm'r, tief unten, wo er sicher und nützlich ist. Ab'r die Voors w'rden nie zufrieden sein. Niemand wollte mit ihnen handeln, wegen des Leids, das sie üb'r die Algerier brachten, und üb'r meinen Vat'r.«

Ich schweige. Meine Aufgabe besteht darin, nach Nordwesten zu sehen. Stumm klettern wir die Leiter hoch. Der kalte Raum ist etwas wärmer, aber nur ein bisschen. Der Heizstrahler an der Wand knistert und knarrt, als sich viele Jahre alter Staub von ihm löst.

Teal hebt die Blende.

Wir sehen es sofort. Wo der beständige braune Fleck gewesen ist, erstreckt sich nun eine breite Staubwand, nicht von einem Sturm geschaffen. Bewegung überall am westlichen Horizont, auf einer Breite von mindestens dreißig Kilometern, von einer Ecke des Fensters bis zur anderen. Viele Dinge bewegen sich.

Was für Dinge?

Ich schließe mein Helmvisier und wähle ein virtuelles Fernglas. Das Visier misst den Winkel des einfallenden Lichts, von vorn bis hinten, rechnet mit einem Umwandlungsalgorithmus, und voilà, eine virtuelle infrarote Vergrößerung wird mir direkt in die Augen projiziert, zusammen mit einer Analyse meines Engels, was ich dort eventuell sehe. Noch mehr Guru-Tech.

Teal hat das Periskop heruntergezogen und bringt es vorsichtig in Position. Keine Zeit zu warten, bis es warm geworden ist. Vielleicht kann es ebenfalls vergrößern, aber ich bezweifle, dass Teal sieht, was ich sehe. Zahlreiche Fahrzeuge sind dort draußen unterwegs, tief im Innern der Staubwolke. Der Engel untersucht zuerst die wahrscheinlichste Gefahr, ausgehend von einer großen Ansammlung von Antag-Vehikeln. Hinzu kamen Aerostate hinter dem Staub, etwa fünfzig Kilometer vom Drifter entfernt: große schwebende Ballons, der kleinste von ihnen mit einem Durchmesser von mindestens hundert Metern. Dann zeigt der Engel auf eine weitere, kleinere Reihe von Fahrzeugen, die ziemlich schnell vor der Hauptmasse unterwegs sind, vor der Spitze der Staubwolke. Die Umrisse erscheinen mir vertrauter und stellen vielleicht keine Gefahr dar …

Der Engel lässt es violett blinken und analysiert noch. Dann zirpt er. Hier sind gute Nachrichten. Die herankommende Antag-Front treibt menschliche Transporter vor sich her. Nicht viele, nicht mehr als zwanzig oder dreißig, aber sie sind ziemlich flott und werden den Bogen, zu dem auch unsere Position gehört, wahrscheinlich vor den Antags erreichen.

»Nichts als Staub«, sagt Teal und schiebt das Periskop zurück. »Was sehen Sie?«

Ich bin still gewesen, abgesehen von einem gelegentlichen Zungenschnalzen und dem Klopfen meiner behandschuhten Finger. Das mache ich immer, wenn ich Scheiße näher kommen sehe. »Ants, die hinter Kaninchen her sind«, sage ich. »Kavallerie, vielleicht.« In Gedanken füge hinzu: *Aber nicht genug, und eine ziemlich große Indianerhorde ist ihr direkt auf den Fersen.* Es ist der größte Antag-Vorstoß, den ich je gesehen habe.

Ich versuche, Kampfhahn zu erreichen, doch wie

zuvor blockieren Metall und Felsgestein die Funksignale. Ich erinnere mich daran, dass DJ draußen ist und am südlichen Tor versucht, eine Sat-Verbindung herzustellen. Er befindet sich auf der falschen Seite des Drifters und sieht nicht, was wir sehen.

»Weitandere? Wissen sie, dass w'r hier sind?«, fragt Teal.

»Keine Ahnung«, erwidere ich, beuge mich zum Plex vor und hoffe, dass mein Laser so weit reicht. Ich murmele eine Anweisung für den Engel, und er macht sich daran, einen Strahl durchs Fenster zu schicken. Er verändert die Frequenz und sucht nach einer durchlässigen Stelle, teilt mir aber mit, dass die Erfolgsaussichten gering sind. Zu dickes Plex. Zu viel Staub zwischen uns und den herankommenden Fahrzeugen.

»Nicht gut?«, fragt Teal.

»Kommt darauf an«, sage ich. »Wir müssen los. Schließen Sie die Blende. Ich möchte nicht, dass unsere Wärme uns verrät.«

Teal schließt die Jalousien. Wir klettern die Leiter hinunter und laufen zur südlichen Garage.

Kampfhahn und de Groot haben sich auf einen lockeren Waffenstillstand geeinigt, gegen den Wunsch von Captain Coyle, der es nicht gefällt, sich einem höheren Rang unterzuordnen. Irgendwie hat Kampfhahn de Groot und die Voors dazu gebracht, uns bei den Verteidigungsvorbereitungen zu helfen. Den Männern sind die Fesseln abgenommen worden. Macht mich nervös, aber zum Teufel auch – uns bleibt keine Wahl.

»Ich habe einen Helmstrahl nach Osten geschickt«, sage ich.

»Ist vielleicht keine gute Idee gewesen, könnte sie hierher holen«, kommentiert Coyle.

»Wir brauchen Hilfe«, sagt Kampfhahn, sieht Coyle an und runzelt verwundert die Stirn.

»Mag sein.« Captain Coyle ist ganz und gar nicht glücklich mit der Entwicklung der Dinge. Ihre Reaktion erscheint seltsam.

Kazak und Tak haben mithilfe von Rafe und Andres eine einfache Karte in den grünen Staub gezeichnet – sie zeigt die wichtigsten Tunnel und Zugangspunkte. Als ich weitergebe, was ich gesehen habe, legen die Skyrines richtig los. Coyle befiehlt drei Soldatinnen ihrer Gruppe tiefer in den Drifter – sie sollen nachsehen, wie es um die Vorräte bestellt ist – und fragt Teal, ob sie ihnen den Weg zeigen könnte. Teal sieht mich an und erklärt sich auf mein Nicken hin einverstanden. Sie traut mir, aber verdammt, ich weiß nicht, was hier gespielt wird.

Sie machen sich auf den Weg.

Rafe berät sich mit den Voors, während de Groot einige letzte Dinge mit Kampfhahn und Tak bespricht. Wenn unsere Leute dort draußen meinen Helmstrahl empfangen haben und zu uns kommen, öffnen wir das Nordtor und lassen sie herein: alle Soldaten und so viele Fahrzeuge und Waffen, wie die Garage aufnehmen kann. Anschließend sind wir still und leise, in der Hoffnung, dass die Antags einfach vorbeifahren …

Aber das werden sie nicht. Wir spüren es. Sie haben diesmal richtig dick aufgetragen, was bedeutet: Sie wollen bleiben und sich alle Ressourcen schnappen, die sie kriegen können.

Sie haben noch Augen am Himmel.

Und sie wissen, dass wir hier sind.

Scheiße schwimmt ebenfalls, manchmal

Bevor ich gehe, kehrt Teal mit unseren drei Schwestern zurück. Ihrem bedrückten Blick entnehme ich, dass sie glaubt, etwas sei nicht in Ordnung, etwas, über das sie nicht offen sprechen möchte. Geht es dabei um unsere von den Umständen diktierte Zusammenarbeit mit den Voors?

Ich wünschte, ich wüsste mehr über sie, aus einer unvoreingenommenen Quelle, aber andererseits: Green Camp ist dem Problem näher gewesen als irgendjemand auf der Erde, und die große Staubwitwe gehört zweifellos zur ernsten, vernünftigen Sorte. Sie hat unter ihrer eigenen Scheiße gelitten, unter ihrer eigenen Art von Verrat. Green Camp zwang sie hinaus auf den Roten. Dann teilten die Leute des Camps den Voors mit, wohin sie unterwegs war, nur um ihren Teil des Drifters, von de Groots Dyke, zu behalten.

Und jetzt muss sie beobachten, wie wir mit ihren Feinden schmusen.

Ist sicher ziemlich schwer zu verdauen.

Die Generatoren funktionieren gut, berichtet Coyles Gruppe, und Teal bestätigt. Kampfhahn weist Tak und mich an, außerhalb des nördlichen Tors in Position zu gehen, versteckt hinter einem Felsenkamm, und über ihn hinweg Ausschau zu halten. Von dort aus können wir die Staubwolke beobachten.

Ich überprüfe die Schleuse für die Fahrzeuge, die nur jeweils drei Skells oder zwei Tonkás aufnehmen kann. Alle Wagen hereinzuholen, würde viel zu lange dauern – so viel Zeit lassen uns die Antags nicht.

Wir gehen durch die Personenschleuse, die für etwa zehn Platz bietet. Draußen ist es Nachmittag und sehr kalt, aber wir kommen damit klar. Ich zittere wieder, so sehr, dass mir die Zähne klappern. Und wenn schon, daran sind wir inzwischen gewöhnt. Wir können nur hoffen, dass die Antags und ihre Sats unsere kleinen IR-Signaturen übersehen; andernfalls könnten sie auf die Idee kommen, ein Zielschießen auf uns zu veranstalten.

Die Staubwand scheint nicht näher zu sein, dafür aber höher. Mit bloßem Auge erkennen wir vorn einige Fahrzeuge, bevor der Staub sie einholt. Sie fliehen durch dichten Dunst und wissen zweifellos, wen sie im Nacken haben. Der Gedanke lässt mich schaudern.

Tak und ich halten die Helme aneinander und vertreiben uns die Zeit.

»Wie viele Tage zwischen den Spaceframes?«, fragt Tak. Die Antwort kennen wir beide; ich nenne sie trotzdem.

»Dreiundvierzig im Schnitt, kommt drauf an.«

»Wie viel Ausrüstung für den durchschnittlichen Schlitten?«

»Sechshundert Tonnen.«

»Wie viel davon sind Waffen und wie viel Transport und Zelte?«

»Vierzig Prozent Transport, zwanzig Prozent Waffen«, sage ich und rassele die statistischen Daten herunter, mit denen jeder von uns zu tun hat. Bei jeder Reise und jedem Sprung kann es große Abweichungen geben, und davon erfahren wir nur durch Updates – all dieses Gerede ist vollkommen überflüssig. Wir hoffen, dass unsere Kavallerie mit Plattformen kommt, die größere Vernichtungskraft tragen können. Abertonnen davon, und jede Menge abgebaute Materie, um die Antags niederzumähen.

»Ich könnte ein Steak vertragen«, sagt Tak.

Vermutlich zitiert er aus irgendetwas, aber darüber will ich mir jetzt nicht den Kopf zerbrechen. Allerdings … ein Steak hätte durchaus etwas für sich.

»Der Captain ist heiß«, sagt Tak.

»Captain Coyle ist *nicht* heiß. Sie ist voll die große Schwester.«

»Big Mama, meinst du wohl.« Tak hat *Dignitas*, aber deswegen ist er nicht weniger Mann. Einen Wachpartner zu reizen läuft auf echte Kunst hinaus. Zu wenig, und wir entspannen uns, werden unaufmerksam. Zu viel, und wir verlieren den Roten aus den Augen und konzentrieren uns mehr auf das Gespräch.

»Auf dem Roten kann man jederzeit gegen's Protokoll verstoßen«, sagt Tak. »Im Kopf.«

»Solange der Engel nichts merkt.«

»Zur Kenntnis genommen. Engel, ich bitte um Verzeihung.« Tak blickt zur Seite. »Wie ich hörte, ging Coyle zu den Spezialoperationen.«

»Was in der Art«, sage ich. Unterschiedliche Ziele, unterschiedliche Order. Die Spezialoperationen sind wie ein verborgenes Riff, das beschützen oder ein Schiff versenken kann.

Unsere Engel sind still. Wir wissen nie, was sie aufzeichnen. Bisher haben die Medien in keinem einzigen Fall das lockere Gerede eines Skyrines breitgetreten. Vielleicht sind wir zu vertrauensselig. Oder wir sind zu exklusiv und wertvoll, als dass man uns auf den medialen Schlips treten könnte. Oder … Na ja, es wäre auch denkbar, dass wir einfach nicht genug Kohle haben, um einen entsprechenden Videofeed zu bezahlen.

»Wie weit?«, fragt Tak. Wir wagen es nicht, die Entfernung mit dem Laser zu messen, weil a) Staub die Laserenergie absorbiert und streut, und weil b) die Helmvisiere mit einfallendem Licht und Vergrößerungswandlern gut raten können, wie eine Kamera mit automatischem Fokus. Tak weiß also schon Bescheid.

Ich antworte trotzdem. »Fünf Kilometer die Gruppe ganz vorn.«

»Verstärkung. Transporter und Waffen.«

Unsere Engel geben uns Annäherungswerte in Hinsicht auf die Dinge, die für den vorderen Teil der Staubwolke verantwortlich sind. »Tonkas, vier große«, sage ich. »Mehrere Skells. Ein Chesty. Und vielleicht ein oder zwei Schollen.«

»Jepp. Was befindet sich auf den Plattformen? Zeug, das wir von der Ausbildung kennen, oder SciFi-Kram, von dem wir keine Ahnung haben?«

Skyrines träumen von dieser Möglichkeit. Umfassende Upgrades – MPSF, Mega-Plus-Schmerzfaktor. In unseren Träumen werden diese entscheidenden Wunderwaffen überraschend geliefert, bereit dazu, sich mit unseren Engeln zu verbinden, uns sofortige Verwendungskenntnis und Vorschläge für den Einsatz zu vermitteln. Aber Ausbildungsvideos sind das schwache Glied im militärisch-industriellen Komplex der Erde. Gurus lassen Ideen für Scheiße durchsickern, doch sie sagen uns nicht, wie man den Mist am besten benutzt.

Daran zu denken, dass MPSF zu uns unterwegs sein könnte ... Es ist zu schön, um wahr zu sein. Die Vorstellung schmerzt in meiner Soldatenseele. Also wechseln wir das Thema.

»Die Staubwitwe mag dich, Venn«, sagt Tak.

»Sie sitzt in der Klemme.« Ich erkläre ihm ihre Situation mit den Voors.

»Scheiße«, sagt Tak. »Sie wollen sie in den Sand brennen.«

»Das würden sie, wenn sie könnten.«

»Kein Wunder, dass Coyle sie voneinander getrennt

hat. Ich dachte, nur erleuchtete Nerds siedeln auf dem Mars.«

»Wohl kaum. Viele Leute wollten weg von der Erde. Reiche und Arme, Nerds und andere, die einfach die Schnauze voll hatten.«

»Ich habe den Eindruck, unsere Gäste halten nicht viel von braunen Leuten. Hab das Gefühl, sie kommen nicht damit klar.«

»Wer kommt schon mit dir klar, Fujimori«, sage ich. »Außerdem, warum sollten sie Skyrines mögen? Die Antags haben Scheiße auf ihre Siedlung fallen lassen. Es ist unser Krieg, behaupten sie, nicht ihrer.«

»Na ja, sie mag *dich*. Was hast du in der Overalltasche gefunden? Wie hat Neemie es genannt?«

»Platin.«

»Gibt's hier viel Platin?«

»Vielleicht.«

»Himmel, wie wär's mit einer Nummer im Stil von *Das dreckige Dutzend*?«

»Du meinst *Das Schloss in den Ardennen*«, sage ich. »Oder vielleicht *Stoßtrupp Gold*.« Die meisten Skyrines spielen Spex-Kampfspiele oder sehen sich Kriegsfilme an, wenn sie nicht das Vak durchqueren, in der Ausbildung sind oder kämpfen. Manche lesen. Tak macht das eine wie das andere, aber im Gegensatz zu Wee-Def legt er das Belanglose nicht zu den Akten.

Tak schnaubt. »Wie weit?«

»Drei Kilometer. Kommen näher.«

»Siehst du was hinter den Tonkas und Schlitten?«

»Könnten Millis sein. Und oben sehe ich Aerostate.«

»Aerostate bedeuten Keimnadeln«, sagt Tak.

»Setz dir einen Hut auf.«

»Scheiße, ja. Einen großen stählernen Sombrero.« Er hält die Hände über den Kopf und kauert sich noch etwas mehr zusammen, quetscht sich praktisch in eine schmale Felsspalte.

Luftunterstützung auf dem Mars ist schwierig, denn Tragflächen müssen verdammt groß sein. Ein Flugzeug wäre geradezu riesig, plump und schwer zu manövrieren – ein perfektes Ziel. Antag-Aerostate sind groß und noch plumper, müssten rein theoretisch also gute Ziele abgeben. Aber offenbar sind sie auch billig und leicht zu ersetzen, und es ist erstaunlich schwer, sie abzuschießen. Man muss einige Dutzend Meter der Aerostat-Oberfläche verbrennen oder herausschneiden, um das Ding stark genug zu beschädigen, damit es langsam Staub und Sand entgegensinkt und wie eine große Qualle auf einem Strand der Erde in sich zusammensackt. Wir verwenden keine Aerostate. Weiß nicht warum. Wir benutzen auch keine Keimnadeln. Ich vermute, die Antags wissen mehr über unsere Biologie als wir über ihre.

Ich streiche mit der Hand über den alten Basalt, fühle das Alter und suche nach einer tiefen Wahrheit.

Tak beobachtet meine Hand. »Der Geist des Roten? Was empfängst du?«

»Nix.«

»Verfickter Aberglaube.«

Da bin ich mir nicht so sicher. Immer wieder sehe ich die Münze vor dem inneren Auge, die kleine Platinscheibe mit der Spirale aus Zeichen. Irgendwie passt sie nichts ins Bild. Ich kann mir kaum vorstellen, dass ein Voor-Schürfer etwas so Cooles und Wertvolles in der Tasche seines Overalls vergisst – es sei denn natürlich, er starb und niemand wusste davon. Trotzdem, Teal scheint Bescheid zu wissen. Vielleicht hat ihr Vater etwas gewusst und es ihr erzählt.

Und vielleicht, nur vielleicht, war der frühere Besitzer des Overalls ein Verwalter, der zurückblieb …

Und dann entschied, sich nackt auf den Weg zu machen, ohne seinen Overall?

Ohne die Münze in der Tasche?

Möglicherweise ist er noch hier, irgendwo tief unten, und wälzt sich im grünen Staub.

AVOHI.

»Drei Kilometer«, sagt Tak.

»Ich kann nicht feststellen, wie weit die Antags dahinter sind.«

Wir denken beide das Gleiche über die Schleusen. Den Antag-Waffen gegenüber werden ihre Außentore etwa so stabil sein wie Toilettenpapier.

Wir kehren durch die Personenschleuse ins Innere des Drifters zurück. Es dauert bestimmt nicht lange, bis wir wieder draußen sind. Die Felsen wirken zerklüftet genug, um mehr als nur einige wenige Soldaten zu verbergen. Wir werden eine dünne Verteidigungslinie um beide Tore schaffen, dreihundertsechzig Grad auf dem Buckelkopf. Vielleicht finden wir eine hohe, natürliche Sicherung für unseren Rasenmäher, den Starkfeld-Suppressor. Der Apparat sieht aus wie eine kompakte Hantel mit zwei Griffen und zwei Knoten, die von den beiden grauen Bällen nach vorn zeigen. Ein Triplex aus Kartuschen mit abgebauter Materie hängt zwischen den Griffen. Man klappe die Schutzblende nach vorn, drücke beide Griffe und verteile Scheußlichkeit in einem weiten Bogen.

Wir verlassen die Luftschleuse auf der Innenseite und begegnen DJ, der ganz allein und ziemlich verwirrt ist.

»Wo sind die anderen?«, fragt er.

»Welche anderen?«

»*Alle* anderen. Die Voor-Wagen stehen noch in der südlichen Garage. Der Buggy der Farmersfrau …« DJ streckt den Arm aus. Teals zylindrisches Fahrzeug steht noch immer neben den alten Transportern. »Aber alle Leute – weg.«

»Du bist von dort hierhergekommen und hast niemanden gesehen?«

»Nur Tunnel und Staub.«

»Wo sind der Colonel und Captain Coyle?«, fragt Tak.

»Wohin auch die anderen verschwunden sind, nehme ich an«, erwidert DJ. Es klingt aufgebracht und auch erschrocken. »Niemand hat mir was gesagt. Wie zum Teufel soll ich Bescheid wissen?«

Ich gehe durch die Garage und sehe mir den Boden

an. Es zeigen sich zahlreiche Spuren im grünen Staub: Stiefelabdrücke, die wir bei unserer Ankunft darin hinterlassen haben und in verschiedene Richtungen führen. Mehr nicht.

»Gottverdammte Voors«, sagt DJ.

»Wie zum Teufel sollten sie Skyrines überwältigen können, wenn wir einen Rasenmäher haben?«, frage ich. Keine Antwort. Tak ist nachdenklich.

Tak, DJ und ich sind allein in der nördlichen Garage. Wir wissen, dass bald Gäste eintreffen werden, aber wir wissen nicht, wie wir sie empfangen sollen.

Drifter und Hobos

Alice lehnt sich auf der Couch zurück, legt ihre angenehm molligen Arme auf die Rückenlehne und betastet das Leder mit perfekt manikürten Fingern.

»Wie kam der Drifter dorthin?«, frage ich.

Sie sieht mich an. »Haben Teal oder Joe Ihnen das nicht erzählt?«

»Ich weiß nicht, was ich nicht weiß«, sage ich.

»Sie stellen mich auf die Probe.«

»Sie testen, ich teste. Ich stelle sinnvolle Fragen. Bedeutet das nicht, dass ich auf dem Weg der Besserung bin, Doc?«

Sie hebt den einen Mundwinkel, wirft einen letzten Blick auf die Platinmünze und legt sie behutsam auf den Glastisch zwischen uns. Ich glaube, Alice will sie gar nicht. Ich glaube, sie fürchtet sich vor ihr. »Niemand hielt die Existenz einer solchen Formation für möglich«, sagt sie. »Wir haben uns eine alte, alte Geschichte erzählt, in dem Versuch, einen Sinn darin zu erkennen. Es hat nicht ganz geklappt.«

»Wer ist ›wir‹?«

»Experten und Zweifler«, sagt sie.

»Beschäftigen Sie sich mit Geologie?«

»Ich habe an Orbitalvermessungen teilgenommen. Ein Jahr lang habe ich die taktische Kartografie geleitet. Als ich mich das erste Mal mit einem Spaceframe durchs Vak auf den Weg machte, um mir den Roten aus der Nähe anzusehen, gerieten wir in einen schweren Sonnensturm, etwa auf halbem Weg. Dauerte sechs Tage. Vierzehn Spaceframes; alle bekamen die volle Dosis. Das Kosmolin konnte nicht annähernd genug absorbieren. Wir trafen ein und parkten im Orbit. Zum Glück waren die Ants zu der Zeit nicht sehr aktiv, vielleicht wegen des Sturms, die schlauen Burschen. Unsere Frames wurden zurückgeschickt, bevor wir jemanden absetzen konnten. Zwölf schafften es. Die beiden anderen sind noch immer dort draußen, im endlosen Orbit – tot. Ich bin nach SBLM geflogen und verbrachte sechs Monate in der Madigan-Reha. Meine Laufbahn war damit zu Ende. Offiziere klettern nicht auf der Karriereleiter nach oben, wenn sie auf der Erde festsitzen.«

»Und deshalb stellt man Sie vors Kriegsgericht?«

»Das kam später«, sagt sie.

»Wenigstens sind Sie am Leben«, sage ich.

Sie sieht aus dem Fenster, bewegt einen Arm auf der Rückenlehne der Couch und hebt die Hand. »Ich bin ins zivile Leben zurückgekehrt. Hab mich für Langeweile bezahlen lassen, und nach einem Jahr stand's mir bis hier. Darauf läuft's hinaus, nicht wahr?«

Ähnliche Worte habe ich von anderen Leuten gehört, die aus dem einen oder anderen Grund den aktiven Dienst quittierten.

»Also habe ich mein Studienprogramm erweitert. Belegte alle angebotenen Kurse über Siedlergeschichte – die wenigen Kurse, die es noch gibt. Die Universitäten haben sie nach und nach eingestellt, als die Mittel immer knapper wurden. Die Gurus mögen sie nicht, schätze ich. Ich beschäftigte mich mit mehr Wissenschaft und dann auch mit Geologie, mit der Vergangenheit des Mars. Es gibt viel zivile Wissenschaft über den Mars, auch jetzt noch. Pazifisten, Weltraum-Puristen, Liberalisten, ich reihte mich bei ihnen ein, nach einer Weile, als sie mich nicht mehr für einen Spion hielten. Aber niemand sah *dies* kommen.«

»Sie studierten Soziologie, Geschichte … und Geologie?«

»Ja. Anschließend wurde ich in Sacramento und Paris bei Gruppen vorstellig, die sich für die Siedlerinteressen einsetzten. Eine Splittergruppe von Mars Plus in New Mexico nahm mich auf.«

»Sandia Space Studies«, sage ich. »Ist das nicht Air Force?«

»Ja.«

»Teal hat es geschafft, ihnen eine Nachricht zu übermitteln? Oder Joe?«

»Sie oder er, ich weiß es nicht«, sagt Alice. »Aber Joe meinte, dass Sie vielleicht etwas Interessantes zu berichten haben. Beschreiben Sie mir noch einmal den Drifter.«

Das tue ich. Mein Kopf steckt voller Metaphern, und ich sage ihr, dass er aussieht wie eine große Alraunwurzel, die zum größten Teil in einem See aus kaltem Basalt steckt und viele Kilometer weit in die Kruste des Mars reicht. Viel Metall. Zweifellos sehr schwer. »Warum ist er nicht versunken?«, frage ich.

»Das möchten alle wissen. Ich schätze, überall auf dem Mars wird nach weiteren Driftern gesucht.« Alice richtet einen zu aufmerksamen Blick auf mich.

»Wahrscheinlich«, sage ich und gebe mich unwissend, was mir meistens leichtfällt.

»Oder vielleicht auch nicht.« Alice beugt sich vor. »Haben Sie jemals daran gedacht, die Gurus könnten vielleicht nicht wollen, dass wir von diesem Drifter wissen? Oder von irgendwelchen Driftern?«

»Warum?«, frage ich.

»Der Wunsch der Gurus, uns über die Drifter im Unklaren zu lassen, könnte erklären, warum wir unserer eigenen Gravimetrie nie Beachtung geschenkt haben. Das herauszufinden hat mich beträchtliche Mühe gekostet.«

Na schön. Aber wir weichen dem zentralen Punkt aus. »Was ist der Drifter?«, frage ich.

»Es könnte ein Brocken von einem großen alten Mond sein«, sagt Alice. »Einer von vielen – vielleicht der größte –, die den Mars vor ein paar Milliarden Jahren trafen. Der Durchmesser beträgt etwa tausendfünfhundert Kilometer, womit der Drifter ungefähr so groß ist wie der Saturnmond Rhea. Der Kern besteht aus Metall und Gestein. Hinzu kommt eine dicke Schicht aus Eis und anderen flüchtigen Stoffen. Wahrscheinlich kollidierte der Brocken mit einem anderen Objekt im äußeren Sonnensystem, fiel dann in Richtung Sonne, näherte sich dem Mars und brach auseinander, als er die Roche-Grenze passierte, an der die Gezeitenkräfte einen Himmelskörper zerreißen. Das größte Bruchstück schwang halb um den Mars herum und fiel dorthin, wo sich heute Hellas befindet. Die Impakte schmolzen den Mantel und schüttelten den ganzen Planeten durch – die Hälfte der Kruste muss sich damals verflüssigt haben. Vermutlich entstand auf diese Weise die Trennung zwischen dem südlichen Hochland und dem nördlichen Tiefland.

Der Impakt in Hellas verwandelte die meisten flüchtigen Substanzen vom einen Augenblick zum anderen in superheißen Dampf, der zum größten Teil ins All entwich. Etwas vom Rest brodelte während der nächsten paar Hunderttausend Jahre durchs geschmolzene Impaktbecken. Man stelle sich eine Flasche Soda vor.« Während ihrer Erklärungen wird Alice immer lebhafter. Sie scheint das sexy zu finden. »Kruste und Mantel des Mars erstarrten und verfestigten sich wieder. Doch die großen Mondbrocken waren nicht völlig aufgenommen. An einigen Stellen stiegen Magmafahnen auf und verhinderten, dass die Brocken – ihre nicht aufgelösten Reste – sanken. Sie schwebten gewissermaßen, wie Federn in warmer, aufsteigender Luft.«

»Jesus«, sage ich.

Alice atmet tief durch. »Jene Zeit liegt lange zurück«, sagt sie. »Die Magmafahnen sind heute viel kälter. Die meisten sind nicht einmal mehr flüssig. Der Drifter hat sich über zwei Milliarden Jahre hinweg gesenkt; nur der Kopf ragt noch aus der Oberfläche. Das Magma hat zahlreiche Kanäle zurückgelassen, durch die es geflossen ist, und einige dieser Tunnel und Schächte reichen bis zu den tiefen Wurzeln hinab, zur Hauptmasse all des spektakulären Metalls. Klingt das ungefähr richtig?«

Das tut es, ja. Es klingt sogar perfekt, und darauf weise ich hin.

»Na schön«, sagt Alice. »Habe ich bestanden?«

»Ja.«

»Dann sind Sie jetzt an der Reihe«, sagt sie und sieht mich erwartungsvoll an.

Geht in die Geschichte ein, verdammt ihr alle

Wir sind zur südlichen Garage gegangen und zurückgekehrt, stehen jetzt neben Teals Buggy und den alten Transportern. Die Tunnel sind, so weit wir gesehen haben, tatsächlich so verlassen, wie DJ sie beschrieben hat. Die Waffen von Captain Coyles Gruppe sind nirgends in Sicht. Wir müssen also davon ausgehen, dass sich das Blatt gewendet hat, dass unsere Skyrines überwältigt und verschleppt wurden.

»Vielleicht hatten die Voors irgendwo ein geheimes Waffenlager«, sagt Tak und geht an den Wänden entlang. »Damit konnten sie sich befreien und die anderen erledigen.«

Wir haben nur unsere Handfeuerwaffen, mehr nicht.

»Keine Leichen, kein Blut«, sagt DJ.

Dass es in der Garage kein Blut gibt, ist ein gutes Zeichen – Teal wäre vermutlich als Erste erschossen worden. Doch damit hat es sich auch schon mit den guten Zeichen. Ich bin mir nicht einmal sicher, ob wir wissen, wie Tor und Schleuse schnell genug geöffnet werden können, um unsere Verstärkung hereinzulassen. Sollte sie denn eintreffen. Und vorausgesetzt, dass es Verstärkung *ist* und keine Gefangenen, die die Antags vor sich hertreiben, damit wir nicht das Feuer auf sie eröffnen.

»Inzwischen kennen wir uns hier einigermaßen aus«, sagt Tak. »Ich wette, DJ kann uns bis zum östlichen Tor führen.«

»Teal glaubte, dass es versiegelt ist«, wende ich ein. »Wie das westliche Tor.«

»Habt ihr's überprüft?«, fragt Tak. »Und was wäre nötig, um die Siegel zu brechen? Die östliche Garage ergibt am meisten Sinn.«

»Aber die Voor-Wagen stehen noch am südlichen Tor!«, gibt DJ zu bedenken.

»Vielleicht haben sie einen draußen gelassen«, spekuliert Tak. »Sie würden doch alle hineinpassen, oder? Und wollten uns zurücklassen oder töten ... Schnell von hier verschwinden, bevor die Ants eintreffen.«

»Ich glaube nicht, dass sie weg sind«, sage ich. »Es ist zu gefährlich da draußen. Wenn sie in einen Kampf geraten, sind sie Rauch und Fetzen, selbst wenn sie Coyles Waffen ergattert haben. Mit denen sie nicht umgehen können.«

»Stimmt«, sagt Tak. »Es könnte bedeuten, dass es einen Schlupfwinkel tief unten gibt, einen Bunker, der schwer zu finden ist und in den man noch schwerer hineinkommt. Aber wie zum Teufel haben sie es geschafft, Coyle und Kampfhahn zu überwältigen?«

Ich denke über die Möglichkeiten nach, und eine Hypothese sticht heraus, ist auf der Grundlage des uns Bekannten wahrscheinlicher als alles andere. Ich bin geneigt, ihr zuzustimmen. Ein oder mehrere Voor-Wagen müssen draußen gestanden haben, Fahrzeuge, die Captain Coyle nicht gesehen und deshalb auch nicht konfisziert hat. Vielleicht sind jene Besucher später eingetroffen, haben gesehen, dass etwas nicht mit rechten Dingen zuging, sind zum östlichen Tor gefahren, haben sich durch irgendwelche Tunnel geschlichen und schließlich unsere Kameraden schachmatt gesetzt.

Und wir draußen haben von alldem natürlich nichts mitbekommen.

Ich beschreibe den anderen dieses fröhliche Szenario. Tak denkt darüber nach, wird ruhiger und runzelt nicht einmal die Stirn. Je schlimmer die Dinge werden, desto mehr Ruhe strahlt er aus.

»Scheiße, Mann«, sagt DJ. »Warum haben sie niemanden zurückgelassen, um auch uns zu erledigen? Auch wir könnten jetzt nur noch Flecken sein.«

»Weil wir keine Rolle spielen«, sagt Tak.

Wir vergleichen schnell unsere Karten, die unsere Engel unterwegs angelegt haben, samt Entfernungen, Höhe und kurzen Video- und Foto-Anmerkungen, die beschreiben, was wir gesehen haben und wo wir gewesen sind. Kampfaufzeichnungen. Alles andere als komplett, aber wir finden einen wahrscheinlichen Weg zur östlichen Garage. Und wenn der grüne Staub in dem Tunnel viele Fußabdrücke enthält, wissen wir, dass wir richtig liegen.

Oder wir bleiben und lassen die Verstärkung herein. DJ meint, er könnte die Fahrzeugschleuse von der Kontrollnische aus öffnen und schließen, aber vielleicht nicht schnell genug, um alle Wagen – und eventuelle große Waffen – durchzulassen.

Wir können uns nicht zu einer Entscheidung durchringen.

Ich schätze, ich muss sie treffen. Ich habe meine Streifen vor Tak bekommen. Langsam sinke ich auf ein Knie. Die anderen folgen meinem Beispiel, als wollten sie mit mir beten.

»Unsere Kumpel dort draußen wissen nicht einmal, dass wir hier sind – es sei denn, sie haben meinen Helmstrahl empfangen«, sage ich. »Uns bleibt nicht genug Zeit, sie alle hereinzuholen, und außerdem halten die Tore nicht lange. Tak, du bleibst mit DJ hier. Ich glaube, ich komme mit Teals Bus klar. Ich gehe raus, nehme die Herankommenden in Empfang und helfe ihnen, einen Verteidigungskordon vor dem nördlichen Tor zu bilden. DJ klettert in die Nische und betätigt die Kontrollen der Schleuse. Versucht möglichst viele hereinzuholen. Vielleicht können wir genug hereinbringen, um mit den Voors fertigzuwerden.«

Tak wirkt skeptisch, aber DJ zeigte neue Entschlossenheit. »In Ordnung!«, sagt er. »Die Jung's suchen bestimmt einen Ort, an dem sie umdrehen und kämpfen können.«

»Was ist mit den Antags?«, fragt Tak. »Sie könnten einfach durch den Kordon pflügen, die Tore aufsprengen und hereinstürmen.«

»Nichts Besseres«, sage ich. Ein alter Skyrine-Spruch. Alles, was wir verdienen, und nichts Besseres. Wir mustern uns gegenseitig in der Düsternis. Tak und DJ neigen den Kopf, spitzen die Lippen und spucken in den grünen Staub.

Teals Buggy ist nicht mit einem persönlichen Code gesichert, wenn ich mich richtig erinnere. Vielleicht hat sie ein Implantat oder einen Funkschlüssel, aber ich habe nie gesehen, wie sie so etwas benutzt hat. Und überhaupt, es ist gar nicht ihr Buggy, sie hat ihn geklaut.

Wir erreichen die Schleuse des Buggys und drücken dort die große Öffnen-Taste. Die Luke schwingt auf, und ich klettere ins Fahrzeug, sehe noch einmal zu Tak und DJ zurück. Wir nicken. Vielleicht sehen wir uns jetzt das letzte Mal.

Wie der Big Kahuna, unser DI auf dem Mauna Kea zum Abschluss unserer Ausbildung sagte: *Dies ist das letzte Mal, dass wir uns sehen.*

Alles, was wir verdienen, und nichts Besseres.

Los geht's.

Zulu Time

Durch das Bugfenster des Buggys sehe ich DJ in der hohen Nische. Die Kontrollen des Busses unterscheiden sich nicht sehr von denen eines Skells oder großen Tonkas: ein Steuerrad an einer Stange, mit zwei Griffen, und Pedale für die Füße. Die Batterien enthalten genug Strom, um mich durchs Tor und zehn bis zwölf Kilometer weit zu bringen – keine Zeit mehr für eine Aufladung mithilfe der Generatoren des Drifters.

Tak zieht den Stecker. DJ öffnet das Innentor. Ich lasse den Buggy in die Schleuse rollen und schaffe es, ihn nur ein bisschen am Tor entlangschrammen zu lassen. Hoffentlich gibt das kein Loch, und hoffentlich kann das Innentor luftdicht geschlossen werden.

Ich höre ein Zischen, als Pumpen die Luft aus der Schleuse saugen. Der Luftdruck sinkt; es knackt in meinen Ohren. Als aus dem Zischen ein Flüstern geworden ist, öffnet DJ das Außentor, und ich drücke das Steuer nach vorn und nach links, mit der Absicht, um das untere Ende des Riesenarms herumzufahren. Für die Kommunikation kommt nur Funk infrage. Auf den Helmlaser kann ich mich nicht verlassen – zu viel Staub. Also beginne ich auf mehreren Kurzwellenfrequenzen zu senden. Die Staubwolke scheint ziemlich dicht zu sein. Offenbar wirbeln die Fahrzeuge ziemlich große Körner auf, groß genug, um Mikrowellen zu beeinträchtigen. Zum Teufel auch. Wenn jemand mit menschlichen Ohren zuhört, kann ich den Motor des Buggys mehrmals hochdrehen und auf diese Weise einen zyklischen elektromagnetischen Impuls schaffen, der Aufmerksamkeit erregen sollte.

Es wird nur noch einige Minuten dauern, bis die fliehenden Skyrines und die Antags hinter ihnen das nördliche Tor des Drifters erreichen. Wenn die Skyrines wissen, dass wir hier sind, wenn sie mein Helmlasersignal empfangen haben, so kommen sie bestimmt zum Tor. Wenn nicht, machen sie einen Bogen um diesen Buckel in der Oberfläche des Roten, strömen um ihn herum wie Wellen um einen Felsen.

Die Luft im Buggy riecht nach Schweiß und Elektrizität. Die Batterien sind alt, und auch die Verkabelung hat schon bessere Zeiten gesehen. Hinten im Gepäckraum verfaulen vermutlich die übervollen Filter unserer Hautengen.

Draußen zeigt die dünne Luft erstaunliche Farben: ein zartes Lavendelblau, durchsetzt von rosaroten Streifen. Der aufgewirbelte Staub erreicht den Buggy und zieht über ihn hinweg, wie auch über alles andere.

Dann wird es finster, und zwar richtig, innerhalb

weniger Sekunden. Die marsianische Nacht kommt fast übergangslos, und das restliche Licht muss von oben durch die Staubwolke bis zu mir herunter, was es nicht schafft. Alle inmitten des finsteren Staubs jagen und fliehen blind. Und ich fahre ihnen entgegen, sende wie ein Irrer, lasse den Motor immer wieder hochdrehen …

Dann erscheint links von mir ein Skell-Jeep und wirft mir einen Strahl zu, der mich fast blendet – er rauscht so nahe vorbei, dass er ein Rad streift. Der Buggy erbebt und beklagt sich. Kein Zweifel: Sie wissen, dass ich hier bin. Aber halten sie mich für einen Muski? Oder den Idioten von Skyrine, der ihnen das Helmlasersignal schickte?

Ein weiteres Fahrzeug kommt vorbei, diesmal ein Tonka. Mein Radar schießt schnelle Blips. Ich kann eine vage Antwort in der allgemeinen Streuung erkennen, rolle noch immer vorwärts und lache wie ein Idiotenkind, als jemand einen ähnlichen EM-Impuls schickt wie ich: keine Stimme, nur ein Auf und Ab in der Frequenz. Eine Antwort auf mein Motorsignal.

»Jemand möchte mit uns reden«, sagt mein Helm. »Jemand möchte wissen, woher wir kommen.«

Ich erweitere das Kurzwellenspektrum und sage, dass wir Freunde sind. Ich schicke ein Rufzeichen und bitte, mit dem ranghöchsten Offizier sprechen zu können. Wenige Sekunden später erreicht mich eine raue, krächzende Stimme. »Wer zum Teufel sind Sie, und was machen Sie hier draußen in der tiefsten Provinz?«

Ich grinse vom einen Ohr bis zum anderen. Trotz der Störungen und starken Interferenzen erkenne ich die Stimme. Das ist Joe, First Sergeant Joe Sanchez.

»Keine Zeit«, erwidere ich. »Wir haben in der Nähe einen Felsen mit einer Tür drin gefunden, durch die sich einige Höhlen erreichen lassen. Ein recht guter Zufluchtsort, aber wir brauchen Zeit, um alle hineinzubekommen. Könnt ihr mit mir eine Verteidigungslinie bilden?«

Ich bin ihre einzige Möglichkeit, so viel steht fest, ihre einzige Hoffnung. Mein Radar zeigt mindestens zehn Fahrzeuge von uns, wenn ich die vagen Schatten mitzähle. Sie bilden jetzt einen Bogen, etwa zweihundert Meter breit, wie ein Handschuh, der sich anschickt, den Ball zu fangen.

»Wenn du einen Moment still hältst, du wundervoller Mistkerl …«, sagt Joe.

»Gern, First Sergeant.« Ich drehe das Steuer und trete auf die Bremse, etwa einen Kilometer vom nördlichen Tor entfernt. Hier müssen wir ausharren, bis oder falls die Antags entscheiden anzuhalten und die Lage zu sondieren. Ich halte es für unwahrscheinlich, aber ein Kampf in staubiger Dunkelheit ist für niemanden wünschenswert.

»Wird Zeit, ein Loch zu schaffen, mit allem, was ihr habt«, sage ich. »Die Antags müssen zögern. Dann ziehen wir uns geordnet zum Felsen zurück.«

Ich sende die Koordinaten.

»Hast du eine Ahnung, wie viele Antags uns auf den Fersen sind?«, fragt die vertraute Stimme. Sie klingt noch rauer. »Wir hatten nicht einmal Gelegenheit, einen Blick über die Schulter zu werfen.«

Die Nacht hat sich über uns gesenkt. Niemand sieht mehr irgendwas. Vielleicht ergeht es den Antags ebenso.

»Nach meiner groben Schätzung ist die Streitmacht der Antags etwa hundertmal so groß wie eure«, sage ich. »Luft und Boden.«

»Ziele für maximale Zerstörung auswählen«, befiehlt die raue Stimme.

Eine andere Stimme erwidert: »Sir, damit provozieren wir einen sofortigen Gegenschlag. Ich weiß nicht, wie wir bisher …«

Eine Frau, fast schrill: »Stirb mit einem ordentlichen Schrei, Angsthase!«

»Fackeln wir die verfickten Mistviecher ab!«, ruft jemand anderer.

Es flackert im Staub, wie Blitze, die man durch ein schmutziges Fenster sieht. Fast hätte ich vor Freude geweint. Ein echter Kampf beginnt. Wir werden alle sterben, und es ist das beste Gefühl auf der Welt – töten und getötet werden! Ich wünschte, ich könnte dieses Empfinden mit jemandem im Buggy teilen. Ich wünschte, Teal könnte mich jetzt sehen. Oder mein Vater. Oder Onkel Karl.

Irgendjemand.

In der Düsternis flackert es nicht mehr nur, es glüht jetzt in ihr, wie bei einem sonderbaren Sonnenaufgang. Unsere Kumpel machen ordentlich Feuer, mit allem, was sie haben, und nach der violetten Färbung zu urteilen verwenden sie mindestens einen großen Bolzenschneider.

Himmel, es ist *schrecklich* schön.

Stöße kommen durch die Räder des Buggys und schütteln das Fahrzeug. Ich höre ein aufsteigendes Heulen, das sich in der dünnen Luft ausbreitet, durch den dämpfenden Staub, und immer höher wird, bis es vom menschlichen Gehör nicht mehr wahrgenommen werden kann. Die Zwillingsdisruptoren eines Chestys treffen Ziele, schneiden, zerhacken und elektrofrittieren. Andere Geräusche, andere Waffen. Die Antags schießen zurück, glaube ich, aber es klingt nicht koordiniert, sondern wirr. Andererseits, was weiß ich schon? Hab von nichts Ahnung.

Bin immer glücklicher.

Ich fange an zu singen,

Jemand stimmt über Kurzwelle mit ein. Etwa zehn Sekunden lang sind wir ein irres Duett.

Die Dunkelheit kehrt zurück, verdrängt das Glühen, und dann flackert es wieder, rosarot, violett und schließlich grün. Ein weiterer großer Transporter rollt vorbei: ein Deuce, oder anderthalb, acht donnernde Reifen, doppelt so groß wie ein Tonka. Ich jubele laut. Der erste Teil unserer Linie zieht sich zum Drifter zurück.

Jemand klopft an den Rumpf des Buggys, und zwar ziemlich laut. Ich verlasse den Sitz des Piloten und gehe nach hinten, um festzustellen, wer mich da besuchen möchte. Derzeit bin ich so durchgeknallt, dass ich nicht mal was dagegen hätte, wenn der Klopfer einer von unseren weit gereisten Feinden wäre. Mir ist alles recht, was die gottverdammte Ungewissheit beendet, was endlich einen Schlussstrich unter die Qual zieht, nicht Bescheid zu wissen. Jemand kommt durch die Luftschleuse. Ich klopfe mit dem Fuß, so heftig, dass ich zur Decke aufsteige.

Die Luke öffnet sich. Ein Skyrine kommt herein, und es ist *Joe,* endlich! Alter Freund. Alter Ausbildungskumpel. Veteran von vier gemeinsamen Einsätzen auf dem Roten. Allerdings hat er das silberne Eichenblatt eines Lieutenant Colonels an seiner Brust, besser gesagt, ein halbes, und sein Hautenger ist voller Blut, das meiste trocken – es dampft noch vom Vak. Offenbar nicht sein eigenes.

»Master Sergeant Michael Venn, heute ist mein Glückstag«, sagt Lieutenant Colonel Joseph Sanchez und öffnet den Helm.

Ich trete einen Schritt zurück und salutiere.

»Lass den Scheiß, es ist nur ein Ehrenrang.« Joe hält sich nicht mit Abputzen auf und geht sofort nach vorn. Und wenn schon. Die Kabine ist bereits voller Staub. Er blickt durchs Bugfenster, beobachtet den Rückzug und lässt sich dann auf der Stufe hinter den Kontrollen nieder. »Die Kommunikation teilte mit, sie hätten ein verdächtiges Signal von jemandem mit deinem Namen aufgefangen. Stimmt das?«

»Ja, Sir!«

»Die verdammten Antags dürften es ebenfalls empfangen haben. Wo hast du diese Karre gefunden?«

Ich erzähle schnell von Kampfhahn und den hohen Tieren von Sky Defense in ihrem traurig-schlaffen Zelt. »Teal, die Fahrerin dieses Wagens – eine Farmersfrau –, nahm uns auf und brachte uns zu einem überraschenden Felsen mit einer großen Tür drin. Nachdem sie besagte Tür aufgeschlossen und uns hereingelassen hat, bekamen wir Besuch von Captain Daniella Coyle und elf Schwestern, die mit zwölf feindlichen Siedlern durch die Wüste gefahren sind, mit Voors. Aber inzwischen sind sie weg. Coyle, ihre Gruppe, die Voors und der Rest meiner Abteilung, Kazak, Wee-Def und Michelin … Sie scheinen in der Tiefe des Felsens verschwunden zu sein. Wir haben keine Ahnung, wo sie stecken.«

Joe starrt mich mit blutunterlaufenen hellblauen Augen an und schüttelt den Kopf. »Na so was! Ein Dutzend Voors. Meinst du vielleicht Voortrekker?«

»Ich denke schon. Es könnten noch mehr sein, wenn es ein ungesichertes Tor gibt. Vielleicht haben sie Verstärkung bekommen und Captain Coyle überwältigt. Sie könnten alle Waffen haben, darunter auch einen Rasenmäher. Mit dem sie nicht umgehen können.«

»Noch einmal na so was!« Joe ist von Erschöpfung fiebrig.

»Hast du aktuelle taktische Infos, Sir?« Ich füge das »Sir« hinzu, weil ein silbernes Eichenblatt Vertrautheit verbietet, erst recht angesichts des Blutes.

»Aktuell im Sinne von achtundvierzig Stunden alt. Die Antags haben die meisten unserer Satelliten erwischt, und die neuen werden schneller zerstört, als wir sie finden können.« Er ergreift meine Schulter mit einer Hand, und wir tauschen taktische Daten aus. Ich schließe mein Visier, um sicher zu sein, dass ich alles mitkriege. Der kleine Engel schlägt Alarm und lässt rosarote Punkte in der oberen Ecke blinken.

Ich empfange die Informationen, aber der Engel ist nicht glücklich über sie. Allein aufgrund unserer Position stehen wir ziemlich mies da – wir sollten nicht annähernd dort sein, wo wir sind. »Mein Engel ist ziemlich nervös«, sage ich.

»Zum Teufel mit dem verfickten Ding. Nimm das Steuer, und bring diese Karre in die Formation.«

Ich setze mich wieder ans Lenkrad und lasse uns in die Karawane rollen, die sich in Richtung Drifter zurückzieht. Wieder flackern violette Blitze durch den Staub; die Plattform wird sich ganz zum Schluss absetzen.

»Hast du was von diesem Kram per Uplink in den Orbit geschickt?«, fragt Joe.

»Vielleicht hat DJ was gesendet, aber das halte ich für unwahrscheinlich.«

Er reibt sich den Nasenrücken. »Vinnie, sag mir,

wie lange es dauert, bis es so schlimm wird, dass wir uns in die Hose machen.« Wir grinsen und lachen. Die Sache mit Hautengen ist die: Es macht keinen Spaß, in die Hose zu pissen oder zu scheißen, weil das die ganze Zeit passiert. Um zu signalisieren, dass wir Angst und jede Hoffnung verloren haben, und zum Teufel mit dem ganzen verfickten Mist … Um darauf hinzuweisen, leeren wir nicht etwa unseren Darm, sondern lachen. Aber nicht sehr lange.

Zeit für Joes Geschichte.

»Großer Hammer vor zwei Tagen. Wir sprangen in die Nähe eines Kometeneinschlags, jede Menge Funkel, verloren etwa zwei Drittel unserer Frames. Aber drei Schlitten kamen intakt herunter, mit sechs Schollen, fünf Lasteseln, fünfzehn Skells und sechs Deuces, alle voll aufgeladen … aber nur zweiundneunzig Skyrines. Den größten Teil des Kommandos hat es erwischt. Und so …« Joe klopft auf das halbe Eichenblatt. »Wir retteten, was wir konnten.«

Noch ein Blitzen, und wir sehen die Umrisse des Drifters vor uns.

»Wie viele können auf einmal durch die Schleuse, und wie schnell?«

»Zehn Soldaten durch die Personenschleuse, und etwa drei Skells oder zwei Tonkas durchs große Tor. Für einen Chesty gibt es nicht genug Platz, was auch für die Schollen gilt, nehme ich an. Es gibt ein weiteres Tor auf der gegenüberliegenden Seite, etwa anderthalb Kilometer um den Kopf, den Hügel. Wenn

Zeit genug bleibt, können wir vielleicht die Plattform entladen.«

Joe überlegt schnell. »Bring zuerst die Soldaten hinein. Den großen Kram befördern wir auf die andere Seite.«

Mein Engel übermittelt ihm die Koordinaten des südlichen Tors, und er leitet sie weiter. Ich schicke dem Drifter laute, offene Signale und hoffe, dass DJ und Tak sie empfangen, dass sie nicht ebenfalls von den Voors verschleppt worden sind.

Dann sehe ich nach Süden, aufs Vid der Fahrerseite. Drei verbeulte Deuces und ein Chesty verlassen die Formation, um nach Süden zu fahren, um den Kopf herum. Ich höre sie hinter uns rollen. Das Heckvideo zeigt vier Skells und einen Tonka, die unseren Buggy passieren, über alte Lava und alten Schlamm schaukeln, voraus zum Arm des Drifters. Sie transportieren Soldaten und kommen als Erste an die Reihe.

»Wir sind traurig dran, Vinnie«, sagt Joe. »Rette, was noch zu retten ist, und ich verkuppele dich mit meiner Schwester.«

»Es wird mir eine Ehre sein.«

»Sie ist potthässlich.«

»Dann muss sie das mit was anderem ausgleichen, Sir.«

»Fahr zur Hölle.«

Draußen legt sich der Staub, und sichtbar werden nachtschwarzer Sand und ein prächtiger Sternenhimmel. Wir drehen uns, und ich scanne die andere Linie mithilfe der virtuellen Linse meines Visiers. Die Bewegungen der Antags haben aufgehört, aber die Scholle wirft der stationären Formation noch immer einige Blitze entgegen. Die Antags sitzen einfach da und warten, wie ein Rudel Wölfe, das sich fragt, warum die fliehenden Hasen plötzlich umgedreht haben und die Zähne fletschen.

Keine Angst. Nur Neugier.

»Ein ziemlicher Aufmarsch«, sage ich. »Was bedeutet das?«

»Jede Menge Ärger für uns, nehmen wir an. Wir hatten weder Zeit noch Gelegenheit, einen Blick unter ihre Röcke zu werfen.«

Der sich setzende Staub schafft eine Lücke zwischen uns und den Antags. Sie haben große schwarze Millis, lang und wie Tausendfüßler gegliedert, mit kleinen Rädern an hundert Beinen. So große Millis habe ich nie zuvor gesehen: mindestens fünfzig Meter lang und zehn breit. Jeder scheint groß genug zu sein für den Transport einer ganzen Kampfgruppe, und es sind *viele*. Hinzu kommen reichlich Parallelroller, große Räder an einer Schnur, einige mit Haken als Anker für die Aerostate, die wie große, dicke Quallen zweihundert Meter über dem Ortstein schweben. Ich erkenne auch Pritschen und Tieflader – wie unsere Schollen – mit Waffenstationen, dazu bereit, uns mit Entspannern oder neuralen Aufregern zu bearbeiten, was Anfälle bewirkt. Wir nennen sie »Scheißstrahlen«. Sie könnten verwendet werden, um eine leichte Gefangennahme zu ermöglichen, aber in den meisten Fällen gehen sie schnellen Hinrichtungen voraus – gelähmte, verwirrte Menschen werden zu Flecken auf dem Roten.

»Man bezahlt uns nicht gut genug«, sagt Joe zum Schluss. Es ist eine Binsenwahrheit, auf die ich gar nicht mehr achte.

Ich beobachte, wie einer unserer größeren Blitze einen Milli in der Mitte aufschneidet, der Länge nach. Die Entfernung ist so groß, dass ich mir die Bewegungen der Verletzten und Sterbenden mehr vorstelle, als dass ich sie tatsächlich sehe. Hoffnung und Fantasie arbeiten Hand in Hand. *Sterbt, sterbt. Nehmt mit euren letzten Atemzügen die Hitze auf, damit eure Lungen verbrennen. Falls ihr welche habt.*

»Warum schießen sie nicht?«, frage ich. Es ist doch nicht normal, dass sie unser Feuer einfach so hinnehmen und nicht ebenfalls ordentlich austeilen.

»Geduld«, sagt Joe und schüttelt den Kopf. Er weiß keine Antwort und will nicht an unser Glück glauben, falls es wirklich Glück ist und keine bedeutungsschwangere Pause. Die Antags haben uns genau dort, wo sie uns haben wollen. Warum löschen sie uns nicht aus?

Fürchten sie vielleicht, den Drifter zu beschädigen?

»Zwei weitere Tonkas um die linke Seite herum«, sagt Joe, nachdem die ersten beiden hinter der linken Schulter verschwunden sind. Der Lastesel, der Chesty, folgt ihnen. Die große Scholle feuert nicht mehr und wirbelt Staub hinter dem Chesty auf. An Joes Stelle würde ich die Scholle und zwei Deuces unmittelbar hinter dem nördlichen Hang des Drifters stationieren.

Genau das macht er.

Noch immer bleibt eine Antwort der Antags aus.

»Ich weiß, was sie vorhaben«, sagt Joe. »Sie warten, bis wir alle drin sind, und dann schmeißen sie vom Orbit aus einen nuklearen Sprengkopf auf das verdammte Ding und kochen uns wie Hummer.«

»Ich glaube, das wird nicht funktionieren, Joe, Sir«, sage ich.

»Und warum nicht?«

»Weil das verdammte Ding zu groß ist, und zu tief.«

Und weil sie auf den Drifter ebenso scharf sind wie wir?

»Aber Atomsprengköpfe würden uns da drin einsperren, nicht wahr?«

»Vielleicht.«

Ich frage mich, wie es sein würde, für immer wie Maulwürfe zu leben, grünen Staub zu atmen und zu versuchen, Getreide anzubauen im schwachen Licht hydroelektrischer Energie, die von einem versiegenden Hobo gewonnen wird. Wie viel Zeit würde uns das geben? Einige Monate vielleicht, bevor wir damit beginnen, rohes Voor-Fleisch zu essen, und bevor ich damit beginne, um Teals Ehre zu kämpfen? Und wie lange würde es dauern, bis die Antags kommen, um uns auszugraben?

Joe bemerkt meinen nachdenklichen Blick. »Zerbrich dir nicht den Kopf, Mistkerl«, sagt er. »Tut mir leid, dass ich deinen verfickten Intellekt geweckt habe.«

»Ja, Sir.«

»Gibt's Proviant hier drin?«

»Ein bisschen.«

Seit den letzten Blitzen unserer plattformmontierten Bolzenschneider hat es keine Schüsse mehr gegeben. Aber jetzt bewegt sich ein Aerostat am nordwestlichen Horizont, wie eine kleine schwarze Wolke, die sich vor die Sterne schiebt. Das Ding wird uns in einigen wenigen Minuten erreichen.

Joe sieht mich an. Zweifellos stehen unsere Fahrzeuge jetzt eng zusammen hinter dem Lavarücken, vor dem nördlichen Tor. Ich bezweifle sehr, dass sie es alle durch die Luftschleuse schaffen, bevor es vom Aerostat Nadeln regnet.

»Sag ihnen, sie sollen die letzten Wagen aufgeben«, schlage ich Joe vor. »Sag ihnen, sie sollen zur Schleuse laufen und sich wie Wiener Würstchen hineinquetschen. Ebenso beim südlichen Tor.«

»In Ordnung«, bestätigt Joe.

Wenn uns die Antags hören und verstehen, dürfte es lustig werden. Für sie läuft es auf ein fröhliches Massakrieren verzweifelter kleiner Ratten hinaus. Nadeln sind aus ihrer Sicht genau das Richtige – man muss keine Energie vergeuden und spart sich den Einsatz schweren Geräts. Anschließend können sie sich beim Drifter niederlassen und darauf warten, dass die Überlebenden herauskommen.

»Wir sind dran, Vinnie«, sagt Joe. Wir rollen schnell um die geballte Faust des Lavaarms herum und nähern uns den Skells und Tonkas. Skyrines springen aus den Fahrzeugen und laufen zum rostigen Tor. Ein rascher Blick nach hinten zeigt mir den Aerostat, den nur noch einige Hundert Meter vom Einsatz der ersten Nadeln trennen.

Wir versiegeln unsere Helme und verlassen den Buggy durch die hintere Luftschleuse. Beim Laufen ist alles schemenhaft. Meine Füße berühren kaum Sand, Staub und Felsgestein; ich springe und fliege die meiste Zeit. Im Zickzack geht es an verlassenen Skells und Tonkas vorbei, und es gelingt uns fast, zu den anderen Skyrines aufzuschließen. Um die Spitze der Anhöhe herum, in den felsigen Hafen des nördlichen Tors.

Wir wollen uns einreihen, aber es gibt keine Reihe. Skyrines stehen dicht zusammengedrängt und warten darauf, dass sie durch die Luftschleuse können. Ich frage mich, ob DJ noch ganz dicht ist – warum lässt er das große Fahrzeugtor zu? Aber wenige Sekunden später öffnet es sich, und der Schleusenraum nimmt fast zwanzig Soldaten auf. Dann ist Schluss; es kann sich niemand mehr hineinquetschen, ohne dass irgendwo ein Knochen bricht oder jemand vom Außenschott eingeklemmt wird.

Die Schleuse schließt sich.

Joe und ich bleiben hinten. Achtzehn andere ducken sich hinter die Anhöhe.

»Geht zwischen den Felsen in Deckung!«, rufe ich von Anzug zu Anzug.

Sieben Burschen wollen in ein Loch, das gerade mal für zwei Platz genug bietet. Joe und ich finden Felsvorsprünge, unter denen wir uns verstecken können, wenn wir ein bisschen Sand ausgraben. Ich sehe ihn auf der anderen Seite des Hafens, nicht weit vom Tor.

Zehn Skyrines bleiben im Freien.

Der Aerostat ist über uns. Und es dauert noch mindestens drei oder vier Minuten, bis DJ das Außenschott der Schleuse wieder öffnen kann.

Wir haben unser Bestes getan.

Es kommt Bewegung in den Sand. Dutzende von kleinen Fontänen bilden sich und fallen sofort wieder in sich zusammen. Die zehn Burschen im Freien laufen wie Ratten in einer Hundearena. Ich kann ihre Schreie kaum hören. Und dann kann ich sie kaum mehr sehen, denn es fallen so viele Nadeln, dass sie einen grauen Nebel des Todes bilden. Die verlorenen Zehn heben ihre Arme über den Kopf, aber es nützt ihnen nichts. Eine Nadel, und man wird verrückt. Und während man dann im Sand liegt und zuckt, bläht man sich auf, bis die Nähte des Hautengen platzen.

Ich kann es nicht ertragen zuzusehen.

Vier schließen sich zusammen und wollen zwei Skyrines aus ihrer Deckung ziehen, aber Tritte wehren sie ab. Schließlich geben sie auf und stehen einfach im

Regen, mit gesenktem Kopf und den Händen an den Seiten. Dutzende, Hunderte von Nadeln treffen sie.

Sie sehen aus wie Igel.

Dann beginnt der langsame, schreckliche Tanz.

Vier weitere Skyrines taumeln aus ihrer Deckung und zupfen an Nadeln, die sie in ihrem Versteck erreicht haben.

Das große Tor ist noch immer zu.

Ich schließe die Augen und bete.

Letzte Ausfahrt zur Hölle

Im Apartment ist es kühl, fast kalt, und der Sonnenuntergang draußen wirft ein blasses Graugelb an den Horizont hinter der Olympiahalle auf der anderen Seite der Meerenge. Ich habe den Morgenmantel abgelegt und zivile Kleidung angezogen, ein Hawaiihemd und Jeans. Alice Harper steht mit verschränkten Armen am großen Fenster. »Wohin auch immer der Mensch geht …«, sagt sie und verschränkt die Arme dabei etwas fester. »Die Geschichte nervt.«

Kann ihr nicht widersprechen. Der schlimme Scheiß sammelt sich an und wird mehr, als ich die schrecklichen Erinnerungen zu neuem Leben erwecke. Ich sage: »Glauben Sie, Green Camp wollte Teal wirklich hinaus auf den Roten treiben?« Ich will, ich *muss* das Thema wechseln.

»Absolut«, erwidert Alice. »Die Rationalen glauben an strenge intellektuelle Ordnung, an totale Logik und daran, das alles vorherbestimmt ist. DNS halten sie für Schicksal und einen blaublütigen Stammbaum für die einzige Hoffnung – Asiaten schlagen Weiße schlagen Schwarze schlagen Hispanos. Wie eine verdammte Religion, worauf man sie aber besser nicht hinweisen sollte. Alles statistisch und mathematisch korrekt… Von Rechts wegen Atheisten, strikte Dogmatiker, Reduktionisten… Technokraten. Ins Extreme gesteigerter Libertarismus.« Sie lässt die Arme sinken.

Ich beobachte sie, fasziniert von ihrer Ruhe, ihrem sonderbaren *Enthusiasmus*. Es wäre schön, wenn ich ebenso sein, ebenso empfinden könnte. Es wäre schön, jemand anderer zu sein und nicht ausgerechnet *ich*. »Es ergibt einfach keinen Sinn«, sage ich.

»Benutzen Sie Ihren Kopf. Jemand wie Teal, die darauf beharrt, immer nur mit einem Mann das Bett zu teilen… Ein solcher Dickkopf ist Ballast. Klar, dass die Oberzicke die erste Gelegenheit nutzt, sie loszuwerden.«

Damit ist vermutlich Ally Pecqua gemeint. »Ziemlich krass.«

Alice Harper zuckt die Schultern. »Es wurde noch schlimmer, als die Erde alle Datenverbindungen unterbrach und keinen Nachschub mehr schickte. Mit dem Mars ließ sich kein Geld verdienen; die Leute dort bezahlten ihre Rechnungen nicht. Zeit, die Nabelschnur durchzuschneiden. Bevor die Verluste zu groß wurden.«

»Warum zum Teufel kämpfen wir dann? Wenn uns der Rote völlig schnuppe ist… Warum überlassen wir ihn dann nicht einfach den Antags?«

»Wegen der Gurus.« Alice wirft mir einen strengen Blick zu. »Es war eine rhetorische Frage, nicht wahr?«

Diesmal zucke ich die Schultern. »Ich bin noch immer dort draußen. In meinem Kopf. Ich muss das alles geregelt kriegen; sonst komme ich nie hier an.«

»Erzählen Sie mir mehr«, sagt Alice. »Erzählen Sie mir, was mit Ihnen und Teal geschehen ist.«

Das ist nicht einfach. Es fällt mir schwer, die Geschichte fortzusetzen – das Bild hat sich bei mir eingebrannt, das mir Skyrine-Kameraden zeigt, die im Nadelschauer tanzen, bis der Regen aufhört, als der Aerostat das Ende der Zugleine erreicht und langsam herumschwingt, von uns fort.

Die ganze Schrecklichkeit kehrt nun mit voller Wucht zu mir zurück. Ich schwitze stark und stinke wie eine Turnhalle voller Ringer.

Joe verlässt die Deckung, läuft zur Personenschleuse und hämmert mit den Fäusten dagegen. Ich schließe mich ihm an, zusammen mit vier anderen Burschen. Wir alle schlagen auf die Luke ein. Ich höre nichts. Bin viel zu sehr damit beschäftigt, meine Arme zu beobachten, meine Beine, überall Ausschau zu halten …

Dann erstarre ich. Mir bleibt das Herz stehen.

Es steckt eine Nadel in meinem Unterarm.

Himmel.

Joe sieht sie ebenfalls. Er versucht nicht, sie herauszuziehen, er rührt sie nicht an, und ich auch nicht, denn ich will nicht verrückt werden, die Nadel hat sich nur in den Hautengen gebohrt, ohne die Haut darunter anzukratzen, sie ist irgendwo abgeprallt und hat mich dann getroffen, ohne ihr Gift in mich zu pumpen.

Oder das verdammte Ding *hat* sein Gift in mich gepumpt, und Adrenalin hält die Symptome zurück. Das kann passieren, sagen die Ärzte.

Meine Finger strecken sich der Nadel entgegen. Ich kann sie nicht einfach dalassen.

Joe ergreift meine Hand und beugt sich vor, bis er durch mein Visier blicken kann. »Tu das nicht«, sagt er.

Das kleinere Tor beginnt sich zu öffnen. Wir zwängen uns durch den größer werdenden Spalt. Überlebende stehen dicht an dicht in dem kleinen Raum, als die Zugleine den Aerostat erneut über die Schultern des Drifters lenkt. Alle drängen zur Innenwand, als sich die Außentür zu schließen beginnt. Joe schirmt mich mit den Armen ab, damit niemand die Nadel tiefer in den Arm stößt.

Ohren und Hals fühlen, wie der Luftdruck steigt.

Die Innentür öffnet sich, und wir taumeln nach vorn. Joe hält meinen unbeeinträchtigten Arm und auch meine Hand, und wir drehen uns langsam wie bei einem Walzer, denn ich versuche, die Nadel zu erreichen, und er hindert mich daran.

Der Luftdruck erreicht das Drifter-Maximum.

Die anderen Skyrines sehen, dass ich eine Keimnadel abgekriegt habe. Sie weichen zurück und von der Schleuse fort, aber Joe bleibt bei mir und hält meine Hand fest. Ich sorge dafür, dass die Drehung aufhört.

Strecke den Arm mit der Nadel.

»Ich rühre das Ding nicht an«, sagt Joe. »Du weißt warum.«

»Nach oben und nach unten«, sage ich und kann kaum atmen. Dazu sind die Nadeln fähig. Sie können eine *zweite* Nadel durch die Befiederung schicken und den Retter stechen.

Ich liege bei Alice auf der Couch.

Ich bin mit Joe in der Schleuse, mein Arm tut weh, die Muskeln brennen, als stünden sie in Flammen.

Ich möchte weinen, *auf der Couch.*

Ich weine, *in der Schleuse, in meinem Helm. Ich heule wie ein kleines Kind.*

Wir sind durch.

Wir sind in der Garage.

Einer der Skyrines reicht Joe eine kleine Nadelzange. Gehört offenbar zur Sprungausrüstung von jemandem. Vielleicht das Geschenk eines Vaters vor dem Transvak: Benutze dies, Sohn, wenn du eins von den verfluchten Dingern herausziehen musst. Joe hält meinen Arm ruhig. Die Spitze der Zange zittert über der Nadel, er zittert, ich zittere, Gott, bitte verhüte, dass er die Nadel tiefer drückt.

Jesus, *lass sie am besten in Ruhe.*

Dann hat er sie. Zieht sie aus dem Hautengen. Langsam, *ohne* zu zittern. Als er sie ganz raus hat, wirft er sie nicht zur Seite, er lässt sie auch nicht fallen. Die Ausbildung setzt sich durch, nach der Fast-Panik. Ein anderer Skyrine öffnet eine kleine silberne

Tasche. Joe legt die Nadel hinein und klopft mir auf die Schulter. »Auf dem Weg, der uns hierher brachte, können wir nicht zurück, nicht zu Fuß«, sagt er in einem sachlichen Ton.

Draußen liegen Tausende von aktiven Nadeln herum.

Alice hört zu und schweigt.

»Ich stinke«, sage ich.

»Bitte fahren Sie fort. Erzählen Sie mir, was Sie erzählen können, wonach Ihnen zumute ist.«

Himmel, ich wünsche mir *wirklich,* dass Joe durch die Apartmenttür kommt. Jesus, Gott, Maria, Buddha und Heiliger Emil Kapaun, ich wünsche es mir so sehr. Wenn Joe nicht nach Hause kommt, kehre ich vielleicht nie heim.

Sky Basic

Um ein Volk von Bodenbewohnern in eine Streitmacht zu verwandeln, die auf anderen Welten kämpfen kann, bekamen die Menschen einige sorgfältig ausgewählte Guru-Geschenke, darunter die Technik der abgebauten Materie und ein besseres Verständnis unserer eigenen Biologie, Chemie und Psychologie.

Ich schätze, die Gurus kennen uns besser als wir uns selbst. Ich bin nie einem begegnet – ich kenne niemanden, der einen kennt –, stelle sie mir aber verschrumpelt, weise, groß und anmutig vor. Man muss wirklich vor ihnen den Hut ziehen, dass sie es geschafft haben, die gewaltigen Entfernungen zwischen den Sternen zu überbrücken.

Sie kennen unsere Grenzen, die politischen ebenso wie die biologischen und psychischen. Sie halfen uns, das Kosmolin zu entwickeln, das grünliche Gel, in das wir alle wie Obst in einer Büchse verpackt werden, weder wach noch schlafend, und auch nicht kalt, nicht eingefroren, nur ruhig und zufrieden, während uns die Spaceframes durchs Vak zu unserem Bestimmungsort bringen.

Einige von uns nennen es »warmen Schlaf«. Alte Hasen erinnern sich vielleicht daran, dass Kosmolin ein patentiertes, auf Erdöl basierendes Produkt war, mit dem sich Gewehre, Pistolen und Ausrüstung vor Rost schützen ließen. Das heutige Kosmolin ist natürlich ganz anders beschaffen. Ein kluger Marketing-Zauberer übernahm einfach nur den Namen, und er blieb hängen.

Die Chemie hinter unserer Version von Kosmolin ermöglichte tausend medizinische Fortschritte. Es handelte sich um eins der Guru-Schwerter, die bereits zu Pflugscharen geworden waren. Im Weltraum brauchte niemand zu rosten oder zu verderben – nicht wenn sie in Kosmolin gehüllt waren.

Ich habe bereits einige der Nebenwirkungen beschrieben, aber es gibt noch andere, viel schlimmere. In einem Fall von hunderttausend bewirkt das Kosmolin eine komplexe Kaskade negativer Reaktionen. Ich habe es nur einmal erlebt. Ein Spaceframe brachte einen Zug gesunder Skyrines in die Umlaufbahn des Roten, zusammen mit einer Röhre, die verdorbenen Wackelpudding enthielt. Starben die Insassen beim Aufprall? Während der Reise? Niemand hat es erklärt, niemand hat Fragen gestellt. Wir sind alle dankbar, dass wir uns nicht an die Monate der langen Reise zum Mars erinnern.

Weit größere Sorgen bereitet den üblichen Schwarzsehern die Technik der abgebauten Materie. Die Gurus wissen, wie man das ganze Leben – wenn nicht die ganze Energie – aus Elementen schwerer als Kohlenstoff und Kalzium saugt. Sie greifen in die inneren Elektronenschalen und verändern ein paar Quantenkonstanten, wodurch sie die Atome dazu bringen, erstaunliche Mengen an nichtnuklearer Energie freizusetzen. Keine Neuronen, keine tödliche Strahlung, nur bemerkenswert viel reine Energie. Doch die sich daraus ergebende leere, *abgebaute* Materie ist unglaublich giftig. Sie ist noch immer Materie und verhält sich wie früher, aber ihr Verhalten täuscht. Das Zeug hat sich in Zombie-Materie verwandelt. Abfälle aus abgebauter Materie müssen gründlich und vollständig beseitigt werden – in sicherer Umlaufbahn. Sie sollten nicht auf der Erde oder dem Mars gelagert werden, und man sollte sie auch nicht planlos ins All schießen, um sie loszuwerden.

Manche sagen, dass abgebaute Materie nach dem Heraussaugen der Energie nicht nur physisch toxisch ist, sondern auch chemisch. Wenn man sie in die Sonne wirft, in irgendeinen Stern, könnte sie eine scheußliche Kettenreaktion auslösen, die dazu führt, dass das stellare Fusionsherz langsamer schlägt und schließlich ganz stehen bleibt. Ich weiß nicht, ob das stimmt. Aber ich weiß, dass der Krieg schmutzig ist. Überall auf dem Mars, und wahrscheinlich auch in seiner Umlaufbahn, gibt es Kanister mit abgebauter Materie, und wir wissen noch nicht, welche Konsequenzen die Guru-Technik langfristig nach sich zieht. Wir können nur hoffen, dass sich die Schwarzseher irren und nichts mit der Sonne passiert. Allerdings … Während der letzten beiden Jahrhunderte haben die Schwarzseher immer wieder richtig gelegen.

Wie dem auch sei: Die Gurus schienen uns gern dabei zu helfen, Ignoranz und Habgier zu überwinden – sie gaben uns Gratisvisionen einer grenzenlosen, strahlenden Zukunft.

Bis sie uns von den Antags erzählten und unsere Hilfe in ihrem Krieg beanspruchten. In einem Krieg, der zu unserem wurde.

Rückendeckung

Ich wollte zum guten und leichten Kram springen, zu dem ganzen technischen Scheiß, aber so läuft das nicht.

Ich muss es irgendwie durchstehen.

Dem Brennen dessen, was in der Umarmung der vom Sand glatt geschmirgelten Lava geschah, in dem kleinen Hafen der Zuflucht beim Westtor des Drifters, in der Gesellschaft von Joes Kumpeln, kann ich nicht entkommen. Es war vielleicht das Schrecklichste, was ich je gesehen habe: Skyrines, die versuchen, sich gegenseitig aus der Deckung zu ziehen, um dem grauen Vorhang zu entkommen, dem Regen aus tödlichen Keimnadeln.

Furcht ist eine Droge, die man fürs Überleben braucht. Ohne Furcht stirbt man schneller. Das gehört zu den Grundlagen; darauf weisen die Veteranen die ungeduldigen Grünschnäbel hin, die es gar nicht abwarten können, ins All zu kommen. Furcht ist dein Freund, aber nur in kontrollierten Dosen, nie in solchen Flutwellen, dass Panik daraus wird. Panik tötet schneller als eine Kugel. Panik verwandelt Skyrines in Schlachtvieh.

In der Umarmung des dicken Lavaarms eines versunkenen Riesen gerieten wir in Panik, wir alle. Die Skyrines, die Deckung gefunden hatten, ebenso wie die anderen. Wir waren bereit, uns gegenseitig umzubringen, anstatt uns den gottverdammten Nadeln zu stellen, und das schürt meinen Zorn, einen Zorn, der mich innerlich auffrisst, der mich für den Rest meines Lebens weniger Mensch sein lässt, nicht weil ich mit ansehen musste, wie meine Skyrine-Kameraden einen schrecklichen Tod starben, sondern weil ich mir wünschte, dass sie *an meiner Stelle* sterben. Ich empfand das kleine Hochgefühl, dass mich keine Nadel treffen, dass ich überleben würde. Für einen Augenblick stellte ich mir vor, wie ich die Freundinnen der Toten vögeln würde: ein Beileidsbesuch, hallo, melde mich zur Stelle, Ma'am, tut mir schrecklich leid, er kehrt nicht zurück, aber *ich* bin da.

Fuck! Zum Teufel damit, mit allem! Es steckt so viel Zorn in mir, auf mich selbst, auf die Antags, auf alles, das mich zu einem Skyrine gemacht hat, zu einem Kämpfer auf einem anderen Planeten, zu einem klassischen Arschloch und Feigling, der sein Leben als dämlicher, naiver junger Bursche aufgab, um in viele Schlachten zu ziehen und schließlich auf dem Roten in Panik zu geraten. Und dann, als richtete Gott Seinen mahnenden Finger auf mich, *zack*, die Nadel im Arm, nur darauf wartend, ein kleines Stück tiefer gestoßen zu werden, du entkommst mir nicht, du kleiner ängstlicher Idiot, ich bin *hier*, und ich *kriege* dich, ich fresse dich und blähe dich auf, bis du platzt, aber erst nachdem du übergeschnappt bist und dich jemand erschossen hat, weil du eine Gefahr für die anderen darstellst.

In der dunklen Garage mit den steinernen Wänden …

Fluch Fluch Fluch. Es gibt keine Schimpfworte, die schlimm genug sind, meinen Zorn zum Ausdruck zu bringen. Es gibt keine Sprache für das, was ich fühle. Stellt euch eine tiefe, laute Stille vor, durchzuckt von roten Blitzen … Warum rot? Kein Zorn! Nur tiefe, heilige, animalische Enttäuschung, das, was eine Gazelle empfinden muss, wenn sie dem Löwen zum Opfer fällt, oder irgendein Saurier, der hört, wie die spitzen Zähne eines Tyrannosaurus seine Knochen zermalmen. Zuerst gerät man in Panik, und dann stirbt man, so oder so.

Ich bin nicht mehr als totes Fleisch, zerrissen und verfault, Aas, aber noch sitze ich hier, noch kann ich mich bewegen. Ich kann nur nicht die ganze Geschichte erzählen, das geht nicht.

Zumindest nicht wahrheitsgemäß.

Ich bin gestorben.

Ich bin nicht gestorben.

Ich versuche, zum Hauptteil der Geschichte zurückzukehren, zum Drifter. Aber ich lasse die Geschichte aus, die technischen Einzelheiten, den ganzen populärwissenschaftlichen Kram, den man in den Kopf eines Soldaten stopft. Alice bestätigt mit ihrem steifen, traurigen und nicht sehr mitfühlenden Blick, dass ich nur Dinge durcheinanderwerfe, dass ich nicht auf den Kern der Sache zu sprechen komme. Sie schnallt es nicht; sie muss das Thema wechseln.

»Sie wollten mir von den Höhlen erzählen«, sagt sie und sieht aus einem großen Fenster. »Ich nehme an, das schließt die Kristalle mit ein, die Siliziumpest. Die Kirche«, fügt sie hinzu.

Sie weiß von der Kirche.

Na schön. In die Richtung geht's also. Interessant. Das Schöne und Seltsame, und die zusätzlichen Momente des Schreckens tief unten im Drifter. Klar. So einfach ist das, nicht wahr? Staunen besiegt Zorn und Panik.

Mein Ärger verwandelt sich flink wie ein Wiesel in Gelächter. Ich lache laut, was Alice verwirrt und vielleicht auch verstimmt, aber es *ist* komisch. Sie möchte den weichen Nougatkern ohne die harte Zuckerschale. Auf den Punkt kommen, all den stachligen, in Brennnessel gewickelten Kram lassen, all die Sachen, die dafür sorgen, dass man sich blöd und ungeeignet fühlt, die in *mir* solche Gefühle wecken und mich stinken lassen wie …

Wie was? Was bin ich jetzt, außer ein Überlebender, ein verlorener Skyrine, völlig tot in seinem Innern?

Etwas mehr.

Ich bin etwas *anderes*, herzlichen Dank. Die Sache mit der Nadel noch einmal zu erleben hat Schlangen in meinem Kopf geweckt. Schlangen mit Glassplittern als Schuppen. Na los, Vinnie, alter Kumpel, sag die Wahrheit.

Starker Tobak. So hat DJ es genannt.

Grüner Tobak.

Eismondtobak.

Wie Teal nur erste Generation, aber das weiß niemand. Vielleicht wartet Erlösung auf mich, wenn ich nachgebe. Aber wird das, was überlebt, *ich* sein?

Plötzlich bin ich entschlossen, aber nicht auf die Weise, die Alice von mir erwartet. »Ich bin hier fertig«, sage ich ihr. »Sie sind nicht die Person, mit der ich reden muss.«

Sie dreht den Kopf und runzelt die Stirn. »Tut mir leid«, erwidert sie. »Was kann ich tun …?«

»Wir sind fertig. Ich erkläre nichts weiter.,«

»Wir müssen wissen, was Sie wissen«, sagt Alice. Ärger verfärbt ihre Wangen.

»Suchen Sie sich jemanden, der dort gewesen ist«, sage ich. »Jemanden, der nicht glaubt, dass ich verrückt bin oder kurz davor stehe, verrückt zu werden. Einer solchen Person erzähle ich vielleicht alles.«

»Das glaube ich nicht«, sagt Alice. »Nein, wirklich nicht.«

»Warum sind nur Sie geschickt worden? Warum nicht das ganze Komitee?«

»Es gibt ein Komitee?«, fragt sie.

»Ja, ein Komitee, dazu bereit, das System umzudrehen, in die richtige Richtung, damit es die Informationen bekommt, die es haben will. Ein Komitee, das hören möchte, wie ich gestehe, wie ich beschreibe, was ich dort draußen gesehen habe. Sie werden uns benutzen, das System zu stürzen, und anschließend schießen sie uns in den Hinterkopf und werfen uns beiseite. Wie die Kronstädter Matrosen.« Na so was, wie hat sich *das* in meine Worte geschlichen?

»Ich verstehe nicht«, sagt Alice langsam. »Joe hat gewollt, dass ich hierherkomme und mit Ihnen rede. Das wissen Sie.«

»Wie lautet sein Spitzname? Sein Tag?«

»Sanka«, antwortet Alice. »Teal würde sagen, es ist sein Nick.«

Langsam lässt der Druck in meinem Innern nach. Vielleicht kriechen die Schlangen aus meinem Kopf. Vielleicht schnappen sie nach dem, was wirklich passiert. Wie dem auch sei, ich kann nichts daran ändern. Ich weiß nicht, was ich fühle oder denke.

»Sie wissen, wo er ist«, sage ich ohne echte Überzeugung.

»Ich wünschte, Sie hätten recht«, sagt Alice. »Ich habe nur eine verspätete Nachricht bekommen. Und es gibt kein Komitee, zumindest noch nicht. Es gibt nur einen Anfang, einen Verdacht, dass es vielleicht etwas gibt, das ich oder wir tun können.«

»Kein Komitee?«

»Nein. Wir wissen zu wenig und sind zu dumm, als dass wir uns organisieren könnten«, sagt Alice. Ich erkenne, dass sie es ernst meint. Ich höre in ihren Worten die kalte Enttäuschung darüber, dass sie ineffizient ist und so unwissend, wie sie behauptet.

»Tut mir leid«, sage ich, sehe sie dabei aber nicht an. Ich wünsche mir, dass sie geht und mich dem Eames-Sessel und der Nacht überlässt, der endlichen Reihe von Fähren und Frachten. Wofür wir kämpfen.

»Wenn doch nur Joe hier wäre«, sagt Alice. »Oder ein anderer Skyrine, wie Sie sagen, jemand, der verstehen kann, was Sie hinter sich haben, denn ich kann das *nicht*. Zu behaupten, dass ich es könnte, wäre eine Lüge. Ich werde es nie verstehen. *Ich möchte nie fühlen, was Sie empfinden*. Alles klar?«

Das ist ehrlich. Noch mehr Druck geht flöten. Die Schlangen sind nicht ganz weg, haben sich aber ein bisschen beruhigt.

Das *andere* hingegen …

Meine neuen Erinnerungen, die ältesten von allen. Vielleicht gefällt es mir. Vielleicht macht mich diese große, wachsende Menge an Erinnerungen mehr zu dem, was ich bin. Und vielleicht bietet sie ein größeres Refugium für meine gebrochene Seele.

Alice beobachtet mich, ihre Augen halten mich im Sessel fest, und plötzlich gefällt es mir. Es gefällt mir, von dieser üppigen Frau ins Visier genommen zu werden, hier in unserem sauberen stahlblauen Apartment, das mit all dem Geld bezahlt ist, mit dem ganzen Scheiß. Sie hat Mumm, diese Frau, und sie ist nicht so arrogant, wie ich zunächst dachte.

Und was am besten ist: Sie will gar nicht verstehen.

Gut. Prächtig.

Aber ich schweige trotzdem. Bin noch immer wie erstarrt, tief in mir drin.

»Ich kann Sie hierlassen und später zurückkehren«, schlägt sie nach einer Weile vor. »Wenn Joe kommt. Oder ich gehe für immer und lasse Sie ganz in Ruhe.«

Ich habe keine Ahnung, was sich da in mein Gesicht stiehlt, aber sie zuckt überrascht zusammen. Ich beuge mich vor und spreche mit einer Stimme, die ein wenig zu schrill klingt. »Etwas sehr Seltsames geschieht mit uns und mit der Erde, nicht wahr?«, frage ich. »Mit den Gurus und Antags und dem Roten.«

»Teufel, ja«, sagt Alice. Es blitzt in ihren Augen. »Wird Ihnen das erst jetzt klar?«

»Vielleicht kommt das eine oder andere jetzt zusammen. Vielleicht ergibt sich allmählich ein Bild daraus.«

Wieder folgt Schweigen. Wir beobachten uns gegenseitig, wie Habicht und Maus, Maus und Habicht.

»Dann nehmen Sie mich bitte mit, wenn das möglich ist«, sagt Alice. »Vielleicht können wir damit beginnen, alles zusammenzutragen, das Bild zu vervollständigen, und herausfinden, worauf wir uns eingelassen haben. *Dann* kann es vielleicht ein Komitee geben, und Sie werden ihm angehören.«

Ich beiße die Zähne zusammen und schüttele den Kopf. »Keine Komitees. W'r müssen hier raus. Ich muss m'r die Beine vertreten.«

Alice hört den Akzent und kneift die Augen zusammen. »In Ordnung.« Sie steht auf, bereit dazu, das Apartment zu verlassen, aber ich sitze noch immer.

»Gestern hat mich eine Großmutter in einem blauen elektrischen Wagen mitgenommen und mir erzählt, dass ihr Sohn auf Titan zum Helden wurde«, sage ich. »Wissen Sie etwas darüber?«

Alice schüttelt den Kopf, aber ich bemerke eine Veränderung in ihrem Gesicht. Das ist nicht gut, scheint sie zu denken. Das hätte nicht passieren dürfen.

»Warum sollte sie so etwas wissen?«, frage ich. »Wer könnte ihr so etwas gesagt haben?« Dann fällt es mir ein. »Sie sprach davon, Sekretärin eines Colonels zu sein. In SBLM. Vielleicht wusste sie deshalb Bescheid. Vielleicht hat sie es von den hohen Tieren erfahren. Ein kleiner Verstoß gegen die Sicherheitsvorschriften, zu viel Mitgefühl. Sie haben es ihr gesagt.«

Alice hebt die Hand einige Zentimeter, eine unverbindliche Geste.

»Titan!«, sage ich. »Beim Saturn. Bei den Ringen und dem ganzen Mist. Anderthalb Milliarden Kilometer entfernt. Viele Monde des Saturn sind mit Eis bedeckt, nicht wahr? Dicke Eisschichten, mit Ozeanen aus flüssigem Wasser darunter, bei einigen von ihnen, nicht wahr?«

Alice atmet tief durch. »Wir brauchen beide eine Pause«, sagt sie. »Ich kaufe Lebensmittel und mache uns etwas zu essen, wenn Sie gestatten.«

»Was wir hier haben, ist längst verdorben«, räume

ich ein. Das Zimmer fühlt sich leichter an. Die Luft ist süßer. Vielleicht bin ich in Ordnung.

Vielleicht verschieben wir den groben Kram um einige Stunden. Aber das ist gut, oder?

»Erlauben Sie mir, Lebensmittel zu kaufen, Master Sergeant Venn?«, fragt Alice leise.

»Ja. Ich bleibe hier.«

Davon will sie nichts wissen. »Bitte begleiten Sie mich zum Markt. Ich möchte, dass Sie mit mir einkaufen, Vinnie.«

Ich gebe vor, darüber nachzudenken. Ich benehme mich wie ein Kind. Um diese Geschichte zu erzählen, um nach diesem Moment als ganzer Mensch zu leben, muss ich zurückkehren und wieder Kind sein. Fühlt sich komisch an, und gleichzeitig richtig. Wir Skyrines, wir sind alle Kinder, vor, beim und sogar *im* Ende. Das sagen uns die Erfahrenen. Die DIs und Veteranen.

»Ich bin sofort nach meiner Rückkehr zum Markt gegangen«, sage ich.

»Was haben Sie gekauft?«

»Sellerie.«

»Und sonst nichts, nehme ich an. Also … gehen wir?«

Mir gefällt es auf dem Markt. Es gibt dort Kinder, das große Bronzeschwein und Spielzeug. Krapfen. Gebäck. Dörrfleisch. Obst und Süßigkeiten. Ich muss aufstehen, herumlaufen und vielleicht etwas mehr Sellerie essen.

Ich glaube, ich weiß, warum ausgerechnet Sellerie. Ein Ritual. Als Kind habe ich Sellerie geliebt. Wenn meine Mutter einen Salat zubereitete, gab sie mir eine Stange, gefüllt mit hellem, orangefarbenem Cheez Whiz. Sie sah mich an und lächelte, perfekte Liebe, Baum und Apfel, einfach, ohne Urteil. Ich war nur ein Kind und sie meine Mutter.

Willkommen daheim.

Ich möchte jetzt nicht mehr weinen oder mich verlieren.

Ich stehe auf. Alice nimmt mich sanft am Ellenbogen.

»Gehen wir zum Markt«, sagt sie. »Zu Fuß, hin und zurück. Wenn Sie die Beine dafür haben. Es sind nur ein paar Kilometer.«

Wieder nach vorn

Ich habe die Beine.

Die frische Luft gefällt mir, auch die Straßen. Den Hügel hinab zum Markt, dann wieder hinauf, was meinen Knien einiges abverlangt. Es gefällt mir, neben Alice Harper zu gehen, die nicht einmal ins Schwitzen gerät, und erst recht nicht außer Atem. Ist an die Erde gewöhnt. Sie wirkt mollig und drall, aber es sind Muskeln, und hinzu kommt jede Menge Entschlossenheit, verschnürt zu einem konzentrierten Paket.

Ich gehe gern. Ich gehe gern neben ihr.

Niemand schenkt uns große Aufmerksamkeit.

Beim alten Fischstand, wo die Männer und Frauen noch immer nackten Bizeps zeigen und sich gegenseitig Lachs zuwerfen, kauft Alice einen ganzen gekochten Krebs, Venusmuscheln, Kabeljau und Rotbarsch. Anschließend gehen wir durch eine Halle zu einem kleinen Indoor-Laden mit dunklen Holzregalen an den Wänden, wo Alice Kräuter und Gewürze aussucht, die der Verkäufer gläsernen Krügen entnimmt und in kleine Plastiktüten gibt. Alice ist sicher, dass wir zu Hause nichts dergleichen haben – sie hat recht –, und meint, sie wolle uns einen guten Fischeintopf kochen, einen *Cioppino*, wenn ich damit einverstanden bin, wenn ich Fisch mag. Das ist wahrscheinlich der Fall, ich bin mir nicht ganz sicher. Mein letztes hausgemachtes Essen liegt so lange zurück.

Der Weg zurück ist leichter. Ich trage den Einkauf.

Wirklich nett.

Aber ich traue ihr immer noch nicht. Ich kann nicht. Es ist zu gefährlich bei alldem, was sich in mir angestaut hat.

Ich sitze auf dem Barhocker an der Küchentheke, während Alice arbeitet. »Dies ist eine großartige Küche«, sagt sie. »Ihr Jungs solltet sie für mehr benutzen als nur Pizza aus der Mikrowelle.«

»Wir verbringen hier nie viel Zeit«, sage ich. »Nach ein paar Tagen, wenn wir nicht mehr stinken und unsere Landbeine zurückhaben, gehen wir aus.«

»Auf die Jagd?«, fragt Alice mit schiefem Gesicht.

»Ja«, sage ich. »Oder wir sehen uns nur um. Für eine Weile macht Kosmolin stumpf, wissen Sie. Einer der Nachteile von Transvak. Oder ein Vorteil, wenn man ein Mönch ist.«

»Es hält den Betroffenen von der Verantwortung ab, sich menschlich zu benehmen?«, fragt sie mit einem kleinen Seitenblick, den ich nicht deuten kann, als sie Sellerie und Tomaten schneidet und einige Fischreste köcheln lässt, die sie ebenfalls auf dem Markt gekauft hat. Ich kann wieder riechen, die Nase funktioniert fast richtig. Riechen zu können ist die halbe Rückkehr nach Hause. Ich rieche Alice unter ihrem Rosenparfüm. Es ist nicht so, dass sie sexy riecht, noch nicht, aber sie auf diese Weise wahrnehmen zu können, ist wirklich prima, ein echter Fortschritt.

»Stimmt schon«, erwidere ich. »Für ein paar Tage sind wir nicht unbedingt gute Gesellschaft. Das können Sie sicher bestätigen.«

»Ja«, sagt sie. Es klingt ein bisschen angespannt, aber nicht nach einem Urteil. Sie legt einen Deckel auf den köchelnden Topf, nachdem sie noch mehr Zwiebeln und Sellerie hinzugefügt hat. Eine Stange bricht sie ab und reicht sie mir über die Arbeitsplatte hinweg. Ich nehme und betrachte sie. Nichts dergleichen auf dem Roten. Nichts so Knackiges und Frisches, nichts so Knackiges und Lebendiges, selbst nachdem es aus dem Bündel genommen und geschnitten ist. Teal hat vermutlich nie in eine Selleriestange gebissen. Wahrscheinlich wird es auch in den nächsten Jahrzehnten nichts in dieser Art auf dem Roten geben. Wenn überhaupt jemals. Wie tapfer die Muskis doch waren, als sie zum Mars flogen, wohl wissend, was sie zurückließen, nur um etwas Neues zu sehen, etwas, das nur wenige Menschen erblickt hatten.

»Wenn wir Besuch bekamen, brachte meine Mutter den Gästen ein Tablett, auf dem Sellerie mit Cheez Whiz lag«, sagt Alice einfach so.

Das erzeugt hübsche Funken in meinem Kopf, ein sanftes, angenehmes Glühen wie von tausend kleinen

Nachtlichtern, die mir durch die Dunkelheit folgen. »Ach.«

»Wahres Salz der Erde«, sagt Alice. »Betonung auf Salz.« Sie lächelt und fügt dem Topf immer mehr hinzu. Zwiebeln, Olivenöl, Knoblauch, Safran, so viele frische Kräuter, dass ich sie nicht zählen kann, schwarzen Pfeffer, weißen Pfeffer … Ich staune.

Sie dreht die Hitze herunter, sieht mich an und lächelt erneut.

Ich hebe die Selleriestange wie einen Degen.

»Ja«, sagt sie, klopft mit einem Holzlöffel, den sie ebenfalls gekauft hat, an den Topf und beginnt mit mir zu fechten. Sellerie gegen Löffel. Der Löffel gewinnt. Ich verliere meine Waffe.

»Dies wird eine Weile dauern«, sagt Alice und legt den Löffel beiseite. »Aber ich garantiere Ihnen: Es wird das Beste sein, was Sie jemals gegessen haben.« Sie langt in den letzten Einkaufsbeutel und zieht eine Flasche Weißwein heraus, natürliche Trauben, kein Gen-Kram – nicht billig. Sie schüttet etwas davon in den Topf.

Dann hebt sie die Flasche und fragt: »Bereit?«

Mein Körper schreckt nicht zurück.

»Wir haben Saftgläser«, sage ich.

»Arme Jungs.«

Draußen wird es dunkel. Ein weiterer Sol – ich meine Tag – neigt sich dem Ende entgegen. Wie *unwirklich*. Das Apartment riecht wundervoll. Ich schwitze nicht. Ich zittere nicht, meine Beine fühlen sich fast normal an, und die Erinnerungen sind etwas weniger scharf und spitz.

Was keineswegs bedeutet, dass das Schlimmste überstanden ist. Ich habe gehofft, das Schlimmste hinter mir zu haben, aber ich weiß, dass dem nicht so ist. Ruckweise, in kleinen Stößen, versuche ich weiterzumachen. Meine Stimme klingt fest, für eine Weile.

Alice füllt zwei Saftgläser mit Wein. Wir heben die Gläser und stoßen auf die Erde an, den Roten, auf alles: die Toten und die Lebenden, die Irrationalen und Unfertigen. Stumm, aber umfassend. Der Wein schmeckt gut. Er ist frisch und grün, wie Regen über Frühlingshügeln. Alice gießt die Fischbrühe durch ein Sieb, nimmt die Gräten und geschrumpelten Fischköpfe beiseite – das Zeug, das Erinnerungen zurückbringt. So könnte es im Innern des Hautengen eines Skyrines aussehen, der von einer Keimnadel getroffen wurde …

Sie lässt den Kram verschwinden und gießt die Brühe zurück in den Topf, fügt mehr Gemüse hinzu und auch noch mehr Wein.

»Nie genug Wein«, murmelt sie. »Fisch und Krebs kommen gleich, in einigen Minuten. Zuletzt die Venusmuscheln. Sie leben noch …«

Sie weicht zurück und bedauert die letzten Worte. Aber es ist nicht die Frage um Leben und Tod an sich, die mir zusetzt, oder dass etwas Lebendes in den Topf kommt.

»Weiche Bissen«, sage ich.

Wir kehren zu Couch und Sessel zurück.

»Was machen die Beine?«, fragt Alice. »Sind sie müde?«

»Stabil.«

Alice schlägt die Beine übereinander, hält den Rest ihres Weins ins Zwielicht. Die Lichter der Stadt funkeln im Glas zwischen ihren Fingern. Ich schaffe es, das eine oder andere zu sagen. Dann noch etwas mehr. Es tut nicht sehr weh.

Sie steht auf, um Fisch und Krebs in den Topf zu geben. Ein paar Minuten später fügt sie die Venusmuscheln hinzu, und dann schließlich serviert sie das Essen. Lieber Himmel, es schmeckt tatsächlich unglaublich gut. Ich esse vier Teller. Flugzeuge ziehen ihre Bahnen durch die Nacht. Eine Doppeleikröte überquert die Meerenge, unterwegs nach SBLM. Noch mehr Skyrines, die aus dem Vak zurückkehren. Ich schiebe den Teller zurück und muss mich sehr beherrschen, nicht laut zu rülpsen. So habe ich mich seit ewigen Zeiten nicht gefühlt.

»Ich bin so weit«, sage ich.

Und sie hört zu.

Was die großen Jungs dir mitteilen wollen

Zweiunddreißig von uns sind in der Garage, unter ihnen DJ oben in der Kontrollnische und Tak, der ein Stück abseits der Neuankömmlinge steht, der Überlebenden, und sichere Distanz auch zu mir wahrt – vielleicht gibt es noch mehr Nadeln. Bevor sie den Laden dichtmachen mussten, vor dem Nadelregen, haben sie dreiundzwanzig von Joes Leuten hereingeholt, außerdem drei Skell-Jeeps und zwei mittelgroße Tonkas. Teals Buggy und mehrere der kleineren Fahrzeuge stehen noch immer draußen, teilweise im Schutz des Lavaarms, aber sie könnten genauso gut nicht da sein.

Wir wissen nicht, ob es welche von den anderen Wagen und die großen Waffen zum südlichen Tor geschafft haben.

Joe sagt Tak, dass er uns überprüfen und niemanden berühren soll.

Einer der neuen Skyrines, der mit dem Nadelbeutel, zieht ein paar neue Taschen aus seinen Leggings und macht sich bereit, mehr Nadeln in Empfang zu nehmen. Tak kontrolliert uns alle, und zwar sehr gründlich. Er sagt, dass wir uns drehen, die Arme heben und die Beine strecken sollen. Auch unsere Stiefelsohlen sieht er sich an. Unsere Hautengen sind sauber: keine Risse, keine Einstichstellen.

DJ kommt von der Nische herunter.

»Habt ihr Wasser, neue Filter?«, fragt Joe.

»Ich sehe nach«, erwidert DJ. Er klingt traurig und fühlt sich schuldig, als er an den nervösen Neuankömmlingen vorbeigeht, die noch immer zittern und sich mit großen Augen umsehen. Er steigt in einen Skell-Jeep, kramt in den Staufächern und findet einige saubere Filter. Dann nimmt er sich den Tonka vor, verschafft sich Zugang zum Heizungssystem, lässt sauberes Wasser in einen Kanister laufen und reicht ihn herum.

Einer der neuen Skyrines – Corporal Vita Beringer, jung, milchgesichtig und halb hinüber – versucht langsam und methodisch, sich aus dem Hautengen zu schälen. Joe stößt ihre Hand nach unten, schließt einen geöffneten Saum und sagt ihr, dass sie das Ding besser anbehalten soll. Wir wissen nicht, ob die Voors in der Lage sind, die Luft aus bestimmten Bereichen des Drifters zu pumpen – sie könnten versuchen, uns auf diese Weise zu ersticken. Ich bin sicher, dass Joe an eine solche Möglichkeit denkt, obwohl er nicht darüber spricht. Er weiß einfach, wann man schonungslos und offen sein muss und wann es besser ist, über etwas zu schweigen. Auf sanfte Weise beharrlich. Darauf versteht sich Joe.

DJ teilt mir mit einer knappen Nebenbemerkung seinen Zweifel daran mit, dass das äußere Tor einem Angriff lange standhalten kann. Das überrascht mich nicht. »Sie sind ziemlich rostig«, sagt er. »Es wundert mich, dass die Antags nicht schon anklopfen.«

»Sie sind geduldig«, sage ich. »Müssen sich nicht beeilen.«

Oder gibt es einen anderen Grund? Sie können den Drifter umgehen und uns links liegenlassen, wenn sie wollen. Inselhopping. Ich schätze, hier auf dem Roten kommt der Drifter einer Insel so nahe, wie es nur möglich ist.

Joe nähert sich, winkt Tak herbei und will, dass wir uns hinter einem Tonka versammeln, wo uns die anderen nicht sehen können. Er und Tak haben einige gemeinsame Einsätze hinter sich und waren mehrere Wochen zusammen an der Offizierschule von McGill. Wir kauern uns hinter den Tonka, wie Jungen, die mit Murmeln spielen wollen, und sagen Joe, was wir über den Drifter wissen. Wir geben das geringe Wissen, das wir sammeln konnten, an ihn weiter.

»Danke für den Empfang«, sagt er. »Unser Sprung war ziemlich mies. Schwestern und Brüder, verschiedene Frames, unvollständige Abteilungen, alles durcheinandergewürfelt.«

»De nada, Sir«, sagt Tak. »Par für diesen Platz.«

Joe zeigt nach unten. »Wie tief ist dieses Ding?«

»Mehr als anderthalb Kilometer, und vielleicht noch viel tiefer«, sage ich. »Ein Hobo unterbrach die Schürfarbeiten in der Tiefe – damit ist ein wandernder unterirdischer Fluss gemeint. Mindestens zwanzig Jahre lang – zwanzig irdische Jahre – ist das hier überflutet gewesen, aber dann hat sich das Wasser zurückgezogen und erlaubte wieder Zugang. Wir sind noch nicht sehr weit unten gewesen.« Ich hebe die Hand. »Das sind fast alles nur Mutmaßungen und Spekulationen.«

»Wie weit seid ihr gekommen?«, fragt Joe.

»DJ ist zweimal beim südlichen Tor gewesen und wieder zurückgekehrt«, antworte ich. »Teal führte mich durch einige Nebentunnel. Oben im Kopf, im Hügel, gibt es Wachtürme, Ausgucke. Das westliche Tor ist zugeschweißt. Das Osttor sollte ebenfalls geschlossen und zugeschweißt sein, aber vielleicht kam dort eine zweite Gruppe Voors herein.«

»Wir wissen es nicht mit Bestimmtheit«, schränkt Tak ein. »Aber es ergäbe durchaus einen Sinn.«

»Was ist mit den hiesigen Ausrüstungen und Vorräten?«

»Ein eingemotteter Depositor in einem Nebenraum. Scheint in einem guten Zustand zu sein.«

»Fässer mit Brei?«

»Das eine oder andere. Vielleicht sogar viele.«

»Wir müssen das überprüfen«, sagt Joe. »Wenn es hier verwendbare Ressourcen gibt, sollten wir sie so schnell wie möglich unter unsere Kontrolle bringen. Also … DJ kennt sich hier aus.«

»Und er kann mit den Kontrollen für das südliche Tor umgehen«, sage ich.

Es wird darauf hinauslaufen, dass wir noch einmal versuchen, was Kampfhahn versucht hat, aber uns bleibt keine Wahl. Und vielleicht kommen die Newbies besser klar als wir.

»Erster Punkt auf der Tagesordnung: Schicken wir ein Begrüßungskomitee zur südlichen Garage. Dann verschwinden wir von hier ratzfatz, bevor die Ants anklopfen.«

Tak ruft DJ und zwei der Überlebenden, einen großen Major namens Jack Ackerly und einen ebenfalls hoch aufgeschossenen Warrant Officer namens George Brom, außerdem einen kleinen Corporal, die Schwester Shelby Simca. Die kleine Schar nimmt müde Haltung an, und Joe langt nach seinem Visier, als wollte er es öffnen, um sich die Augen zu reiben. Simca warnt ihn mit gehobener Hand.

»Staub, Sir«, sagt sie. »Wir hatten keine Zeit, uns richtig abzuputzen«

»Ja, natürlich«, erwidert Joe. »Danke. Sie beide gehen mit Corporal Johnson. DJ, bringen Sie sie zum südlichen Tor und lassen Sie möglichst viele unserer Soldaten und Fahrzeuge herein. Postieren Sie anschließend Wachen und sondieren Sie die Lage. Streuen Sie Brotkrumen aus. Einer von Ihnen kehrt zurück und erstattet Bericht. Wir treffen uns auf halbem Weg.«

»Ja, Sir«, sagt Simca. Sie eilen los und machen sich mit DJ auf den Weg, der sich bestimmt über ihre Gesellschaft freut.

Joe verteilt weitere Befehle: Waffen vorbereiten, die Blitzer laden, Ausrüstungen aus den Skell-Jeeps und Tonkas holen – alles klar für den Aufbruch.

»Verschieben wir die Begegnung mit unseren Freunden noch ein wenig«, wendet sich Joe an die versammelten Soldaten. Der Gedanke an die toten, aufgeblähten Skyrines auf der anderen Seite der Schleuse motiviert alle. Nach dem, was die Neuankömmlinge gerade hinter sich haben, sind sie ziemlich schnell.

Joe tritt zu uns hinter den Tonka. »Was zum Teufel ist passiert?«, fragt er. »Vinnie hat mir das eine oder andere erzählt, aber im ganzen Drunter und Drüber hab ich nur wenig kapiert. Bitte erklärt es mir noch einmal, aber Stück für Stück.«

Tak versucht es mit einer Zusammenfassung. »Vor einem Monat hat Sky Defense ein Bataillon Eurasier auf dem Roten abgesetzt, mit dem Auftrag, Fontänen vorzubereiten und zu verteidigen, Waffenlager anzulegen und so weiter. Es sollte die Grundlage für weitere Absprünge geschaffen werden.«

»Habt ihr sie gefunden?«, fragt Joe.

»Einige von ihnen«, sagt Tag. »Zuerst nur Tote. Wir entdeckten ein paar Zelte, eins mit Nadeln, aber die anderen beiden waren noch einigermaßen einsatzbereit und retteten uns das Leben. Keine funktionierenden Fontänen. Dann stieß Lieutenant Colonel Roost zu uns. Fuhr einen Skell, zusammen mit einem koreanischen General. Sie brachten uns zu einem Ort, wo es noch mehr Überlebende gab, hauptsächlich eurasische Offiziere. Hatten sich in der Nähe einer alten, defekten Fontäne verkrochen, in einem Kommandozelt, das für so viele Personen jedoch nicht über genug Ressourcen verfügte. Die meisten waren verletzt, einige schwer. Die Fontäne ließ sich nicht reparieren, zumindest nicht mit unseren Mitteln. Als ein Muski-Buggy kam …«

»Gefahren von Vinnies Freundin«, sagt Joe.

»Sie kommt aus einer Siedlung namens Green Camp«, sage ich, ohne auf den Spott zu achten. »Sie heißt Teal und ist eine Ausgestoßene, ein Flüchtling. Wir verdanken ihr unser Leben – sie rettete uns, als wir draußen auf dem Roten zu ersticken drohten. Von den Offizieren im Kommandozelt überlebte nur der koreanische Major General namens Kwak. Er, Kampfhahn, Tak, Kazak, DJ, Neemie, Wee-Def und Michelin … Teal gab uns Luft, Wasser, neue Filter und brachte uns hierher, zum östlichen Drifter, wie sie diesen Ort nennt.

Kurze Zeit später trafen Captain Coyle und ihre Soldaten am südlichen Tor ein. Ein weiterer verunglückter Sprung, nehme ich an. Sie ließen sich von einigen eher unsympathischen marsianischen Siedlern mitnehmen, den Voors, die ebenfalls zum Drifter wollten und es auf Teal abgesehen hatten.«

»Voors – Voortrekker?«, fragt Joe noch einmal. Ein seltsames Funkeln zeigt sich dabei in seinen Augen. Ich habe es schon einmal gesehen, als er die Frage zum ersten Mal stellte. Vielleicht kommt dies nicht unbedingt unerwartet für ihn.

»Ja. Etwas später, während Tak und ich draußen waren … geschah etwas. Alle bis auf DJ verschwanden. Er hat weder etwas gesehen noch gehört. Wir baten ihn, durch das Südtor nach draußen zu gehen und zu versuchen, einen Satellitenkontakt herzustellen.«

»Vinnie glaubt, dass ein weiterer Wagen voller Voors am östlichen Tor aufgekreuzt ist und unsere Leute überraschte«, sagt Tak. »Aber jenes Tor hätte eigentlich zugeschweißt sein sollen. Wir wissen einfach nicht, was geschehen ist.«

Joe schaut in den grünen Staub, kratzt mit der Spitze des Handschuhs darin und reibt das Zeug zwischen den Fingern. Der größte Teil rieselt zu Boden. »Wie kommt es, dass wir die Streitkräfte der Ants im solaren Orbit nicht entdeckt haben? Als sie zum Mars flogen.«

»Wie kommt's, dass wir keine Kometen entdecken?«, füge ich hinzu.

»Verdammter Saustall«, sagt Joe gepresst. »Lausige Koordination, miese Aufklärung. Wenn wir zurückkehren, lasse ich es mir gewiss nicht nehmen, einen Beschwerdebrief zu schreiben.«

Wir weisen Joe darauf hin, was es mit den Voors auf sich hat, die gut und gerne zu einer zweiten Front für uns werden könnten.

»Sie hassen uns, so viel ist klar«, sagt Joe. »Aber hassen sie uns so sehr, dass sie bereit sind, alle Überlebenschancen zunichtezumachen?«

»Vielleicht«, erwidere ich. »Der Patriarch, de Groot,

scheint mir ein echter Großtuer zu sein. Sein Sohn Rafe ist vielleicht vernünftiger. Die anderen sind … ziemlich nervös. Und in Trauer. Die Kometen haben ihre Siedlung zerstört. Vielleicht sind sie die Letzten ihrer Art.«

Joes Augen werden größer. »Denken die Voors daran, sich auf die Seite der Ants zu schlagen?« Er starrt uns erschrocken an, und ich hoffe, dass ich nicht beobachten muss, wie ihn die letzte Hoffnung verlässt, denn aus diesem Becher könnten wir einen Schluck vertragen, und sei es nur ein kleiner.

»Das bezweifle ich«, sage ich. »Die Voors wollen nichts und niemandem verpflichtet sein.«

»Genau wie mein Papa«, sagt Joe und spricht mit deutlicherem Akzent. »Der größte Hurensohn in Memphis, hatte einen Sanitärladen, haute seine Kunden übers Ohr, betrog seine Frau und hinterzog Steuern, aber wenigstens war er kein verdammter Schreiner.«

Tak und ich lächeln schief. Joes Vater kann je nach Bedarf dies oder das sein – er hat ihn nie kennengelernt.

»Wer steht an der Spitze unserer Pyramide?«, fragt Joe mit einem Schniefen und legt die Hand auf sein silbernes Eichenblatt.

»Kampfhahn.«

»Offiziere sind nie da, wenn man sie braucht. Lasst uns unseren Kram schnappen und von hier verschwinden.«

Genau in diesem Moment – wie um uns an den Ernst unserer Lage zu erinnern – kam von der Außentür ein Geräusch wie von Felsen, die auf der anderen Seite dagegenschlugen. Wir brauchten nicht lange, um unsere Sachen zusammenzuraffen und die nördliche Garage zu verlassen.

Zwei Eier, ein Kopf – alles bestens

Die Aufklärungsgruppe schickt Ackerly zurück. Wir treffen ihn nach einem Drittel des Weges durch den Tunnel, in südlicher Richtung, dort, wo ein Nebengang Teal und mich zum ersten Ausguck brachte. Alles klar bis zum südlichen Tor, sagt Ackerly. DJ hat es geöffnet und die Überlebenden hereingeholt, die es um die Schultern des Drifters geschafft haben.

»Nadeln fielen in einer zweiten Welle vom Aerostat. Die Jungs erwischte es draußen, als sie versuchten, von den Tonkas und der Scholle wegzukommen. Bis auf zwei Tonkas haben wir fast alle Fahrzeuge verloren, und die Scholle passte nicht in die Schleuse. Der Chesty ist drinnen, aber schwer beschädigt.«

»Wie viele konnten sich in Sicherheit bringen?«, fragt Joe.

Ackerly senkt den Blick. »Dreizehn«, antwortet er.

Ein Schatten fällt auf Joes Gesicht. Er wendet sich an Tak und mich. »Wir müssen einen Überblick gewinnen und herausfinden, wie viele kampffähig sind«, sagt er. »Es gilt, aus unserem Haufen wieder eine

Truppe zu machen. Anschließend beginnen wir mit der Suche nach Captain Coyle und den Voors.«

Ackerly führt uns zum Südtor. Die dreizehn Neuankömmlinge sind eine bunt gemischte Schar: alle Farben, alle sozialen Schichten. Die Jungs sind ziemlich fertig, aber so mies ihr Zustand auch sein mag, ich bin überglücklich, sie zu sehen. Sechs Corporals, drei Sergeants, ein Warrant Officer – ein Chief Warrant Officer 5, die schwarzen Adleraugen von Falten umgeben. Könnte richtig gut sein. Ein weiterer Major, ein taff wirkender First Sergeant und noch ein Captain, der so fix und fertig zu sein scheint, dass er kaum von Nutzen sein dürfte.

Außerdem haben wir jetzt zwei Rasenmäher, sechs schwere Blitzgewehre, acht Kisten voller Kartuschen mit abgebauter Materie und kinetische Projektile aller Art. Hinzu kommt der Chesty, der Lastesel, ein langer, schmaler Wagen, braun und rot, mit acht großen Rädern und ausgestattet mit vier seitlich montierten Ägis 7 – kinetische Kanonen – und dem Sahnehäubchen: eine dreischienige Balliste, leider nur mit zehn Prozent Ladung.

Joe fragt, wie viele der Überlebenden mehr als nur einige Minuten Reserve in ihren Hautengen haben. Zwei heben die Hand. Wir beginnen damit, die Filter und Tanks aus den Fahrzeugen zu verteilen, darunter auch die aus den Wagen der Voors. Die Soldaten sind still; jeder von ihnen versucht, mit seinen Gefühlen fertigzuwerden, mit dem Schock angesichts der jüngsten Ereignisse. Mit dem geistigen Brennen, das sich nach einem Kampf einstellt, wenn es noch keine echte Erleichterung gibt, keine Gelegenheit zu klaren Gedanken, wenn in den Adern noch mehr Adrenalin als Blut fließt und einem Riesenscheiß dicht auf den Fersen ist, während wir rennen und so tun, als wären wir noch immer eisenharte Skyrines und kein beschädigtes Material.

Es braucht eine gute Führungshand, um diesen Haufen wieder richtig auf Vordermann zu bringen. Joe wählt den Warrant Officer: Wilhelmina Brodsky, eine taffe Alte mit einem Gesicht wie aus Teak geschnitzt. Sie erhält die Aufgabe, neue Trupps zusammenzustellen. Tak hilft beim Verteilen von Handwaffen. Nicht alle Waffen gehen an entsprechend ausgebildete Skyrines, aber wir kommen schon zurecht – die Betreffenden müssen eben schnell lernen.

»Wir werden dieses Tor verteidigen, mit allem, was wir haben«, sagt Joe. »Die meisten von uns bleiben hier, ruhen sich aus und putzen ihre Anzüge.« Er sieht Tak an. »Ich möchte drei Wächter vor dem nördlichen Tor postieren. Mit dem Funk hapert's hier unten; die Männer sollten also schnell laufen können. Vinnie, wähl drei aus. Außerdem: Ich möchte übers östliche Tor Bescheid wissen und herausfinden, wohin zum Teufel die anderen verschwunden sein könnten.«

DJ weist darauf hin, dass er die Tunnel inzwischen recht gut kennt, selbst einige Etagen weiter unten. Ich frage ihn, woher er Bescheid weiß.

»Ich habe die Kontrollen im südlichen Wachturm wachgeküsst«, sagt er. Er meint den Ort, zu dem Teal mich brachte, als wir die Voors kommen sahen. »Hatte Zeit genug, als ihr draußen auf der Spielwiese wart. Alles einfacher Krypto-Kram, längst überholt. Hab einige hübsche Bilder bekommen.«

»Upload?«

»Nur die Augen. Kein Link, wie gesagt.«

»Aber dein Engel hat alles aufgezeichnet, nicht wahr?«

»Das eine oder andere. Dann streikte die Konsole plötzlich – alle Displays wurden dunkel. Aber die Bilder sind noch immer da.« DJ klopft sich an den Kopf und meint nicht den Engel, sondern den Schädel unterm Helm. Ich erinnere mich an Teals Hinweis, dass das Graben und Schürfen selbst dann weiterging, als der Drifter schon aufgegeben war, während der Überflutung. Ich sage nichts dazu. Sehe keinen Sinn darin, die Leute mit Dingen zu verwirren, die ich nicht gesehen habe und die ich noch nicht verstehe.

»Können wir das Osttor öffnen und Besucher empfangen?«, frage ich DJ.

»Wenn die Voors oder Algerier es zugeschweißt haben, so weiß die Konsole nichts davon«, erwidert DJ. »Die Karte sagt eindeutig, dass es da ist. Der Eingang befindet sich etwa fünfhundert Meter in der Richtung …« Er zeigt nach rechts, dann nach unten. »Und etwa fünfzehn Meter tiefer. Kommt auf der Schürfebene herein. War dazu bestimmt, schweres Gerät zu empfangen und vielleicht auch Erzladungen nach draußen zu schicken.«

»Hat es in der letzten Zeit Besucher gegeben?«

»Ich habe die Kontroll-KI gefragt, ob jemand den Weg genommen hat. Nichts, nada, Fehlanzeige.«

»Können wir das Tor von hier aus erreichen? Keine Überflutungen oder anderen Hindernisse?«

»Ich glaube nicht«, sagt DJ nachdenklich.

»Und die Kontroll-KI? kann sie eine Warnung übermitteln, wenn jemand versucht, durch das Nordtor hereinzukommen?«

DJ zuckt die Schultern. »Sie scheint an diesen Dingen kaum interessiert zu sein. Die KI ist alt und verschlissen.«

»Wächter«, sage ich zu Joe. Brodsky ist noch immer damit beschäftigt, Trupps zusammenzustellen. Sie greift auf Taks Hilfe zurück, als es darum geht, die Soldaten von zwei Gruppen daran zu erinnern, wie man mit den Gewehren umgeht.

»Also gut«, sagt Joe. »DJ, bleiben Sie hier und halten Sie die Truppe zusammen.«

DJ verspricht, sich alle Mühe zu geben.

Joe schickt Beringer, Stanwick und den entkräfteten Captain Victor Gallegos nach Norden, lehnt sich dann an eine Wand und macht Bewegungen, als wolle er eine Zigarette rauchen. Nach etwa zwanzig Sekunden Theater drückt er die imaginäre Zigarette an der Wand aus und strafft die Gestalt. Ich habe nie gesehen, dass er wirklich geraucht hat.

»Und nun, Vinnie … Wie wär's, wenn wir uns ein wenig umsehen?«

Ich führe Joe zum südlichen Wachturm. Die dortige Konsole scheint tatsächlich erledigt zu sein, was uns aber nicht weiter stört. Wir ziehen das Periskop herunter und werfen einen Blick nach draußen, dreihundertsechzig Grad. Schon bald wird uns die Situation klar: Der Drifter ist von einem massiven Antag-Kreis umgeben. Etwa einen Kilometer sind sie entfernt, die schwarzen Millis nebeneinander, ihre großen glänzenden Köpfe nach vorn gerichtet – wie eine dunkle Perlenkette, die jemand auf den Ortstein gelegt hat. Hinter ihnen erkennen wir dunkelgraue Plattformen, hier und dort mit kleinen Lichtern, die darauf hinweisen, dass sie von den Kanonieren geladen werden. Eine volle Division, wenn wir die Schlachtordnung der Antags richtig einschätzen, mindestens fünf Infanteriebrigaden, unterstützt von über hundert Millis, sechs mobilen Waffenbataillonen und weiteren Abteilungen hinter den vorderen Formationen.

Der Gegner hat seine Streitkräfte nicht vor den Zugängen konzentriert, sondern den Drifter umstellt. Er feuert nicht, wartet einfach nur. Obwohl er stark genug wäre, uns mühelos auszulöschen. Falls wir auf die Idee kommen, den Drifter zu verlassen.

Die Antags sind nicht vorsichtig, sondern zuversichtlich.

Mehr noch: Sie sind verdammt noch mal arrogant.

Joe schiebt das Periskop nach oben und sieht mich

ernst an. »Sie könnten diesen Ort in einer Stunde übernehmen«, brummt er. »Worauf zum Teufel warten sie?«

»Auf Befehle?«, spekuliere ich. »Vielleicht sind sie taktisch ebenso vermurkst wie wir.«

»Ich denke, sie spielen mit uns Katz und Maus.« Joe ballt die Fäuste, streckt die Finger dann wieder. Vielleicht hat er seit dem Sprung nicht mehr geschlafen. »Nimm DJ, Brom und Ackerly und sieh dir das östliche Tor an. Stell fest, ob es intakt ist. Halte nach Anzeichen einer zweiten Voor-Gruppe Ausschau: Wagen, Ausrüstungen, Vorräte, was auch immer. Kundschafte alles aus, wie du willst. Schnapp dir, was du kannst. Erweitere DJs Karte. Und kehre so schnell wie möglich hierher zurück.«

»Was ist, wenn wir den Voors begegnen?«, frage ich.

»Lass dich nicht von ihnen umbringen«, erwidert Joe, die Lider schwer. »Sag ihnen die Wahrheit. Wenn wir nicht zusammenarbeiten, kommen wir hier nicht lebend raus.«

Zurück zum südlichen Tor. Tak erkennt Joes Situation und führt ihn von mir fort, einen Arm um seine Schultern gelegt und mit einem kurzen Blick in meine Richtung.

»Legen Sie eine Pause ein, Sir«, sagt Tak zu Joe. »Fünf Minuten.«

Es klingt ziemlich streng.

»Ackerly, Brom, DJ – zu mir«, sage ich.

Ameisenfarm

Als Kind liebte ich Geschichten über gewöhnliche Leute, die auf einer einsamen Insel festsaßen oder irgendwo isoliert waren, zum Beispiel in einem gekenterten Ozeandampfer oder einem Raumschiff. Früher oder später begannen diese eingepferchten Menschen, sich wie die Ameisen einer Ameisenfarm zu benehmen. Man stelle sich kleine Geschöpfe vor, die zwischen geheimnisvollen Glaswänden Spuren in den Sand graben, kleine Dramen aufführen und immer den alten Wegen folgen, wobei sie häufig kollidieren. An diesen Geschichten gefiel mir insbesondere, dass all die Bewohner der Ameisenfarm überhaupt nichts von größeren Dramen wussten und sich nicht darum scherten, was ihre Farm eigentlich war, zum Beispiel ein Kinderspielzeug. Den meisten Figuren war die größere Situation piepegal. Ich schätze, sie schenkten ihr keine Beachtung, weil besagte Situation ein Problem darstellte, das auf ihrem Informationsniveau unlösbar war. Wenn wir mit einem solchen Dilemma konfrontiert sind, kehren wir zu den Dingen zurück, die wir am besten verstehen: Wir suchen die Gesellschaft anderer Menschen, wir haben Sex, streicheln unser Ego, stolzieren herum, kämpfen, reden viel und staunen oft. Die Geschichten, die mich an Ameisenfarmen erinnern, sind Geschichten über das Leben. Wir haben keine Ahnung, warum wir hier sind, warum wir leben. Oft wissen wir nicht einmal, *wo* wir sind. Aber *hier* sind wir und versuchen, das Beste daraus zu machen.

Es gibt noch einen Grund, warum ich die Antags nicht gern »Ants«, also »Ameisen«, nenne. Denn wenn ich damit anfange, könnte es bedeuten, dass sie irgendwie *ihren* Glaswänden entkommen sind, dass sie ihre Farm verlassen, die Abgründe zwischen den Sternen überwunden haben und zu uns gekommen sind. Ameisen, die durch unser Sonnensystem kriechen, auf dem Mars herumkrabbeln und *uns* beobachten, uns im Drifter.

Wer weiß, was sie von uns denken? Bedauern sie uns, weil wir so rückständig sind und so in der Klemme sitzen?

AVOHI.

Hinweis an mich selbst. Hör auf, dir den Kopf zu zerbrechen. Befolge die Befehle. Verlass dich auf die Ausbildung. Das sind die gläsernen Wände, die Skyrines schützen.

DJ übernimmt wieder die Führung, bis zum Tunnel, der plötzlich nach rechts abknickt. »Hier entlang«, sagt er. Brom und Ackerly wechseln einen Blick mit mir. Unser Reiseführer pfeift vor sich hin, ein Geräusch, das vor uns in der Düsternis seltsam widerhallt. Tom-Sawyer-Kram für DJ. Er mag so was. Mich nervt es, und nicht zu knapp.

Nach einigen Minuten erreichen wir eine breite Stelle im Tunnel, mit einer Brüstung, die einen sieben Meter breiten Schacht umgibt. In die Wände des Schachtes sind Stufen gehauen und formen eine Art Wendeltreppe, ideal für einen Schwertkampf zwischen Basil Rathbone und Errol Flynn, rauf und runter. Wie sich herausstellt, ist es der erste Schacht dieser Art, und bei Weitem nicht der schlimmste.

Je tiefer wir hinabsteigen – viele Meter, hundert oder noch mehr –, desto mehr glänzen die Wände, desto mehr Metall enthalten sie. Im Licht unserer Helmlampen glitzern große metallene Kristalle. Ich versuche mich daran zu erinnern, wie sie heißen, aber es will mir nicht einfallen. Sie sind im All entstanden, im Lauf langsamer Abkühlung über Äonen hinweg …

Neuigkeiten von Joe

»Widmanstätten-Strukturen«, sagt Alice Harper. »Nickel-Eisen-Kristalle. Wie groß?«

Ich halte die Hände auseinander. Etwa fünfzig Zentimeter. Dicke Brocken, aber glatt, wie Kunstobjekte.

»Meine Güte«, sagt sie. »Sie sind durch den Kern des alten Mondes geklettert. Auf dem Mars!«

»Auf dem Mars«, wiederhole ich. In meinem Kopf hämmert es. Der Nacken ist steif vom Reden und den Erinnerungen, und ich möchte hinauszögern, was nun bevorsteht. »Ich muss Tabletten nehmen.«

»Nur zu«, sagt Alice. Sie blickt auf ihr Telefon, als erwarte sie einen Anruf.

Vak-Supplemente sind empfohlen, während man vom Kosmolin herunterkommt. In den letzten Stunden habe ich darauf verzichtet, weil sie manchmal den ganzen Körper spülen. Teil des Glanzes, ein Raumfahrer zu sein. Im Bad starre ich in den großen Spiegel, sehe einen Kopf, der vom Körper getrennt zu sein scheint, und erkenne nichts, das mir gefällt oder das ich respektiere.

Ich stütze die Hände auf das Waschbecken. Im Wohnzimmer dudelt ein Telefon, nicht meins. Alice spricht mit leiser Stimme. Ich lasse die Badezimmertür offen, halte die Tabletten in der Hand und versuche zu entscheiden, ob ich wieder Mensch werden will – was bedeutet, mit mehr Essen festeren Boden zu finden und mehr Gesellschaft zu suchen –, oder ob ich dem Vak in meinem Kopf nachgeben soll.

Alice spricht noch immer in ihr Handy. Etwas ist los. Sie klingt aufgeregt, aber ich kann nicht verstehen, was sie sagt. Ich schlucke die Pillen und spüle sie mit Wasser aus dem Hahn hinunter. Dann verlasse ich das Bad. Das Essen in meinem Magen benimmt sich, ebenso die Beine. Ich kann klar sehen und fühle mich stärker.

Alice steht auf der Stufe zum Flur und lächelt ein sehr sonderbares Lächeln. »Das war Joe«, sagt sie. »Er möchte, dass Sie die Wohnung verlassen.«

»Und wohin soll ich gehen?«

»Das hat er nicht gesagt, und ich glaube, wir wollen es auch gar nicht wissen – noch nicht. Nehmen Sie Ihre Sachen.«

»Ich soll ausziehen? Wohin geht's?«

»Ich weiß es nicht, im Ernst.«

»Bleibt mir eine Wahl?«

Alice – dieselbe Alice, mit der ich auf dem Markt gewesen bin, die Cioppino gekocht und sich meine Schilderungen voller Anteilnahme und Verständnis angehört hat – richtet einen zornigen Blick auf mich und duldet keinen Widerspruch.

»Es war *Joe*«, sagt sie.

»Warum kommt er nicht hierher?«

»Das habe ich ihn nicht gefragt! Gehen wir.«

Sie hilft mir, die Tabletten einzupacken, und füllt eine Flasche Wasser aus dem Hahn in der Küche. Irgendwie sind mir die Fragen ausgegangen.

Aber sie sagt: »Reden Sie«, als wir zum Aufzug gehen. »Denken Sie an das, was geschehen ist. Vergessen Sie keine Einzelheiten.«

Tiefer Stolz

Am Ende der Wendeltreppe stoßen wir auf drei Tunnel, die wie Speichen eines Rads vom Schacht wegführen – DJ hat uns zu einem runden Raum gebracht, ins Zentrum eines perfekten Schießstands. Weit und breit keine Sternenlichter. Ich winke meinen Begleitern zu und gebe ihnen zu verstehen, dass sie sich von den Tunnels fernhalten und in der Nähe der Wände bleiben sollen.

Aber es gibt hier nur Dunkelheit und Stille.

Draußen auf dem Roten hört man manchmal das Flüstern eines geisterhaften Windes. Wenn nicht gerade ein Sandsturm tobt, bleibt es so leise, dass man die Ohren spitzen muss, um es wahrzunehmen. Doch hier unten hört man nur das dumpfe Zischen vorsichtig atmender Menschen, das Scharren von Stiefeln und außerdem, außer diesen kleinen Geräuschen … nichts.

Wir schalten unsere Helmlampen ein und sehen die Spuren im Staub – sie führen in einen der drei Tunnel. Der Staub in den anderen Tunnel ist fast unberührt, abgesehen von winzigen Vertiefungen und dünnen Linien, die ich ignoriere, weil ich sie nicht erklären kann und in meinem Kopf kein Platz für weitere Fragen ist.

DJ geht in die Hocke und zeichnet eine Karte in den Staub. Er hebt den Zeigefinger an die Lippen, als wolle er den Staub kosten, bemerkt dann meinen Blick und lässt die Hand sinken. »Es gibt sechzehn Hauptetagen, und einundzwanzig Schächte verbinden sie miteinander, bis hinab zum Rumpf. Ich glaube, die meisten Etagen waren wegen der Überflutung geschlossen, bevor die Voors ihre Sachen packten, aber inzwischen sind sie entwässert. Bis auf den tiefen Hydro.«

»Wir sollten zurückkehren«, sagt Ackerly, der bei den Spuren im Staub kniet. »Die Voors könnten einen Hinterhalt für Verfolger vorbereitet haben.«

DJs Gesichtsausdruck ist seltsam. »Na schön. *Dieser* Tunnel führt zum östlichen Tor, aber *der* dort nicht.« Er zeigt auf den Tunnel mit den vielen Fußspuren und dann auf die Mitte seiner Karten. Anschließend fügt er der Karte weitere Linien hinzu, gestaffelt durch die Längsachse des Drifters. »Er fällt in einem flachen Winkel ab, bis hin zur Seite eines Rings. Wenn man halb um den Ring geht, kommt man zum ersten von mehreren Schächten, die in eine Höhle hinabreichen, in eine große Leere. Derzeit befinden wir uns nur im Hals …«

»Was?«, fragt Brom.

»Der Drifter ist wie ein großer Schwimmer, der versucht, an der Oberfläche zu bleiben, nicht wahr, Master Sergeant?«, sagt DJ. Ich nicke. »Bisher sind wir nur bis zu einer Seite des Halses hinabgestiegen.«

»Bei diesem Schwimmerkram komme ich nicht ganz mit«, wirft Ackerly ein.

»Wie wär's, wenn du deine Fantasie ein bisschen bemühst?«, erwidert Brom.

Ackerly runzelt die Stirn. »Rückenschwimmen oder kraulen?«

»Nur der obere Teil des Kopfes, die Unterarme und Teile des Halses ragen aus dem Sand«, sagt DJ. »Man stelle sich einen Schwimmer beim Rückenschwimmen vor. Kopf, Schulter und ein Arm sind nach vorn gestreckt – das nördliche Tor. Der andere Arm nach hinten, und in seiner Beuge befindet sich das Südtor. Rückenschwimmen, ja.«

Brom lacht. »Verfickt«, sagt er. »Jetzt kann ich den Arm *sehen*. Mit einem großen Ellenbogen, die Hand im Sand. Was ist weiter unten, im Bauch?«

»Die große Höhle. Eine Leere. Die Konsole nannte sie Kirche.«

»Warum zum Teufel sollte sich dort unten eine Kirche befinden?«, fragt Ackerly.

»Ich schätze, der Name geht auf die Voors zurück. Was weiß ich, wie sie darauf gekommen sind.«

»Wenn *dieser* Tunnel zum östlichen Tor führt …« Ich strecke den Arm aus. »Niemand hat ihn benutzt. Die wenigen Spuren stammen vielleicht von kleinen Steinen, die von der Decke gefallen sind. Jedenfalls, es zeigen sich keine Fußabdrücke im Staub.«

DJ verarbeitet das, bleibt aber stur. »Ich bin trotzdem verdammt sicher, dass der Tunnel zum Osttor führt.«

»Oben in der Kontrollnische ... Waren einige der Schürfstellen blau und rot markiert?«, frage ich.

»Ja. Tief unten gab's jede Menge Rot, hauptsächlich in der Nähe der Kirche.«

»Der Bauch«, sagt Brom.

»Im Bauch des Mars«, sagt Ackerly. »Klingt gut. Nicht übel. Der Bauch enthält auch den Darm. Uns steht Scheiße bevor, kein Zweifel.«

»Als Teal die roten und blauen Markierungen im größeren Diagramm sah, glaubte sie offenbar, dass das Schürfen und Graben weitergegangen ist, selbst nachdem der Drifter aufgegeben wurde«, sage ich.

»Wer ist Teal?«, fragt Brom.

»Die Farmersfrau, die uns den Arsch gerettet hat«, erklärt DJ. Dann versteht er und kneift ein Auge zu. »Das Schürfen ging weiter? Im tiefen Wasser? Wer oder *was* wäre dazu imstande?«

Brom und Ackerly sehen uns fragend an. Wir reden über Dinge, von denen sie null Ahnung haben.

»Gehen wir zum östlichen Tor«, sage ich. »Wir müssen zunächst einmal herausfinden, wo die Voors hereinkamen und wie sicher die oberen Bereiche vor den Antags sind.«

DJ zuckt die Schultern und tritt in den Tunnel, von dem er glaubt, dass er zum Osttor führt. »Diese Grabungen sind *alt*«, sagt er. Wir hören ihn deutlich genug, trotz des Scharrens der Stiefel, denn seine Stimme ist fast schrill.

»Woher willst du das wissen?«, fragt Brom.

»Die Rillen. Spuren des Grabens. Als ich zwischen den Toren hin und her ging, fiel mir auf, dass einige von ihnen viel älter sind als die Voors.«

»Wirklich? Wie alt?«

DJ wirft uns einen seltsamen quietschfidelen Blick zu. »Vielleicht Millionen von Jahren. Diese Spuren hier …« Er streicht mit dem Handschuh darüber hinweg. » … sind glatter. Fließendes Wasser hat sie erodiert, das Wasser des Hobos, des unterirdischen Flusses. Und so was passiert nicht in ein paar Tagen, es braucht Jahrmillionen, klar? Der Hobo fließt nicht die ganze Zeit über, er wandert unter der Oberfläche, kehrt alle paar Millionen Jahre zurück, überflutet alles, verschwindet wieder …«

Er bleibt in Bewegung, winkt mit dem rechten Arm, und wir sehen alle nach rechts. »Der ist neuer, weniger Erosion«, sagt er im nächsten Tunnel.

Ich weiß nicht, was ich davon halten soll. Die anderen Rillen und Furchen sehen im Vergleich mit diesen hier tatsächlich abgeschliffen aus. Aber es könnte am Einsatz anderer Maschinen liegen, an der Verwendung anderer Werkzeuge und Methoden …

»Kopf, Hals und Schulter«, murmelt Brom. »Unter uns der Bauch. Und noch tiefer? Wie weit geht's nach unten?«

»Vielleicht zwei oder drei Dutzend Kilometer«, sagt

DJ. »Nach den Bildern zu urteilen, die ich gesehen habe.«

Darauf hat er bisher nicht hingewiesen.

»Was zum Geier *ist* dies für ein Ort?«, fragt Ackerly.

»Gottes Schokoriegel«, sage ich. »Hat ihn auf Seinem Weg zur Erde fallengelassen. Mit Nougat in der Mitte, wie ich hörte.«

Ackerly lässt es sich durch den Kopf gehen. »Wirklich?«, fragt er mit einer jungenhaften Unschuld, die man einfach lieben muss.

Der Tunnel beschreibt einen Bogen und steigt dann an. Nach einigen Minuten erreichen wir das östliche Tor: eine Höhle groß wie ein Hangar, vollkommen dunkel. Keine Sternenlichter, nur der Schein unserer Helmlampen in kalter, klarer Luft. Wir sind die Ersten, die den grünen Staub auf dem Boden berühren.

Langsam wandern wir durch die Höhle. Keine Buggys, keine Wagen, keine Fahrzeuge irgendeiner Art – und keine Ausrüstung. Ich nähere mich dem Innenschott der Schleuse und leuchte es von oben bis unten ab. Ziemlich groß, das Ding, mindestens ebenso groß wie das Schott der Südtorschleuse. Jemand hat es verschweißt und es außerdem mit Stahlstangen und mehreren Basaltblöcken blockiert, vermutlich Teil des bei den Schürfarbeiten angefallenen Abraums. Dieses Tor wurde vor langer Zeit geschlossen, und seitdem hat es niemand mehr angerührt.

Seit langer Zeit ist niemand mehr hier gewesen.

Ackerly niest und bohrt in der Nase. Etwas Grünes

bleibt an seinem Finger kleben. »Dies ist kein Marsstaub«, sagt er und wischt sich den Finger am Arm ab. »Das grüne Zeug ist überall. Wir atmen es ein. Was ist es?«

»Vielleicht Algen«, sagt DJ.

»Was, wenn ich allergisch bin?«, fragt Ackerly.

»Hier gibt's nicht einmal eine Kontrollnische«, sagt DJ. Er steht neben einem alten, rostigen Gerüst, das vielleicht einmal eine Kontrollvorrichtung getragen hat. »Ich wette, sie haben auch Felsen vor das Außenschott gekarrt, als hier alles versiegelt wurde. Damit niemand von außen erkennen kann, dass hier überhaupt ein Zugang existiert. Paranoide Mistkerle. Aber auch schlau.«

»Hier kamen keine Voors herein«, stellt Brom fest und dreht sich. Das Licht seiner Helmlampe streicht über die Wände der Garage. »Wie sollten sie Skyrines ohne Hilfe überwältigen?«

Im Licht meiner Lampe glitzert etwas, und zwar im Tunnel, der uns hierher brachte. Ein kurzer Reflex, von etwas Kleinem, der sofort wieder verschwindet, wie ein Auge, das sich geöffnet und geschlossen hat, ein Blinzeln, mehr nicht.

»Habt ihr das gesehen?«, frage ich und weiche in die Mitte des Hangars zurück.

»Was denn?«, fragt DJ.

»Ein Auge«, sagt Brom. Seine Stimme klingt gepresst. »Ich hab's ebenfalls bemerkt. Ein blinzelndes Auge. Nur eins.«

Ackerly stößt zu uns, und wir stehen dicht beisammen, decken uns gegenseitig mit gezogenen Waffen. »Ich hab nichts gesehen«, sagt er. »Gehen wir in die Richtung zurück?«

»Es ist der einzige Weg«, sagt DJ.

Es dauert einige Minuten, diese erschöpften und durch und durch unglücklichen Männer dazu zu bringen, Vernunft anzunehmen. Wir können unsere Mission nicht beenden, ohne den Weg zurückzukehren, den wir gekommen sind, ohne unseren Fußspuren zu folgen. Ich blicke in den grünen Staub, betrachte mit zwanghaftem Interesse die Abdrücke, die unsere Stiefel darin hinterlassen haben, und versuche zu verstehen, wo wir sind und was passiert. Was wir sehen oder nicht.

DJ übernimmt wieder die Führung. Ich bilde den Abschluss. Wir sind jetzt im Tarn-Modus und bewegen uns so leise wie möglich; wir atmen nicht einmal laut.

Dann höre ich ein Brummen von Brom. »Seht euch das an«, sagt er, bückt sich und leuchtet auf unsere Spuren. Einer unserer Stiefelabdrücke zeigt sich im Licht, spielt keine Rolle, von wem er stammt. Ein frischer Abdruck von jemandem, der zur Garage unterwegs gewesen ist.

Jemand oder etwas hat einen noch frischeren pockennarbigen Abdruck darin hinterlassen und etwas vom grünen Staub zur Seite geschoben. Erst vor wenigen Minuten.

Ohne weitere Spuren zu hinterlassen.

»Ants!«, sagt Brom lauter. »Sie sind bereits hier drin. Wir sind erledigt!«

»Das glaube ich nicht«, erwidere ich und überlege rasend schnell, so schnell, dass sich die Gedanken wie Funken anfühlen. Keine Panik. Sorg dafür, dass die Männer nicht in Panik geraten. »Wir alle haben Antag-Spuren auf dem Roten gesehen. Individuen hinterlassen größere Spuren. Doppelte Kreise mit Streifen an den Seiten. Ihre Stiefel sind größer als unsere.«

»Also keine Ants«, pflichtet DJ mir bei.

»Immer mit der Ruhe«, sage ich. »Zuerst die Mission. Wir müssen zurück und Bericht erstatten.«

Wir schleichen zu dem Raum, von dem die Tunnel ausgehen, am Ende des Schachtes mit der Wendeltreppe. Wir bleiben allein. Nichts und niemand stellt sich uns in den Weg.

»Etwas mit einem glänzenden Auge«, sagt Brom nachdenklich. »Wenn es keine Ants sind … was dann?«

»Sehen wir uns den Rest dieser Etage an«, sage ich. »Vielleicht finden wir etwas heraus.«

Wir sind einige Hundert Meter weit gekommen, als klar wird, dass DJ nicht mehr weiß, wo wir sind.

»Verdammt, wir sind zu weit gelaufen«, sagt er. »Hab ein bisschen die Orientierung verloren.«

»Verirrt?«, fragt Ackerly.

»Nein, Mann, ich bin nur ein wenig desorientiert, das ist alles. Als hätte mich jemand im Kreis gedreht.«

Vielleicht haben wir eine falsche Abzweigung genommen, Es ist dunkel; an diesen Wänden hängen keine Sternenlichter, und die Rillen und Furchen scheinen frisch zu sein. DJ schweigt eine Weile, bis wir erneut anhalten; er dreht sich um und sieht uns an. »Ich glaube, wir sind ganz und gar nicht dort, wo wir sein sollten.«

»Dann gehen wir einfach zurück, ja?«, fragt Ackerly.

»Der grüne Staub zeigt uns den Weg«, sagt Brom.

»Falls ihr es noch nicht bemerkt haben solltet ...« Ich zeige auf den Boden. »Kein grüner Staub.«

»Mist«, sagt Brom. »Der Staub soll doch überall sein. Verstopft mir die Nase, das verdammte Zeug. Aber warum nicht *hier*? Warum ist der Staub nicht da, wenn wir ihn brauchen?«

»Weil es hier nicht *komisch* ist«, sagt DJ. »Den grünen Staub gibt es nur dort, wo es komisch ist.«

Aber so leicht lassen wir ihn nicht vom Haken. Wir drängen uns um ihn zusammen, ganz dicht, als könnten wir eine bessere Antwort aus ihm herausquetschen. Wir bedrohen ihn nicht, nein, das natürlich nicht – einen Skyrine-Kameraden bedrohen wir nie. Wir sind mehr wie Kettenraucher, denen die Kippen ausgegangen sind und die wissen, dass er irgendwo eine Schachtel Zigaretten hat.

»Gebt mir Platz zum Nachdenken«, sagt er mit gesenktem Kopf. Seine Augen glänzen im Schein unserer Lampen, die nach und nach an Leuchtkraft verlieren. Wenigstens ist die Luft hier unten frisch. Frischer als jemals zuvor, denke ich, wie eine kontinuierliche

Bergbrise. »Etwa hundert Meter hinter uns gab es einen Nebentunnel«, sagt DJ schließlich und durchbricht unseren Käfig. »Versuchen wir es mit ihm.«

»Ich hab ihn nicht gesehen«, sagt Ackerly. Und an Brom gerichtet: »Was ist mit dir?«

Ich habe nichts gegen Corporal Dan Johnson, wirklich nicht. Er ist ein anständiger Techniker und engagierter Skyrine. Manchmal versucht er sogar, lustig zu sein. Aber der Gedanke, dass unser Leben von DJs angeblich perfektem Gedächtnis abhängt, behagt mir ganz und gar nicht. Ackerly und Brom sind stoisch. Ich glaube, sie haben draußen auf dem Roten mit allem abgeschlossen, als sie vor der heranrückenden Antag-Mauer flohen. Der Rest ist für sie vermutlich nur ein Aufschub vor dem Unvermeidlichen.

Ich frage mich, was der fehlende Staub und die frischen Rillen in den Wänden bedeuten. Ist hier erst vor kurzer Zeit gegraben worden?

Nach dem Rückzug des Wassers?

Langsam dämmert mir, dass wir es bei diesem seltsamen Spiel mit einem weiteren Teilnehmer zu tun haben könnten, einer dritten Gruppe, von der wir bisher überhaupt nichts wissen.

Mit einer Gruppe, die ein blinzelndes Auge hat. Oder vielleicht eine Kamera.

»Worüber lachst du, zum Teufel?«, fragt mich DJ. »Dies ist nicht komisch, Mann.«

»Such den Nebentunnel«, fordere ich ihn auf.

»Ja, Sir. Und wenn er nicht mehr da ist?«

»Finde ihn.«

Zehn weitere Schritte, und DJ wirbelt herum, richtet das Licht seiner Lampe direkt auf uns. Er zeigt nach rechts – von uns aus gesehen nach links –, und sagt fast triumphierend: »Na bitte, da ist er.«

Der Tunnel ist kleiner und schmaler und so niedrig, dass wir nicht aufrecht darin stehen können. DJ bückt sich, betritt den Tunnel … und saust zurück, wie der Korken aus einer Flasche. Er steckt in einer sonderbaren Art von Netz: Durchsichtige Fetzen, wie biegsames Glas oder Zellophannudeln, kleben an Helm und Schultern. Er grunzt wie ein verzweifeltes Schwein, pflückt die transparenten Fasern von seinem Anzug und wirft sie zu Boden. Brom, Ackerly und ich weichen zurück und beobachten ihn. Niemand von uns wagt ihn anzurühren; vielleicht befürchten wir etwas in der Art der Keimnadeln. Schließlich hat sich DJ vom größten Teil des Zeugs befreit – es sind nur noch einige kleine Fragmente übrig –, und ich sage ihm, dass er aufhören soll, Kraft zu vergeuden; ich sei bereit, ihn zu untersuchen.

Er erstarrt, steht still wie eine Statue, das Kinn gehoben, die Arme ausgestreckt. »Sind es Nadeln?«, quiekt er.

»Ich glaube nicht. Halt still.«

Vorsichtig nehme ich eine Faser und halte sie ins Licht unserer Lampen. Sie ist etwa fünf Zentimeter lang und zwei Zentimeter breit, ganz so wie eine Zellophannudel in einer Schüssel mit asiatischer Suppe, aber steifer, nicht ganz so flexibel. Ich drücke sie zwischen den Fingern, der Länge nach und nicht zu fest. Sie gibt zuerst nach, scheint dann fester und gerader zu werden. Seltsames Material.

Überall um DJ herum liegen Netzfetzen auf dem Boden. Nichts davon scheint seinen Hautengen durchdrungen zu haben.

»Verdammtes Spinnennetz«, sagt Brom.

»Nein!«, stößt DJ hervor. »Von *dem* Scheiß will ich wirklich nichts wissen.«

»Na schön«, sagt Brom. »Also keine Spinnen.«

»Keine Spinnen sind mir ebenfalls recht«, fügt Ackerly hinzu.

Womit ich an der Reihe wäre. Ich beuge mich vor und leuchte in den Tunnel, der unsere Rettung sein sollte, wie DJ geglaubt hat. Als ob man ihm trauen könnte. »Etwas steckt dort drin«, sage ich.

»Falltürspinne!«, sagt Brom.

Das gefällt Ackerly gar nicht. Seine Hand knallt an die Seite von Broms Kopf.

Meine Neugier ist geweckt. Wirklich. Angst habe ich keine, nicht jetzt. Ich spüre vor allem eine seltsame Art von Faszination. Ein trauriges Staunen. Ich habe das Gefühl zu wissen, was ich finden werde. Besser gesagt: *Ein Teil von mir* glaubt es zu wissen. Ein Teil von mir fühlt eine separate Wahrheit, eine Wahrheit, die …

Die über die menschliche hinausgeht?

»Was auch immer es sein mag, es bewegt sich nicht«,

rufe ich zurück. Ich habe mich durch die klebrigen Fasern geschoben und das Ding gefunden, das sie vielleicht produziert hat – es sieht aus, als könnte es das Werk eines verrückten Glasbläsers auf einem Jahrmarkt sein. Dort ist das Auge, wie eine Linse, ich habe mich nicht geirrt, und es sitzt auf einem röhrenförmigen Kopf: transparent, blaugrün, an einem derzeit schlaffen Stängel. Hinter Kopf und Auge befindet sich ein Durcheinander aus gläsernen Gliedern etwa so dick wie mein Handgelenk. Vielleicht sind die Stränge einmal flexibel und stabil gewesen, aber jetzt sind sie von Rissen durchzogen, und sie erscheinen mir spröde, zerbrechlich. Ein kleiner Stoß mit dem Finger könnte genügen, sie zu Staub zerfallen zu lassen.

»Ich bezweifle, dass dies ein Antag ist«, sage ich über die Schulter. »Es rührt sich nicht. Scheint alt zu sein. Ist kurz davor auseinanderzufallen …«

Etwas, das in diesen Tunnel gekrochen und hier gestorben ist. Oder das aufgehört hat zu funktionieren. Was erkenne ich in dem traurigen Haufen aus Fasern?

Brom steckt hinter mir den Kopf in den Tunnel und schickt einen zweiten Lichtstrahl in die Dunkelheit. »Sieht nach einer Sackgasse aus. Was ist das Ding, ein Fossil?«

»Keine Ahnung. Aber … ich glaube nicht, dass es von draußen kommt. Ich glaube, es kam von weiter unten.«

»Komm da raus, und lass uns gehen«, sagt DJ, die Stimme noch immer zittrig.

Mein Interesse wächst immer mehr. Ich sinke auf die Knie, ganz vorsichtig, für den Fall, dass einige der Fragmente scharfe Kanten haben, und betrachte die Schuhe, Pfoten oder Füße des Wesens, falls es überhaupt ein Wesen ist und nicht einfach nur ein Ding. Es sind etwa drei Dutzend, am Ende eines Gewirrs aus Beinen mit drei oder vier Gelenken. Ich nehme eine Pfote und hebe sie – sie ist nicht so leicht, wie ich dachte –, und dann bricht das Bein über ihr, und weißer Staub rieselt herab, und okay, es wird Zeit, den kleinen Tunnel zu verlassen und einen anderen Weg zu suchen, dieser führt mit ziemlicher Sicherheit nicht in die richtige Richtung. Er ist ein Schlupfloch, den sich jemand zum Sterben ausgesucht hat.

Ich kehre zu den anderen zurück und halte die Pfote ins schwächer gewordene Licht von Broms und Ackerlys Helmlampen. DJ kommt näher, denn er ist ebenfalls neugierig geworden. Die »Pfote« wiegt etwa ein halbes Kilo und ist unten hart, durchzogen von einem Rillenmuster, das mir wie eine Schraffur vorkommt. Aber es ist kein Muster, wie man es von Feilen und dergleichen kennt, sondern eins, das mich an die Bohrköpfe von großen Tunnelbohrmaschinen auf der Erde denken lässt.

»Ein Steinmahler!«, sagt DJ. Inzwischen ist seine Neugier größer als seine Furcht. Unsere Blicke begegnen sich – und ich erkenne etwas in DJs Augen. Ein Wissen und Erkennen. Ich wende mich ab, bevor er mir zunicken kann, bevor wir einen wirklich seltsamen Club bilden.

»Vielleicht hat dieses Wesen die neuen Tunnel gegraben«, sagt Brom. »Das Ding ist ein verfickter *Kobold.*«

»Das Wort hast du gerade erfunden, stimmt's?«, fragt DJ.

»Nein, Mann. Kobolde sind Bergbaugeister. Wie Gremlins, nur im Boden.«

»Gehen wir«, sage ich und nehme die Pfote mit, den abgebrochenen Fuß. Joe soll ihn sich ansehen. Unsere Situation scheint mir gleich in mehrfacher Hinsicht außer Kontrolle geraten.

Denn was Brom und ich im nutzlosen Hangar mit dem zugeschweißten und blockierten Tor gesehen haben, war *kein* seit langem totes Fossil. Ich habe etwas gesehen, das ebenfalls über ein einzelnes, glänzendes Kamera-Auge verfügte, und es *hat sich bewegt.*

Diese Tunnel sind neu.

Vielleicht gibt es noch immer Kobolde, die sich durch den Fels graben.

Mit DJ steht's nicht zum Besten. Er wird immer unkonzentrierter, murmelt vor sich hin und führt uns in Richtung des östlichen Tors zurück, wie ich hoffe. Unterwegs halten wir nach einem abzweigenden Tunnel Ausschau, nach einem Schacht, nach irgendetwas, das wir bisher übersehen haben. Brom erzählt uns von Kobolden, von denen er aus einem Spiel weiß, das er als Kind auf der Erde gespielt hat. Unheimliche Gräber, die Geister toter Bergleute. In jenem Spiel waren die Kobolde schreckliche fleischfressende Phantome, die Menschen mit ihren Spitzhacken die Schädel einschlugen, das herausströmende Blut mit pelikanartigen Schnäbeln auffingen und anschließend die Körper ihrer Opfer zerfetzten, Fleisch und Knochen.

Ihm zuzuhören ist nicht besonders angenehm, und schließlich fordert Ackerly ihn auf, still zu sein.

»Na schön«, sagt Brom. »Wie ihr wollt.«

Diesmal bin ich es, der mit seiner Helmlampe genau im richtigen Moment zur Seite leuchtet, nach links. Das Licht fällt nicht auf Metallkristalle oder schwarzen Basalt, sondern … in eine breite Öffnung. Ein Tunnel, ziemlich gerade, wie es scheint. Mit einer Neigung von etwa zehn Grad führt er nach unten.

DJ sieht ihn sich verwirrt an. »Kann mich nicht an einen Tunnel mit diesem Gefälle erinnern«, sagt er.

»Du erinnerst dich an einen Scheißdreck«, kommentiert Ackerly.

»Auch dieser ist neu.« Brom deutet auf die Furchen und Rillen.

Wir folgen dem Verlauf des Tunnels. Er wird breiter, was ich zu schätzen weiß. DJ besteht darauf, weiterhin die Führung zu übernehmen, und ich lasse ihm seinen Willen. Vielleicht ist er doch noch imstande, den einen oder anderen Hinweis zu deuten – wir kennen uns hier überhaupt nicht aus. Er murmelt jetzt nicht mehr, und Ackerly und Brom sind ebenfalls still.

Für mich ist es zu still, und offenbar geht es nicht nur mir so.

»Könntest du nicht wenigstens ein bissen *pfeifen*?«, fragt Brom nach etwa zehn Minuten.

»Hab keine Spucke mehr«, sagt DJ. »Ist alles trocken.«

Unsere Anzüge könnten eine ordentliche Aufladung vertragen. Seit Stunden sind wir von unseren Ressourcen getrennt. Normalerweise sind Hautenge zwei oder drei Tage autark, aber unsere haben seit den Vorbereitungen auf den Sprung keine volle Aufladung mehr bekommen. Die Anzüge halten uns selbst dann am Leben, wenn sie ziemlich am Ende sind, aber das bedeutet nicht, dass wir es bequem in ihnen haben.

»Wo sind wir, anatomisch gesehen?«, fragt Ackerly.

»Unter dem Hals«, antwortet DJ. »In der Brust, glaube ich.«

»Irgendwo in der Nähe der Gedärme?«

»Wir könnten unter der östlichen Garage sein, nicht weit vom Herzen entfernt«, sagt DJ. Plötzlich bleibt er stehen, zieht die Schultern hoch und stöhnt. Vor uns befindet sich ein runder Raum, recht alt, mit Rost an den Wänden und einem feuchten Boden. Das Licht von DJs Helmlampe wandert zur Seite, und er weicht zurück, um uns zu zeigen, was er gefunden hat. Eine Leiche.

Ein Mensch.

Ich gehe um ihn herum, und dann versammeln wir uns und richten unser Licht aus, das inzwischen fast orangefarben geworden ist. Ein grässlicher Anblick bietet sich uns. Ein Mann ist in der Mitte durchgeschnitten worden, und an den Wänden zeigen sich Kerben, die eine lange Spirale bilden, bis hin zu einem weiteren Tunnel auf der rechten Seite.

»Rasenmäher«, sagt Brom.

»Das ist ein Voor, nicht wahr?«, fragt DJ und starrt mich an, als ich mein Licht auf das Gesicht des Toten richte.

»Ja«, sage ich. »Hieß Hendrik.«

»Hier liegt noch einer«, sagt Brom. Er ist sechs Meter weit in einen anderen Tunnel gegangen, der leicht nach oben führt. »Was zum Teufel bedeutet das?«

»Es muss zu einem Kampf gekommen sein«, sagt DJ.

Nur zwei Leichen. In beiden Fällen Voors. Beide in Stücke geschnitten, als sie zu fliehen versuchten, von einem Rasenmäher, mit dem jemand wahllos in den Gang geschossen hat. Overkill.

Ich versuche mir vorzustellen, was hier geschehen ist, und dabei läuft es mir kalt über den Rücken.

»Wir müssen zurück, *sofort*«, sage ich.

Aber wir machen noch mehr Entdeckungen. DJ führt uns an der zweiten Leiche vorbei durch den aufsteigenden Tunnel, und nach einigen Dutzend Metern, in einem weiteren runden Raum mit vier davon ausgehenden Tunneln, stoßen wir auf drei Voors: Sie liegen an der Wand und sind mit Kugeln in den Hinterkopf getötet worden, wie bei einer standrechtlichen Erschießung. Ich kenne niemanden von ihnen. Hendrik und der andere sind vielleicht geflohen, um diesem organisierten Gemetzel zu entkommen.

»Das ist verdammter Quatsch!«, ruft DJ.

»Aber war es *autorisierter* Quatsch?«, fragt Brom. »Wer führte hier das verfickte Kommando?«

Kampfhahn nicht, da bin ich ziemlich sicher. Ich muss meine bisherige Einschätzung der Situation gründlich überdenken. Keine zusätzliche Voor-Gruppe, die durchs östliche Tor kam, keine Verstärkung, keine Antags, die irgendwo hereingeschlichen sind – wenn Letzteres der Fall wäre, gäbe es sicher weitaus mehr Tote und Zerstörung.

Sieht aus, als hätten Coyle und unsere Schwestern eine kleine offene Rechnung beglichen, alles in eigener Regie. Aber warum das südliche Tor verlassen? Warum *beide* Tore aufgeben? Wir hätten sie unterstützt, ganz gleich, was sie getan haben. So läuft das bei uns Skyrines.

Wie lauten Captain Coyles Befehle? Was weiß sie, das wir nicht wissen?

Weiß Joe, was sie weiß?

DJ ist durch den breitesten Tunnel geflitzt – wir verlieren unseren Zusammenhalt. Zwanzig Meter weiter vorn bleibt er stehen und ruft: »Dies ist ein verdammter Friedhof! Sie sind alle hier!«

Mit großem Widerstreben schließen wir zu ihm auf und erreichen den größten Raum, den wir bisher gesehen haben. Er durchmisst etwa sechzig Meter: eine große Höhle mit dunklen Steinwänden, in Kopfhöhe mit einer Art Wulst aus mattem, silbrigem Metall. Ich rechne damit, überall tote Voors und Skyrines zu sehen, ein blutiges Schlachtfeld.

Nichts dergleichen.

»Mehr Kobolde«, sagt Brom, seine Stimme kaum mehr als ein Flüstern.

Hunderte, vielleicht Tausende von ihnen, an den Wänden zusammengedrängt, wie von einem Fluss angesammelter Windbruch, ein wirres Durcheinander aus Röhren, Gelenken, Strängen, langen Köpfen und Kamera-Augen – noch biegsam und flexibel, aber reglos und still. So groß ist das Chaos, dass ich mir all diese Wesen gar nicht lebend und unabhängig voneinander vorstellen kann.

Vielleicht haben sich die Kobolde hier wie Tinkertoys versammelt, um eine einzelne Maschine zu werden, um mit Hunderten mahlender und schabender »Pfoten« sich besser und effizienter durch Lava und Metall zu graben.

DJ platscht durch eine knöcheltiefe Pfütze. Der Raum scheint während der letzten Tage oder Wochen erweitert worden zu sein. Vielleicht wurde das Wasser längere Zeit in den unteren Tunneln gehalten, was den Kobolden Gelegenheit gab, das Graben fortzusetzen – bis sie auf einen trockenen Tunnel stießen und alles abfloss. Aber abfließendes Wasser hat sie nicht umgebracht. Sie können sich auch eine Zeit lang ohne Wasser bewegen – ich habe einen von ihnen dabei gesehen. Vielleicht können sie selbst ohne Wasser arbeiten.

Eine riesige Bergbaumaschine, eine richtig große Sache …

Bis jemand – vielleicht Captain Coyle oder Gunny de Guzman, die ich als Erste mit dem Rasenmäher sah – verrückt spielte und wild zu ballern begann. Spiralförmige Brandspuren ziehen sich über die Wände und schneiden durch die Koboldmassen, bis hin zur Decke. Ein Rasenmäher stellt per Definition eine Übertreibung dar. Was ist eine übertriebene Übertreibung? Wahnsinn, totale Vernichtung.

Vielleicht glaubten unsere Schwestern, ein Angriff stünde unmittelbar bevor. Vielleicht *wurden* sie angegriffen. Aber wir sehen kein Blut und keine menschlichen Leichen, von den Voors abgesehen.

Ackerly, Brom und DJ stehen verblüfft in der Mitte des Raums. »Dies ist *unser* Scheiß«, sagt Ackerly. Er spricht leise und versucht, der Sache mit Vernunft beizukommen. »Vielleicht sind diese verfickten Kobolde Ant-Scouts, kleine Käferdrohnen oder so ein Mist. Sie sind drin, überprüfen alles, treffen Vorbereitungen … Vielleicht war es gut und richtig, dass unsere Schwestern sie erledigt haben!«

»Dies sind keine Ant-Drohnen«, sagt Brom ruhig.

Ich stimme ihm zu. Sie passen in kein bekanntes Muster, tragen keine Waffen und haben uns weder verletzt noch bedroht.

»Vielleicht spielt es für einen Kobold keine Rolle,

ob er lebt oder tot ist«, sagt Ackerly. »Vielleicht können sie wieder zum Leben erwachen, aufspringen und einen schnappen … wie Zombies!«

»Halt die *Klappe*«, sagt DJ voller Abscheu.

Alle sehen mich an. Es ist nie gut, wenn Skyrines die Tiefen ihres Intellekts ausloten.

»Wir müssen zurück«, sage ich. Nur daran kann ich denken: die Mission beenden, den Schwarzen Peter weitergeben. Unserem Kommandeur melden, dass das östliche Tor blockiert ist und wir keine Antags im Drifter gesehen haben …

Nur Kobolde. Was zum Henker sie auch sein mögen.

DJ übernimmt erneut die Spitze, und wir folgen ihm und murmeln in der feuchten Düsternis, während er die Arme nach rechts und links wirft. Wir gehen schnell diesmal, wir laufen fast. Die häufigen Druckwechsel bereiten uns Kopfschmerzen.

An einer breiten Stelle im Tunnel bleibt DJ vor einer Luke im Boden stehen. Sie durchmisst etwa zwei Meter und scheint nicht zu einer Schleuse zu gehören, schließt aber vielleicht luftdicht.

»Also gut«, sagt DJ. »Dies kenne ich. Unter der Luke befindet sich ein Schacht, der etwa fünfzig Meter in die Tiefe reicht, in einen Bereich, den vielleicht noch niemand besucht hat, abgesehen möglicherweise von den Voors. Wenn wir das Ding aufkriegen …«

»Woher weißt du das?«, frage ich.

»Das hab ich doch schon gesagt!«, ruft er. »Ich hab's auf dem Diagramm in der Kontrollnische gesehen.

Die Bilder … sie stecken hier drin.« DJ klopft sich an den Kopf, und ich spüre jähen Ärger, der in mir den Wunsch weckt, ihm in den Hintern und gegen die Wände zu treten, weil alles so vollkommen idiotisch ist. Wer auch immer hier das Sagen hat: Ab und zu ein bisschen Gewissheit und Vernunft kann doch nicht schaden, oder?

Stattdessen frage ich: »Bringt uns dieser Weg näher zum südlichen Tor?«

DJ überlegt. »Nein«, antwortet er. »Er bringt uns tiefer, in eine große Leere, keine Ahnung, was sie enthält.« Er kniet und schafft es, eine Seite der Luke anzuheben. »Seht nur, nicht verschlossen.«

Die Luke ist leicht. Kein Stahl, sondern vermutlich eine Polymermischung, gedruckt vom Depositor.

»Gibt es dort unten genug Platz für eine große Gruppe, sich zu verstecken?«

»Auf jeden Fall«, sagt DJ. »Reichlich Platz.«

»Verdammt, nicht schießen!«, ruft jemand aus dem Tunnel – eine Frau. »Siebte Marines, Akbar.«

Ich erkenne die Stimme. Es ist Captain Coyle.

»Fuck«, sagt Brom leise.

Als Erster kommt Wee-Def aus dem Tunnel, nach vorn geschoben von Sergeant Mustafa, und er sieht alles andere als glücklich aus. Er wirft mir einen warnenden Blick zu – ihre Beziehung scheint nicht sonderlich freundlicher Natur zu sein.

»Zum Teufel mit diesem Scheiß«, sagt er müde. Mustafa stößt ihm den Kolben ihrer Waffe an den

Nacken, und Wee-Def kippt nach vorn und fällt auf die Knie.

Ackerly, Brom und DJ gehen links und rechts von mir in Verteidigungsstellung, und wir greifen nach unseren Waffen.

Mustafa starrt uns an. »Er hat sich wie ein Arschloch verhalten«, sagt sie und bietet Wee-Def mit ausgestreckter Hand an, ihm auf die Beine zu helfen.

Coyle und vier ihrer Schwestern kommen aus den Schatten und gesellen sich uns an der breiten Stelle hinzu. Sie umringen uns, als wollten sie uns an der Flucht hindern, überprüfen den Status unserer Waffen, sehen sich alles verdammt genau an und sind so nett wie Scheiße in der Hosentasche. Aber mir schwirrt der Kopf, und in meinen Adern strömt Adrenalin.

Wee-Def schüttelt Mustafas helfende Hand ab und steht auf. In seinen Augen erkenne ich nicht nur Schmerz, sondern auch Verrat und Zorn.

»Was zum Teufel ist mit euch passiert?«, frage ich Coyle.

Ohne meinem Blick zu begegnen, erzählt sie von der unerwarteten Ankunft zwölf weiterer Voors, die durchs Osttor kamen, voll bewaffnet mit Pistolen und Angriffswaffen. Ihre Stimme klingt monoton, als stünde sie unter der Wirkung einer Droge.

»Die Voors schossen auf uns«, sagt Coyle und wandert um die Luke herum. DJ bückt sich und will sie öffnen, weicht aber zurück, als ihm Mustafa einen finsteren Blick zuwirft. »Es kam zu einem Kampf, fast alle erwiderten das Feuer. Zwei Voors wurden von Blitzen getötet, zwei weitere von Projektilen, und wir überwältigten den Rest. Einigen gelang es, sich rechtzeitig abzusetzen und hierher zu fliehen. Als wir hier eintrafen, griffen sie erneut an.«

»Was ist mit Lieutenant Colonel Roost?«

»Kam beim ersten Angriff ums Leben.« Plötzlich sieht mich Coyle an, ihr Gesicht wie das eines wütenden kleinen Mädchens. Sie fordert mich heraus, ihr Blick sagt: Versuch nur, mich Lügnerin zu nennen. Aber genau das ist sie, eine Lügnerin – und wir alle wissen es.

Die Damen halten ihre Waffen in den Händen, voll geladen. De Guzman hält den gottverdammten Rasenmäher bereit, mit dem Finger am Abzug. Ich bemerke am Rande: Wenn sie schießt, räumt sie nicht nur uns ab, sondern auch die Hälfte ihres Teams.

»Ladys, Ladys«, sagt Ackerly und hebt die Hände.

DJ schwitzt.

»Wo ist Teal?«, frage ich.

»Ich weiß nicht«, antwortet Coyle. »Spielt keine Rolle.«

Die Schwestern entspannen sich ein wenig, lassen aber nicht in ihrer Wachsamkeit nach.

»Hört zu«, sagt Coyle und hebt die Stimme, als spräche sie zu einer ganzen Kompanie. »Wir haben Befehle. Neue Befehle. Die Antags wollen diesen Ort unter ihre Kontrolle bringen, und das will der Führungsstab verhindern. Deshalb nehmen wir die gesamte abgebaute Materie, den Bergbau-Sprengstoff und den anderen Mist und bereiten das Zeug darauf vor, zusammen hochzugehen. Wir wollen die oberen Bereiche einstürzen lassen.«

Brom und Ackerly schütteln den Kopf und sind skeptisch. DJ steht auf der Seite, der Rücken krumm – er sieht aus, als müsse er sich übergeben. Immer wieder geht sein Blick zur Luke.

»Sir, warum richten wir uns nicht zur Verteidigung ein?«, fragt Brom vorlaut, als ob vernünftige Fragen noch irgendeine Rolle spielten. Ackerly gibt ihm einen Stoß in die Rippen, aber das scheint Brom gar nicht zu bemerken. »Wir verfügen über die notwendigen Waffen, und Sie haben gerade gesagt, dass wir auch genug Munition haben …«

Coyle achtet nicht auf ihn und wendet sich an mich. »Wo seid ihr gewesen?«, fragt sie.

»Beim östlichen Tor«, antworte ich.

»Habt ihr die Voors gefunden?« Frech wie Oskar, die Dame.

»Wir sind an Bord, Captain«, sage ich. »Führt eure Befehle aus. Wir kehren zum südlichen Tor zurück und warten auf euch, bevor wir den Drifter verlassen.«

»Meine Befehle haben Vorrang vor allen anderen – Sie müssen mir versichern, dass Sie das verstehen«, sagt Coyle. Das offizielle Sie bietet einen Hinweis, der mädchenhafte *Tu-mir-nicht-weh*-Gesichtsausdruck einen anderen – dunkle Momente bahnen sich an. Befehle sind Befehle, ob man sie mag oder nicht. Captain

Coyle mag ihre Befehle nicht ein kleines bisschen, aber sie ist ein ausgezeichneter Skyrine.

AVOHI.

»Ich verstehe nicht, warum Sie uns nicht gleich eingeweiht haben, Captain«, sagt DJ verträumt und reibt sich den Nacken. Er hat Streifen auf den Wangen, ich bemerke sie erst jetzt; er scheint sich grünen Staub ins Gesicht geschmiert zu haben.

»Was ist mit ihm?«, fragt de Guzman.

»Er ist müde«, sage ich. »Wie wir alle.«

»Nacheinander ausführen«, sagt Coyle. »Kenntnis nur bei Bedarf. Jedenfalls, jetzt ist die ganze Sache raus. Wir sind zurückgekehrt, weil unsere Sprengkapseln nicht genügen. Wir bringen noch ein paar zur Kirche hinunter, klettern anschließend nach oben und treffen euch am südlichen Tor. Bitte um Verzeihung, Master Sergeant. Wir lassen Lance Corporal Medwedew bei euch.«

Also weiß auch sie von der Kirche.

Die Ladys klettern durchs Loch unter der Luke und halten dabei ihre Waffen bereit. De Guzman bildet den Abschluss. Und dann ist die ganze seltsame Sache vorbei, wie ein absurder, hässlicher Traum.

»Hört nicht auf sie«, sagt Wee-Def. »Sie wollen uns töten. Uns alle. Es ist ein verdammtes Himmelfahrtskommando.«

»Starker Tobak, was?«, kommentiert DJ.

Kalter Tobak

Alice Harper hat einen Minivan zur bogenförmigen Zufahrt vor dem Apartmentgebäude gerufen. Ich sitze ganz hinten, so weit wie möglich vom Fahrer entfernt – der durch einen Plastikschirm von uns getrennt ist und wahrscheinlich gar nichts hört –, und setze meine Geschichte fort. Ich spreche leise, blicke nach draußen in den hellen, wolkigen Tag und frage mich, wohin sie mich bringt. Obwohl es mir eigentlich gleichgültig ist.

Ich fühle mich komisch. Es liegt nicht am Kosmolin, auch nicht daran, mich wieder an Luft und Gravitation der Erde zu gewöhnen. Mein Kopf füllt sich wieder mit geisterhaften Gedanken, mit Bildern und seltsamen Details, zersplittert, fragmentiert und durcheinandergewirbelt. Keine direkten Erfahrungen, kein sensorischer Input oder dergleichen. Nichts, das ich gelesen oder gehört habe, eher wie eine direkte Übertragung ins Gehirn. Vielleicht ist es eine andere Art von Engel, die in meinem Kopf Gestalt annimmt und zu erwachen versucht. Es tut weh, in gewisser Weise, aber es ist ein interessanter Schmerz, wie von gerade trainierten Muskeln.

Dann kippt meine Stimmung. Alles wendet sich plötzlich zum Schlechten; so lautet die Wahrheit der Schlacht. Die meisten Dinge, die wir erwarten, gehen schief. Ich bin nie ein großer Optimist gewesen, und meine Innereien verknoten sich – Magen *und* Gehirn.

»Mir ist schlecht«, sage ich.

»Nein«, sagt Alice.

»Mir ist *wirklich* schlecht«, sage ich.

»Nein, eigentlich nicht«, sagt sie und klingt, als wüsste sie etwas, das sie mir aber nicht anvertrauen will, nicht hier, nicht jetzt. Und plötzlich ist das in Ordnung. Ich bin wieder gefügig und nachgiebig. Ja, ich fühle mich seltsam, aber ich vertraue ihr. Das ergibt keinen Sinn, obgleich sie hübsch und eine gute Köchin ist, und obwohl sie es versteht, das Heft in die Hand zu nehmen.

Sie hat mir Cioppino gekocht. Fisch, Muscheln, ein Krebs und Gemüse. Köstlich.

»Haben Sie mir eine Droge gegeben?«, frage ich.

»Nein«, sagt sie mit fester Stimme und klopft mir aufs Knie, bevor sie den Gurt ablegt und sich nach vorn begibt, um mit dem Fahrer zu reden. Als sie zurückkehrt, sagt sie: »Sie sind nicht als Master Sergeant Venn zurückgekehrt, oder?«

»Nein«, bestätige ich.

»Joe hat Sie mit einer anderen ID zurückgeschickt, und bei dem allgemeinen Durcheinander in Staub und Orbit hat es niemand kontrolliert.«

»Oder niemand hat sich darum geschert. Es war wichtiger, uns alle nach Hause zu bringen.«

»Joe ging davon aus, dass die hohen Tiere ein paar Tage brauchen würden, um aus Ihren Geschichten schlau zu werden. Einige Tage, bevor sie entscheiden, Sie aus dem Verkehr zu ziehen und zu isolieren. Deshalb hat er Sie aufgefordert, sich von der Militärischen Gesundheitsberatung fernzuhalten.«

»Ja«, sage ich.

»Er hat es nicht für eine gute Idee gehalten, sofort zu Ihnen zu kommen. Er wollte nicht alles auf eine Karte setzen, und deshalb hat er mich geschickt. Und nein, ich habe Ihnen keine Droge gegeben. Aber Sie stecken jetzt voll von Basissupplementen und Vitaminen.«

»Und denen verdanke ich, dass mir übel ist?«

»Ihnen ist *nicht* übel«, betont Alice leicht genervt. Ihre Geduld geht allmählich zu Ende. Wird immer dünner. Ich probiere sie an, Alices Geduld, mal sehen, ob sie mir passt. Aber sie ist mir zu zart, zu durchsichtig. Nichts für mich. Ich kann beides sein, geduldig und auch ungeduldig.

Himmel, ich bin auf einem Trip. Eine Droge, das ist die einzige Erklärung. Meine Gedanken schwirren umher …

Und dann … *nicht* mehr.

Plötzlich ist mein Kopf glockenklar.

»Was zum Teufel ist da oben passiert?«, frage ich Alice.

»Sagen Sie's mir«, erwidert sie. »Aber nicht hier. In einer Stunde erreichen wir unser Ziel.«

»Und was ist unser Ziel?«

»Ein ruhiger, abgelegener, sicherer Ort. Joe will versuchen, dort zu sein, wenn wir eintreffen.«

»Wir haben es beide geschafft, wissen Sie. Wir haben es beide geschafft, den Mars zu verlassen.«

»Ich weiß.«

»Sie wollten uns töten. Uns alle.«

»Das habe ich gehört.«

»Aber Sie möchten, dass ich warte, bevor ich die Wahrheit erfahre, nicht wahr? Bevor ich alles herausfinde. Oder bevor es mir jemand erklärt.«

Sie nickt. »Geduld. Es dauert nicht lange, Vinnie.«

Beim Rückflug, kurz bevor wir ins Kosmolin glitten, versprach uns die Orbitalcrew alle möglichen Orden und Medaillen, mit eingravierten Namen und auf Hochglanz poliert. Aber was sich in meinem Kopf befindet, was mit mir geschieht und vielleicht auch mit anderen, zum Beispiel mit DJ …

Muss das alles beiseiteschieben.

Ich werde von einer drallen, hübschen Frau fortgebracht, die verdammt gut kocht, die es versteht, die richtigen Supplemente aufzutreiben, die behauptet, Joe zu kennen – und die außerdem weiß, was gut für mich ist.

»Noch eine letzte Sache«, sage ich.

»Eine letzte Sache«, gesteht sie mir zu, beugt sich auf der Sitzbank vor und beobachtet mich aufmerksam.

Ganz leise, damit der Fahrer mich nicht hört, frage ich: »Ich bin wertvoll, oder?«
»Sie sind verdammt noch mal unersetzlich, Vinnie.«

Teals Weg

Wir machen einen Schritt nach dem anderen und entfernen uns von dem Raum des Koboldgemetzels, von der Luke und Captain Coyle. Wir setzen einfach einen Fuß vor den anderen und suchen nach einem Weg, der wegführt, nach oben. Gott steh mir bei, meine Gedanken rasen noch immer. Ich brauche etwas, das mich ablenkt, damit ich nicht ständig über Coyle, unsere Schwestern und das Orbitalkommando nachdenke.

Und so denke ich an die Kobolde. Was bezwecken sie? Sind sie wie automatisierte Termiten, die einfach nur fleißig graben und den ganzen Drifter durchlöchern, Stein und Metall? Vielleicht läuft es darauf hinaus.

Wir sind eine Stunde lang in verschiedenen Richtungen unterwegs gewesen, immer nach oben, als wir Licht an der glänzenden Metalldecke über uns sehen, und DJ ruft: »Da ist Michelin! Und Neemie!«

Dieser Gang ist nicht sehr breit, aber wir drängen uns alle zusammen und leuchten uns mit den Helmlampen in die Gesichter. Neemie und Michelin scheinen einiges hinter sich zu haben. Ihre Hautengen sind aufgerissen, die Helme zerbrochen, die Visiere weggerissen. Michelin hält den einen Arm vor der Brust. Sieht gebrochen aus.

Ackerly versucht zu helfen, aber Michelin zuckt zur Seite, und in seinen Augen sieht man fast nur das Weiße, wie bei einem in Panik geratenen Pferd.

»Wo sind die anderen?«, frage ich.

Michelin zeigt nach oben und unten, deutet dann mit dem gesunden Arm in die Runde. »Scheiße fällt von so weit oben, dass wir sie nicht einmal riechen können.«

Neemie schneidet eine Grimasse. »Lasst ihn«, sagt er. »Redet mir mit, solange ich noch Ahnung habe.«

Michelin beginnt zu singen. »*Ach, wenn ich doch nur Ahnung hätte …*« Neemie hält ihm mit sanfter Hand den Mund zu. Michelin sinkt an der Wand zu Boden und lässt den Kopf hängen.

»Erzähl uns von Coyle«, sage ich.

»Sie bekam letzte Anweisungen vom koreanischen General Kwak, bevor er starb. Deshalb sind sie alle hier, denke ich.«

»Verfickter Führungsstab«, brummt Michelin.

»Welche Anweisungen?«

»Sie kamen mit massig abgebauter Materie. In ihren Rucksäcken. Jemand daheim möchte diesen Ort in die Luft jagen. Das vermutete Kampfhahn – ich meine Lieutenant Colonel Roost –, als Coyle und die Schwestern uns übernahmen, uns und die Voors. Die armen Muskis hatten nicht die geringste Chance.«

»Coyle hat sie getötet?«

»De Guzman hat's versucht, in der Enge aber nicht alle erwischt. Einige konnten entkommen, weiß nicht, wie viele.«

»Was ist mit Teal? Der Farmersfrau?«

Neemie schüttelt den Kopf. »Michelin und ich konnten entwischen, vielleicht auch Kampfhahn. Aber weißt du, was so richtig beängstigend ist? Da unten ist noch was anderes. Wie Bündel aus dickem Stroh. Allerdings ziemlich schnell.«

»Wir haben sie gesehen«, sagt Brom. »Kobolde.«

»Sie füllten den Tunnel und fluteten Coyle und ihrer Gruppe entgegen, als sie die Voors erledigten. Eine verdammte Hinrichtung war das, Mann! Eine verfickt fiese Schwester, diese Coyle …«

»Angeblich hatte sie ihre Befehle«, wirft Michelin ein. »Sprach mit einem komischen Gesicht.«

»… und de Guzman mit dem verfickten Rasenmäher …« Neemie schluckt, aber es geht nicht runter, und er streicht sich über den Hals, als wollte er das Schlucken unterstützen. Es erstaunt mich, dass er noch reden kann. »Wir wichen in einen großen Raum zurück, der sich plötzlich mit diesen Strohbündeln füllte, mit diesen seltsamen Wesen. Sie kamen von allen Seiten, und das ist die Wahrheit, ich schwöre …«

»Es *ist* wahr«, sagt Michelin und schaut hoch.

»Coyles Gruppe holte uns da mit dem Rasenmäher raus und brachte uns in einen anderen Tunnel, wo es diese Kristalle gab, große, klare Kristalle. Und als sie begannen, Sprengladungen auszulegen, als sie das Zeug aus ihren Rucksäcken holten wie Pfadfinderinnen ihre Kekse … Da wurden die Kristalle dunkel! Die Wände schienen sich in schwarzes Glas zu verwandeln und bekamen Stacheln, und die Stacheln erwischten Magsaysay und dann Ceniza, sie rissen ihnen die Anzüge auf, und dann … *Mann* …«

»Helft mir hoch«, sagt Michelin.

»Beide wurden ganz schwarz und glänzend«, sagt Neemie. »Wie Statuen.«

DJ wirft mir einen Blick zu, als wir Michelin hochziehen.

»Medusa«, sage ich und bereue es sofort. Ackerly und Brom sind bereit, sofort loszulaufen, hinaus auf den Roten. Sie sind mit den Nerven fertig, und uns geht es nicht viel besser.

»Das Ende haben wir nicht gesehen«, sagt Neemie, »aber sie wurden von den Stacheln aufgespießt, mit Beinen, Hautengen und allem …«

»Glänzende Säulen, gefüllt mit Glühwürmchen«, sagt Michelin. »Was für eine verfickte Verteidigung!«

»Wessen Verteidigung?«, fragt Brom. »Wer verteidigt wen?«

Es wird Zeit, zum Wesentlichen zurückzukehren.

»Wo sind sie jetzt?«, frage ich.

»Coyle ging in die Tiefe, bevor alles aus den Fugen geriet«, sagt Neemie. »Hinab zu einem Ort, den der alte Voor ›Kirche‹ nannte. Sie knüpften ihn auf, und er versuchte nichts zu verraten, aber Rafe …«

Michelin kriegt wieder die Augen eines wilden Pferdes. Er streckt den unverletzten Arm aus und schlägt ihn gegen die Wand, als wolle er ihn ebenfalls brechen.

»Halt ihn fest, Brom«, sage ich.

»Er ist *durchgedreht*, Mann«, sagt Brom. »Wir müssen ihn nach oben und nach draußen bringen.« Er lässt diesen Worten einen fast flehentlichen Blick folgen.

»Vergesst nicht, was draußen wartet«, sagt Ackerly kühl. »Werden noch immer gute Skyrines festgehalten?«

»Ich weiß nicht, wer gut oder böse ist«, sagt Neemie. »Wir entkamen bei dem Schlamassel. Kazak und Wee-Def halfen Kampfhahn. Coyle hat dem Colonel ordentlich was verpasst, als er Kwaks Befehle infrage stellte. Und dann starb Kwak, es ging einfach so mit ihm zu Ende. Laberte vorher irgendeinen Scheiß von alten Monden und Staub und so weiter, und das ging allen schwer an die Nieren. *Niemand* kommt nach Hause. So lautet das Ergebnis unterm Strich.«

»Wer führt das Kommando?«, fragt Michelin. »Wenn ich irgendwelche Befehle befolgen soll, möchte ich wissen, wer das Sagen hat und wer nicht.«

»DJ«, sage ich, und er sieht sofort auf, »führ uns nach Sanka zurück. Sofort.«

»In Ordnung«, sagt er und wendet sich an die anderen. »Zum südlichen Tor, Leute. Folgt mir. Packt eure Sachen; es geht nach Hause.«

Ich widerspreche ihm nicht. Es ist eine gute Geschichte. Vielleicht geht's wirklich nach Hause, vielleicht nicht.

DJ führt uns mit mehr Überzeugung und vielleicht auch etwas motivierter. Noch immer streicht er mit den Fingern über die Rillen und Furchen in den Wänden, als wolle er sie lesen. Hier liegt wieder grüner Staub auf dem Boden – diese Tunnel sind älter, die Rillen glatter, erodierter, und das ist irgendwie beruhigend. Zahlreiche Fußspuren weisen uns den Weg.

DJ sieht zu mir zurück und flüstert: »Dieser Staub, verdammt starker Tobak. Ich sehe verrücktes Zeug. Was ist mit dir?«

Ich wage es nicht, eine Meinung zu äußern. Wir sind einfach überfordert, schon seit einer ganzen Weile. Ich sterbe lieber auf dem Roten, als abtrünnigen Skyrines oder schwarzen Stacheln gegenüberzutreten. Derzeit bin ich einfach nicht imstande, die Dinge gründlich zu durchdenken. Und außerdem … Es gibt da etwas *Neues* in meinem Kopf.

Etwas Frisches und Unerwartetes.

Plötzlich jagt mir etwas einen gehörigen Schrecken ein.

Takahaschi Fujimori.

Sein Gesicht erscheint als matter orangefarbener Geist im Licht unserer Helmlampen. Hinter ihm sehen wir Brodsky und Beringer. Glaubt mir, Skyrines können kreischen wie kleine Mädchen.

Dann sind wir ganz still. Ein solcher Schock ist

nicht gut. Wir hätten uns gegenseitig töten können. Wir kriegen uns wieder ein und atmen tief durch.

»Wo seid ihr Jungs gewesen?«, fragt Tak.

»Wir ziehen uns wohlgeordnet zum südlichen Tor zurück«, sagt Ackerly und geht an ihnen vorbei. »Bitte um Erlaubnis, dieses Dreckloch verlassen zu dürfen, Master Sergeant.«

»Komm mit. Sanka liegt vor uns.«

Tak fragt mich: »Irgendwelche Anzeichen von Captain Coyle und ihrer Gruppe?«

»Könnten irgendwo tief unten sein«, erwidere ich. »Sie wollen hier alles demolieren, das ganze Ding in die Luft jagen. Wir wissen nichts von gar nichts, Tak.«

»Ja. Wir wurden losgeschickt, um euch zu suchen. Wir machen noch einen Versuch, Captain Coyle und ihren Trupp zu lokalisieren und festzustellen, auf was zum Geier sie aus sind. Anschließend geben wir ihnen einen letzten Hinweis darauf, dass wir uns alle am südlichen Tor versammeln und Fahrzeuge und Waffen organisieren …« Er streckt die Hände nach vorn. »… und die Antag-Linien durchbrechen. Draußen wütet ein Staubsturm, ein richtig großer.«

»Hab ihn von einem Wachturm aus gesehen«, sagt Beringer. »Gibt uns vielleicht Deckung.«

»Hervorragend«, sagt Neemie und befingert die Risse in seinem Hautengen. »Blind und im Pyjama draußen auf dem Roten.«

»Wir hoffen, dass die klugen Jungs im Orbit entschieden haben, sich neu zu formieren und für Ablenkung zu sorgen«, sagt Tak.

»Das *hofft* ihr?«, fragt Brom.

»Hier drin ist es wie in einer verdammten Klapsmühle«, sagt Beringer.

»Darauf musst du uns nicht extra hinweisen«, brummt Michelin.

Zehn Minuten später erreichen wir den Verteilerraum kurz vor der südlichen Garage, wo Joe neben einem Voor hockt, neben Rafe, de Groots Sohn. Rafe ist in einem recht guten Zustand, wenn man die Umstände berücksichtigt, trotz fehlendem Hautengen, einem Gesicht voller blauer Flecken und jeder Menge Missmut.

Mit einem säuerlichen Blick, aber ohne Worte, führt uns Joe zum südlichen Tor. Dort legen de Groot und zwei der Voors Kampfhahn auf eine Bahre und schieben sie in den Chesty.

»Er wird es nicht schaffen«, sagt Joe außerhalb der Hörweite unseres befehlshabenden Offiziers. »Sie haben einiges zu erzählen. Was ist mit euch?«

Ich versuche weiterzugeben, was ich weiß – oder was ich nicht weiß. Als ich meinen Bericht beende, kommt Kazak aus der Schleuse des Fahrzeugs.

Tak, Kazak und ich klopfen uns auf den Rücken, aber es ist nur ein kurzer Moment der Freude. Kazak geht es erstaunlich gut, wenn man bedenkt, was er hinter sich hat.

Rafe steht neben seinem Vater, als Kampfhahn im

Chesty untergebracht ist. Beide beobachten uns mit müdem Verdruss. De Groot sieht aus wie von Ratten angeknabbert, und sein Gesicht ist so verschwollen, dass man ihn kaum wiedererkennt. Aber er hält sich noch immer aufrecht, bleibt stolz und trotzig.

Joe fasst alles zusammen. »Coyle und ihre Gruppe handeln auf der Grundlage anderer Befehle. Die Voors kommen mit uns.«

»Wer hat am meisten gelogen?«, frage ich.

Joe ignoriert die Frage. »Irgendwelche Spuren vom Rest unseres Teams?«

»Keine, die wir gesehen haben.«

»Die Farmersfrau?«, fragt Joe.

»Nichts«, sage ich.

»Sie ist zum Drifter rüber«, sagt Rafe, doch bevor er erklären kann, was er damit meint, bebt der Boden unter uns. Die Wände zittern; Staub rieselt von der Decke.

»Von unten?«, fragt Kazak.

»Von oben«, sagt Tak. »Bombardement.«

»Die Antags machen sich bereit, den Laden zu übernehmen.«

»Das bezweifle ich sehr«, sagt de Groot. »Ihr kapiert überhaupt nicht, oder? Was hier passiert, wer hinter eurem Rücken arbeitet?«

Joe beauftragt Kazak, auf die Garage achtzugeben und unseren Aufbruch vorzubereiten. Dann nimmt er vier von uns beiseite. »Sie haben noch die Karte im Kopf, DJ, oder?«

»Ich denke schon«, erwidert DJ.

»Gehen Sie noch einmal zu der Luke. Wir lokalisieren Captain Coyle und versuchen, Klarheit über ihre Mission zu gewinnen und ihr vorzuschlagen, mit uns zu kommen.«

Ganz leise, damit Rafe und de Groot ihn nicht hören können, sagt Joe: »Ich verstehe nicht, was es mit diesen verfickten Kobolden auf sich hat. Wie groß ist die Wahrscheinlichkeit, dass die Voors die Ants hereingelassen haben? Und dass die Ants es ihnen dankten, indem sie einige von ihnen umbrachten?«

»Sehr gering«, sage ich.

Joe denkt darüber nach. »Dann stimmt es also. Coyle und ihre Befehle, Major General Kwak … was die Voors gesagt haben …«

Ich möchte gerade fragen, was zum Teufel sonst noch wahr ist, als DJ zurückgelaufen kommt. »Hab die Luke gefunden«, sagt er. »Unter ihr ist ein Schacht mit so etwas wie Stufen. Scheint aber alles verdammt eng zu sein, nicht für Menschen bestimmt. Ich weiß nicht, wie es unsere Schwestern nach unten geschafft haben.«

Rafe tritt vor. »Der Schacht ist alt, führt zur Kirche«, sagt er. »Nicht für uns.«

Joe nimmt diesen Hinweis mit einem Nicken zur Kenntnis und winkt dann, damit wir losmarschieren. DJ führt uns sechs zur Schachtöffnung und hebt die Luke. Lieber Himmel, der Schacht ist wirklich schmal: Er durchmisst höchstens zwei Meter, und die Stufen sind winzig und hoch. Wir werden nicht hinabsteigen, sondern wie Würmer oder Schlangen in die Tiefe kriechen.

»Wenn man lange genug hier unten buddelt …«, sagt DJ. »Vielleicht kriegt man dann große Augen und wird schmierig, so wie Gollum.«

Ich betaste die Platinmünze in meiner Tasche, aber als er das sagt, höre ich damit auf.

Joe hat genug von DJs nervösem Gerede. »Sparen Sie sich diesen Unsinn«, sagt er. »Wir gehen nach unten, suchen Coyle und unsere Überlebenden, außerdem Teal und die restlichen Voors. Also los.«

Einer nach dem anderen klettern wir durch die Luke. Ich melde mich freiwillig, den Anfang zu machen.

»Hinein ins Loch«, sagt DJ.

Ich höre Murmeln über mir, als sich die anderen ebenfalls dem Schacht anvertrauen. Nur zwei bleiben oben, sichern ab und warten auf unser Zeichen, dass wir einen besseren Ort erreicht haben.

Das Licht von Helmlampen huscht hin und her.

Ein Lichtstrahl erreicht Tak, und ich sehe, wie er hinter dem Visier grinst, sein Gesicht eine Maske.

Wie tief man gesunken sein muss, bevor es wieder nach oben geht

Nur noch einige Meter nach unten. Der Schacht setzt mir immer mehr zu – was die nervigen Dinge in jüngster Vergangenheit betrifft, ist er wie der Punkt auf dem i.

Bei Hawthorne Tactical in Nevada haben wir auch eine Art Bergwerksausbildung erhalten, in der Annahme, dass wir einmal gezwungen sein könnten, unter der Oberfläche des Roten herumzukriechen. Ich erinnere mich an einen überaus eindrucksvollen alten Grubenschacht, türkis und silbern, den wir – eine Gruppe von zehn – auf eine Länge von fast einem halben Kilometer erforschten. Unsere Anweisungen nahmen wir von einem gut fünfzig Jahre alten DI namens Marquez entgegen, der uns lehrte, wie man unter einer gewaltigen Felsmasse ruhig bleibt. »Ihr habt jetzt einen ganzen verdammten *Berg* auf dem Kopf«, teilte er uns freundlich mit. »Seht euch die Stützen und Träger an. Glaubt ihr, dass so altes Holz von *Termiten* zerfressen sein könnte? Gibt es Termiten in Nevada? Ihr wisst, dass es sie hier gibt. Kleine Insektenbiester, die sich durch Holz bohren. Ich denke, es *gibt* Termiten in diesem Holz … Außerdem bewegt sich der Fels die ganze Zeit, ist seismisch aktiv. Donnerwetter, habt ihr *das* gefühlt?«

Während wir uns bückten und krochen, erklärte uns Marquez, wie man in einem engen Raum klarkommt. Er hatte es von einem Typen gelernt, der einst Vietcong in ihren Schlupflöchern verfolgte, und der hatte es von einem Burschen gelernt, der so etwas in Korea gemacht hatte, und der Korea-Veteran hatte es von jemandem, der in Okinawa Tunnel von Dobermännern säubern ließ und anschließend Jutesäcke hineinbrachte …

Himmel, *ich hasse diesen verdammten Ort.*

Ich möchte nicht an andere Orte denken, die noch schlimmer waren, denn die Filter meines Hautengen sind schon fast verstopft, und ich schwitze wie ein Schwein, und Joes Stiefel trifft mich am Nacken, als er ausrutscht, und ich frage mich, ob ich noch unversehrt bin. Vielleicht hat der verdammte Stiefel den Stoff des Hautengen aufgerissen, und dann wäre ich draußen auf dem Roten erledigt.

Warum ist die Luft hier unten immer noch so gut? Wer hat hier Diffusoren installiert, die saubere, atembare Luft im ganzen Drifter verteilen? Die Voors? Wohl eher die Kobolde. Sind bessere Techniker. Teufel auch, die alte Silbermine von Hawthorne, der tiefe Schacht sollte mit schwefligen Dämpfen von tief unter dem Berg gefüllt sein, das hat der syphilitische Mistkerl behauptet, der dreimal verfluchte Marquez. Aber niemand ist jemals in so große Tiefen vorgestoßen, es war verboten, meinte er und fügte dann voller Spott hinzu: »Riecht ihr was, Skyrines? Riecht ihr was, das stinkt? Abgesehen von euren Fürzen, meine ich.«

Er versuchte, uns Angst einzujagen, und das gelang ihm auch, verdammt, aber keiner von uns flippte aus. Wir brachten den klaustrophobischen Scheiß hinter uns, wir alle, ohne dass jemand den Kopf verlor, und darauf waren wir richtig stolz während der restlichen Zeit in Hawthorne.

Joe, ich und die anderen acht hatten bereits sieben Kreise der Hölle hinter uns. Nur zwei von uns sollten es nicht schaffen. Aber diese beiden gaben dem DI jede Menge Genugtuung. Sie rasselten im Becken durch, in Hautengen bei den Null-G-Vorbereitungen. Der DI hatte uns lecke Anzüge gegeben. Sinnlos, dachten wir, so viel Wasser – auf dem Mars gab es nicht annähernd so viel! Es erschien uns lächerlich und absurd. Aber ich hatte den Grubenschacht überstanden und bewahrte die Ruhe im Becken. Ich schaffte es, Joe ebenfalls, auch die anderen sechs. Wer waren sie? Fuck, ich vergesse so viel. Vielleicht ist die Luft hier unten doch nicht so gut; vielleicht enthält sie nicht genug Sauerstoff.

»Zutritt verboten«, brummt Joe über mir. Ich bin noch immer sauer, weil er sich nicht für den Stiefel in meinem Nacken entschuldigt hat, aber meine Stiefel rutschen ebenfalls auf diesen nicht für Menschen bestimmten Stufen.

»Zutritt verdammt schwer«, erwidere ich und stoße mit dem Knie an, was mir Grund gibt, wieder über meine Unversehrtheit nachzudenken. Ich nehme mir vor, meinen Hautengen bei nächster Gelegenheit gründlich zu überprüfen, und kann nur hoffen, dass jemand die nötigen Flicken dabei hat.

»Erinnere mich nicht an den verdammten alten Grubenschacht«, sagt Joe. Offenbar gehen uns ähnliche Gedanken durch den Kopf. »Hab ihn gehasst. Was ist mit dir?«

Ich versuche, mich am Rand einer langen, langen Stufe festzuhalten. »Hab ihn wie meine Mutter geliebt«, sage ich. »Eine steinerne Vagina, die wiedergeborene Skyrines hinausquetschte. So wie hier.«

Joe schnaubt. Ich zahle ihm das mit dem Stiefel in meinem Nacken heim. Geordneter Abstieg. Ein unten auf der Lauer liegender Antag braucht nur zwei Blitze nach oben zu schicken, um uns in diesem verdammten Schacht zu braten wie …

Mein Fuß stößt gegen etwas, das nachgibt. Ich höre ein Klacken, aber es klingt nicht nach Metall, sondern nach Steinen oder Plastik. Ich kenne das Geräusch und kann mir vorstellen, was es verursacht. Als ich das Licht meiner Helmlampe nach unten richte, zwischen meine Beine, glänzt etwas, wie die Linse einer Kamera, kein Auge, nicht feucht oder lebendig – aber glänzend und rund.

Ich schnappe nach Luft.

Die Kobolde beobachten uns.

Und dann ist das Etwas weg. Der Schacht unter uns ist leer, so weit ich sehen kann, ein paar Meter, doch für einen Moment bin ich erstarrt, und Joe ist direkt über mir, die Knie dicht über meinem Kopf gebeugt. Er flucht.

»Was ist los?«, ruft er.

»Richte DJ aus, dass ich gerade auf Gollum getreten bin«, sage ich und bin noch dabei, die Begegnung zu verarbeiten. Ich hoffe, dass mein Engel die Bilder aufgezeichnet hat, damit wir sie uns alle ansehen können, wenn wir den Boden des Schachtes erreichen. Dann sehe ich eine schwarze Leere, und mein Fuß tritt von der letzten Stufe ins Nichts.

»Ich glaube, wir sind am Ende des Schachtes«, sage ich.

»Dann mach Platz, verdammt«, sagt Joe.

Ich weiche zur Seite und stehe in größerer Dunkelheit, in einer willkommenen schwarzen Offenheit, und leuchte mit meiner Helmlampe.

»Geh weiter«, sagt Joe.

Ich bewege mich und bin erleichtert, aus dem Schacht herauszukommen, aber da ist auch das Neue in meinem Kopf. Fühlt sich richtig und *gut* an. Scheint mir dabei zu helfen, mich hier zurechtzufinden. Das Problem ist: Ich weiß immer weniger, wer ich bin und wer mich begleitet. Ich konzentriere mich und versuche, die anderen hinter mir zu hören. Aber sie sind weg. Vielleicht bin ich nach links gegangen, wo sie sich nach rechts gewendet haben.

Es ist mir gleichgültig.

Starker Tobak.

Völlige Dunkelheit umgibt mich. Ich schalte trotzdem mein Helmlicht aus und taste mit den Fingern über die Furchen in den Wänden, fühle dabei, wie sie sich in einem interessanten Rhythmus heben und senken.

Ich gehe weiter. Es ist möglich, dass ich den Verstand verliere. Vielleicht wirkt sich der grüne Staub auf mein Gehirn aus und bringt mich immer tiefer, zu einem Ort, wo mich niemand finden kann. Dieser Gedanke hat einen gewissen Reiz. Es gefällt mir hier unten. Vielleicht bewahrt mich dieser Ort vor einer Konfrontation mit dem, was mit Captain Coyle und unseren Schwestern passiert. Aber dann sähe ich auch Joe, Tak, Kazak und die anderen nicht wieder, und es wäre nicht möglich, Erfahrungen mit DJ auszutauschen, vermutlich dem einzigen anderen Skyrine, für den der Tobak so stark ist wie für mich.

Eigentlich habe ich nicht die geringste verfickte Idee, was hier abgeht.

Aber ich bin zufrieden.

Ich befinde mich irgendwo unter dem Hals des Homunkulus, des Drifters, und es geht weiter in die Tiefe. Nach zwei Stunden wird mir klar, dass ich wirklich *weit* unten bin. Es wird wärmer. Die Luft in der

Dunkelheit ist dicht und feucht. Elektrisch. Ich rieche etwas, das lebende Pflanzen zu sein scheinen. Die Luftfeuchtigkeit schlägt sich an den Wänden nieder. Ich sinke auf die Knie, ich krieche, gelegentlich berühre ich die Furchen, um das Geräusch in meinem Kopf mit dem zu koordinieren, wo ich bin, möglicherweise auch mit dem, *wer* ich bin, was nicht besonders klar ist.

Ich höre jemanden oder etwas vor mir. So weit unten, so tief in der Brust des Drifters, steht mir wahrscheinlich eine Begegnung mit noch mehr Kobolden bevor. Das besorgt mich nicht, obwohl es das eigentlich sollte.

Ich mag die Kobolde.

Dann kehrt der menschliche Instinkt zurück und fordert mich auf, meinen Scheiß geregelt zu kriegen und mir etwas gegen den starken Tobak einfallen zu lassen.

Ich erinnere mich daran, einen Artikel über Katzendamen gelesen zu haben.

Das Gehirn ist hier unten echt vermatscht: Es gibt einen Riesenunterschied zwischen einer Katzendame und Catwoman. Komisch, wie das läuft. *Es ist ganz und gar nicht komisch, Arschloch. Reiß dich zusammen, Mann!*

Katzendamen – nicht die verführerische junge Frau, die eine Maske mit spitzen Ohren trägt, sondern die andere Art, die Kätzchen mag und nicht müde wird, Häuser mit ihnen zu füllen. Der Artikel, den ich auf der Erde gelesen habe, sprach davon, dass die Katzendamen mit ziemlicher Sicherheit von einem Parasiten befallen waren, den man in Katzenscheiße findet, *Toxisoundso*, und der eigentlich in Ratten enden sollte, wo er die Rattenhirne übernimmt, die Ratten mutig und kühn macht und dafür sorgt, dass sie den Geruch von Katzenurin ganz toll finden. Nun, Katzendamen sind wahrscheinlich mit diesem Parasiten infiziert, er steckt in ihren Gehirnen, und deshalb machen sie ihre Katzenklos nie sauber, schaffen sich immer mehr Kätzchen an und sind verrückt nach dem Geruch von Katzenurin …

AVOHI!

Ich denke, dass der grüne Staub DJ und mich Dunkelheit und Tiefe lieben lässt. Er bringt uns dazu, etwas zu suchen, was auch immer. Ich hoffe inständig, dass ich nicht plötzlich Lust kriege zu graben. Um so menschlich wie möglich zu bleiben, summe ich Popmelodien, aber irgendwie ende ich mit Griegs »In der Halle des Bergkönigs«. Nach einer Weile verstumme ich. Die Beine werden müde, die Nase ist verstopft. Ich niese viel.

Ich habe eine Art Traum, während ich gehe, keineswegs unangenehm, aber unter anderen Umständen wäre es ein waschechter Albtraum. Komisches Zeug. Wird immer seltsamer.

Sehr starker Tobak.

Ich schwimme über eine schlammige Ebene, unter umgedrehten Hügeln aus Eis, blaugrün und weiß, behangen mit Wiesen und glänzenden Blumen, und die Wiesen lassen glitzernde kleine Tornados fallen, Rinnsale und Bäche aus kalter, kalter Sole, und ich weiß nicht, *wie* ich aussehe, aber bestimmt mehr wie eine Krabbe, ein Trilobit oder ein stacheliger Wurm, nicht wie ein Mensch, denn Menschen könnten hier gewiss nicht überleben.

Ich meide die Sole – schmeckt schlecht, zu viele Mineralien –, aber die glänzenden Blumen sind sowohl Nahrung als auch Licht, und als ich einigen anderen von meiner Art begegne, in einem niedrigen Ozeantal, sind wir alle sehr interessant und attraktiv (*hässlich – die hässlichsten verdammten Schalenbiester, die ich je gesehen habe, mit zahlreichen Verbindungsstücken, Gelenken und Rillen, mit winkenden Armen und anderem Kram, der jeder Beschreibung spottet, und sie alle scheinen von einem dünnen, spinnenartigen Parasiten beherrscht zu sein –* ich *bin von ihm beherrscht –, der seltsame, aus vielen einzelnen Facetten bestehende Augen hat, ich liebe diesen Parasiten, er ist mein bester Freund, ihm verdanke ich Sicherheit, und er warnt mich vor üblen Dingen)* …

Jeder von uns ist vier bis fünf Meter lang, und als wir uns versammeln, sehen wir voller Bewunderung und Stolz zu etwas auf, das wir alle geschaffen haben. Es ist etwas Gewaltiges und Schönes, eine Säule, die Tausende von Metern weit aus der Mitte des Tals aufragt, bis hinauf zur hohen, dunklen, umgekehrten Kuppel aus Eis.

Unter uns liegt der felsige, metallreiche Kern, das feste Herz unserer Welt, erwärmt von innerer Strahlung und auch von externer Gezeitenreibung. Über uns bildet das Eis eine schützende Barriere zwischen uns und dem größeren Universum. Seit einer Milliarde Jahren erlaubt sie uns zu wachsen und uns in Frieden zu entwickeln.

Mein Gott, wie *dick* ist das Eis?

Hundert Kilometer.

Und erst in den letzten tausend Jahren ist es uns gelungen, uns hindurchzugraben und draußen umzusehen. Wir sind wie aus einem riesigen gefrorenen Ei geklettert.

Die Ursache unserer langen, schwangeren Ignoranz und bald unserer Zerstörung. Denn wir können nicht beeinflussen, was bald geschieht …

Mondfall.

Wir wissen, dass es passieren wird, wir fühlen die sich verändernden Gezeiten, wir sind nicht länger, wo wir *gewesen* sind, wo immer das auch war, in der Nähe einer großen, beständigen Quelle der Gravitation und konstanter, rhythmischer, zuverlässiger Gezeiten …

Seit einer ganzen Weile wird unsere Welt kälter, und wir sterben langsam, aber wir bauen auch, wir kapseln ein, kodieren und bewahren.

Wir bereiten uns vor.

Die Wände der Säule bestehen aus winzigen Kristallen, die große Kaskaden von etwas absondern, das nur Schleim genannt werden kann: glänzender, dicker, eleganter Schleim, darin sich windende transparente Röhren, die zusammenkommen und sich wieder voneinander trennen.

Die Säule *arbeitet*.

Die Säule ist *bereit*.

Wirklich schlimme Dinge stehen bevor, aber wir sind so gut vorbereitet, wie man nur sein kann.

Ich bin so abgelenkt von diesem zweiten Leben, diesem Tobak-Traum, dass ich kaum zur Kenntnis nehme, wie ich in der Dunkelheit gegen etwas stoße. Ich taste umher und schalte das Helmlicht wieder ein, das schwach und orangefarben ist und kaum etwas erhellt. Aber es zeigt mir, gegen wen ich gestoßen bin.

Nicht gegen eine Krabbe oder einen Krebs, nicht gegen eine Schale oder einen Panzer, vielmehr gegen eine sehr große und sehr schlanke Frau. Langsam erinnere ich mich an meine Menschlichkeit und den Namen der Frau: Dies ist Teal, kurz für Tealullah.

Sie sieht mich mit großen, ruhigen Augen an und ist nicht überrascht, dass ich hier bin. Wie DJ hat sie sich grünen Staub ins Gesicht geschmiert. Vielleicht sollte ich das ebenfalls tun. Seltsamer kann's kaum werden.

Dann schaut Teal an mir vorbei.

Ich drehe mich langsam und sehe Joe, DJ, Tak, Beringer und Brodsky. Sie waren die ganze Zeit bei mir. Ich muss sie für Riesenkrabben gehalten haben.

Zu sagen, dass ich verwirrt bin, trifft es nicht annähernd.

»Ich wollte dich nicht stören, Vinnie«, sagt Joe. Er spricht wie zu einem Kind. »Du bist den Rillen gefolgt. Du hast es gefunden.«

»Ja«, fügt DJ in einem bewundernden Ton hinzu.

Teal blinzelt und richtet den Blick wieder auf mich. »Komm mit m'r«, sagt sie. »Du muss' es sehen, bev'r dies weg ist.«

»Wie bist du den Voors entkommen?«, frage ich. Das Du verbindet uns.

Sie schüttelt den Kopf.

»Einige sind tot«, füge ich hinzu.

»Ich weiß. Ein'r wäre ein neu'r Ehemann gewesen. Aber er hat es nicht gefühlt. Das and're Leben hat ihn nicht b'rührt. Und das wollte ich nicht, mit ihm ohne die Berührung d'r alten Wahrheit.«

Ich bin noch immer benebelt, aber mir wird klar, dass ich gerade eine neue Version ihrer Geschichte gehört habe. Welcher soll ich glauben?

»Anderes Leben?«, frage ich.

Sie nimmt meine Hand.

Jesus! Ihre Berührung füllt meinen Kopf mit Funken. Sie flüstert mir ins Ohr: »Du bist *d'rt,* du fühlst es, nicht wahr?«

»Ja. Vielleicht.« Ich sehe nur Joe, im Augenwinkel, die anderen nicht.

»Geh weiter«, sagt Joe wie aus weiter Ferne. »Wir sind bei dir.«

Vielleicht sind sie das, vielleicht auch nicht.

Teal geht neben mir, und wir betreten den größten Raum des Drifters: die Kirche, die Leere. Verstreute Ansammlungen von Sternenlichtern leuchten an der äußeren Wand, und in ihrem matten Schein sehe ich eine Seite eines Hunderte von Metern hohen Schachtes, eines großen Zylinders. Jemand hat große Stative mit Lichttafeln aufgestellt, und dicke Kabel verbinden sie mit dem Hydro-Kraftwerk des Drifters. Teal geht von einer Tafel zur nächsten und schaltet das Licht ein, woraufhin ich die Stollen sehe, die oben in die Metallwände gegraben sind, bis ganz hinauf.

Die Leere, die Kirche, ist wie ein auf dem Kopf stehender Turm von Babel.

Das Letzte, das mir auffällt, ist das Erstaunlichste und Auffälligste von allem, und seltsamerweise habe ich zunächst gar nicht darauf geachtet, vielleicht deshalb, weil ich glaubte, es schon einmal gesehen zu haben und deshalb ignorieren zu können. Aber das ist Unsinn, ich sehe das Etwas jetzt zum ersten Mal, und natürlich verdient es volle Aufmerksamkeit.

Eine Säule aus glitzernden Kristallen erhebt sich in der Mitte der Kirche, sie ist groß, aber nicht so riesig wie die in meinem Wachtraum, in meinem Tobak-Traum. Tiefe Risse durchziehen sie. Felsholme stützen sie, und Netze aus miteinander verbundenen Röhrchen, wie die Gespinste der Kobolde, nur dichter und dicker. Konstruktionselemente. Grundbausteine. Tinkertoys.

Die Leere ist das Zentrum, der Fokus der größten Grabungsarbeiten im Drifter: das Freilegen, die Befreiung der Säule, die aus einer Art lebendem Diamant besteht – ein diamantener Wolkenkratzer, der sich zu erneuern versucht, nachdem er Jahrmilliarden gefangen gewesen ist, umschlossen von Stein, Lava und Metall.

Jetzt sehe ich die Verbindung. Die große Geschichte.

Diese Säule sondert wie die in meiner Vision eine glänzende dickflüssige Substanz ab, die an den Stützen und Streben vorbei nach unten rinnt, Etage um Etage, und sich am Fuß der Säule sammelt – wo sich träge unfertige Kobolde regen und offenbar ohne Anleitung neue Verbindungen ausprobieren. Einige von ihnen haben mit einer anstrengenden Reise nach oben begonnen, klettern mit quälender Langsamkeit an der Säule hoch, verstärken die Tunnel und Stollen und füllen das tiefe Herz – oder den Geist – des Drifters. Vielleicht sind sie damit beschäftigt, die kristallene Säule neu zu erschaffen, die sich einst in einem kalten Ozean erhob, unter einem Himmel aus Eis.

Der grüne Staub liegt hier überall und bildet eine dicke schmierige Schicht auf dem brodelnden Schleim. Vielleicht kommt er *aus* dem Schleim.

Für einen verrückten Moment setzt ein panikerfüllter Widerstand ein. Meine Ausbildung, allgemeine Paranoia, Kampfmüdigkeit und der ganze miese Kram, den ein Skyrine erbt, steigt auf wie ein mit Messern gefüllter Tornado, und ich denke plötzlich daran, dass es den Antags irgendwie gelungen sein muss, mich unter Drogen zu setzen, uns alle, dass sie die Drogen vielleicht dem Kosmolin hinzugefügt haben, dass ein unbekannter neuer Feind (vielleicht sind wir unser eigener Feind) den Drifter infiltriert und eine buchstäbliche fünfte Kolonne gebildet hat, etwas Großes, Scheußliches und durch und durch Subversives … Etwas, das all dem ein Ende setzt, wofür wir kämpfen, wenn es Gelegenheit erhält, sein Werk zu vollenden.

Aber nichts davon ergibt einen Sinn.

Ich bin gefangen zwischen zwei verschiedenen Indoktrinationen, zwischen widerstreitenden Informationen. Im Schein einer Lichttafel sinke ich auf die Knie, beschatte meine Augen, blicke in die Leere hoch und suche nach der anderen Lebensform.

Nach dem Leben, das Bestimmung und Erhabenheit hatte und jetzt nicht mehr existiert.

»Sehr, sehr alt«, sagt Teal und kniet vor mir. »D'r Mond fiel in Stücken auf d'n Mars, v'r langer, langer Zeit. Dies ist eins d'r Stücke. Die Algerier und dann die Voors gruben Stollen und schürften, ab'r sie wussten zunächst nichts. Dann fanden die Voors die K'rche, doch sie brachen einen Damm und ließen den wilden Hobo fließen, und dann flohen sie, die alt'n Kristalle hatten Jahre und genug Wasser, um alte Dien'r zu formen … Die ersten des Erwachens.«

»Kobolde«, sage ich.

»Nachdem die Voors d'n Drifter aufgegeben hatten, gruben die Diener, die suchten.«

»Die roten und blauen Markierungen auf der Karte«, sage ich.

»Alle, ja. Zu Anfang atmete mein Vat'r d'n grünen Staub überall an d'n alten Orten ein; kam von unten, aufgewirbelt von der tiefen Hydraulik. Er hatte Zeit genug, ein anderes Leben zu fühlen, Zeit genug, sich zu fragen, was es w'r.«

»Er hat mit dir darüber gesprochen?«

»Nicht nötig. Er w'r erste Gen. Atmete den grünen Staub ein wie alle anderen. Gab ihm einen schwachen Blick a'f das Leben des alten Monds. Dann schickten die Voors seine erste Frau in d'n Staub. Deshalb ging er nach Green Camp. Besser als die Voors. Und er zeugte mich. Was er n'r ein bisschen fühlte und träumte, glitt tief in meine Gene … und wuchs.

Ab'r es kam heraus. Zwei Verräter in den Camps. Deshalb die Voors erschienen bei Green Camp un' wollten mich. Die Dokto'n sagten: D's Kind des veränderten Mannes und der Frau … Die *dritte* Generation w'rd wachsen und die große Geschichte beenden.

De Groot hatte n'r Söhne. Sagte, er wolle büßen f'r das, was sie getan hatten, wollte mich eintauschen. Wollte den Drifter zugänglich machen, in ihm arbeiten, ihn nutzen … Dachte, er bekäme dadurch Macht üb'r die Erde und auch die Weitander'n. Und vielleicht stimmt das. Ab'r weißt du … D'r Drifter kann sich ver*T*eidigen …«

Wir folgen dünnen Kabeln, ausgelegt von Skyrines, und sie führen uns zu Sprengladungen. Sie sind am Grund der Leere ausgelegt, bei der Säule, und weitere hängen oben, an den wachsenden Röhrchen und Streben. Dutzende von Ladungen mit abgebauter Materie, so vorbereitet, dass sie ihre Energie alle zugleich freisetzen, was eine enorme Explosion zur Folge hätte. Unsere Schwestern hatten diesen Kram in ihren schweren Rucksäcken, als sie sich von den Leuten mitnehmen ließen, die sie zu ihrem Ziel bringen konnten.

Alles geplant.

»Captain Coyle?«, frage ich. Joe und DJ sind hinter mir und hören mich. Meine Aufmerksamkeit gilt Teal, aber sie sind ebenfalls da.

»Die Voors haben v'rsucht, sie aufzuhalten«, sagt Teal. »Eure Frauen haben sie erschossen. Ich habe einige v'n ihnen sterben sehen.«

Coyle und die Ladys sind mit einer speziellen Mission beauftragt, von der wir nichts wussten. Niemand von uns soll überleben.

Teal geht weiter, überquert aus der Masse des Gesteins gemeißelte Felsbrücken, die eine Art hohes Labyrinth über einem See aus glasklarem, glänzendem Schleim bilden, in dem ich halb fertige Kobolde erkenne. Die zähflüssige Substanz bewegt sich auf einem Bett aus glühenden roten und blauen Blumen, den Nahrungsmitteln und Wegweisern meiner Eisvisionen.

Der alte Mond versucht, wieder zum Leben zu erwachen …

Er versucht sich zu *erinnern*.

Captain Coyles Kabel reichen über die Felsbrücken bis zur anderen Seite der Säule, wo noch mehr Sprengladungen vorbereitet sind, dazu bestimmt, die ganze Leere zum Einsturz zu bringen, Kopf und Schultern des Drifters unter die Oberfläche des Drifters sinken zu lassen. Damit wäre all die Arbeit zunichtegemacht, die Algerier und Voors in diese erstaunliche Formation investiert haben.

Schluss mit all den Möglichkeiten, all den Rohstoffen, und warum?

»Warum ein solches Wissen auslöschen?«, fragt Joe. Und plötzlich verstehe ich es ebenfalls. Wissen ist gefährlicher als Gelegenheit und Ressourcen. »Und noch verrückter: Warum *uns* töten?«

DJ erscheint in meinem Augenwinkel. »Starker Tobak. Wir haben ihn, und *sie* wollen nicht, dass wir ihn haben.«

»Jemand möchte nicht, dass w'r wissen«, sagt Teal.

»Welcher jemand, frage ich mich«, erwidert Joe.

DJ ist vorausgegangen, über eine höhere Felsbrücke, aber Teal ruft ihm zu, dass er stehen bleiben soll. Sie hebt einen Finger, deutet auf etwas, das aus der Säulenbasis ragt: ein dunkles, hartes, funkelndes Material, das wir bisher noch nicht gesehen haben, uns aber beschrieben worden ist. Weder Fels noch Metall. Es trägt ein Kleid aus Stacheln dick wie Gras, silbrig schwarz und durchsichtig, schön und schrecklich zugleich.

Die Stacheln *wachsen*.

»Die Al*T*en wissen, wie man kämpft«, sagt Teal. Aber ihr Gesichtsausdruck teilt mir mit, dass sie nicht weiß, was dies ist und was es bedeutet, dass sie nur weiß: Wir sollten diesem Etwas nicht zu nahe kommen, es nicht berühren. Sie hält uns zurück, doch DJ ist bereits vorn, geht in die Hocke und sieht sich die Stacheln aus der Nähe an, und dann richtet er sich auf und blickt zu uns.

»Fuck!«, ruft er. »Das *müsst* ihr euch ansehen. Es ist wichtig.«

Vorsichtig schieben Joe und ich uns an Teals blockierenden Armen vorbei. Wir überqueren die Felsbrücke und sind bei den Stacheln noch etwas vorsichtiger, angesichts des stachligen Wucherns, das sich auf dem klaren Schleimsee ausbreitet. Wir gehen dorthin, wo die Stacheln in den See selbst eindringen und die Kobolde darin dunkel und hart werden.

»Es ist wie Silizium«, sagt Joe und staunt trotz der Gefahr, trotz der Seltsamkeit von allem. Vielleicht sickert der grüne Staub tief in seine Gedanken. Vielleicht beeinflusst der starke Tobak uns alle.

Wir verwandeln uns in die erste Gen.

Plötzlich erklingt eine leise, mädchenhafte Stimme, halb verborgen hinter der Extrusion. Sie gilt uns allen.

Sie bittet um Hilfe.

Noch ein paar Schritte.

Es ist Captain Daniella Coyle. Offenbar hat sie Zünder und eine Tasche mit Sprengstoff auf diese Seite der Säule gebracht. Vielleicht ist sie ausgerutscht und hat einen der Stacheln berührt. Oder die Dorne sind ihr entgegengewachsen …

Sie liegt auf der einen Seite eines breiten Bogens aus uraltem Gestein, halb auf der Tasche mit dem Sprengstoff, hält mit einer Hand die Riemen und verhindert, dass Ladung und Zünder in den Schleim weiter unten fallen. Der untere Teil ihres Körpers, Kleidung, Fleisch, Knochen, selbst die Waffe – alles ist dunkel geworden. Dunkel und glänzend. Captain Coyle verwandelt sich in das, woraus das harte, funkelnde Zeug besteht. Die Silizium-Dunkelheit frisst sich schnell weiter durch ihren Körper, lässt ihren Arm erstarren, lähmt die Finger an den Riemen der Tasche, eben haben sie noch gezuckt, aber jetzt bewegen sie sich nicht mehr. Nur Brust und Kopf sind von der Schwärze noch unerreicht. Ihr fällt das Atmen schwer, und Furcht liegt in den Augen, aber sie scheint keine Schmerzen zu haben. Dennoch, sie kann kaum sprechen.

»Holt mich hier raus«, murmelt Coyle. »Helft mir hoch. Bringt mich weg.«

Die Tasche und der Sprengstoff sind ebenfalls dunkel geworden. Weiß der Himmel, was mit hochexplosiven Ladungen geschieht, wenn sie sich auf diese Weise verändern.

DJ kniet in der Nähe. Er versucht, Coyles Schultern

zu ergreifen, doch die Stacheln kriechen über ihren Hautengen, seinen Händen entgegen – eine klare Warnung. Ich sehe, wie er heftig den Kopf schüttelt, und … bei Gott, er weint.

»Geht nicht, Captain«, sagt er. Dann wird seine Stimme sanft und ehrfürchtig, und die nächsten Worte sind eine Art Gebet, das Gebet eines Soldaten für einen tödlich verwundeten Kameraden. Ich hätte so etwas nie von DJ erwartet, aber da kniet er und spendet voller Anteilnahme Trost, geleitet Coyle auf eine Weise über die unbekannte Grenze, die Joe und mir nicht möglich gewesen wäre: instinktiv, unangemessen nach den Maßstäben höflicher Gesellschaft – göttlich dumm.

»Es ist uns aus der Hand genommen«, sagt DJ, den Blick auf Coyle gerichtet, und sie sieht ihn an wie ein Neugeborenes einen geheimnisvollen Vater – seins ist das letzte menschliche Gesicht, das sie sehen und verstehen wird. »Du bist eine tapfere Schwester, Captain Coyle. Es tut mir leid, dass ich dich nicht begleiten kann, aber meine Zeit ist noch nicht gekommen. Es wird jedoch nicht mehr lange dauern. Wir alle wissen, dass uns nicht mehr viel Zeit bleibt. Lass es zu, Captain. Kämpfe nicht dagegen an. Ja, gib ihm nach, so ist es richtig. Grüße alle anderen von uns.«

Und dann, ganz sanft und leise: »*Semper fi.*«

Wo Coyle berührt und verändert ist, bewegen sich kleine rötliche Lichter in den Tiefen der dunklen Substanz. Sie sind schrecklich schön, und ihre Schönheit wächst: wie Tausende von Glühwürmchen in einer endlosen Nacht.

Captain Coyles letzte Worte steigen in der Kirche auf, hoch, sanft und mädchenhaft: »*Mama! Mama! Ich bin noch nicht bereit, Mama. Halt mich, bitte warte… Mama!*«

Alle Skyrines sind Kinder, vor, während und sogar *im* Ende.

Ihre Lippen erstarren in glänzender Transparenz. Die Glühwürmchen kriechen in Coyles Hals, versammeln sich hinter den Augen, die zu grünen Fackeln in der perfekten Skulptur ihres Gesichts werden. Das Licht breitet sich aus, fließt vom verwandelten Körper zurück in die größere Masse, die Extrusion.

Coyles Augen werden dunkel.

Wir sind still, eine ganze Weile. Die einzigen Geräusche, die wir hören, sind ein leises Platschen von den kleinen Wellen im klaren, dickflüssigen See und ein Klirren oder Klimpern wie von einem Windspiel – es stammt von den wachsenden dunklen Stacheln.

DJ richtet sich auf und atmet schwer. Dann stapft er an uns vorbei, wischt sich dabei das Gesicht ab und hinterlässt grüne Striemen auf den Wangen. Er bleibt bei den anderen stehen, am Rand des Labyrinthes aus Felsbrücken.

Dort wartet er und lässt Arme und Kopf hängen, wie ein getadeltes Kind in dieser alten, alten Kirche.

Von weit oben kommt ein schreckliches Donnern, wie vom stampfenden Stiefel eines Riesen. Die hohe

Säule vibriert, ihre Stützen und Streben biegen sich und knirschen. Kleine Kristallbrocken lösen sich, klicken und klacken auf den Felsbrücken und fallen in den See.

»Also gut«, sagt Joe. »Hier sind wir fertig.«

Das wär's. Wir gehen.

Größere Angelegenheiten

»Draußen auf dem Roten, umzingelt von Antags, in einem Staubsturm und in Ihrem Pyjama«, sagt Alice. »Und doch … Sie sind hier. Es ist verdammt noch mal unglaublich.«

»Ja«, sage ich und bin noch nicht ganz von der letzten Begegnung mit Captain Coyle zurück.

Wir fahren auf der 5 nach Norden, zehn Spuren, über breite neue Brücken, zwischen weiten Feldern, Holzlagern, Kasinos und Einkaufszentren, die schon viele Jahre alt sind und keineswegs futuristisch aussehen, ganz im Gegenteil: Sie sehen verdammt alt und traditionell aus.

»Ich glaube heutzutage fast alles«, fügt Alice hinzu. »So kann ich mir zum Beispiel vorstellen, dass Teal und Sie zusammenkommen, dass sie von Ihnen schwanger wird und einen Haufen Hummer zur Welt bringt.«

»Das ist abscheulich«, sage ich.

»Ist es das?« Sie beobachtet mich.

»So funktioniert es nicht.«

»Woher wissen Sie das?«

»Sie sind weg. Sie sind tot … seit Jahrmilliarden. Sie kommen nicht zurück, nicht auf diese Weise.«

»Was fühlen Sie jetzt?«, will Alice wissen. »Haben Sie noch immer Visionen?«

Ich frage mich, ob dieses Gerede jemandem von uns etwas nützt. Und warum sie mir überhaupt zugehört hat. Den größten Teil von dem, was ich erzählt habe, könnte ich nicht einmal erklären.

»Nein«, sage ich. »Zumindest keine starken. Es macht mir ganz allgemein zu schaffen. Ich weiß nicht, wo ich bin, und deshalb weiß ich nicht, *wer* ich bin.«

»Woraus bestand ihr Plan? Für die dritte Gen?«

»Wissen. Weisheit. Was auch immer.«

»Vielleicht weiß jemand darüber Bescheid und möchte nicht, dass es passiert. Vielleicht möchte dieser Jemand nicht, dass wir das große Ganze sehen, dass wir schlau werden.«

Ich richte einen aufmerksamen Blick auf sie. »Wir sind gar nicht zu Joe unterwegs, oder?«

»Doch, sind wir«, beharrt Alice.

»Aber wir fahren nach *Kanada*. Warum hören Sie nicht mit diesem Unfug auf und lassen mich gehen?«, sage ich. Kühl und ruhig. Ich habe es gewusst, ich habe es gefühlt, es war ein *Verdacht*, aber ich bin noch immer nicht entschlossen, ich stecke noch immer zwischen mehr als nur zwei Welten fest.

»Er ist in Kanada«, sagt Alice.

»Kanada gehört nicht zu den Unterzeichnern.«

»Stimmt.«

Der Fahrer hinter dem Plastikschirm sieht zu uns zurück und scheint sich vergewissern zu wollen, dass mit uns alles in Ordnung ist. Dass ich mich noch immer zusammenreiße.

Ich reiße mich zusammen. Weiß der Himmel, wie mir das gelingt.

»Was macht Joe in Kanada?«

»Dort gewinnt er Abstand zu dem ganzen Mist«, sagt Alice. »Muss interessant gewesen sein, in Kosmolin heimzukehren. An einem Ort zu schlafen ... dann an einem anderen. Ich kann mir nicht vorstellen, wie so etwas ist. Sich als ein hässliches Krebsding unter dem dicken Eis eines alten Mondes zu fühlen ... Meine Güte. Was passiert, wenn man von dem grünen Staub wegkommt? Lässt dann alles nach?«

Ich fühle mich immer weniger frei, meine Geschichte fortzusetzen. Meine Gedanken kehren zu Captain Coyle und ihren Schwestern zurück, zu jenen, die zu ihrer speziellen Einsatzgruppe gehörten. Nur zwei von ihnen kehrten mit uns zurück, mit mir, aber nicht in denselben Spaceframes.

Joe, DJ, Tak, Kazak und Wee-Def, ebenfalls in einem anderen Frame.

Michelin, Brom, Ackerly und so viele andere ...

»Uns bleibt eine halbe Stunde, bis wir Blaine erreichen«, sagt Alice. »Die kanadischen Behörden erwarten uns dort. Wenn sie nicht herausgefunden haben, dass Sie an Bord des zurückgekehrten Vogels waren. Wenn niemand die Grenzsicherung auf dieser Seite alarmiert hat. Und wenn Sie mitkommen wollen. Möchten Sie, dass ich Ihnen erkläre, was anschließend geschieht?«

»Ich bin nicht mehr bei den Skyrines?«

»Sie werden jedenfalls nicht zu Ihrem früheren Leben zurückkehren. Aber das wissen Sie ja. Sie sind klug.«

»Captain Coyle … Sie hatte andere Befehle und war bereit, uns alle zu töten. Und selbst zu sterben. Warum?«

»Ich habe mich einer Ausbildung für Sondereinsätze unterzogen, bevor ich zur medizinischen Abteilung ging«, sagt Alice. »Ich erinnere mich an Captain Coyle. Eine großartige Frau, eine der besten im ganzen Corps. Es gab einmal eine Zeit, als ich mich ebenso verhalten hätte wie sie, als ich wie sie bereit gewesen wäre, den Befehlen zu gehorchen. Aber dann … bin ich Joe begegnet. Er nahm mir die Schuppen von den Augen, sozusagen. Womit ich nicht auf Fische, Krebse und dergleichen anspielen will. Oder auf das, was Sie jetzt zu sein glauben.«

Diese Frau, die einerseits nett, sanft und freundlich sein kann und andererseits gehässig und beleidigend … Spielt sie mit mir? Stellt sie mich auf die Probe? Will sie herausfinden, ob ich weiß, was ich will?

Oder ob ich *irgendetwas* weiß?

»*Eine Frage solltest du stellen*«, sagte Teal in der südlichen Garage, mit einem Gesicht, das nachdenklich und mitfühlend wirkte, gleichzeitig aber auch distanziert. »*Wie kommt es, dass dies'r starke Tobak, wie du ihn nennst, sich Menschen a'passen kann? Dass er einfach so i's Gewebe kriecht, in unsere Gene?*«

»Keine Ahnung«, murmele ich.

»Erzählen Sie Ihre Geschichte zu Ende«, sagt Alice Harper. »Machen Sie alles klar, legen Sie alles ab. Anschließend werde ich versuchen, Ihnen den Rest zu erzählen. Alles, was ich von Joe weiß. Was ich herausgefunden habe. Ich brauche eine Perspektive, und ich bin sicher, dass Sie mir eine geben können.«

Treffen, Abschiede, süßer Kummer

In der südlichen Garage haben Michelin und Kazak unsere Soldaten auf den Ausfall vorbereitet, auf den Versuch, die feindlichen Linien zu durchbrechen. Mustafa und Suleiman aus Coyles Gruppe sind schockiert zurückgekehrt und mit offenen Armen empfangen worden, vermutlich deshalb, weil niemand die ganze Geschichte – oder ihre Geschichte – kennt und wir alle Skyrines sind.

Oder vielleicht stießen sie deshalb nicht auf Ablehnung, weil sie, nachdem sie wieder einigermaßen zur Besinnung gekommen waren, durchs Tor gingen, um sich den Felsenhafen anzusehen und die Fahrzeuge zu überprüfen, die es nicht ins Innere der Garage geschafft hatten. Aus alten Drähten bastelten sie eine Art Besen zusammen, um die Keimnadeln wegzufegen und einen freien Weg zu schaffen. Dazu erklärten sie sich freiwillig bereit, ohne dass sie jemand unter Druck setzte, sagen Brodsky und Neemie.

Als die Sondereinsatz-Schwestern zurückkehrten, traten Neemie und Beringer durchs Tor und versuchten, eine Satellitenverbindung herzustellen. Nichts zu machen. Wir sind noch immer auf uns allein gestellt.

Und so wissen wir nun Bescheid. Das nördliche Tor ist von Felsschutt blockiert. Ein schweres Bombardement hat stattgefunden. Alle Deuces vor dem südlichen Tor sind zerstört. Die Scholle ist getroffen, aber es besteht die Möglichkeit, dass einer ihrer Disruptoren noch funktioniert. Ein Skell-Jeep scheint alles einigermaßen heil überstanden zu haben und funktioniert vielleicht noch, und hinzu kommen zwei Tonkas, die offenbar intakt sind. Die Fahrzeuge außerhalb des Hafens können wir durch den aufgewirbelten Sand nicht sehen – der Sturm ist noch immer so heftig, dass er den heller werdenden Himmel des beginnenden Tages verdunkelt.

Im Innern der Garage befinden sich ein Tonka mit zwei einsatzbereiten Disruptoren und einer nach hinten feuernden Mehrfachkanone, der Chesty mit seinen vier Ägis-7-Kanonen und der dreischienigen Balliste sowie zwei leicht bewaffnete Skell-Jeeps, die nur kinetische Gewehre anzubieten haben.

Joe und Kampfhahn versuchen herauszufinden, wie man den Disruptor der Plattform und seine Energieversorgung auf den Lastesel transferieren kann. Der Chesty ist nicht nur für den Kampf gerüstet, sondern kann auch abschleppen und reparieren. Er verfügt über einen Klappkrahn hinter der Kabine und Werkzeuge, die für den Transfer eines Disruptors geeignet sein könnten.

Simca und Wee-Def glauben, dass sie imstande sind, die dreischienige Balliste zu demontieren und sie …

Ich verliere den Überblick. Alle quatschen durcheinander, und ich verstehe kaum mehr was. Tak und Kazak sind voller Eifer bei der Arbeit, und ich bin eifrig dabei, *nichts* zu tun.

Dann kommt Joe vorbei und sagt: »Wir werden hier draußen alle vor die Hunde gehen. Ich sorge dafür, dass ihr noch einmal richtig austeilen könnt, bevor es euch erwischt.«

»Hervorragend«, sage ich.

Teal beobachtet den Wortwechsel mit seltsam schöner, wundervoller Ruhe. Zweite Gen, und seit Tagen atmet sie den starken Tobak. Den Eismondtobak. Wo lebt sie in Zukunft? In ihrem Kopf, meine ich, aber vielleicht auch auf dem Mars.

Wohin geht sie, wenn sie überlebt?

Unsere Verwundeten, Skyrines und Voors, sind in der geschlossenen Kabine des Chestys untergebracht, unter ihnen auch Kampfhahn. Joe, Wee-Def und Rafe haben vom westlichen Wachturm noch einmal die Lage sondiert und melden: Der Staub ist noch immer sehr dicht, und die Windgeschwindigkeit beträgt zweihundert Knoten.

Tak unternimmt einen dritten Ausflug in den felsigen Hafen vor der Garage.

Die Voors verhalten sich ruhig.

Teal: Sie steht still und reglos mitten in der Garage, neben DJ und mir. Ich höre die Meldungen und Berichte nur mit halbem Ohr, mit halbem Bewusstsein. Mir wird klar, dass ich nicht sehr hilfreich bin, während ich mit Teal und DJ dastehe, von den anderen getrennt, wie unter Quarantäne. Noch sind wir voll mit grünem Staub, und nachdem die anderen gehört haben, was mit Coyles Truppe passiert ist, meiden sie uns. Sie glauben, dass wir hinüber sind, was auch immer das bedeuten mag.

»Ich vermisse meinen sonderbar aussehenden Parasiten«, flüstert DJ. Er sieht mich an und lächelt schief. »Ich meine den, der hier saß.« Er hebt die Hand zum Nacken. »Was ist mit euch?«

Vielleicht vermissen wir ihn ebenfalls.

De Groot und Rafe kümmern sich um Kampfhahn, aber es geht mit ihm zu Ende, und seine Augen zeigen, dass er es weiß. Normalerweise bekommt ein sterbender Skyrine keinen Platz bei einem Aufsprung, ebenso wenig an Bord eines heimkehrenden Frames, wenn einer auf uns wartet. Kosmolin funktioniert nicht bei schweren Verletzungen, und es gibt keine Hospitäler im Orbit.

Ein großer Unterschied zwischen Skyrines und Landsern. Die Hilfe. Wir helfen. Ob es uns gefällt oder nicht.

Vier von uns werden es nicht schaffen, unter ihnen Kampfhahn, aber wir werden sie so weit mit uns nehmen, wie wir können. Das sind wir ihnen schuldig.

Die Voors hingegen bekommen garantiert keinen Platz bei unserem Aufsprung. Selbst wenn wir ihnen ein entsprechendes Angebot machen würden – was niemand von uns in Erwägung zieht –, sie nähmen es nicht an. Joe sagt, dass sie ihre Wagen holen, diejenigen von ihnen, die noch funktionieren. Genug, um die Überlebenden wegzubringen, wohin auch immer. Vielleicht zu einem Camp, zu einer anderen Siedlung, wenn es noch welche gibt. De Groot legt sich richtig ins Zeug, zieht und schleppt zusammen mit Rafe und zwei anderen.

AVOHI.

Unser Plan ist einfach. Wir wissen nicht, was passieren wird, wenn wir die Linien der Antags durchbrechen, aber wir werden einen solchen Versuch unternehmen und dabei so viele Feinde wie möglich erledigen. Die Voors wollen uns folgen.

Joe nähert sich Teal, DJ und mir.

»Ich überlasse Teal de Groot«, sagt er. »Sie kann nicht mit uns zur Erde kommen; man würde sie nicht akzeptieren. Die Voors fahren mit ihr zu einer Siedlung. Rafe hofft, dass Amazonien bereit ist, sie alle aufzunehmen. Falls Amazonien noch existiert. Und falls sie es so weit schaffen.«

Teal reagiert nicht auf diese Mitteilung. Als Joe weggeht, um beim Flicken von Hautengen zu helfen – wobei Reparaturmaterial der Voors verwendet wird –, wendet sie sich mir zu und sagt: »Komm zurück, wenn du kannst.«

»Was ist mit mir?«, fragt DJ hoffnungsvoll.

»Ihr beide … wenn ihr das ande'e Leben hö't.«

Ich halte es nicht mehr aus, es ist alles so verdammt *seltsam* und verwirrend, und so gehe ich zu den anderen. Teal bleibt hinter mir zurück und beobachtet uns, schön, ruhig und ganz und gar unheimlich. De Groot kann sie haben, denke ich, ohne es auch so zu meinen. Ich kann die Vorstellung kaum ertragen, nie wieder diese Berührung zu fühlen, die wundervolle Verbindung mit etwas, das durch und durch schön und absolut fremdartig ist.

Teal.

Eismondtobak.

»Trotz allem werden wir es nicht schaffen, Master Sergeant«, sagt DJ. Er bemerkt meine Trübsal, als er neben mir durch die Garage zum Skell-Jeep geht. »Wenn ich fragen darf: In welchen Himmel kommen wir? In einen Krabbenhimmel mit Toren aus Perlmutt?«

Unsere Leute haben sich versammelt. Wir steigen in die Fahrzeuge.

Die kleine Seitenschleuse öffnet sich, Neemie kommt heran, und niemand macht sich die Mühe, ihn abzuputzen, da wir alle nach draußen wollen.

Doch dann ruft er: »Ich habe Satellitenkontakt! Es gibt jede Menge neuen Kram im Orbit. Unseren Kram. Weiß nicht, wie sie da oben formiert sind und wie es mit den taktischen Vorgaben aussieht, aber sie sind da! Wollt ihr sehen, was ich habe?«

Wir empfangen seine Daten, zumindest jene von uns, die dazu noch imstande sind. Einige unserer Engel funktionieren noch, aber bei den meisten von uns sind die Batterien der Hautengen zu schwach oder die Anzüge zu stark beschädigt. Manche von uns tragen Voor-Helme …

»Nach draußen!«, ruft Joe. Wee-Def betätigt die Kontrollen der Schleuse. Wenn alle draußen sind, will er loslaufen und sich uns anschließen.

Teal klettert hinter Rafe in einen Voor-Wagen.

Dabei sehe ich sie zum letzten Mal.

Ich bin auf meinem Tonka – Joe hat mich einer Mehrfachkanone zugewiesen. DJ sitzt an der zweiten Kanone, und Michelin fährt. Wir haben acht Passagiere, unter ihnen Beringer, Brodsky, Mustafa und Suleiman.

In der Kontrollnische schließt Wee-Def eine Sicherheitsschaltung kurz, woraufhin sich beide Tore gleichzeitig öffnen, das innere und das äußere. Mit Löwengebrüll entweicht die Luft. Einige Sekunden lang zerrt heftiger Wind an uns, der Stoff meines Hautengen kräuselt sich, unsere Fahrzeuge wackeln und rollen los. Das Geräusch der Motoren wird leiser, als die Luftdichte abnimmt, doch wir spüren die Vibrationen des Tonka-Triebwerks im Hintern.

Und dann sind wir draußen, blind, in den Ohren das Flüstern des marsianischen Sandsturms. Mustafa packt meinen Arm, ich strecke die Hand nach Michelin aus, er lässt den Tonka für einige Sekunden langsamer werden … Wee-Def kommt durch das düstere Wogen und Wirbeln auf uns zugerannt, springt auf das Fahrzeug und zwängt sich zwischen Mustafa und Beringer.

Der Chesty feuert sofort nach rechts und links. Niemand bleibt bei der Plattform, um Daten oder sonst was auszutauschen, denn wir sind bereits unter Beschuss: Blitze, Granaten und dann ein Disruptorstrahl, der neben uns durchs Gestein pflügt, sich wie eine stahlblaue Kobra aufrichtet und eine Energielanze schwingt, damit unser rechtes Hinterrad trifft, das sich sofort in den Boden gräbt und den ganzen Wagen zur Seite zieht.

Michelin stößt den beschädigten Reifen ab, das Ding fliegt durch die dichten Vorhänge aus Sand und Staub und verschwindet. Fünf Reifen genügen. Selbst vier reichen aus, obwohl dann das Heck schleift. Drei bedeuten, dass wir festsitzen.

Erneut zuckt violettes Flackern durch den dunklen Sturm: geisterhafte Blitze, begleitet von Erschütterungen und Vibrationen, die wir deutlich spüren. Etwas Grünes, von dem heulendes und pfeifendes Plasma ausgeht, leuchtet wie ein bizarres Feuerwerk über uns und kommt dann plötzlich herab. Es verfehlt uns, aber der Skell-Jeep rechts von uns bekommt einen direkten Treffer, springt hoch und platzt auseinander – der Sturm verschlingt brennende Trümmer, zerrissene Körper und jede Menge Blut.

Wir bleiben auf Kurs. DJ und ich schießen blindlings mit den Kanonen, nach rechts und links, während der marsianische Wind noch stärker wird und wie ein wütender, staubiger Geist an uns zerrt …

Ich bin eindeutig konzentriert und auf dem Roten, nirgendwo sonst, im Kampfmodus, gefangen in diesem allzu sterblichen, von Angst erfüllten Körper. Ich klammere mich an der Kanone und meinem Sitz fest, als ich von unwegsamem Gelände, Wind und heftigen Erschütterungen hin und her geworfen werde. Ich sehe, wie Michelins Kopf im Pilotensessel wackelt. Er wirft einen ungläubigen Blick über die Schulter.

Wir leben noch!

Inzwischen sind wir etwa einen Kilometer vom Drifter entfernt. Den Voor-Wagen vor uns können wir kaum erkennen, und noch weiter vorn gibt es nur Staub, Sand und Finsternis, und dann …

Luft, Staub, Gestein … das alles fliegt hinter uns empor und wirft Schatten, als es über uns hinwegrast. Es gibt vier weitere Schüsse dieser Art, in rascher Folge. Felsen fallen, einen Meter groß, prallen ab, rollen, schleudern Wolken aus zertrümmertem Basalt und Sand empor …

Ein Milli kommt aus dem Nichts, direkt vor unserem Tonka, überschlägt sich mehrmals, bricht auf und verstreut seltsame Puppen mit einem Durcheinander aus Armen und Beinen, alle an den falschen Stellen, und sie bewegen sich, wie sie sich eigentlich nicht bewegen sollten – Antags!

Michelin lenkt unseren Tonka fast beiläufig um Wrack und Leichen herum.

Joe geht auf Sendung. »Ants auf neun Uhr! Handfeuerwaffen vorbereiten – sie sind zu Fuß, schnell und nahe!«

Jetzt bekommen wir Gelegenheit, aus nächster Nähe gegen den Feind zu kämpfen. Schade nur, dass niemand Bericht erstatten, dass niemand erfahren wird, was wir zu sehen bekommen.

Was wir bereits gesehen haben.

Vögel

»Wie *sehen* sie aus?«, fragt Alice.

Wir sind noch etwa fünfundzwanzig Kilometer von der Grenze entfernt. Es herrscht ziemlich dichter Verkehr; viele Leute sind nach Norden unterwegs, um dort ihre Ferien zu verbringen. Eine fröhliche Menge. Kanada gehört nicht zu den Unterzeichnern, ist aber wohlhabend, es gibt keine Repressalien – die Gurus wollen Zwiespalt vermeiden. Die Gurus legen Wert auf politische Stabilität, während sie ihre technologischen Geschenke verteilen, damit wir zum Roten fliegen und für sie kämpfen können.

»Wie Vögel«, antworte ich. »Sie trugen ziemlich dicke Schutzanzüge. Lange Hälse, große Helme mit langer Nase, dicke Körper mit sehr langen, starken Armen und einer Art Sack darunter.«

»Vielleicht für Flügel mit Federn bestimmt«, sagt Alice.

»Ja, vielleicht. Aber die Augen …«

Ich höre etwas über dem leisen Summen des Verkehrs. All diese elektrischen Fahrzeuge, und es bleibt so ruhig, man könnte meinen, dass man sich auf einer

Wiese befindet und den Wind durchs Gras streichen hört. So klingt es auf der Straße zur Grenze, nach Blaine.

Aber ich höre etwas, das lauter und kräftiger ist.

Und höher.

Alice hört es kurz nach mir, und der Fahrer ebenfalls. Er dreht den Kopf, und wir können nicht verstehen, was er auf der anderen Seite des Plastikschirms sagt, bis er eine Wechselsprechanlage einschaltet.

»Was soll ich tun?«, fragt er Alice. »Wir könnten die nächste Ausfahrt nehmen, wir könnten landeinwärts fahren, es gibt da …«

»Still«, sagt sie, hebt die Hand zum Kinn und klopft mit einem manikürten Finger an die Nase.

Ich beuge mich zur Seite, so weit es der Sicherheitsgurt zulässt, schaue durchs Seitenfenster und sehe sie zuerst: vier Hoverkarrees, Quadrocopter in ziviler Umgangssprache. Sie fliegen tief über die Landschaft, über die Felder und den Freeway, schwingen langsam von einer Seite zur anderen und scheinen nach etwas zu suchen.

»Haben sie es auf uns abgesehen?«, fragt der Fahrer.

Alice wirft mir einen fragenden Blick zu. »Wer weiß, dass Sie es zurück zur Erde geschafft haben?«

»Niemand, glaube ich.«

»Das Apartment ist sauber. Dafür hat Joe gesorgt«, sagt Alice mehr zu sich selbst. »Haben Sie das Mobzentrum zu Fuß verlassen?«

»Ich bin gegangen, ja. Und dann habe ich mich mitnehmen lassen, von einer Frau in …«

»Scheiße«, sagt Alice.

»Den ganzen Weg bis nach Seattle hat niemand mit mir gesprochen«, sage ich.

»Nein, das wäre dumm.« Alice spricht noch immer leise. »Die Frau, die Sie mitgenommen hat … Jemand aus der Basis?«

»Hat sich als Sekretärin eines Colonels vorgestellt. Ein älteres Semester.«

Alice sieht mich an; davon hat sie bisher nichts gehört. »Sonst noch jemand?«

»Eine kurze Taxifahrt.«

»Wie haben Sie bezahlt?«

Ich hebe den Finger.

Die Hoverkarrees sind etwa hundert Meter entfernt und fliegen zu beiden Seiten des Freeways an den Autoschlangen entlang. Zweifellos scannen sie alle Fahrzeuginsassen durch die Fenster.

Ich lehne mich zurück und schließe die Augen.

Fort vom Roten

Wee-Def brüllt durch Staub und Getöse: »Das sind unsere Jungs im Orbit! Sie visieren den Drifter an!«

So kommen wir durch die feindlichen Linien. Was sporadisch begann, wird konstant. Vielleicht tun sie es für uns, damit wir entkommen können, vielleicht auch nicht. Doch für den Moment, während wir fliehen, herrscht bei den Antags heilloses Durcheinander.

Wir haben vier Kilometer zurückgelegt. Die vielen Explosionen vor uns haben aufgehört, und das gilt auch für den Beschuss durch die Antag-Infanterie – vielleicht rollen unsere Räder über einige von ihnen in ihren Schützengräben hinweg. Ich glaube, ich erkenne eine Art Fontäne in einer Rinne, und Gestalten, die durch die Morgenschatten kriechen, durch grauen und violetten Staub. Weitere Felsen fallen um uns herum, Folgen des Drifter-Bombardements; sie prallen ab und tanzen träge. Ich sehe einen Voor-Wagen rechts von uns, er pflügt durch Ansammlungen von Staub und Sand und vom Wind zerrissene Rauchfahnen. Vielleicht sehe ich auch Antags, die zwischen uns wie aus dem Boden wachsen, aber es ist schwer, Einzelheiten auszumachen, denn wir werden noch immer von Erschütterungen geschüttelt. Michelin fährt wie ein Irrer, reißt das Steuer immer wieder nach rechts und links, und ich höre, wie er in seinem Helm schreit – oder vielleicht singt.

Mustafa und Suleiman klammern sich aneinander. Wee-Def kauert mit gesenktem Kopf neben ihnen. Michelin und ich haben aufgehört, mit den Mehrfachkanonen zu schießen, weil wir unsere eigenen Fahrzeuge treffen könnten, die über Fels und Staub rasen, fort vom Drifter.

Fünf Kilometer!

Lieber Himmel, wir schaffen es!

Und dann ist da dieses schwarze Ding vor uns, so verdammt groß, dass es unseren Blick auf den Voor-Wagen blockiert, auch auf den Chesty und den Tonka. Wie ein ganzer Berg, den etwas aus dem Boden des Mars gerissen und vor uns abgesetzt hat. Nein, nicht *abgesetzt*, sondern wohl eher *herabgeschmettert*. Die Wucht des Aufpralls wirft uns alle mehrere Meter in die Höhe, und jetzt landen wir hart. Mustafa und Suleiman sind vom Tonka geschleudert worden, und mir hat es den Sicherheitsharnisch zerrissen. Ich klammere mich am Lauf der Kanone fest, die noch heiß ist, so heiß, dass der Stoff meiner Handschuhe zu verkohlen beginnt, weshalb ich loslasse und langsam zur Seite rutsche. Ich lande auf den Füßen, stehe einfach da und schnappe mit stechenden Schmerzen in der Brust nach Luft.

Die Gewalt der Explosionen hat hundert Meter des Drifters – einen Teil des halb im Boden versunkenen Schwimmers, des tiefen Homunkulus – fortgerissen und fast direkt auf uns herabfallen lassen. Etwas in mir fühlt sich vollkommen verloren, ein krasser Gegensatz zur Freude, die mich eben noch erfüllt hat, weil ich uns bereits gerettet glaubte …

Alles am Ende und erledigt – nach Milliarden von Jahren.

Ich weiß nicht, wie viel Zeit vergeht, Benommenheit lähmt mich, doch dann ist Wee-Def neben mir, und erstaunlicherweise hat *er* die Lage überrissen.

»Handfeuerwaffen, Leute!«, ruft er.

Und dann ist die Infanterie der Antags da und greift uns an.

Ich sehe zwei Skyrines, die vom Chesty weglaufen, der auf der Seite liegt, und ihnen folgt eine rauchverschleierte Welle aus Antags, eine Woge um den herabgestürzten Berg herum, der den Sandsturm beendet zu haben scheint. Ich knie, ziele auf die Antags und hoffe, dass ich sie deutlich genug sehe und keine Skyrines ins Visier nehme, deren Hautengen voller Staub sind.

Sie erwidern das Feuer und stoßen vor, um uns zu erwischen. Es wird knapp werden, und verdammt unangenehm.

Plötzlich sind wir still in unseren Helmen. Keine Worte mehr. Koordiniertes Feuer. Ich blicke nach links und ducke mich genau in dem Augenblick, als

Wee-Defs Kopf wegfliegt, direkt neben mir, und der Blitz, der ihn vom Körper trennt, über die Flanke des Tonkas brutzelt. All die schlechten Scherze, all die Anspielungen auf Filme, und jetzt nur noch roter Nebel. Langsam sackt der Rest von ihm zusammen.

Meine Pistole schickt den Antags einen Blitz nach dem anderen entgegen, und dann, als einer der Feinde bis auf wenige Meter herangekommen ist, geht ihre Ladung zur Neige. Na klar …

Mir bleiben nur noch Projektile, und dann sind die ebenfalls alle, und ich warte darauf, dass der Antag genug Mut zusammenkratzt, zu mir zu kommen und mich mit seinen Händen oder was auch immer zu packen. Warum erschießt er mich nicht einfach?

Weil der Antag seine Waffe fallengelassen hat, zumindest kann ich keine sehen. Vielleicht wünschen sie sich eine Gelegenheit zum direkten Kampf, Mann gegen Mann sozusagen, für Ehre und Ruhm. Und dann stürzt sich der Antag auf mich, und Himmel, er ist stark! Lange, schwingende Arme und dreifingrige Handschuhe legen sich mir um die Brust, heben mich hoch, und ich sehe einen weiteren Antag, der auf dem Tonka steht und auf Michelin schießt, doch der schießt zurück, und der Antag kippt, und ich habe meine eigenen Handschuhe am Helm meines Gegners, drücke mit den Fingern zu, versuche zu greifen, zu packen, zu reißen, und ich sehe ein Gesicht durch das breite, schmale Visier, über dem langen Vorsprung des Helms, ich sehe die Nase, den Schnabel, vor allem aber die Augen, die mich anstarren, als der Antag mich weiter hochhebt, und ich fühle, wie meine Rippen nachgeben …

Ich sehe ihm *direkt in die Augen*, es sind vier, ein kleines, zentrales Paar, rot und glänzend, zwischen zwei großen, weiter außen liegenden Augen, ihr Blick ohne Emotion, aber jetzt bringe ich meine Pistole nach oben und verwende ihren Kolben wie einen Hammer, schlage damit auf das Visier, und der Antag lässt mich los, aber zu spät, das Visier ist gerissen, was ihn von mir ablenken dürfte.

Und dann sehe ich zwei Skyrines, die um die Ecke des Tonkas kommen. Einer ist Tak, der andere Joe. Tak schleppt ein Energieaggregat, das eine Masse von zweihundert Kilo haben muss, und Joe hat die Schienenkanone vom Chesty losgerissen, und damit ballern sie, was das Zeug hält, säubern den Bereich in der Nähe des gefallenen Berges, des riesigen Felsens, der auf einem ganzen Bataillon Antags gelandet sein muss. Sie machen damit einen Weg frei, schmeißen den schweren Kram dann beiseite, packen mich und Mustafa, die noch lebt – Suleiman ist nirgends in Sicht –, und zusammen mit Michelin laufen und springen wir um die Seite des Berges. Er zischt, faucht und knackt aufgrund all der Energie, die ihn hierher gebracht hat. Wir laufen, bis wir offenes Staub- und Lavagelände erreichen, bis sich der vertraute Rote vor uns erstreckt, die Luft so klar, als hätte es nie einen Sturm gegeben.

Wir laufen weiter. Wir laufen ohne Unterlass, ewig. Vielleicht hat sich Kazak uns hinzugesellt, aber ich bin mir nicht sicher – es sind sechs von uns, die über den Roten laufen.

Und dann bleiben wir stehen und fallen.

In einen Graben, gerade tief genug, um uns zu verbergen.

Instinktiv rolle ich mich ab und beginne mit einer Überprüfung meiner Integrität, erst meinen Hautengen, anschließend den des Skyrines neben mir, Kazak, und dann bin ich bei Joe und richte mich auf, und er zieht mich herunter und ruft: »Bleib *unten*, verdammt!«, aber ich richte mich wieder halb auf und überprüfe ihn, eine Zuwendung ganz besonderer Art, soziales Komfortverhalten, nett wie Scheiße in der Hosentasche. Ich kneife die Augen zusammen, habe einen Tunnelblick.

Joe packt mich an den Schultern.

»Halt durch, Vinnie«, sagt er.

»Klar!« Ich heule. »Ich liebe diesen Mist! Ich liebe ihn!«

Wir alle heulen in unseren Helmen.

»Der Wagen«, sage ich.

»Er war ein ganzes Stück vor uns«, erwidert Joe. »Ich denke, der große Felsen hat ihn verfehlt.«

»Den Chesty hat's erwischt«, sagt Kazak.

»Noch mehr erwischt hat's die Antags!«, sagt Tak. Für einen langen Moment starren wir uns an, zu müde für weitere Worte. Dann legen wir uns im Graben hin und beobachten die Staubbänder, die über uns strömen, wie rosarote und graue Flüsse, und wir alle zucken zusammen, als ein verirrter Blitz einen glühenden Streifen nach Norden zieht. Etwas Leben kehrt in uns zurück, als unsere Engel wieder aktiv werden – die Displays in unseren Helmen flackern, und Stimmen ertönen aus den Lautsprechern, leise, unterlegt von lautem Knistern, weit entfernt, vielleicht erklingen sie an jenem Ort, zu dem wir alle kommen, wenn unsere Köpfe von Explosionen zerfetzt oder von Blitzen verdampft werden.

Wir sind wieder dort, wo alles angefangen hat. Vor Lieutenant Colonel Roost, vor der Farmersfrau in ihrem Buggy, vor so vielen Rettern. Wer kann jetzt eine zweite Runde solcher Retter erwarten?

Unsere Vorräte gehen zur Neige.

Die Batterien sind fast leer. Atemluft für etwa zehn Minuten.

Wenn ich langsamer atme. Wenn ich zu keuchen aufhöre.

Wenn ich aufhöre zu heulen.

Unersetzlich

Alice und der Fahrer sind ausgestiegen. Ich bin noch immer auf der Sitzbank angeschnallt, am besten Ort, den ich mir denken kann – es ist still im Van.

Sieben Männer und Frauen von den Hoverkarrees nähern sich uns, schlängeln sich vorbei an den anderen auf dem Freeway stehenden Fahrzeugen, an Wagen und Lastern. Es sind keine Polizisten, weder zivile noch militärische. Die Hoverkarrees tragen keine Markierungen.

Die sieben sind an dem Van interessiert.

Wieder nach Hause

Joe zieht mein Erkennungszeichen ab, ergreift meinen Helm und zerschmettert den Engel mit einem Stein. Er langt in seinen Rucksack, reicht mir den Helm eines toten Voors und sagt, ich solle ihn beim Aufsammeln wechseln, meinen verschwinden lassen und wenn irgend möglich zur Erde zurückkehren.

»Und halte dich um Himmels willen vom MGB fern, nach allem, was geschehen ist«, fügt er hinzu.

»Aufsammeln findet jetzt statt«, sagt Kazak.

Joe gibt mir Kampfhahns Erkennungszeichen und sein gebrochenes silbernes Eichenblatt.

»Kommst du nicht mit?«, frage ich ihn.

»Ich werde direkt hinter dir sein. Zweites Aufsammeln. Ich begleite DJ.«

»Er hat es geschafft?«

»DJ schafft es immer«, sagt Joe.

So kehre ich ohne ID heim, beziehungsweise mit der falschen ID, was kein Problem ist, denn die Aufsammelcrew packt uns einfach ein und bringt uns alle in den Orbit, zu den Spaceframes für den Heimflug, und die Orbitalcrew wird uns in Kosmolin stecken und zur Erde schicken; darauf können wir uns verlassen.

Mein Schleier der Benommenheit lichtet sich, als ich frischen Sauerstoff spüre. Ich öffne die Augen, und sie bleiben offen. Ich kann kaum glauben, was ich gesehen habe, was Joe getan hat, aber Skyrines in herrlich neuen Hautengen kümmern sich um uns alle, um Tak, Kazak und DJ.

Eine Schwester beugt sich zu mir, ein Lieutenant namens Shirmerhorn. »Wo zum Teufel sind Sie gewesen, Lieutenant Colonel Roost?«, fragt sie mich.

»Keine Übereinstimmung bei der DNS«, sagt ein Techniker, dessen Stimme sehr jung klingt. Er hebt einen Bio-Stab und schüttelt ihn am Ohr, als erwarte er ein Rasseln von dem Ding.

»Scheiß auf die Buchführung«, sagt Shirmerhorn. »Niemand wird etwas bemerken. Einsammeln und hinauf mit ihnen.«

Und so haben sie uns eingesammelt und hinaufgeschickt.

Ich habe den ganzen Mist relativ unversehrt überstanden. Ein paar gebrochene Rippen, eine Grünholzfraktur des Schienbeins, Gehirnerschütterung, von Sauerstoffmangel geschädigte Lunge. Ein langer Aufenthalt in Kosmolin steht mir bevor. Der größte Teil wird auf dem Weg nach Hause heilen.

Ich sehe Kazak, Tak, Joe und DJ in ihren Plastikzelten neben mir liegen, aus den Hautengen geschält.

Joe dreht den Kopf. »Du wirst bei SBLM auf der

Erde landen«, sagt er. »Seattle war Kampfhahns Heimatstadt.« Ich soll das Apartment in Seattle aufsuchen, er schärft mir die Adresse ein und fordert mich auf, sie zu wiederholen. »Bleib unauffällig. Ich komme zu dir, sobald ich kann. Es gibt viel zu erzählen.«

»Worüber?«

»Darüber, was das alles bedeutet, du Blödmann.«

Tak liegt fast auf der Seite und hört zu.

Hinter ihm richtet sich Kazak auf. »Was flüstert ihr da?«, fragt er.

Joe lächelt. »Wir kehren heim.«

»Wenn die Antags keine Blitze in unsere Frames jagen«, sagt Kazak, der Pessimist, und sinkt auf seine Liege.

»Wee-Def hat was abgekriegt«, sage ich und habe das Bild noch immer vor Augen. »Und zwar so richtig.«

»Hör gut zu, Vinnie«, sagt Joe. »Dies ist wichtig. Deshalb war Coyle dort draußen, deshalb haben sich all die hohen Tiere dort draußen herumgetrieben, und ich und die Antags, deshalb hatten sie es alle auf uns abgesehen. Es gibt ein größeres Bild, ein größeres Ganzes, und du bist jetzt Teil davon, kapiert? Halt dich für eine Weile im Verborgenen und entspann dich, bis wir uns alle zusammensetzen und darüber reden können. Es steht noch viel mehr bevor. Ich komme zurück, so schnell ich kann.«

»Zurück zu der Welt, in der wir nicht ›Fuck‹ und ›verfickt‹ sagen können«, fügte Tak hinzu.

Darüber weiß Joe eine komische Geschichte zu erzählen, und er erzählt sie, während wir aufs Aufsammeln warten. Vielleicht gebe ich sie eines Tages an jemanden weiter. Zur rechten Zeit.

Wenn ich in der richtigen Stimmung bin.

Meine Stimmungen werden in letzter Zeit immer seltsamer.

Hoppla

Alice und der Fahrer stehen verhaftet neben der Straße. Die Zivilisten in den anderen Fahrzeugen beobachten uns kritisch und verärgert, halten uns vermutlich für Schmuggler.

»Haben Sie etwas mitgebracht, Soldat?«, fragt einer der in Zivil gekleideten Typen, als er mir sehr vorsichtig aus dem Van hilft. »Irgendwelche Kristalle? Schwarze oder weiße Kristalle, Diamanten, was in der Art?«

»Nein, Sir. Keine Kristalle.«

Sie haben da eine Art Plastikbeutel, den ich tragen soll, und ich widersetze mich nicht und streife das Ding über. Der obere Teil umschließt mich bis zur Hüfte, ohne Aussparungen für die Arme; der untere lässt meinen Beinen genug Platz, damit ich gehen kann. Der Beutel, der Anzug, ist sogar mit einem Atemapparat ausgestattet. Ich werde ins Heck eines Hoverkarrees geladen, wieder mit großer Vorsicht. Der Pilot blickt aus dem Cockpit zu uns zurück, als man mich festschnallt, schaut dann wieder nach vorn, berührt sein Mikrofon und sagt: »Flüchtling gefunden und an Bord. Voraussichtliche Ankunftszeit: siebenundzwanzig Minuten. Bereiten Sie Madigan vor.«

Verficktes Madigan. Es ist mir schnuppe, *wer* mich hört. Ich will nicht von Ärzten und Narren umschwirrt werden, die glauben, ich hätte was Ansteckendes.

Selbst wenn es so ist.

Joe hat dafür gesorgt, dass ich als jemand anderer zur Erde zurückkehren konnte. Dabei verließ er sich auf den typischen Schlendrian des Corps. Er dachte, mir bliebe etwas Zeit, bis die Docs herausfinden, dass jemand heimgekehrt ist, der nicht heimkehren sollte, der nicht auf der Liste stand. Jemand, der auf dem Roten gestorben wäre, wenn Captain Coyle und ihre Gruppe ganze Arbeit geleistet hätten.

Und wenn schon.

Es war ohnehin ziemlich weit hergeholt.

Auf dem Rückweg hatte ich eine seltsame Zeit im Kosmolin. Im Gegensatz zu den anderen Reisen habe ich nicht die meiste Zeit geschlafen, sondern gründlich nachgedacht, und nicht immer mit meinem eigenen schwierigen Gehirn.

Einen großen Teil des Denkens hat ein neues, seltsames und freundlicheres Gehirn erledigt.

Die vier breiten Propeller an den Ecken summen und brummen, heben uns hoch, und plötzlich fliegen wir über Farmland, fort von der Grenze.

Mein Plastikbeutel knistert, wenn ich mich bewege.

»Willkommen daheim, Skyrine«, sagt der neben mir

sitzende Bursche: in den Vierzigern, grau werdendes Haar, muskulös und wuchtig. Sein Blick tanzt, und es liegt Fatalismus in seinen Augen. Vielleicht ist er selbst mal ein Skyrine gewesen.

Im Innern des Beutels greife ich in die Tasche. Befingere die Münze, meinen Schatz. Sie haben mich noch nicht gefilzt. Teal hatte ebenfalls eine Münze, stammte von ihrem Vater – eine Art Schlüssel für den Drifter. Und hier haben wir einen zweiten Schlüssel. Vielleicht bedeutet es, das es mehr als nur einen Drifter gibt. Durchaus vorstellbar.

Viele Brocken des alten Mondes stürzten damals auf den Mars.

Ich hasse Übergänge. Grenzen in Zeit und Raum, die dünnen Linien zwischen einem Zustand und einem anderen, sind extrem gefährlich. Wir überqueren zwei große Grenzen in unserem Leben, und beide sind schwer – wir werden geboren, und wir sterben.

Dunkelheit auf beiden Seiten.

Ich fürchte mich – immer – vor solchen Gedanken, denn ich schlafe nicht gut zwischen den Zuständen: Krieg und Frieden, Glück und Kummer, lebende Freunde und tote Freunde. Ich habe einmal eine Katze sterben sehen. Wurde von einem Lkw überfahren, der auf einer Zufahrt zurücksetzte. Vom Motorengeräusch aufgescheucht, lief sie los, geriet in Panik, machte kehrt und rannte direkt unter einen Reifen. Ich ging neben ihr in die Hocke, als der Laster weggefahren war, leistete ihr bei den letzten Sekunden ihres Lebens Gesellschaft. Sie sah mit größerem Schmerz zu mir auf, als ich für möglich gehalten hätte, erzitterte und schloss die Augen. Der Tod der Katze lehrte mich alles über Grenzen und Übergänge.

Sie wechselte ohne einen Laut auf die andere Seite.

Ich kann nur hoffen, dass mir das ebenfalls gelingen wird.

Derzeit bin ich in Madigan, sicher verwahrt, ohne Aussicht, einen anderen Ort aufsuchen zu können. Wenigstens bekomme ich drei Mahlzeiten am Tag, Krankenhausessen, das sich als erstaunlich gut herausgestellt hat, und es gibt genug Luft und viel Wasser, und nichts riecht nach Essigbrühe, und ich muss keinen Hautengen tragen, das ist wirklich eine Erleichterung.

Ich weiß nicht, was mit Alice geschehen ist. Vielleicht ist sie ebenfalls hier, irgendwo – in Quarantäne, weil sie so viel Zeit mit mir verbrachte. Ich hoffe noch immer, dass Joe zu mir kommt, aber das sind verrückte Gedanken.

Seit man mich in den Orbit des Roten brachte und ich zur Erde zurückfiel, sind mir viele verrückte Gedanken durch den Kopf gegangen. Inzwischen ist die Erde nicht mehr meine einzige Heimat. Ich träume und denke viele verrückte Dinge.

Zäsur

Also gut, ich bin bereit, einige Schlussfolgerungen preiszugeben.

Hört gut zu. Erzählt Joe davon. Wahrscheinlich weiß er bereits Bescheid, aber vielleicht auch nicht.

DJs starker Tobak, der grüne Staub, ist keine Infektion von der Art, wie wir sie kennen, sondern ein Gedächtnis – Erinnerungen. Nach den Plänen der Intelligenzen des alten Eismonds stellt er das dar, was die Kristalle zurücklassen sollen, wenn das Wasser abfließt, damit die Kobolde die Arbeit später fortsetzen können, wenn das Wasser zurückkehrt.

Aber der Erinnerungsstaub beeinflusst auch Menschen. Er kriecht in unsere Zellen, in unsere Köpfe. Wir erinnern uns an Dinge, die wir nie erlebt haben. Und dafür gibt es nur eine Erklärung.

Als der alte Mond vor Äonen mit dem Mars kollidierte, müssen Trillionen Tonnen Eis und Gestein – seine eisige Hülle, der Ozean unter der dicken Eiskruste und der felsige Kern – auf den bis dahin leblosen Mars gefallen sein. Der alte Mond war wie eine Saat. Überall auf dem Roten fielen Regen und Schnee, bis schließlich Meere die jungen Lavaschichten bedeckten und der Mars für einige Dutzend Millionen Jahre lebendig wurde.

Doch ein Teil der Bruchstücke und Trümmer wurde zurück ins All geschleudert und fiel tiefer ins Innere des Sonnensystems.

Der Erde entgegen. Ein Teil der Saat des Eismondes prallte vom Mars ab und brachte das Leben auch zur Erde. Wir stammen von ihr ab, mehr oder weniger. Das erklärt vielleicht, warum wir für die Erinnerungen im grünen Staub empfänglich und gewissermaßen Erben des alten Wissens sind – wenn wir lernen, das zu decodieren und zu restaurieren, was die Kobolde über Millionen von Jahren hinweg zu erhalten versucht haben. Die Geheimnisse einer fremden Intelligenz und ihrer Geschichte. Wissen, Wahrnehmung, Beurteilung – primordiale Weisheit.

Und die Gurus wissen davon. Sie müssen den Führungsstab angewiesen haben, Coyle und die Schwestern zu schicken. Was bedeutet: Sie werden alles versuchen, uns aufzuhalten. Aber *warum*? Sind sie nicht gekommen, um uns zu helfen? Vielleicht nicht. Sie sind nicht von hier, kommen nicht einmal aus der Nachbarschaft. Dies alles ist getrennt von ihnen, steht im Gegensatz zu dem, was sie geplant haben.

Gibt es etwas, das wir nicht erfahren sollen?

Und ich denke: Wenn die Antags auf einem alten Brocken Oort-Eis zu uns kamen … Was zum Teufel bedeutet das fürs große Ganze?

Die Antags haben die Koreaner, Euros und Russen dezimiert, unseren Absprung verfutscht, Joes Abteilung verfolgt und, während sie mit alldem beschäftigt waren, auch noch einen Kometen auf den Mars stürzen lassen, vielleicht in der Hoffnung, dass er alle erledigt, die mit dem starken Eismondtobak in Kontakt geraten sind.

Siedler und Krieger.

Ist es möglich, dass *alle* den Drifter und seinen Inhalt vernichten wollten?

In Bewegung

Hab fast alles festgehalten, darunter den Kram, den ich Alice erzählt habe. Hab's eingepackt und weggeschickt, zusammen mit der Platinmünze. In Madigan wollten sie keine Leibesvisitation bei einem Kontaminierten vorzunehmen, und als sie sich schließlich dazu durchrangen, war's zu spät. Das Wie und Wo behalte ich für mich. Möge der Hinweis genügen, dass jemand anderer hier in Madigan jemanden kennt, der Joe kennt, und Joe ist noch immer dort draußen.

Joe ist hier eine Legende.

Am Montag – Mond-Tag – kamen drei Doktoren und sprachen mit mir durch das dicke Fenster in meinem Zimmer. Sie sagten, dass ich einige weitere Wochen in Quarantäne bleiben würde. Anschließend würden sie mich den kompetenten Händen des Bedienpersonals übergeben.

Was bedeuten könnte, dass ich bald tot sein werde. Oder die Gurus kennenlerne. Ich hoffe, dass sie, wenn ich am Leben bleibe, nichts mit meinen Erinnerungen an beide Welten anstellen. Aber wenn doch, oder wenn ich bald nicht mehr existiere und dies alles ist, was ich hinterlasse, so denkt an dies:

Titan. In der Umlaufbahn des Saturn, mehr als anderthalb Milliarden Kilometer von der Erde entfernt. Einige von uns sind dort draußen bereits zu Helden geworden. Welche Art von Anzügen oder Hautengen tragen wir dort? Eine Atmosphäre aus Stickstoff und Methan, mit Spuren von Azetylen und Propan, ein gelblich orangefarbener Nebel, der eine plastikartige, ölige Geologie reich an langkettigen Kohlenwasserstoffen umhüllt, darunter ein dicker Eispanzer, und *darunter* ein Ozean über einem seltsam ungleichmäßigen steinigen Kern.

Ungestört und unberührt … bis jetzt.

Alt und kalt.

To be continued …

Danksagung

Dieses Buch ist meinen Lieblings-Mustangern gewidmet:

LCDR Dale F. Bear, U.S. Navy, im Ruhestand

LCDR Richmond D. Garrett, U.S. Navy, im Ruhestand.

Und im weiteren Sinne allen, die mit ihnen im Zweiten Weltkrieg, Korea und Vietnam gekämpft haben.

Ich möchte auch den Freunden danken, die dabei geholfen haben, dieses Buch besser zu machen, und gern gebe ich ihre eigenen Danksagungen weiter:

David Clark (Vietnam): »Ich möchte meine militärischen Vorfahren nennen, Männer, die mir ein Beispiel waren. Mein Vater Ken Clark, Signalgast der Navy im Zweiten Weltkrieg; Cecil ›Duke‹ Crowell, Taucher der U.S. Navy im Zweiten Weltkrieg; mein Großvater Ernest Shultz, Flugpionier der Navy im Ersten Weltkrieg; und mein Urgroßonkel George Booth, First Sergeant der Kompanie D, 155 PA Infanterie, Potomac-Armee, Sezessionskrieg.«

Donald E. McQuinn (Korea, Vietnam): »Mein Dank gilt allen Marines in Vergangenheit, Gegenwart und Zukunft, in vollem Vertrauen darauf, dass sie unserem Corps Ruhm hinzufügen werden. *Semper Fidelis.*«

Dan O'Brien (Irak): »Für die gefallenen Matrosen und Marines von Kilo 3/12: Doc Noble, Corporal McRae, Corporal Zindars, Lance Corporal Lync und all die anderen, die in den Mondlandschaften des Irak und Afghanistans fielen. Es ist überflüssig, mich zu erwähnen, nachdem sie genannt worden sind.«

Ich erwähne Dan trotzdem, weil er geholfen hat – und weil er da war.

Ich danke ihnen allen von Herzen, für so viel.

Greg Bear